国家社科基金重大项目"百年中国文学视域下儿童文学发展史"（21&ZD257）阶段性成果

本教材亦受到浙江师范大学研究生教材建设基金立项资助

浙江省普通本科高校"十四五"重点教材

汉语言文学专业"求是"系列教材

A HISTORY OF CHILDREN'S
LITERATURE IN ZHEJIANG

浙江儿童文学史

吴翔宇 主编

周莹瑶 副主编

ZHEJIANG UNIVERSITY PRESS
浙江大学出版社
·杭州·

图书在版编目(CIP)数据

浙江儿童文学史 / 吴翔宇主编. — 杭州：浙江大
学出版社，2023.5
ISBN 978-7-308-23681-2

Ⅰ．①浙… Ⅱ．①吴… Ⅲ．①儿童文学－文学史研究
－浙江 Ⅳ．①I207.8

中国国家版本馆 CIP 数据核字(2023)第 067739 号

浙江儿童文学史
ZHEJIANG ERTONG WENXUESHI

吴翔宇　主编

周莹瑶　副主编

策划编辑	柯华杰
责任编辑	高士吟　李　晨
责任校对	郑成业
封面设计	春天书装
出版发行	浙江大学出版社
	（杭州市天目山路 148 号　邮政编码 310007）
	（网址：http://www.zjupress.com）
排　　版	杭州朝曦图文设计有限公司
印　　刷	杭州高腾印务有限公司
开　　本	787mm×1092mm　1/16
印　　张	14.75
字　　数	265 千
版 印 次	2023 年 5 月第 1 版　2023 年 5 月第 1 次印刷
书　　号	ISBN 978-7-308-23681-2
定　　价	55.00 元

序

　　儿童文学事业关乎未来,不容马虎草率。从世界范围来看,随着文明的推进,越来越多的人开始关注、重视和阅读儿童文学。儿童文学是"树人"的文学,这里的"人"除了儿童外,自然也包括成人。从我自己的角度看,正是对儿童文学的爱,才让我愿意花费一生的时间去为之努力,为"树人"工程尽一份绵薄之力。

　　我出生于浙江金华,毕业后一直在浙江师范大学工作,对浙江这片土地怀有很深的感情。因为挚爱儿童文学,我自然对浙江的儿童文学很关注。况且,浙江儿童文学取得的成就本来就非常突出,在中国儿童文学发展史上是引领潮流的。即便这样,在浙江文学史的著述中,依然未见浙江儿童文学史的只言片语,这是很遗憾的。毕竟在浙江新文学作家中,很多人是兼治成人文学与儿童文学的,盲目地将儿童文学抛离出新文学体系是不公允的。

　　正是基于这个原因,2020年我曾与翔宇教授联系,希望他能组织编写一部《浙江儿童文学史》。我知道这是一个艰巨的任务,也是一件非常有意义的事情。令我欣喜的是,翔宇欣然应允,两年后竟然完成了这项工作。看着面前打印的书稿,我的心情还是很激动的。我也曾有一个作家梦,在繁重的工作之余也写过童诗和儿童散文,但由于繁重的教学、科研和行政工作,我未能成为一名作家。但所幸我的研究工作始终与作家作品打交道,还不算远离文学圈。能为浙江儿童文学乃至中国儿童文学的发展做一些事情,这是我的荣幸。当翔宇向我索序时,我也愉快地接受了。如果这篇序能为浙江儿童文学史留下一点印迹,那倒是我乐见的。

　　中国儿童文学并不是各个区域的儿童文学的总和,把各地的儿童文学

组合起来构成一个"庞大"的文学史,这是不科学的,但这并不意味着区域儿童文学史的研究没有价值。没有各地的儿童文学繁茂的景象,也就不可能有中国儿童文学的繁荣。囿于某些偏见,儿童文学并未受到足够的重视,甚至被认为是"小儿科"。在这个"小儿科"中精耕细作是需要勇气的,我甚至听人说:中国儿童文学研究尚且不大景气,去研究浙江儿童文学就更可笑了。也许是这方面的缘由,目前还没有出现一部《浙江儿童文学史》。相对而言,其他区域的儿童文学史却已经出版了,如《湖南儿童文学史》《贵州儿童文学史》《重庆儿童文学史》等。重构中国儿童文学史的图景是一件好事,但不能忽略引领风气之先的浙江儿童文学。有感于此,我才积极推进此事,眼看这一设想很快变成现实,我由衷地感到高兴和欣慰。

不谦虚地说,浙江师范大学有着儿童文学研究的优良传统,在文学史的编撰方面尤其是走在前列的。翔宇教授2021年获批了一项国家社科基金重大项目,就是关于中国儿童文学史的。重构儿童文学史要落到实处,除了打通古今中外的儿童文学壁垒外,将区域儿童文学史与中国儿童文学史进行有效的贯通也非常有必要。一方水土养育一方人,浙江的山水生成了浙江的文化和精神,而在儿童文学上也充分印证了这一点。从这个意义上说,《浙江儿童文学史》是有"浙江"印记的,但不管这种印记多么独特,它依然是中国的、民族的。有此认识,才能深刻地体认到浙江儿童文学史中流淌的中国气象。

关于儿童文学史,我一直认为不能脱离"儿童文学"这一最为根本的要素,但也不能"唯儿童文学"。什么意思呢?一方面要"及物",即言之有物,儿童文学史要围绕着儿童文学展开"史"的梳理;另一方面又不能就事论事、自我封闭。除了儿童文学,如果不涉及其他门类或人和事,就会陷入孤立无援的状态。当然,这种开放也是有限度的,舍本逐末的做法有失公允。就浙江儿童文学史的研究而言,我认为这是在"及物"的同时考虑到了"及地"。所谓"及地"是一种"在地性",它将问题的"锚点"落地于中国本土、置身于作家创作的文化土壤。

鲁迅强调做研究要"顾及全篇",也要"顾及全人",这对人文社科研究有着重要的启发意义。在"篇"和"人"的前面加上了"全"以后,就使得问题域不失之静止或单一,赋予了一种全局的意识和视野。我想对于浙江儿童文

学史的研究如此,对于中国儿童文学史的研究亦如此。关于这一点,翔宇教授的《浙江儿童文学史》基本贯彻了这种整体的观念。本书看似是单个浙江作家的儿童文学创作发展史,实质上却牵连着作家创作的常与变,是一种动态的研究思路。在与翔宇交流时,他道出了为什么不用史的脉络钩沉浙江儿童文学发展的百年历程:如果按照一般文学史的写法,浙江的儿童文学作家也能在不同的历史段落中找到坐标,但这样写容易切断作家创作的延续性,历史的分期划分带有很大的主观性,容易人为地将作家的创作条块分割。对于他的说法,我表示理解。这是文学史写作的难度,不同的文学门类可能都会遇到这样的困惑,无论是通史,还是编年史或专题史似乎都难以解决这一问题。既然如此,我觉得不必强求,文学史体例众多,文学史本身的缺憾可以通过多类型的文学史体例去弥补。譬如,编年史可以弥补通史"以论代史"的问题,专题史可以解决编年体无法前承后联的问题。其中,文体史也不啻为一种文学史的新体例,用文体演变来呈现中国儿童文学史的发展也是一种重构文学史的做法。在这方面,已有学者做了大量的工作。此外,如中国儿童文学批评史、学术史、论争史、社团史、思潮史等,也正亟待越来越多的学者关注,做出成果。

我已至耄耋之年,虽日常阅读报纸和书籍,但依然心力不济,难以亲力亲为,很多很好的选题只能留给年轻人去耕耘了。好在我现在头脑还算清醒,也能豁达地接受新鲜事物,因而不会成为一个"老保守"。翔宇和他的学生经常造访,我对他们的建议最多的是放手去干,儿童文学还有很多尚未开垦的"处女地"。当然,困难也难以避免,但至少有这种开创意识,那么很多事情就能办成。我不相信成人不爱孩子,更不相信儿童文学是"小儿科"。儿童文学本身就是指向未来的文学,也是希望之学。愿与全世界同行一起努力,祈福儿童文学!

是为序。

蒋风

2022 年 6 月 20 日

Contents

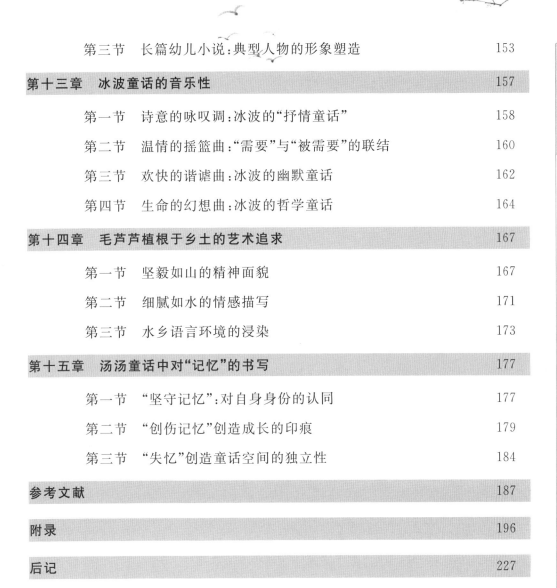

目录

绪　论

　　"中国式现代化蕴含的独特世界观、价值观、历史观、文明观、民主观、生态观等及其伟大实践,是对世界现代化理论和实践的重大创新。"[①]中国儿童文学的知识体系建构依循中国式现代化的道路。当代儿童是未来中国的人才宝库,其成长关系到民族和国家的未来。以培育新时代公民为价值内核的中国儿童文学,对"社会主义新人"主体性价值选择和构建人类文明新形态至关重要,是我国社会主要矛盾变化带来的新特征新要求的内在诉求。

　　浙江深厚的人文传统培育出了众多的贤人雅士,在各个领域都绽放出夺目的光彩。在新文学的发展史上,浙江籍的作家不仅人数众多,而且成果卓著,引领了新文学之"先声"。新文学之"新"主要是相对于旧文学而言的,落脚于对中国现代社会情境中的人的思考。这种思考超越历史、逼近人性,更聚焦其未来发展。一言以蔽之,新文学是"人学"的重要组成部分。一旦将"人"这一主体放置于文学活动的"聚焦镜"下,文学的样貌和品格才会增值提升。这也是五四新文学倡导"人的文学"的根本动因。

　　在给"文学"定义时,界定者往往会将其与"人"的精神活动联系起来。譬如,1931年戴叔清编的《文学术语辞典》中给"文学"的定义是:"把用语言文字表现的人的精神的产物称作文学。"[②]在这种阐释中,作者强调的是作家作为人的精神创造,似乎忽视了作家用语言文字所书写出的人及其思想。应该说,"人学"内含了作家之"人"与作家笔下之"人"两大板块。如能整合这两大板块,势必会加深我们对"文学是人学"的理解。

　　要讨论浙江儿童文学,不能不首先考察浙江文学,尤其是浙江的现代文学。如

---

　　① 习近平.理解和大力推进中国式现代化[EB/OL].(2023-02-08)[2023-03-06].http://jhsjk.people.cn/article/32619731.

　　② 戴叔清.文学术语辞典[M].上海:上海文艺书局,1931:12.

前所述,正是基于"人的发现",才会有中国现代文学的发生。在"人的发现"这一现代性的装置中,随着国人理解和思考"人"的问题走向深入,"儿童"这一曾经被遮蔽的"完全的人"才逐渐浮出历史地表,具有了历史合法性。儿童的真正出场保障了一种专为儿童创作的文类——儿童文学的发生。从这种意义上说,儿童与儿童文学都是"现代"概念,不是本质使然,而是现代的建构。作为一个实体的"儿童"自古有之,但作为文化、文学符码的"儿童"却是伴随着新文化运动才逐渐被"发现"或"发明"出来的。在发现儿童的现代之旅中,儿童本位论思想的作用不可低估。"儿童本位"的提出是基于儿童失去了"本位",被其他群体或个体占据了其本有的位置。儿童本位论是一个西化的思想,在新旧转型的语义场中是一种现代新学。它的内涵包括两方面:一是"儿童"是"人";二是"儿童"是"儿童"。在传统中国,家长制实质上是一种成人的话语伦理,儿童作为人的主体价值是缺失的。因而,儿童本位论对于重释儿童的现代价值提供了合法性的理据,也因此受到先驱者的青睐和推崇。不过,在接受儿童本位论时,现代知识分子改造了儿童本位论的内涵,在前述语义上增加了"儿童非成人"的意涵。这样一来,儿童区别于其他个体的特殊性得到了最大程度的彰显。但缺憾在于切断了儿童与成人之间的同一性及连接性,制造了绝对"二分"的隔离状态①。与儿童本位论相匹配的"复演说"也依循上述逻辑。"复演说"是一种人类学的观念,引入此学说时,先驱者以儿童与原人、儿童文学与原人文学的"家族相似性",及成人与原人、成人文学与原人文学的不同,推导出儿童文学与成人文学的差异性。最终也拉开了儿童文学与成人文学之间的沟壑,搁置了两种文学的内在相通。类似于霍布斯鲍姆所谓"被发明的传统"②,先驱者这种有意强化儿童主体性的做法,在"发明"儿童的同时也"隔离"了儿童。

"儿童的发明"重新确立了"儿童"的主体位置,在恢复其本位的同时也预设了专门或专属的文学门类。围绕"儿童"而开展的文学活动就是儿童文学,蕴含着"为儿童"与"写儿童"的文学形态,也引发了此后关于"儿童文学是什么"的论争。抛开概念和理论的缠绕,单就儿童文学的本质属性而言,儿童文学是"人学"系统的有机构成,更进一步说是关乎人类未来的文学文类。之所以说儿童文学是指向未来的,这与"儿童"的属性密切相关。儿童是"新人",是未来社会的主人翁。这里的"新人"与中国新文学"再造新人"的旨趣不谋而合。当然,新文学所谓的"新人"不局限

① 杜传坤.转变立场还是思维方式?——再论儿童文学中的"儿童本位论"[J].山东师范大学学报(人文社会科学版),2018(1):36-43.

② 霍布斯鲍姆,兰杰.传统的发明[M].顾杭,庞冠群,译.南京:译林出版社,2020:7.

于儿童,也包括了成人。但儿童自成新人的品格很容易成为先驱者想象未来的精神符码,关注儿童成长亦是想象民族国家的近义词。于是,儿童文学顺应了新文学所开创的现代人文传统,自觉地纳入了新文学的话语体系之中。中国儿童文学对于儿童这一"新人"的想象、书写持守着儿童教育及文化启蒙的使命,这实际上包含了一种以儿童为杠杆来开掘主体价值的现代性实践,生成了跨越旧时代向着一种新话语关系迈进的想象空间,它唤起了儿童文学新范式的赋权可能。当"儿童文学"纳入"新文学"体系时,"儿童问题"就上升至"中国问题",在民族国家想象维度释放其巨大的思想解放力。这种被纳入显然与女性文学、民间文学等其他文类有差异,也力证了儿童文学先天的现代性品格。当儿童文学与成人文学一道归于新文学阵营时,"人的文学"才得以统摄"全人",这不仅拓展了人的长度,还在社会历史的坐标中延展了宽度及厚度。

有一个问题:儿童文学何以与"浙江"这一方土地有着如此深厚的联系?这就不能不聚焦浙江文学的传统及浙江作家的文学实践。越文化与中国新文学的关系历来是学者重点研究的对象。其中,从"大传统"和"小传统"两个维度来考察地域文化之于中国新文学的影响的研究最为突出,也取得了诸多理论成果。相对而言,从"近传统"与"远传统"的角度来研究浙江新文学的成果则相对薄弱。事实上,这里所谓的"远"与"近"是一个相对的概念,不是时空的"间距"意义上的远近,而是基于新文学发生发展的资源、动力而衍生出的一组对应的范畴。中国新文学尽管呈现出"新质",但并不是域外文学的副本,其根基在于源远流长的中国文学"传统内"[①]。简言之,中国新文学依循的是民族性、本土性的标尺,但其思想与艺术却是现代性的。从这种意义上说,"近传统"是自五四运动开始从域外传入的现代思想资源,"近"主要是基于其与新文学现代传统确立的亲缘性。而"远传统"的论定则主要源于新文学与传统文学质的区别性。落脚于浙江地域文化与新文学的关系上,西学东渐所带来的现代新学推动了越文化的现代转型,也为浙江作家新文学创作提供了现代资源。从内外两方面去考察,注定会深化我们对于浙江地域文化与新文学关系的研究。

浙江作家的新文学创作推动了中国儿童文学的发展,这是一个不争的事实。如前所述,儿童文学的发生有赖于新文学的整体推动,在"为人生"的现代人文传统的助力下,儿童文学本着育化新人的使命创作了诸多的儿童形象,也奠定了中国儿童文学的民族性与现代性的基石。其中,新文学与儿童文学"互为方法",双向发

① 费正清.剑桥中华民国史(上卷)[M].北京:中国社会科学出版社,1993:10.

力。在文学革命的推动过程中,新文学先驱将儿童文学视为反对旧思想、旧道德、旧文学的推手,纳入新文学思想启蒙的运动之中。文学研究会成员在创构新文学时强调"全人类"意识,不仅将中国新文学带入了世界文学的视野中,而且还将"儿童文学运动"纳入其"为人生"的整个体系内:译介域外儿童文学资源、整理传统资源和创作儿童文学作品。新文学杂志开辟了"儿童文学专栏",为儿童文学的发生鸣锣开道。在文体方面,歌谣运动推动了儿歌与蒙学韵文、民间歌谣的分殊,戏剧革命驱动了儿童剧"歌舞"与"对话"艺术现代性的创新。在创作方面,胡适《尝试集》为儿童诗探路,冰心将儿童小说纳入"问题小说"体系、《寄小读者》开启"写大人的事情给儿童看"的散文之风,郭沫若创作《黎明》为儿童剧做"一个小小的尝试"。从现代性的角度考察,中国新文学观念区别于传统文学观念之处主要表现为:时空意识的变化而引发的看待世界和人生的态度的变化。突出表现为由天道循环论或"天下主义"向历史进步主义和民族国家主义转换。这种"时空"认识的变化以及由此产生的启蒙和救亡意识,最终使中国文学完成了由传统向现代的转型。

在现代儿童文学的创构方面,浙江籍作家开风气之先。鲁迅的《狂人日记》中"救救孩子"的呼吁振聋发聩,带动了中国新文学界对于"儿童问题"的整体思考,也成了其新文学伦理革命的起点。《我们现在怎样做父亲》是一篇关于"现代儿童观"的檄文,鲁迅对于"人之子"的解说是从现代意义而言的,其立场更是新文学的。尽管鲁迅在儿童文学创作方面用力不多,但其在儿童文学翻译、儿童观的创构、儿童文学理论、儿童文学文体等方面的贡献是巨大的。在儿童文学创作上,茅盾、丰子恺、夏丏尊、金近、圣野等人则有效地弥补了鲁迅的缺憾,在儿童文学全文体中辛勤耕耘,为整个中国儿童文学做出了不可磨灭的贡献。在儿童文学理论批评方面,也形成了浙派儿童文学的构架,涌现了蒋风、韦苇、王泉根等颇具个性的儿童文学学者。浙江师范大学是全国较早招收培养儿童文学专业硕士研究生的单位,也是全国为数不多招收儿童文学专业博士研究生的单位。

法国学者丹纳曾将地理环境、种族和时代并称为影响文学的三大要素。中国地大物博,孕育了多元丰富的地域文化。通过地域文化这个中间环节以及区域的人文因素的总结和概括,探究儿童文学的民族性的特质,业已成为学界研究的一个热点。严家炎认为,地域对文学的作用是一种"综合性"的影响,地域文化是其"中间环节"①。从地域文化的角度着眼,出现了一系列有地域文化特色的儿童文学史论著。比较有代表性的有汪习麟的《浙江籍儿童文学作家作品评论集》(1990 年)、

---

① 严家炎.区域文化:研究二十世纪中国文学的重要视角[J].中国文化研究,1994(4):26-29.

马力等的《东北儿童文学史》(1995 年)、刘鸿渝的《云南儿童文学研究》(1996 年)、彭斯远和黄明超的《西南儿童文学作家作品论》(1998 年)、金燕玉的《江苏儿童文学 50 年发展之回顾》(1999 年)、哈斯巴拉等的《蒙古族儿童文学概论》(2002 年)、张锦贻的《发展中的内蒙古儿童文学》(2004 年)、孙海浪的《江西新时期儿童文学综述》(2004 年)、陈子典的《广东当代儿童文学概论》(2005 年)、王泉的《儿童文学的文化坐标》(2007 年)、李利芳的《中国西部儿童文学作家论》(2013 年)、汤素兰等的《湖南儿童文学史》(2015 年)、马筑生的《贵州儿童文学史》(2016 年)等。这些论著以某一个特定区域的代表性作家作品为研究重心,探究了地域儿童文学发生发展的轨迹。显然,此类地域儿童文学史书在重构整个中国儿童文学地图方面的作用不言而喻,但是其在勾连地域文化"远传统"与现代中国"近传统"方面还有进一步拓展的研究空间。

在中国儿童文学的空间探索上,文学史家还将视野拓展到了少数民族创作的儿童文学领地。少数民族儿童文学是中华文化、东方文明宝库中极重要的一个部分。56 个民族所创作的儿童文学寄予了作家对新一代人的热切期盼和殷切希冀,民族传统美德和民族文化精粹深藏其中。在历史前行和时代发展中,少数民族儿童文学已成为反映少数民族文化的一种独特符号。在这方面,最有代表性的学者是张锦贻。她著有《民族儿童文学新论》(2000 年)、《少数民族儿童文学的主题嬗变与创作衍变》(2000 年)、《中国少数民族儿童文学》(2009 年),主编作品集《中国少数民族儿童小说选》《中国少数民族儿童文学选(1949—1999)》《中国当代少数民族儿童文学原创书系》《民族儿童文学新论》《发展中的内蒙古儿童文学》,选编作品集《中国北方少数民族故事精选》《中国民间童话·蒙古族》等。其研究拓展到了少数民族聚居的村落与荒原,开掘了少数民族儿童文学独特的精神表征与艺术形态。此外,扎哇所编的《藏族儿童文学概论》(2005 年)等主要聚焦少数民族儿童文学的"民族性"特征,将少数民族儿童、民族的心理素质与时代的发展趋势有机地融合为一个整体,丰富了中国儿童文学的民族性、民俗性的品格。

值得注意的是,港澳台地区的儿童文学也是中国儿童文学史重点关注的部分。蒋风的《走向 21 世纪的香港儿童文学》(1996 年)在对香港儿童文学做了历史考察后,还阐述了其现状,并对 21 世纪的香港儿童文学进行了展望。周蜜蜜主编的《香江儿梦话百年(20—50 年代)》(1996 年)、《香江儿梦话百年(60—90 年代)》(1996 年)对香港儿童文学的基本面貌进行了梳理,对作家作品"散点"的介绍也能透析香港儿童文学史的行进历程。陈国球的《香港文学大系(1919—1949)》(2014 年)专设了"儿童文学卷",收录 20 世纪 30 年代中期到 20 世纪 40 年代末在香港出版的儿童

文学作品,涵盖理论、诗歌、童话、故事、戏剧、寓言及漫画,展示香港早期儿童文学发展的面貌。陈木城的《台湾儿童文学发展简史》(1989 年)、洪汛涛的《台湾儿童文学》(1990 年)、洪文琼的《台湾儿童文学史》(1994 年)、林文宝的《台湾区域儿童文学概述》(1999 年)较清晰地梳理了台湾儿童文学在不同阶段发展的状况,对其中重要的作家作品也以专题的方式予以阐释,在史的维度上基本上能把握其发展的轨迹。在史料整理方面,洪文琼的《(1945—1990 年)儿童文学大事纪要》是目前影响较大的史料集。此外,孙建江的《二十世纪中国儿童文学导论》(1995 年)、张炯等的《中华文学通史》(1997 年)、蒋风等的《中国儿童文学史》(1998 年)、张永健的《20 世纪中国儿童文学史》(2006 年)专门设置了一个章节"台港澳的儿童文学",以概述及作家作品分析的方法较为详细地梳理了其独特的历史发展轨迹和发展特征。

近年来,与地域文学相关联的概念"地方路径"也成为学界关注的热点。地方路径的提出实质上是对此前空间地理学意义上的区域文学、地域文学的一种深化。这种深化,用李怡的话来说即是:"在根本上还是一种自我发现或者说自我认知深化的结果。"①在笔者看来,地方路径和地域文学都是动态的概念,前者意味着将路径动态化,包括路径的获取、形态、运用等方面的内容;而后者的动态性体现在其与其他区域文学、整体文学的联动。相对而言,地方路径更注重其介入整体文学的方案,而地域文学则更突出其自足的系统及内在结构的贯通。在文学史的框架内考察地域文学或地方路径,要超越中心/地方的单一性分类,也要改变将文学史等同于区域文学史的总和的观念。无论是地域文学还是地方路径,都要确立其主体性,它们的存在不依赖整体文学的体系才具备合法性,两者自有其独特性及主体性。事实上,地域文学或地方路径也是切近整体文学的一种"方法",而这种方法和路径的基座是中国。确立了这一坐标后,地域文学与地方路径的动态性才得以夯实于中国大地。从整体到局部来看,受到现代中国文学的整体性、宏观性的影响,地域文学的丰富性、特殊性曾屡遭遮蔽。基于这种自上而下的理论偏误,地方路径这种自下而上的知识装置也就应运而生。在这里,地方并不是溢出整体系统的他者,是"中国"本身②。有此认知,我们不能做简单的条块分割,切断"地方"与"文学中国"的有机联系③。作为中国儿童文学史中重要的组成部分,浙江儿童文学史的编撰非常有必要。其必要性在于丰富地域儿童文学史的图景,为区域儿童文学的整体勾

---

① 李怡.从地方文学、区域文学到地方路径——对"地方路径"研究若干质疑的回应[J].探索与争鸣,2022(1):63-69.

② 李怡."地方路径"如何通达"现代中国"——代主持人语[J].当代文坛,2020(1):66-69.

③ 李永东.中国现代文学研究的地方路径[J].当代文坛,2020(3):120-126.

连提供理论资源。同时,从浙江文学的整体结构看,编撰浙江儿童文学不是一种"量"的提升,而是"质"的生成。这种"质"的生成突破了"儿童文学"+"成人文学"的机械叠加,是基于现代中国动态语境下"人"完整形态的思考,更是对两种文学复杂关系的延伸与关联。其结果不仅刷新了浙江文学史的新形象,还深化了整个现代中国文学的深层结构。

在编撰浙江儿童文学史的过程中,笔者基本依循史的脉络,但不囿于以往中国儿童文学史的分期标准,而是以浙江作家的儿童文学创作为主线,以作家个案来反映社会结构的方式,散点透析浙江儿童文学史的品格及演进。这种思路意在绕开文学史编撰过程中"以论代史"或编年撰史的缺憾,重新回到作家作品的本位上来。但这种回归文本和作家的做法,又不是以放逐历史意识为代价的。恰是基于百年中国的历史语境,浙江儿童文学的发展铭刻了中国本土的印记,这种印记中也包含了浙江源远流长的文化传统及精神。

1.1 课前思考

鲁迅"儿童观"与浙江儿童文学史的开端

　　为了对抗传统文化对儿童的戕害与扼杀,启蒙者采取的文化策略是以"童心崇拜"来替代"祖先崇拜"。前述以血缘伦理来控驭儿童思想的观念就在"人"的价值的平等体系中显得脆弱了,以孝顺、服从来回馈生育恩情的"孝子"也受到了质疑。胡适以"父亲"之名指出,"养你教你"是"人道的义务",而非"恩谊"。主张以"堂堂正正的人"来取代"孝顺的儿子"①。父权、孝道盛行的年代是鲜有"审父"意识的。鲁迅的《我们现在怎样做父亲》正是站在儿童未来发展的立场上来审思"父亲""父权"的重要理论文章。鲁迅将"父亲"分为两类:一种是"孩子之父";另一种是"'人'之父"。两者的区别在于前者是"生而不教",而后者则是"生而有教"。其中,教育是将孩子与"完全的人"联系起来的渠道。正因为有了教育,儿童才能逐渐远离神圣父权的奴役,在进化的大道上"发展生命"。鲁迅以一种自审的方式来考量父子关系,他强调以"亲情"代替"孝道",从儿童的独立来重审"人"的价值:"子女是即我非我的人,但既已分立,也便是人类中的人。因为即我,所以更应该尽教育的义务,交给他们自立的能力;因为非我,所以也应同时解放,全部为他们自己所有,成一个独立的人。"②由于廓清了父子之间的权利与义务,胡适和鲁迅的新型儿童观就在平等对话的机制中得以确立,其价值指向儿童的独立、自由。以"儿童为本位"的儿童观取代"成人本位"逐渐成为一种新的传统,汇聚于中国新文化运动的现代潮流之中。

---

　　① 适.我的儿子[J].每周评论,1919-8-3.

　　② 鲁迅.我们现在怎样做父亲[M]//鲁迅.鲁迅全集(第1卷).北京:人民文学出版社,2005:141.

第一节 "幼者本位"与鲁迅新人想象的基点

鲁迅"幼者本位"观念的提出与其所洞悉到的"善种学"有着内在的关系。从生物学的科学理念出发,"善种学"的落脚点是儿童,唯有儿童才能冲决历史遗传与循环往复的死寂文化,这为其推行指向未来的儿童观提供了科学的基础。然而,从"善种学"的理念中鲁迅又发现了"遗传的可怕"。换言之,要想儿童之"种"在中国的土壤里兴旺发达,起决定性作用的是遗传学意义上的父辈,而非儿童。这即是鲁迅关于遗传学的发现:"父母的缺点,便是子孙灭亡的伏线,生命的危机。"然而,一旦这种儿童"种"的希望根植于"老中国"里的父辈时,鲁迅陷入了迷茫与绝望。这意味着鲁迅不仅要毁破"铁屋子"(文化土壤),还要彻底颠覆遗传学、文化学意义上的传统。这使得鲁迅陷入了借遗传学来反遗传学的悖论之中,其结果是"幼者"难堪历史主体的重任[①]。鲁迅很关注"弱者"的生存处境,悲悯其身处社会边缘的非人际遇。他笔下的"儿童"既以弱者的形象出场,但又因其作为新人想象的符码而参与了现代民族国家主体身份认同的话语实践。于是,鲁迅的儿童书写的内在逻辑呈现出充满张力的路向:一方面在现代认同环节中儿童想象暗合了由弱而强、去旧从新的宏大主题,另一方面又因儿童不具备言说能力而被迫屈从于成人的话语体系。换言之,对儿童镜像功能的描绘,表面上契合了启蒙话语的现代与进步的诉求,但在本质上却也隐含了儿童仅仅作为被描写、被解放的他者镜像功能。在鲁迅的文学实践中,儿童往往"作为一种方法",在现代话语表述中的结构性功能被纳入成人视野而被赋予了全新的内涵,最终指向的是作家对于现代民族国家主体性想象的社会实践层面。问题是,"儿童"是如何被建构和生产的?在这个过程中,利用了哪些不同的且相互关联的概念?而有关儿童的惯用观念是遭受了压制,还是继续发挥着作用?通过将建构的"儿童"与想象的"中国"进行观照,鲁迅笔下的儿童又是如何在其历史、民族以及中国过渡性的文化语境中被想象性地建构起来的?这些问题的提出有助于洞悉儿童主体被言说的话语实践以及越过儿童镜像所揭示的鲁迅儿童文学观念的丰富内涵。

鲁迅的深刻性在于,他将"立人"与"立国"并举,在鞭挞"老中国儿女"国民性的同时,也极力呼吁和颂扬新人的横空出世,而这种新人则是未来中国的希望,"新生

---

① 孙尧天."幼者本位""善种学"及其困境——论"五四"前后鲁迅对父子伦理关系的改造[J].文艺研究,2020(7):70-81.

一作,虚伪道消"①。由此,儿童就从成人本位的话语牢笼中解救出来,成为鲁迅破毁"铁屋子"文化系统的有效武器。由鲁迅所开启的"救救孩子"的呐喊冲击着厚积文化惰力的成人文化大堤。他批判那些奴化儿童的"大国民的风度",认为"真的要'救救孩子'。这'于我们民族前途的关系是极大的'"②。然而,不容忽视的事实是,"老中国"的主奴社会框定了强者与弱者,在占多数的弱者之中还有更弱者。儿童往往是作为"更弱者"的角色而存在的,他们被动地受制于同为需要启蒙的成人的话语体系之中。阿Q(《阿Q正传》)很讨厌假洋鬼子头上的假辫子,认为假洋鬼子"没有做人的资格"。当他碰见假洋鬼子时,阿Q骂其"秃驴"来宣泄自己的不满。然而毕竟身份相差悬殊,他还是难逃假洋鬼子的一顿揍打。在讨饶中,他指着近旁的一个孩子申辩道:"我说他。"在此,作为被欺凌的阿Q将自己所受的羞辱转嫁到他想象中的更弱者(孩子)身上。在这里,这个小孩子就成为一个被随意借代的对象,比阿Q的地位还低,是名副其实的"弱者中的弱者"。这当然不是一个孤例,儿童被成人界定、驱使和规训的现象在鲁迅的小说中俯拾即是。他们没有言说自己的能力,只是成人借之表述自我思想的载体或工具:《药》中的华小栓是几乎没有言语的,留给读者的印象只是他不停咳嗽的样子;《明天》中的宝儿没有任何生命迹象,人们看不到他的挣扎,听不到他的声音,在"和光同尘"的死寂中悄无声息地死去;《狂人日记》中的妹妹没有出场的描写,她只是一个被吃的魅影。这些儿童俨然是"待死"的生物,其"暗暗的死"表征着生命的过早衰亡。还有一类儿童,他们尽管身体没有夭亡,但精神早已麻木。如《示众》中卖包子的胖孩子、戴雪白小布帽的小学生以及老妈子抱在手里的婴孩,都是无名的失语者,一有热闹就"像用力掷在墙上而反拨过来的皮球一般"飞奔上前,麻木的灵魂下只剩光秃秃的躯体,其冷漠的心灵和沉默的暴力同样成为"被示众"的对象,与周围的成人看客毫无二致。在鲁迅的意识中,这些失语的儿童只是一些可怜的生物,他们没有自我意识,没有生存的希望,演绎着"几乎无事的悲剧"。徐兰君曾将鲁迅笔下那些没有成长的希望,从来没有自己的声音的儿童形象定义为"鬼魅儿童"。她提出了一个问题:"虽然鲁迅一再赞美儿童的力量,强调儿童/成人的价值秩序,然而,儿童的解放却似乎端赖成人的行动,那么究竟儿童是救国的主体,还是无力的待救者?"③这一反问颇有深意,切中了鲁迅对于儿童问题思考的复杂性和矛盾性。但是,在鲁迅复杂体验里潮涌

---

① 鲁迅.文化偏至论[M]//鲁迅.鲁迅全集(第1卷).北京:人民文学出版社,2005:56.

② 鲁迅."立此存照"(七)[M]//鲁迅.鲁迅全集(第6卷).北京:人民文学出版社,2005:25.

③ 徐兰君,琼斯.儿童的发现:现代中国文学及文化中的儿童问题[M].北京:北京大学出版社,2011:142.

第一章　鲁迅「儿童」与浙江儿童文学史的开端

发酵的,依然是对未来中国的忧思以及对强民救国的凝眸。在批判"无声中国"里儿童失语现象的同时,鲁迅也期待能说会道的新人的出现,用"伟美之声"来打破沉寂。有感于国民集体沉默的精神弊病,鲁迅呼吁知识分子应先发出"雄声""至诚之声",以培养善美刚健的国民,"自己觉醒,走出,都来开口"①,"世上如果还有真要活下去的人们,就先该敢说,敢笑,敢哭,敢怒,敢骂,敢打,在这可诅咒的地方击退了这可诅咒的时代"②。概而言之,从鲁迅"内的努力"和进化观念来看,儿童确实可能成为现代中国的价值主体,"后起的生命,总比以前的更有希望,更近完全"③。但从儿童自身发展的状况考虑,儿童身上有着对成人无法割舍的依赖性,这又限制了其个人话语的抒发。一旦他们被"酱"入成人的"黑色染缸"而无力自救时,他们也就只能是无力的待救者。这种"可能性"和"可行性"的错位让鲁迅启蒙儿童的实践陷入困境,也预示了现代知识分子"儿童救国"方案的艰难历程。

鲁迅关注弱者的根由,除了"少爷沦为没落子弟"的童年"羞辱的体验"外④,还有更为伟大的家国情怀的因素在。在现代中国,弱者身份之所以被知识分子关注,最为主要的原因是近代中国的劣败经验,是弱国子民期待国家自强的文化心理反应。被定义为"贫弱民族"的心理阴影始终蚕食着有民族责任感的中国知识分子,他们聚焦于中国走出弱者处境进而自强的目标上。这种现代焦虑感是一种被强行拉入,并深陷现代国家体系中"弱者"的结构性困境下的民族意识。一般而论,儿童的弱者身份是很难与"救国"使命的承担者相提并论的,因为只有强者才能承担拯救民族国家的重任。然而,正是借助这种弱者身份,先觉者将中国"种性"和"族性"的提升寄希望于弱者身份的现代变革,这正是鲁迅"新人想象"的逻辑起点。但是,这种从旧到新的话语转化内蕴着这样的话语偏狭:由弱而强的价值预设容易制造廉价的"强者神话",弱者蜕变的可能性被揭示出来,而不可反抗的弱者处境以及弱者先天的根性却被遮蔽。最终,这种跪求"他救"的意识自然会漠视弱者本是弱者的事实。鲁迅显然不认同阿Q那样的精神"自救"所制造的"弱者神话",也不认可其因臆想"革命"而衍生出的"强者神话"。正是弱者这种复杂的"自我"与"他者"的纠葛,让鲁迅的儿童书写难免陷入"他救"与"自救"的两难困境中。

① 鲁迅.俄文译本《阿Q正传》序及著者自叙传略[M]//鲁迅.鲁迅全集(第7卷).北京:人民文学出版社,2005:8.
② 鲁迅.忽然想起·五[M]//鲁迅.鲁迅全集(第3卷).北京:人民文学出版社,2005:45.
③ 鲁迅.我们现在怎样做父亲[M]//鲁迅.鲁迅全集(第1卷).北京:人民文学出版社,2005:133.
④ 鲁迅.《呐喊》自序[M]//鲁迅.鲁迅全集(第1卷).北京:人民文学出版社,2005:445.

应该说,儿童这一镜像沉潜着成人的现代性话语经验,两者的冲突与互动重构了鲁迅的儿童学观念:一方面,替儿童发声的成人必须努力地挣脱过去、传统或非现代性的弱者身份才能在全新的文化体系中确证自我的思维畛域;另一方面,他又需要在为儿童代言时将自我界定为儿童话语的来源和出处。这意味着儿童与成人的话语边界必然存在着"断裂"和"扭结"的两歧性。在此张力结构中,儿童与成人的关系类同于现代与传统比照中的强弱关系,强者通过弱者的断裂、解体确立自身价值,进而又用一种现代性话语来表述与自己全然不同的传统,或者说是现代性的话语使得我们对于传统的表述得以可能。因为如果没有弱者这个中介的话,强者是无法完成自我表述的。换言之,那些被我们描述为弱者的儿童话语只有在强者的成人话语中才能获得其意义。

在确认儿童"新人"隐喻的过程中,鲁迅并未简单地在新旧性质的差异中区隔儿童与成人,而是在儿童与成人的张力结构中找寻共通点和交融点。通过自然性和社会性的对接、融通,儿童与成人被统摄于现代中国的动态文化结构之中。而这体现了鲁迅在儿童问题上的深刻认知:儿童具备纯粹自然的天性,但也因所置身的文化土壤而潜伏着危机。在鲁迅看来,沾染了"老中国"习性的儿童和病态早亡的成人没有什么两样,他对于生活在"黑色染缸"土壤中的儿童怀着深深的警惕和担忧,"孩子们在瞪眼中长大了,又向别的孩子们瞪眼,并且想:他们一生都过在愤怒中。因而愤怒只是如此,所以他们要愤怒一生,——而且还要愤二世、三世、四世,以至末世"[①]。

杨念群曾从"身体"的角度出发来探讨国人的身体感觉的改变、改造及自我认同危机。其中,"得病的身体"[②]被视为一种文化隐喻表呈了现代知识分子想象中国的一种进路。较之于西方儿童形象,中国儿童的自然性相对萎缩,社会性而超前膨胀。于是,在鲁迅的笔下,"早熟"或"早衰"的儿童形象铭刻着"老中国"的沉重烙印:"一到大路上,映进眼帘来的却只是轩昂活泼地玩着走着的外国孩子,中国的儿童几乎看不见了。但也并非没有,只因为衣裤郎当,精神萎靡,被别人压得像影子一样,不能醒目了"[③],"公园里面,外国孩子聚沙成为圆堆,横插上两条短树干,这明明是在创造铁甲炮车了,而中国孩子是青白的,瘦瘦的脸,躲在大人的背后,羞怯

①　鲁迅.杂感[M]//鲁迅.鲁迅全集(第3卷).北京:人民文学出版社,2005:52.
②　杨念群.再造"病人":中西医冲突下的空间政治(1832—1985)[M].北京:中国人民大学出版社,2013:3.
③　鲁迅.上海的儿童[M]//鲁迅.鲁迅全集(第4卷).北京:人民文学出版社,2005:580.

的,惊异的看着,身上穿着一件斯文之极的长衫"①。在呈示的中外儿童的差异对照中,读者能根据差异建构起自我认同并对这种文化差异产生强大的震撼感。显然,那种精神萎靡、躲在大人背后的中国儿童是"道德中国"的形象隐喻,鲁迅用一种"揭丑"的方式将儿童的身体及精神构图生动地书写出来,成为其反思中国社会的重要途径。与此同时,鲁迅还指出当时中国的一些"儿童画"中儿童身体的中外差异:"现在总算中国也有印给儿童看的画本了,其中的主角自然是儿童,然而画中人物,大抵倘不是带着横暴冥顽的气味,甚而至于流氓模样的,过度的恶作剧的顽童,就是钩头耸背,低眉顺眼,一副死板板的脸相的所谓'好孩子'。这虽然由于画家本领的欠缺,但也是取儿童为范本的,而从此又以作供给儿童仿效的范本。我们试一看别国的儿童画罢,英国沉着,德国粗豪,俄国雄厚,法国漂亮,日本聪明,都没有一点中国似的衰惫的气象。"②在鲁迅看来,中国画本所呈现出的身体形态都是以本国儿童为范本,切合了传统中国的精神气质。更为可怕的是,这种"脸相"还在一代代延续,"又以作供给儿童仿效的范本"。在哲学上,身体是一种表征意识形态话语的载体。福柯曾用"烙满历史印记的肉体和糟蹋着肉体的历史"来表述身体与历史的关联。③ 换言之,一切人类社会和文化均以人的"身体"为出发点,人身体的历史就是人类社会和文化的历史的缩影。鲁迅正是从儿童的身体延展到精神的层面上来反思其所在的中国社会的,他笔下的病态儿童没有生机,缺乏生命力,为"疾病中国"的现状做了很形象的脚注。在鲁迅看来,没有完善精神的躯体是没有意义的,只能成为庸众的构成要素,其"立人"实践更倚重从思想层面上改良人的精神。与此同时,在审思国民身体的表征时,鲁迅还将目光注视于控制国民身体的各类权力者以及附于其上的权力机制。"身体"书写背后的政治内涵值得关注,儿童是新民,有着崭新的身体表征。然而,在鲁迅的笔下,儿童却过早地染病、得病,在"健康/疾病"的"西方/东方"④同构的语境下,将疾病的描绘、诊治与国民精神及国家形象的改造紧密地交织在一起。《风波》里的六斤被她的父母裹上了小脚,一瘸一拐地在临河土场里走着。⑤ 在这里,六斤不能支配自己的身体,既然身体都无法控驭,就更遑论思想的解放了。《药》中一段描写华小栓身体的话更是触目惊心:"只有小栓坐

---

① 鲁迅.玩具[M]//鲁迅全集(第5卷).北京:人民文学出版社,2005:523.

② 鲁迅.上海的儿童[M]//鲁迅全集(第4卷).北京:人民文学出版社,2005:580.

③ 福柯.权力的眼睛[M].严锋,译.上海:上海人民出版社,1997:71.

④ 李音.再造"病人"——19世纪与20世纪之交中国文界"疾病隐喻"的发生[J].文艺争鸣,2012(9):59-62.

⑤ 鲁迅.风波[M]//鲁迅全集(第1卷).北京:人民文学出版社,2005:499.

在里排的桌前吃饭,大粒的汗,从额上滚下,夹袄也贴住了脊心,两块肩胛骨高高凸起,印成一个洋文的'八'字。"①无论是面目憔悴、眼神无光,还是少年老成的儿童,都是特殊语境中的产物,鲁迅书写了各类形形色色的国人形象,对其病象的文学表达体现了他对"老中国"儿女的伦理关怀及独特的社会批判立场,其精神指向则是儿童所栖身的文化土壤和中国情境。

 ## 第二节 "无恩有爱"与鲁迅儿童文学观的现代性

为了凸显儿童的自然品格,鲁迅着力击碎成人强加于儿童身上的伦理枷锁。在他看来,长者驯化幼者的目的就是使幼者变成奴隶,甚至成为其奴役他人的帮凶。他曾以蚂蚁掠取幼虫为例来阐释奴役的生产机制:"武士蚂蚁"不掠取成虫的原因是因为"已经难施教化了",而掠取幼虫和蛹则不同,"使在盗窟里长大,毫不记得先前,永远是愚忠的奴隶,不但服役,每当武士蚁出去劫掠的时候,它还跟在一起,帮着搬运那些被侵略的同族的幼虫和蛹去了"。这种奴役的结果是幼者"不但'正视',连'平视''斜视'也不许"②。自《狂人日记》中街上的女人对着自己的儿子喊"我要咬你几口才出气"始,在"道德中国"里,成人对儿童身体的武力规训成为一种常态。如《风波》里的六斤不小心摔坏了当作"玩具"的空碗,等待她的是被大人"一巴掌打倒"。③《幸福的家庭》里写道:"拍! 他腰骨笔直了,因为他根据经验,知道这一声'拍'是主妇的手掌打在他们的三岁的女儿的头上的声音。"④《弟兄》里的荷生向伯父沛君提出想上学的请求,却招致"铁铸似的"巴掌劈过来,他无奈地接受了来自父权"最高的权威和极大的力"⑤的压制,进而陷入了长时段的无语之中。鲁迅洞悉了这种权力机制背后所隐藏的代际伦理的根由。这种思维生成的机制恰如《端午节》中方玄绰所言:"譬如看见老辈威压青年,在先是要愤愤的,但现在却就转念道,将来这少年有了儿孙时,大抵也要摆这架子的罢,便再没有什么不平了。"⑥正因为"子"即是将来的"父",所以成人对儿童的规约也变得理所当然。这种思维的结果是,幼者在尊崇"孝"的同时,也就只能被迫选择顺从父辈。为此,鲁迅批判了

---

① 鲁迅.药[M]//鲁迅.鲁迅全集(第1卷).北京:人民文学出版社,2005:465.
② 鲁迅.新秋杂识[M]//鲁迅.鲁迅全集(第5卷).北京:人民文学出版社,2005:286.
③ 鲁迅.风波[M]//鲁迅.鲁迅全集(第2卷).北京:人民文学出版社,2005:496.
④ 鲁迅.幸福的家庭[M]//鲁迅.鲁迅全集(第2卷).北京:人民文学出版社,2005:40.
⑤ 鲁迅.弟兄[M]//鲁迅.鲁迅全集(第2卷).北京:人民文学出版社,2005:143.
⑥ 鲁迅.端午节[M]//鲁迅.鲁迅全集(第2卷).北京:人民文学出版社,2005:560.

第一章 鲁迅『儿童』与浙江儿童文学史的开端

成人遗忘的心理机制及不懂得换位思考的国民痼疾，"忘却了自己曾为孩子时候的情形了，将他们看作一个蠢材，什么都不放在眼里"①，"做儿子时，以将来的好父亲自命，待到自己有了儿子的时候，先前的宣言早已忘得一干二净了"②。

鲁迅曾将中国社会概括为"爸爸类社会"③，在"亲权重，父权更重"的中国，"长幼有序""父为子纲""三年无改于父之道，可谓孝矣"等家族观念盛行，长辈决定和规范着幼辈、晚辈的行为和命运，导致了"置重应在将来，却反在过去"的反进化的结果。《祝福》中的祥林嫂是以"听话"的标准来体认其与阿毛的关系，"他是很听话的，我的话句句听"。《故乡》中"我"与中年闰土相见后，母亲希望我们以兄弟相称，闰土说："阿呀，老太太真是……这成什么规矩。那时是孩子，不懂事。"中年闰土深受等级思想毒害之深可见一斑，"懂事"就是选择做奴才，称呼"我"为"老爷"。他还让躲在背后的儿子"给老爷磕头"，更是要把这种奴才的传统传给下一代。为此，鲁迅以"死相"和"未字先寡"来概括在父权统摄下儿童的生存状态："长辈的训诲于我是这样的有力，所以我也很遵从读书人家的家教。屏息低头，毫不敢轻举妄动。两眼下视黄泉，看天就是傲慢，满脸装出死相，说笑就是放肆。"④也正是这种无反抗的姿态使得儿童始终接受着长辈的教化，一代代延续而成为习以为常的规则。基于此，鲁迅指出，"倘有人作一部历史，将中国历来教育儿童的方法，用书，作一个明确的记录，给人明白我们的古人以至我们，是怎样的被熏陶下来的，则其功德，当不在禹下"⑤。《风波》里的六斤尽管也曾诅咒过祖母，称其为"这老不死的"，但她也仅限于"藏在乌桕树后"大声地喊，并不敢当面忤逆自己的长辈。鲁迅对中国教育儿童的历史的思考体现了他批判历史、直面现实的努力，在这样的教育体系中驯化出来的儿童不可能成为真正意义上的自由、独立的个人，"低眉顺眼"的奴才相是儿童形象的高度概括。

在鲁迅的意识中，要使儿童摆脱被奴役的命运必须对其启蒙，然而，成人启蒙的间接性与儿童成长之间的不对位使得这一启蒙工程变得难以为继。在"为自己"与"为他人"的问题上，鲁迅坦言无法摆脱两者的矛盾，"我为自己和为别人的设想，

① 鲁迅.论睁了眼看[M]//鲁迅.鲁迅全集(第1卷).北京:人民文学出版社,2005:251.
② 鲁迅.看图识字[M]//鲁迅.鲁迅全集(第6卷).北京:人民文学出版社,2005:37.
③ 鲁迅.从孩子的照相说起[M]//鲁迅.鲁迅全集(第6卷).北京:人民文学出版社,2005:83.
④ 鲁迅.忽然想到(五)[M]//鲁迅.鲁迅全集(第3卷).北京:人民文学出版社,2005:44.
⑤ 鲁迅.我们怎样教育儿童的?[M]//鲁迅.鲁迅全集(第5卷).北京:人民文学出版社,2005:271-272.

是两样的"①。这似乎印证了波伏娃所说的:"让压迫者对被压迫者讲述他的压迫,在道义上就是可疑的。"②这种质疑让我们再次将视野挪回到"弱者能发声吗"的问题上。既是"当事人"又是"法官"的成人难以真正言说他者。这样一来,成人创作的作品也很难让儿童感同身受,成人创作者与儿童读者之间存在着难以克服的障碍。正如孙伏园读了《狂人日记》中"救救孩子"的话后感悟到,这篇小说晦涩、深奥,儿童是读不懂的,阅读成了大人的事,而且"至少要有孩子的人才有读的资格"③。

鲁迅文学创作揭示了启蒙者艰难的"去非人"过程,其文本深层结构隐藏着这样一个悖论:善意的启蒙动机却获致恶性的启蒙效果。质言之,对儿童的启蒙可能换来儿童无情的仇视和攻击,这种"反噬"的文化图示体现了鲁迅反思儿童启蒙时的深刻性与现代性。《狂人日记》《孤独者》和《长明灯》等小说里的儿童完全不顾念启蒙者的善意与真诚,或予以嘲讽,或付之以仇视的目光,而且还喊出了"杀"声。《药》中的夏瑜是作为"医生"(启蒙者)而出现的,然而,更为吊诡的是"医生"被"病人"(华小栓)作为"药"吞进肚子里,无药可救死去了,彻底撕破了启蒙神话,也解构了"医生"与"病人"之间的诊治关系。"早熟"或"早衰"的儿童伤透了鲁迅的心,也让其产生了对于"救救孩子"的质疑。

儿童镜像与成人话语之间关系的确立,为鲁迅儿童观念的生成与实践提供了必不可少的话语资源。对于鲁迅这一代知识分子而言,除了要化用古今中外的儿童文学资源外,还要重构中国现代儿童文学范式。儿童文学的范式危机是伴随着新的方法论和思想资源的引入而逐渐凸显的,观念的递嬗和逐新则进一步加大了范式危机的程度。而这种范式危机主要表现为旧有形态的总体原则的失效和批评话语的断裂。中国古代的儿童观念、儿童教育、儿童读物难以适应时代的发展,要培养和提升儿童的思维、人格,需要有民主、科学等现代精神的烛照,"别求新声于异邦"成了中国儿童文学界的共识和自觉的诉求。

面对中国现代儿童文学的范式危机,中国儿童文学先驱从三方面着力于理论与实践的话语创构:一是大规模地译介外国儿童文学作品与理论;二是全面整理中国传统儿童文学资源;三是创作全新的现代儿童文学作品。需要说明的是,中国儿童文学的发生是被动的,是在"西学东渐"的背景中孵化生成的。因而,必须先有西

---

① 鲁迅.两地书·二四[M]//鲁迅.鲁迅全集(第11卷).北京:人民文学出版社,2005:81.

② 波伏娃.第二性[M].陶铁柱,译,北京:中国书籍出版社,1998:213.

③ 程光炜."想象"鲁迅——当代的鲁迅研究及其他[J].南方文坛 2003(4):20-28.

方儿童文学资源传入的先机才可能有中国儿童文学的全面出场,这一过程是不可逆的。对于儿童文学资源,鲁迅是兼有中西文化互涉的思维的。对于陈旧的儿童读物,鲁迅表现出不信任的态度。在《我们怎样教育儿童的?》中,他将矛头指向了添加了厚重奴化色彩的陈旧读物,认为这对于儿童是"决计没有好处的",唯有做教育儿童的"真正的学究"才有功德①。而对于那些诓骗儿童"上阵杀敌""做文官武将"等言论,他都将其视为"昏话"。鲁迅是较早通过翻译童话来育化儿童的先觉者,从其对外国童话资源的选择动机与翻译策略来看,他翻译了诸多富有童稚的童话,但并未沉浸于儿童自然性的想象空间中,而是找寻与成人话语有着契合的精神向度,他肯定了高尔基"做给成人看的童话"所达到的艺术效果②,这种童话译作生发出超越单纯儿童趣味的成人化的启示。事实上,西方童话中也照样有着或隐或现的现实内涵,也隐含着作家深邃而微妙的价值取向,这些都构成了儿童阅读的潜在的知识体系:"凡童话文学的形式,最是自由,以此自由形式,而将人生观,或自己理想或讽刺或暗示或哲学等都包含进去,始能有童话文学的真价值。所以童话文学,其思想必甚新鲜活泼,其生命必甚健全充实,其组织必甚自由生动;语虽甚浅,而其中有甚深刻思想甚新冽人生存在;题虽甚小,而其中有伟大意义内含。"③可以说,完全抛却思想的童话是不存在的,客观理性的思想的介入对于儿童而言是有裨益的。强调"硬译"的鲁迅在翻译文本的选择上具有强烈的政治倾向性,他选择翻译的文本集中在正处于"专制与革命对抗"的俄国和正处于"抵抗压迫、求自由解放"的东欧诸国的文学作品中。

第三节 "真的人"与鲁迅童话翻译的主体性

应该说,鲁迅译介外国资源时,一方面强调儿童自然天性的输入,另一方面也不忽视儿童的社会性教化。这种将儿童性(自然性)与成人性(社会性)融合在一起的思维引领了儿童文学的中国化进程,并由此成为一种翻译传统。对于"童话"这种文体,鲁迅将其区隔为两种:一种是"成人的童话",另一种是"儿童的童话"。不过,鲁迅却肯定那种"溢出"读者边界的文体。他曾高度评价"并不专限于儿童"的

---

① 鲁迅.我们怎样教育儿童的?[M]//鲁迅.鲁迅全集(第5卷).北京:人民文学出版社,2005:271-272.

② 鲁迅.俄罗斯的童话[M]//鲁迅.鲁迅全集(第8卷).北京:人民文学出版社,2005:515.

③ 冯飞.童话与空想[J].妇女杂志,1922(8):55-61.

《勇敢的约翰》、"不大像童话"的《俄罗斯的童话》即是例证。就高尔基的《俄罗斯的童话》而论，鲁迅指出该童话集"说是做给成人看的童话罢，那自然倒也可以的"。高尔基的这种童话创作尝试是超越童话边界的，"所写的却全不像真的人，所以也不像事实，然而这是呼吸，是痱子，是疮痕，都是人所必有的，或者是会有的"。因而也是超越国界的，是世界的，"写出了老俄国人的生态和病情，但又不只是写出了老俄国人，所以这作品是世界的；就是我们中国人看起来，也往往会觉得他好象讲着周围的人物，或者简直自己的顶门上给扎了一大针"①。又如《小约翰》，鲁迅认为这是一篇"象征写实的童话诗"，是"无韵的诗，成人的童话，并且是超过了一般成人的童话"。在童话的开篇，作家提醒读者："我的故事，那韵调好像一篇童话，然而一切全是曾经实现的。设使你们不再相信了，你们就无须看下去，因为那就是我并非为你们而作。"②这里体现出"间离"读者的言说策略，言外之意是那些不相信在现实中实现过"童话"的读者，没有阅读这一作品的必要。那么哪些读者可以读呢？当然有稚气未脱的儿童，还有那些不失赤子之心的成人。当儿童与成人的距离被拉大时，儿童被抽象为具有成人所无法获致的精神品格，童话也被理解为超越成人现实世界的儿童家园，提供了一个有别于现实世界的想象空间。然而，现实空间与童话世界并非完全绝缘，相反，两者相互建构和参照，它内蕴着儿童与成人、个人与社会等复杂的精神关联。童话通过主人公小约翰的经历，探讨和思考人类心智成长的过程。小约翰真正的成长是在他确定了自我奋斗和追求的目标，在他陷入厌世的境地中，小约翰以梦为马，最终还是选择了那个有人和人的不幸和痛苦的黑沉沉的大城市。对于小约翰的人生轨迹，鲁迅指出，它体现了"人性的矛盾"，"人在稚齿"无忧无虑，"与造化为友"，当年龄增长，"怎么样，是什么，为什么"的求知欲望增加，于是烦恼也增加了，"童年的梦幻撕成粉碎了"。这本源于"他知道若干，却未曾知道一切，遂终于是'人类'之一，不能和自然合体，以天地之心为心"③。这种在"自然世界"和"人类世界"之间徘徊的矛盾是永远难以平复的，鲁迅翻译此文并将其绍介给儿童，其用意不言自明。

　　《狭的笼》《雕的心》《鱼的悲哀》《春夜的梦》等童话既有能让儿童亲近的"自然性"故事，又有能发人深省的"社会性"内涵。在这些译作中，有弱者的困境、绝望，也有他们的幻想，更有他们的反抗，而这些内容恰是鲁迅思想启蒙的核心要素，非

---

　　① 高尔基.俄罗斯的童话[M].鲁迅,译.上海:上海文化生活出版社,1935:版权页.
　　② 鲁迅.小约翰[M]//鲁迅.鲁迅译文选集:儿童文学卷.上海:生活·读书·新知三联书店,2007:15.
　　③ 鲁迅.《小约翰》引言[M]//鲁迅.鲁迅全集(第10卷).北京:人民文学出版社,2005:282.

常契合鲁迅借此来实践其"立人"的现代诉求。他借因禁于狭笼中的老虎痛斥了甘愿做人类奴隶的飞鸟走兽:"单就印度而言,他们并不戚戚于自己不努力于人的生活,却愤愤于被人禁了'撒提',所以即使并无敌人,也仍然是笼中的'最下流的奴隶'。"① 为此,胡风读了《雕的心》之后感叹,"展开着万灵跃动的虽然是想象然而却流着人生热血的世界,狂歌着向太阳向光明的'雕的心'的作品,实际上是太少了……从这里,他们扩大了想象力的界限,养成了对于人生的热爱和勇气,也养成了对于黑暗和丑恶的憎恨"②。鲁迅自喻为肩起"黑暗的闸门"的人和"梯子",要放孩子"到宽阔光明的地方去"。这种"中间物"的身份定位,让他一生致力于支持儿童从传统的因袭中走出来,走向新世界、新时代、新国度。事实上,鲁迅译介这些儿童文学作品最直接的原因是它们适合儿童群体的自然性的舒展和需求,"美的感情与纯朴的心"③。鲁迅用自己"无所不爱"的笔触,招引儿童走进这梦中。然后他希望儿童不要做一个纯粹的梦游者,应"看定了真实的虹",了解"强者生存弱者灭亡"的"第一的法则"④。这体现了鲁迅儿童思想的两歧性,强调儿童自然性与社会性并重。他将生物进化论与社会进化论结合起来,开启了以启蒙为核心的"新人想象"。

对于童话之于儿童是否是有益的文体,鲁迅站在童话及儿童的双重本体上予以辨析:"对于童话,近来是连文武官员都有高见了;有的说是猫狗不应该会说话,称作先生,失了人类的体统;有的说是故事不应该讲成王作帝,违背共和的精神。但我以为这似乎是'杞天之虑',其实倒并没有什么要紧。孩子的心,和文武官员的不同,它会进化,决不至于永远停留在一点上,到得胡子老长了,还在想骑了巨人到仙人岛去做皇帝。因为他后来就要懂得一点科学了,知道世上并没有所谓巨人和仙人岛。倘还想,那是生来的低能儿,即使终生不读一篇童话,也还是毫无出息的。"⑤ 应该说,鲁迅的儿童文学实践中镶嵌着"儿童镜像"这一认知装置,它对于我们认知儿童主体所负载成人话语的可能与局限等问题有着重要的方法论意义。关于这个问题,有学者意识到成人将原始人、童话和儿童、儿童文学等同起来的同时,无意中却将"儿童""儿童文学"发明出来了,其结果是"又形成了对儿童、儿童文学

---

① 鲁迅.《狭的笼》译者附记[M]//鲁迅.鲁迅全集(第10卷).北京:人民文学出版社,2005:218.
② 胡风.关于儿童文学[M]//胡风.胡风全集(第2卷).武汉:湖北人民出版社,1999:81-83.
③ 鲁迅.《池边》译者附记[M]//鲁迅.鲁迅全集(第10卷).北京:人民文学出版社,2005:420.
④ 鲁迅.《桃色的云》序[M]//鲁迅.鲁迅全集(第10卷).北京:人民文学出版社,2005:229.
⑤ 鲁迅.《勇敢的约翰》校后记[M]//鲁迅.鲁迅全集(第8卷).北京:人民文学出版社,2005:353.

的殖民"①。这种见解的产生揭示了儿童文学学科亟待重视的一个核心问题,即儿童镜像与成人话语的现代转换与融合问题。鲁迅的深刻性在于,他有意识地对儿童的"自然性"与"社会性"进行了辩证的融通,并且无意区隔"为儿童"与"为成人"的界限,以此将多维的视角置于20世纪动态的文化结构中予以考量。在鲁迅的意识中,首先"儿童"是"人",其次"儿童"是作为非成人的"儿童"。儿童解放作为"人"的议题被提出,又在个人主义的话语体系中得到阐释。儿童的可塑特质以及所赋予的"新人"想象等个人权利问题,赋予了新儿童一种独特的时代使命,使其在与成人的代际伦理的博弈中被推至前沿,成为表征新时代的话语符码。与此同时,鲁迅没有盲视儿童镜像与成人话语之间的复杂关联,既肯定儿童的新人特性,又审视儿童身上的精神负荷,建构起具有现代品格的儿童文学传统。

　　与鲁迅深入"主奴共同体"来书写儿童不同,沈从文没有将儿童描绘为处于社会底层的纯粹"弱者",他们也没有混迹于成人圈子而沦为丧失主体的"非人"。他笔下的"儿童"多是"自然"或"童心"的代名词,在成人社会中熠熠生辉,当然,他们也并非新人的理想标本,其身上依然有弱者的短视、无奈与矛盾。沈从文没有简化对"儿童"的理解,他用两套笔墨来叙述,反映了后发现代国家对于民族国家现代化的预设与理想。沈从文理想的民族国家是以抒情为主轴的"诗化中国"形象,它的根基深植于中国本土文化的土壤里。为了呈现这种诗性的国家品格,沈从文选取了类似于"前文明"状态的儿童来充当文化信使,以儿童的自然、人性及生命来冲击"老中国"的迟暮与惯性,这显然契合新旧转换的话语逻辑。同时,借助于这些儿童自然品德的流失来反思中国现代化之旅的文化缺失,这无疑深化了其儿童书写的文化范畴和精神境界。

1.2　课后阅读

---

　　① 吴其南.20世纪中国儿童文学的文化阐释[M].北京:中国社会科学出版社,2012:65.

2.1 课前思考

茅盾与儿童文学：译介、整理与创作"三位一体"

茅盾的文学创作横跨成人文学与儿童文学，并有意识地对两种文学进行勾连，这体现了其作为儿童文学先驱的主体意识及辩证思维。伴随着新文学的发生，儿童文学的概念也逐渐浮现出来。茅盾说过："'儿童文学'这名称，始于'五四'时代。"[①]这是一个具有现代意义的时间节点，解开了儿童文学育化新人的大幕，也为中国文学提供了一种全新的文学门类。茅盾走上儿童文学的道路离不开一个人——孙毓修。孙毓修是商务印书馆的资深编辑，曾经编撰过《童话》丛书。《童话》丛书问世后，鲁迅、叶圣陶等人都表达过对儿童文学的认识离不开《童话》丛书的影响。茅盾曾跟随孙毓修在商务印书馆做校对及编撰工作，身体力行地参与了中西儿童文学资源的编撰及整理。

第一节 传统资源的整理与转换

1917 年，茅盾编撰了《中国寓言初编》，对其中如"孔子劝学""学如秉烛""学以砺身"等有益于儿童身心发展的古典资源进行了合理化的改造，期冀儿童能养成好的习惯和品格，承担起社会和国家的使命。孙毓修为该书作序，其序如下：

> 易云，称名也小，取类也大，喻言之谓矣。是以风人六义，比兴为
>
> 多。金锡以喻明德，硅璋以譬秀民，螟蛉以类教诲，蜩螗以写号呼，澣衣

---

① 茅盾.关于"儿童文学"[M]//茅盾.茅盾全集(第 20 卷).合肥:黄山书社,2014:417.

以拟心忧，席卷以方志固，麻衣则云如雪，如舞则云两骖；或以比义，或以比类，举一可以反三，告往可以知来。楚骚既沿其波，汉赋复宗其例。姬周之末，诸子肇兴，蒙庄造学鸠之论，寓言乃启；淳予设大鸟之喻，隐语以盛。孟子言性，取象于湍水，公孙论名，借观于白马。遂使写物附言，析理者畅其悬谈，义归意正，谲谏者陈其事势，视彼风诗之婉约，不翅滥觞于江河。冰释泉涌，金相玉振，岂徒有益于文章，抑亦畅发乎名理。记曰：君子知至学之难易而知其美恶，然后能博喻，能博喻然后能为师，故夫立言者必喻而后其言至。知言者必喻喻而后其理澈。魏文听古乐而思卧，庄语之难入也，宋玉赋大言而回听，谐语之易感也。意生于权谲，则片言可以折狱辞出于机智，则一字可以为师。往牒所载，此类实多；辑录成书，未之前闻。明万历间宣城徐太元录《喻林》百二十卷，繁辞未剪，琐语必收，博而寡要，劳而少功，盖足备搞翰者临文之助，未能供读书者研几之用也。译学既兴，浅见者流，惊伊索为独步，奉诘支为导师。贫子忘己之珠，东施效人之颦，亦文林之憾事，诚艺苑之阙典。用是发愤，钞纳成编，题曰《中国寓言》。道兼九流，辞综四代。见仁见智，应有应无。譬如凝眸多宝，有回黄转绿之观；杖策登山，涌横岭侧峰之势，其为用也，岂不大哉！若夫还社求拯于楚，喻智井而称麦曲；叔仪乞粮于鲁，歌佩玉而呼庚癸；臧文谬书于羊裘，庄姬托辞于龙尾，此为谜语，无关喻言。义例有别，用是阙焉。作述之旨，扬榷如左：

诸子百家，寓言甚多，兹先录周秦两汉诸书，辞义兼至，脍炙人口者，以为初集，续编嗣出。

编录次第，略依四部为序。

周秦古书，如《于陵子》《亢仓子》《天禄阁外史》之类，辞意浅陋，依托显然，今皆不取。

世历绵渺，古籍多亡，其逸文犹见于他书者，并为甄录，存其家数。

所引诸书，并注篇名，以便覆按，一事而诸书并载则取其最先见或兴味较长者，并胪注异同，使阅者参观之而易知其意。

原文或过于冗长，或中杂他事，全录则病太谩，删改又非所宜。今凡节取者于接联处空一字为记。其于原书，都无窜易。

李瀚蒙求，每则皆有题目，期令阅者一览而知其意，终篇能括其文。兹编亦仿其制。

原书有前人注解者,兹多因之;或旧注艰深,未易领会,僭加删改,俾就浅明。原书无注者亦略加训释。每则略加评语,发明寓意之所在,触类引伸,或有当焉。

三藏经论中多比喻,微言妙义,不让蒙庄。其说来自印度,原非中国所有,别为外编,以待刊行。[①]

在这里,孙毓修没有区分"寓"和"喻",据茅盾回忆:"孙老先生花了半个月时间作这篇骈四俪六的千把字的长序,中心内容仍是寓、喻不分,而开头引诗经的几句以为喻言之始祖,却又接以'楚骚既沿其波,汉赋复宗其例',他把我们称之为形象思维的,统统称之为喻言;至于"公孙论名,借观于白马",显然牛头不对马嘴,那时我对先秦哲学虽无研究,但在学校选读先秦诸子时,也知公孙龙的'白马非马',是'名家'辩术之一例。从此可知不能与'孟子言性,取象于湍水'相并而论。至于书中所收《愚公移山》、《夸父逐日》,则是神话,既非'寓言',也不是'喻言'。但是这一些意见,我都不同这位自负不凡的老先生说,因为他写了序和凡例,这书将必由他负责。真不料书印出来时,版权页上却写'编纂者桐乡沈德鸿,校订者无锡孙毓修'。这叫人啼笑不得,但也只能听之而已。这在别人,或者倒会引以为荣的。"[②]

茅盾力求"把儿童文学古籍里的人物移到近代的背景前"[③],这种古为今用的思维是茅盾儿童文学创造及改编的重要维度,自觉地将古与今两个视域联系在一起。对于历史的观照或书写总是意味着"历史视野"和"个人视野"在当下时空的相遇。这体现了伽达默尔所说的"视域融合",他曾将历史传统比作是一尊古代神像,指出它不只是被供奉在神庙内、陈列在博物馆中的属于过去世界的东西,它同样也属于我们的世界。[④] 它身上汇集了两个视域:一是对象原有的历史视域;二是解释者拥有的当下视域。这两者并不孤立排他,而是彼此融合、相互激发、相互彰显。茅盾将唐传奇《南柯太守传》改编成童话《大槐国》时,删掉了原作中淳于棼与大槐国宫女调笑等不健康的情节,而其与死去父亲的通信及豪华婚礼场面的描写也一笔带过,对原作所揭露的热衷功名利禄、趋炎附势的丑态进行了强化。这种删改与茅盾"为人生"的文学观念很相符,他结合儿童审美的特点,将中国现实的内容融入其要

① 孙毓修.中国寓言序[M]//沈德鸿.中国寓言初编.上海:商务印书馆,1917:1-3.
② 茅盾.商务印书馆编译所[M]//茅盾.我走过的道路(上).北京:人民文学出版社,1981:118.
③ 茅盾.最近的儿童文学[M]//茅盾全集(第31卷).合肥:黄山书社,2014:339.
④ 伽达默尔.真理与方法:哲学诠释学的基本特征(上卷)[M].洪汉鼎,译.上海:上海译文出版社,1992:391.

陈述的故事之中,体现了一种古今参照的文学意识。同样,他的另一篇童话《牧羊郎官》也遵此原则,汉朝卜式的故事在《世纪》等史书上的记载是非常简单的,人物形象也并非丰满,茅盾在刻画这个人物时扩充了故事,重点突出卜式"从事实业""报效国家"的民族精神。

与此同时,茅盾常常不顾儿童这一童话接受者的阅读习惯,以成人叙述者的口吻来发表议论,或直接阐释其童话创作的想法。例如《大槐国》有"天下的事,往往祸福相连,可喜的未必可喜,可忧的未必可忧"的评说①,《千匹绢》中有"古人说的,穷极则通"的劝诫②,《负骨报恩》中有"在下却另外要添几句话,说与诸位听听"的议论③,《金盏花与松树》中有"在下还有几句话道"的说明。④ 显然,这种叙述者的话语加入对于童话故事的自足性有一定的破坏性,在很大程度上强化了作者(成人)对于接受者(儿童)的话语渗透。通过这种改编,茅盾想通过该童话激发儿童热爱国家的良苦用心也就充分地体现出来了。总之,茅盾这种古今的双向融合不是一味地通过窜改古代故事,钻入历史的故纸堆里,而是以强烈的现代精神实现"现在"与"过去"的渗透和参与,并且指向其思考的当下现实语境,因此他的改编也就具有了"陈述中国"的价值,将中华民族的传统精神进行了升华和拓展,在古今的时空中蔓延。

除了整理传统资源外,茅盾还对传统资源进行研究,《中国神话研究 ABC》即是其神话研究的代表性著作。在该书的"序"中,茅盾认为该作"实在是'开荒'的性质,因而也只是'绪论'的性质"。同时,他还指出,自己在撰写的过程中,"处处用人类学的神话解释法以权衡中国古籍里的神话材料"。茅盾充分肯定《山海经》的神话价值,同时也引用了《淮南》《搜神记》《述异记》等书,偶尔也征引方士道教神仙之说和奇诞之谈。茅盾开宗明义地指出:"'神话'这名词,中国向来是没有的。但神话的材料——虽然只是些片段的材料——却散见于古籍甚多,并且已成为中国古代文学中的色彩鲜艳的部分。"⑤为此,他重点以《山海经》为例,分析了从东汉至清朝以来该文本的存在形态和演变状况。在此基础上,他阐释了不同阶段学者对于旧籍中的神话材料的看法:"他们把《山海经》看作实用的地理书,固然不对,他们把《山海经》视为小说,也不算对。他们不知道这特种的东西所谓'神话'者,原来

① 茅盾.大槐国[M]//茅盾.茅盾全集(第 10 卷).合肥:黄山书社,2014:441.
② 茅盾.千匹绢[M]//茅盾.茅盾全集(第 10 卷).合肥:黄山书社,2014:449.
③ 茅盾.负骨报恩[M]//茅盾.茅盾全集(第 10 卷).合肥:黄山书社,2014:458.
④ 茅盾.金盏花与松树[M]//茅盾.茅盾全集(第 10 卷).合肥:黄山书社,2014:487.
⑤ 茅盾.中国神话研究 ABC[M]//茅盾.茅盾全集(第 10 卷).合肥:黄山书社,2014:293.

是初民的知识的积累,其中有初民的宇宙观,宗教思想,道德标准,民族历史最初期的传说,并对于自然界的认识等等。"①在此基础上,他给"神话"下了如下的定义:"各民族的神话是各民族在上古时代(或原始时代)的生活和思想的产物。神话所述者,是'神们的行事',但是这些'神们'不是凭空跳出来的,而是原始人民的生活状况和心理状况之必然产物。"由于原始人相信万物皆有生命、迷信魔术、相信人死后魂灵脱离躯壳、相信鬼可附体、相信人类本可不死、好奇心非常强烈等六个方面的特点,为创造种种荒诞故事提供了文化心理。同时,茅盾也相信:"现代的文明民族和野蛮民族一样的有它们各自的神话。"所不同的是,较之于野蛮民族的神话,文明民族的神话已颇为美丽,其根由是"乃是该民族渐进文明后经过无数诗人的修改藻饰,乃始有今日的形式"。对于这种经由诗人修改的神话形式,茅盾并未一味地肯定,他还看到了修改背后可能存在的问题:"一方面固使朴陋的原始形式的神话变为诡丽多姿,一方面却也使得神话历史化或哲学化,甚至脱离了神话的范畴而成为古代史与哲学的一部分。"②最后,茅盾对中国童话的流变与现状做了如下的归纳:"现存的中国神话只是全体中之小部,而且片段不复成系统;然此片段的材料亦非一地所产生,如上说,可分为北中南三部;或者此北中南三部的神话本来都是很美丽伟大,各自成为独立的系统,但不幸均以各种缘因而灭减,至今三者都存了断片,并且三者合起来而成的中国神话也还是不成系统,只是片段而已。"③

对于神话的保存与修改,茅盾认为,在文字未兴之时,神话的传布主要通过"口诵",祭神的巫祝当此重任。后来文化更进,"弦歌诗人"取神话材料入诗。那时的弦歌诗人转述神话诗,往往喜欢加些新意上去,"这使得朴野的神话美丽奇诡起来了。后来悲剧家更喜欢修改神话的内容,合意者增饰之,不合者删去,于是怪诞不合理的神话又合理起来了"。后来的历史家,"把神话里的神们都算作古代的帝皇,把那些神话当作历史抄了下来"。以后来的"半开明的历史家"放手删削修改,"结果成了他们看来是尚可示人的历史"。在他看来,"中国神话之大部恐是这样的被'秉笔'的'太史公'消灭了去了"④。在茅盾看来,神话是原始信仰加上原始生活的结果。但是对于没有近代科学帮助的人而言,他们"很不喜欢那些怪诞粗鲁的东西。因而他们就动手修改了。他们一代一代地把神话传下来,就一代一代地加以

---

① 茅盾.几个根本问题[M]//茅盾.茅盾全集(第 28 卷).合肥:黄山书社,2014:301.
② 茅盾.几个根本问题[M]//茅盾.茅盾全集(第 28 卷).合肥:黄山书社,2014:302.
③ 茅盾.几个根本问题[M]//茅盾.茅盾全集(第 28 卷).合肥:黄山书社,2014:317.
④ 茅盾.保存与修改[M]//茅盾.茅盾全集(第 28 卷).合肥:黄山出版社,2014:301.

修改。他们都照着自己的意思去修改。他们又照着自己的意思增加些枝叶上去。于是本来朴野的简短的故事，变成美丽曲折了；道德的教训，肤浅的哲理，也加进去了。原始人的神话经过了这样的'演化'，就成为一民族文学的泉源"①。值得注意的是，茅盾还提及了西方研究神话的"文字学派"，他们认为"神话是语言有病的结果，犹之珍珠是蚌有病的结果"。所谓"语言有病"即因口耳相传，发音上有了一点小错误，后人不知真义，反加曲解，又添了些注释——藻饰，于是一句平常简单的话竟变成了一则故事，这就是"因了语言有病，反产生神话"。

《中国神话研究 ABC》聚焦的是中国神话，到了《神话杂论》时，茅盾的研究视域就拓展至世界范围了。茅盾对"南澳洲的部落及其他""印度的 Andaman Islands""南非洲的 Bushmen""南非洲的 Ovaherero""南非洲的 Namaquas""Zulus""北美洲的 Hurons""北美的 Berosus""英领哥伦比亚的土人及其他""印度""希腊""北欧""中国"十三个不同地域文化的开辟神话，做了简略介绍，呈现出各国原始神话之间大体的特色与差异。他这样写道："上所引述，当然是简略，并且没有完备，但是低等民族与高等民族之想象力的差数，也颇可窥见了。"对于"自然界的神话"的概念，茅盾给予的定义是："所谓自然界的神话，便是 Nature myths 的翻译，即是解释自然界现象的一切神话。"②同时，他阐明了自然神话和开辟神话之间的区别："此与开辟神话，或天地创造的神话，(myths of Creation, or Cosmogonis Myths)，原是同一种神话，但我们说开辟神话时，差不多是专指一些关于天地创造的神话，是解释天地创造的经过的有系统的神话，而在神话研究上也有这一类的区分；至于今所言'自然界的神话'，其内容就很广复，本来不成其为独立专门的名词，仅为称呼便利起见，有这名目而已。"③茅盾深谙要了解神话的特质，需要有中外比较的意识。他将《淮南子》《列子汤问》《太平御览》与古代希腊、欧洲神话做了比较后，得出结论："所以从这些例子看来，古代的历史家把神话当做历史的写影，竟是屡见而不一见的；从而我们若设想我们古代的历史家把神话当做历史且加以修改，(因为历史总是人群文明渐进后的产物，那时风俗习惯及人类的思想方式已大不同于发生神话的时代，所以历史家虽认神话为最古的史事，但又觉其不合理者太多，便常加以修改)亦似乎并不是不合理的。"④

① 茅盾.演化与解释[M]//茅盾.茅盾全集(第28卷).合肥:黄山出版社,2014:333.

② 茅盾.自然界的神话[M]//茅盾.茅盾全集(第28卷).合肥:黄山出版社,2014:160.

③ 茅盾.自然界的神话[M]//茅盾.茅盾全集(第28卷).合肥:黄山书社,2014:160.

④ 茅盾.中国神话研究[M]//茅盾.茅盾全集(第28卷).合肥:黄山书社,2014:101-103.

有感于"中国神话不但一向没有集成专书,并且散见于古书,亦复非常零碎"①的问题,茅盾的态度是不回避、不盲视。他借用鲁迅《中国小说史略》的话来引证中国神话"仅存零星"之故。既然南北有别,那么南方民族所创作的诸多神话可以进一步开掘、整理。应该说,茅盾的中国神话研究走的就是这条路子。当他将目光转向这些南方民族所创作的神话时,就为中国神话独特的魅力所震撼。那里不仅有解释自然现象的民间神话,还有文人释放想象力的历史神话,这些都构成了理解"人和世界"的文本资源。于是,关涉神话的保存、修改及在此过程中人类思想意识等问题也成为其神话研究的重心。在系统梳理《庄子》《列子》《淮南子》《楚辞》《山海经》等书中神话的保存情况后,茅盾连缀零碎的神话,却意外地获取了整体的古神话景象:"中国神话之系统的记述,是古籍中所没有的;我们只有若干零碎材料,足以表见中国的神话原来也是伟大美丽而已。"②概言之,这种沉入民间的边缘文体却并未因远离中心而消散,反而在民间的口传传统中绽放出独特的光彩。这无疑得益于民间生态中的幻想精神传统,也获益于文人对于神话的保存及重述。

茅盾运用人类学派的心理学方法,将民间故事分为偶然说、假借说、印度发源说、历史说、阿利安种说、心理说等六大派系。结合神话的"历史说"一派,茅盾认为其将神话等同于古代历史的认识是不成立的,因此衍生出来的观念都是站不住脚的。而假借说、印度发源说与阿利安种说,虽然名目不一,但从本质上来说,都是对"那些故事(神话)是发源于一个中心点,或系民族间互相授受"③说法的笃信。在破除了前述理论迷雾后,茅盾重新确立了自己对神话的分类:"解释的神话"和"唯美的神话"。这两类神话内混合着合理的和不合理的元素。较之于外国神话,他认为中国的神话合理的元素最多,但不合理的元素仍旧存在。"解释的神话"从原人对万物的解释中而来,对其化用不可避免要转化为儿童对世界的认知、想象,其转换的标准是现代的、儿童的。"唯美的神话"去除了道德教化,其转换较之于前者更应突出儿童性与文学性。针对有人认为"没意思的野蛮的思想乃是各民族神话的本来面目。而美妙伟大的思想却是后人加进去的"的说法,茅盾并不认同。他否定神话思想的好坏取决于后人修改的观念,其反驳的理由是:"我们固可假定现代文明民族的神话是经过修改的,然而不能说现代野蛮民族的神话也已经过文人修改;可是现代野蛮民族的神话内却已有不少合理的质素了。即此可知神话是自始就包含

① 茅盾.中国神话研究[M]//茅盾.茅盾全集(第28卷).合肥:黄山书社,2014:97.
② 茅盾.中国神话的保存[M]//茅盾.茅盾全集(第28卷).合肥:黄山书社,2014:202.
③ 茅盾.各民族的神话何以多相似[M]//茅盾.茅盾全集(第28卷).合肥:黄山书社,2014:148-159.

着合理的和不合理的质素的。"①尽管后人的修改可能会导致神话思想出现好坏之分,但这并不是神话思想优劣的全因。用"解释的神话"和"唯美的神话"的分类演化来论证,能有效推进神话的历史研究。

第二节　译介与化用域外儿童文学资源

　　域外儿童文学在中国的传播,离不开先驱者的译介与接受。茅盾即是译介域外资源的先驱者,他不是安徒生童话的最早译介者,但其对于安徒生童话的传播与接受功不可没。1935年4月,茅盾的《读安德生》(安德生即安徒生)发表于《世界文学》第1卷第4期上。在该文中,茅盾着重转述了布兰特斯的《安德生论》,他认为这篇文章也和安德生童话一样轻松有趣。他转述了如下内容:"谁要是讲故事给孩子们听,谁就自然而然的会在讲述的时候做许多手势,装许多鬼脸,因为孩子们听故事,同时也当真是砍故事,孩子们差不多同狗一样的,一句和气的话或是一声恶狠狠的呼喝倒不如一个和气的手势或者板一板面孔更能惹起他们的注意。因此,谁要是用文字来将故事给孩子听,他必须有这样的本领——音调要能够抑扬顿挫,要能够突然来个停顿。要能够做手势,装出吃惊的一副面孔,要有暗示那故事将要转向快乐方面时的微笑,要能滑稽,能亲热,要有提神的使人忘倦的恳切而认真的口吻,——这一切,他必须织进在他的文字中,自然他的文章不能够直接唱出歌来,画出彩色来,也不能跳舞,但是他必须把歌,舞,画,都装进在他的文字中,就好比是关牢在那里似的,一翻开书来,它们就霍的直跳出来。要办到这地步,第一,就不要用迂回曲折的叙述,什么都得从嘴巴里新新鲜鲜当场出彩,——哦,说是讲出来还嫌不够,应当是咪咪吗吗,帝帝打打,而且是呜嘟嘟像号筒。"②这段描写之所以有趣主要在于作者论述安徒生时站在儿童的视角来分析其童话的特色,语言优美,形象而生动。

　　不过,对于五四时期大量从国外译介过来的童话,茅盾是保持警惕的,他认为,中国儿童文学要"少用舶来品的王子,公主,仙人,魔杖,或者什么国货的吕纯阳的指头,和什么吃了女贞子会遍体生毛,身轻如燕,吃了黄精会终年不饿长生不老这一类的话"③。有一个疑问:对于"阶级"或"阶级意识"的认知,儿童是如何建立起来

　　① 茅盾.神话的意义与类别[M]//茅盾.茅盾全集(第28卷).合肥:黄山书社,2014:215.
　　② 茅盾.读安德生[M]//茅盾.茅盾全集(第33卷).合肥:黄山书社,2014:442.
　　③ 茅盾.关于"儿童文学"[M]//茅盾.茅盾全集(第20卷).合肥:黄山书社,2014:417.

的呢？"遗传"或"后天"说都各执一词，各有各的道理。对于这个问题，茅盾主张从阶级论的角度来整体考察："在阶级社会内，儿童自懂事的时候起（甚至在牙牙学语的时候起），便逐渐有了阶级意识，而且，还不断地从他们所接触的事物中受到阶级教育（包括本阶段和敌对阶级的），直到由于自己的阶级出身和社会地位而确定了他们的阶级立场。"[①]茅盾的上述观点是建构在"阶级社会内"的语境下的，儿童的阶级意识获致既来自自己的出身，也成型于阶级社会的语义场。这种融合了出身与阶级社会语境的阶级身份与意识，体现了历史与逻辑的统一。这与前述的启蒙现代性与革命现代性的分野并不矛盾，两种现代性在不同的历史语境中对国民（包括儿童）思想意识的转换都起到了关键作用。

茅盾非常重视外国儿童作品中"科学文艺"思想的翻译和引入。他认为，"科学知识乃是一切知识中之最基本的，尤其对于小朋友们"[②]。茅盾笃信"科技救国"的方法可以救亡图存，他希望通过翻译那些富于想象力和冒险精神的西方科幻小说，启迪群智、鼓舞民众、破除迷信、培养国人的科学精神，从而达到挽救濒危中国的目的。有感于"中国缺乏科学教育"，他曾翻译了大量的科学文艺作品，如《两月中之建筑谭》《二十世纪后之南极》《第一次飞渡大西洋的 R34 号》《新发现的星》《人工降雨》等，他主张用儿童科学读物来激发儿童的兴趣和机体，使之成为不闭视听的现代儿童。茅盾翻译威尔斯的《巨鸟岛》为《三百年后孵化之卵》，原著叙述了某探险家在低洼沼泽里发现一枚绝种的巨鸟蛋，在带其回国的路上他迷失方向，误入赤道线上的一座孤岛。在炎热气候的影响下，卵孵化出巨鸟，由于饥饿，巨鸟被迫以自己的恩人为食，最终探险家设计绞杀了巨鸟。考虑到读者的接受心理，茅盾改译了作品的结局，以巨鸟迷恋原乡而渺然飞走替代了血腥的厮杀。这种改写符合中国人传统的审美期待，也契合儿童的接受心理。

"科学文艺"从俄文传入中国后，寓科学于文艺中加入了浓厚的教育性、科普性的色彩。高尔基高度重视科学文艺的政治效应，找准了科学与童话的结合点，呼吁"创作出以现代科学思想的要求和假设为根据的童话"[③]。此后，科学童话的译介和本土创作在中国不断推广。然而，"科学"与"童话"依然无法在儿童接受者那里取得平衡。要统摄科学知识的客观性与童话的幻想性并非易事。同样，如何借助童话的艺术手法将"科学"内涵传达给儿童是困扰学界的难题。更为突出的是，加入

① 茅盾.六○年儿童文学漫谈[M]//茅盾.茅盾全集（第26卷）.合肥:黄山书社,2014:235.

② 茅盾.从《有眼与无眼》说起[M]//茅盾.茅盾全集（第22卷）.合肥:黄山书社,2014:93.

③ 高尔基.儿童文学的"主题"论[J].沈起予,译.文学,1936,7(1).

了科学色彩的童话与以虚构、幻想为主导的神话、传说等文体发生了抵牾。关于这一点，茅盾就曾指出，基于掌握了科学知识的事实，儿童"不再相信神话中的事物起源的故事"。为了解决这种矛盾，他认为"必须在历史与科学的实质上加以文艺的外套"①。因之，科学童话、科学诗、科学故事、科学幻想小说、科学小品等形式的文艺形式不可回避上述有争议的话题。

茅盾对弱小民族国家的作品很感兴趣，他认为，"这些反映弱小民族的历史、风土人情，及其求自由、求民主、求民族解放的斗争的作品"②。他翻译了捷克斯洛伐克童话《十二个月》、契诃夫的《万卡》、波兰犹太作家裴莱兹的《禁食节》、匈牙利莫尔奈的《马额的羽饰》、西班牙贝纳文特的《太子的旅行》、荷兰台地·巴克尔的《改变》等儿童作品，这些译作主要围绕儿童展开，结合当时五四"儿童问题"，与当时新文学关注"人"的思潮密切相关，阐释了儿童的困境、诉求及梦想。不过，茅盾的译介并不限于语言的转译，而体现为一种中国化的变形。在将格林童话中《布勒门镇上的音乐家》改写为《驴大哥》的过程中，他更重视对"驴大哥"自力更生品格的挖掘；在将《青蛙王子》改写为《蛙公主》的过程中，他弱化了王子与公主的模式，更彰显纠正"公主病"的教化意义。显然，这种改写铭刻了茅盾"为儿童"的印记，"不仅以原作为骨架，用血肉充盈其间，而且使其带有强烈的现实感"③。

受左翼思潮的影响，俄苏资源在中国文学界的传播不断加速，并占据了"压倒性"的地位，苏共文艺政策和观念深刻地影响了成人文学与儿童文学界。而这对于苏俄资源的翻译文学与中国儿童文学之间具有一体性。为了更好地让儿童懂得"为人"的道理，这一时期儿童文学界强化创作的现实主义方法，援引了诸多苏联现实主义的理念和作品，极大地推动了左翼儿童文学的发展。1936年7月，傅东华、郑振铎主编的大型文学刊物《文学》刊发了一期《儿童文学特辑》。内收有茅盾的《大鼻子的故事》、老舍的《新爱弥耳》、叶圣陶的《一个练习生》、王统照的《小红灯笼的梦》等儿童小说，还有傅东华译的苏联童话《筑堤》，沈起予译的高尔基的《儿童文学的"主题"论》、郑振铎的《中国儿童读物的分析》（上篇）、茅盾的《儿童文学在苏联》三篇论文。该刊主编在编后记中指出："这特辑意在给儿童们与'大人们'一种新的提示，新的儿童观。"④显然，主编的意图及特辑内容都显示了20世纪30年代儿童文学逐步走向正视现实、反映时代的倾向。茅盾的《儿童文学在苏联》比较系

① 茅盾.论儿童读物[M]//茅盾.茅盾全集(第19卷).合肥:黄山书社,2014:489.
② 金燕玉.茅盾的儿童文学翻译[J].苏州大学学报(哲学社会科学版),1986(1):79-82.
③ 金燕玉.中国童话史[M].南京:江苏少年儿童出版社,1992:184.
④ 编后记.文学[J].1933,7(1):323-324.

统地介绍了苏联儿童文学的发展现状及"儿童文学大会"的决议①。他以其翻译的《团的儿子》为例指出："向来有一种'理论'，以为儿童文学是应当远离政治的，但在苏联，这种'理论'早已破产了。"②他推崇苏联作家马尔夏克，认为马尔夏克在儿童文学上确已开辟了一个"新的世界"，他指给儿童们看的世界是一个"新的世界"③。在他看来，马尔夏克的作品"和旧时代的儿童文学不同"，展现的是"苏维埃的新世界"，是"劳动人民劳作的成果"④。1947 年，茅盾访问苏联，回国后撰写了《儿童诗人马尔夏克》《马尔夏克谈儿童文学》。他认为其作品"和旧时代的儿童文学不同"，"不是幻想的世界而是现实的世界"，这种"苏维埃的世界"代替了"神仙仙岛，琼楼玉宇的，是劳动人们劳作的结果"，"代替了毒龙猛兽，侠客美人的，是勤劳的人们在集体生活中相亲相爱"⑤。

从文体形态看，童话与寓言、儿童小说、儿童剧等最大的不同可能就是它传达故事的自足性，叙述者往往隐匿，不参与故事的进程和讨论。即将故事交给儿童。但是，翻阅五四时期的童话，我们会发现：叙述者总是抑制不住地要站出来进行言说，这种言说不止于提示性的功能，更多的是评论和总结。例如茅盾在其自创和编译的童话中不自觉地写道：

> 这篇童话，到此讲完。看官们若问罗伦、罗理后来怎样，在下不说了，让看官去想吧。⑥
>
> 编这本"书呆子"的童话，希望小学生看了，不用功变为用功，用功的更加用功。⑦
>
> 海斯这段故事，编书人讲完了。编书人却有几分感触，不晓得看官们有否？姑且说来与诸位一听：第一，编书人不怪海斯愚笨，只怪他贪心不足，见异思迁。第二，天下的事，终没有十完十美的。只要自己有

① 茅盾.儿童文学在苏联[M]//茅盾.茅盾全集(第 33 卷),合肥:黄山书社,2014:508-524.

② 茅盾.《团的儿子》译后记[M]//孔海珠.茅盾和儿童文学.北京:少年儿童出版社,1990:442.

③ 茅盾.儿童诗人马尔夏克//茅盾.茅盾全集(第 33 卷).合肥:黄山书社,2014:659.

④ 茅盾.马尔夏克谈儿童文学[M]//孔海珠.茅盾和儿童文学.北京:少年儿童出版社,1990:461.

⑤ 茅盾.马尔夏克谈儿童文学[M]//孔海珠.茅盾和儿童文学.北京:少年儿童出版社,1990:461.

⑥ 茅盾.一段麻[M]//茅盾.茅盾全集(第 10 卷).合肥:黄山书社,2014:539.

⑦ 茅盾.书呆子[M]//茅盾.茅盾全集(第 10 卷).合肥:黄山书社,2014:531.

见识,有耐心,无事不可做到。这两个意思,不知看官们以为怎样。①

俗语道:"酒肉朋友千个好,患难之中无一人。"在下今更下一转语道:"患难朋友,尚非绝无;最难的是当着一生一死的关头,仍能独为其难,没有一毫幸免的意思,那可算得生死之交了。"看官试看世上患难相共的朋友,后来得志,因为利害关系,不能相容,翻转脸来,变成冤家,如楚汉相争时的陈余、张耳,便是个榜样。②

茅盾始终认为,"一部'儿童文学'必须有明晰的故事(结构),使得儿童们能够清清楚楚知道怎样的人是好的,怎样的人是坏的"③,"我是主张儿童文学应该有教训意味。儿童文学不但要满足儿童的求知欲,满足儿童的好奇好活动的心情,不但要启发儿童的想象力、思考力,并且应当助长儿童本性上的美质:——天真纯洁,爱护动物,憎恨强暴与同情弱小,爱美爱真……所谓教训的作用就是指这样地'助长'和'满足'和'启发'而言的"④。上引三段话原本可以不说,在上一段故事已经讲完了,这些话并非发人深省的隐喻之言,也不是具有很强想象力的延展之句。"在下""看官""诸位"是成人的声音在儿童作品中的一次出场,并非简单地套用中国传统小说的叙事方式,而是成人文化身份、话语权力的言说。

第三节　儿童文学创作及建设

茅盾之于儿童文学的贡献,胡从经认为:"在中国现代儿童文学史上,有一个颇耐人寻味的现象,即不少著名作家的创作道路都是以儿童文学为起点的","最负盛名的作家之一茅盾,他的文学生涯也是从儿童文学起步的"⑤。在这里,胡从经将茅盾早期编译的儿童读物都视为儿童文学。颇为有趣的是,对于何时创作儿童文学和何谓儿童文学等问题,茅盾却并未明确地给出过答案。在《我走过的道路》中,茅盾交代了这样一件事情:1935年底,时任开明书店社长的夏丏尊邀请其写一部适合青少年阅读的小说,茅盾拒绝了,他说:"我虽然写一些儿童文学的评论,但是从来

① 茅盾.海斯交运[M]//茅盾.茅盾全集(第10卷).合肥:黄山书社,2014:562-569.
② 茅盾.树中饿[M]//茅盾.茅盾全集(第10卷).合肥:黄山书社,2014:547.
③ 茅盾.关于"儿童文学"[M]//茅盾.茅盾全集(第20卷).合肥:黄山书社,2014:416.
④ 茅盾.再谈儿童文学[M]//茅盾.茅盾全集(第21卷).合肥:黄山书社,2014:62.
⑤ 胡从经.晚清儿童文学钩沉[M].上海:少年儿童出版社,1982:231.

没有写过儿童文学,你找错人了。"①茅盾也承认:"我在儿童文学方面未有研究,亦未尝试写作,没有发言的资格。"②由此可以看出,他并不认为之前编纂的儿童读物属于儿童文学。既然如此,那么他是怎么界定儿童文学这一概念的呢?或者说儿童文学与儿童读物到底是什么关系呢?廓清这一问题,对于我们研究中国儿童文学的发现及与现当代文学的一体化问题都有着至关重要的意义。在《关于"儿童文学"》中,茅盾指出:"到现在为止,儿童读物虽然由单纯的'儿童文学'(小说,故事,诗歌,寓言)扩充到'史地',到'自然科学',可是后两者的百分数是非常之少。"③在他看来,儿童读物的范畴大于儿童文学,是儿童文学与"史地读物""自然科学读物"的总和。应该说,这种将儿童文学与儿童读物区隔的思维反映了茅盾明确的儿童文学学科意识。

与"五四"儿童小说中失语、病态的儿童形象不同,这一时期林珏的《不屈服的孩子》、袁鹰的《何冰》、张天翼的《把爸爸组织起来》等儿童小说中的儿童多是"小大人",作家没有弱化苦难、战争等语境预设,强化了其"瞬间凝望"的忧思及人生道路的探求。随着左翼运动的开展,儿童文学越来越突出人物的阶级属性及分野。茅盾的《少年印刷工》中,主人公赵元生的成长与其人生选择是分不开的,新旧两种力量博弈的胜负最终借助于赵元生的选择来完成,他选择了以姑父和老角为代表的新生力量,其成长折射了时代转换及复杂多变的社会语境。其艺术效果是"孩子们认识人生、认识社会、认识时代的生活教科书"④。

1934 年,茅盾创作了以儿童为视角的儿童小说《阿四的故事》⑤。在孔海珠编撰的《茅盾和儿童文学》与金燕玉主编的《茅盾与儿童文学》中,两人都将《阿四的故事》列为儿童文学中的小说文体。此外,张之伟的《中国现代儿童文学史稿》等一些儿童文学史著也将其纳入儿童文学的范畴。那么这篇小说是不是儿童文学呢?按照茅盾的本意,《阿四的故事》是不属于儿童文学的。在《一年的回顾》中,他认为当时出现了一种新文体——"速写","我写的速写,有八篇是农村题材,如《大旱》《桑树》《阿四的故事》等"⑥。关于"速写"这种新文体,他也坦言与迫急的时代之间关系密切,"是一种能把现实生活的各个侧面很快地反映出来的文体,犹如生力军进入

① 茅盾.一九三五年记事[M]//茅盾.茅盾全集(第 36 卷).合肥:黄山书社,2014:39.
② 茅盾.论儿童读物[M]//茅盾.茅盾全集(第 19 卷).合肥:黄山书社,2014:490.
③ 茅盾.关于"儿童文学"[M]//茅盾.茅盾全集(第 20 卷).合肥:黄山书社,2014:417.
④ 金燕玉.茅盾的童心[M].南京:南京出版社,1990:91.
⑤ 茅盾.阿四的故事[M]//茅盾.茅盾全集(第 11 卷).合肥:黄山书社,2014:350.
⑥ 茅盾.一九三五年记事[M]//茅盾.茅盾全集(第 36 卷).合肥:黄山书社,2014:2.

阵地,来不及架大炮,就用白刃与手榴弹来交战"①。其目的是增加作家表现生活的"横断面"②的能力。该小说引入了儿童的视角,阿四这一儿童形象贯穿于小说的始终,他是一个"疾病儿童"的形象,"绿油油浓痰似的脏水"等外在恶劣生存条件使他"瘦弱如猴",在其父母眼中,"死了倒干净"。在"儿童与时代"互为表里的故事框架内凸显了文本的思想与艺术价值。如果说,《阿四的故事》是以儿童视角的"速写"小说,那么茅盾创作的《大鼻子的故事》则是一部带有社会剖析的"城市流浪儿的传奇"。茅盾以"大鼻子"这一流浪儿的遭遇来折射 20 世纪 30 年代中国的社会现状,并将当时社会的重大事件也介入其中,现实主义的底色很鲜明,而主人公"放浪习性"的蜕变也表征了作家对于时局的深入思考与探索。

对于中国儿童文学的建设而言,茅盾所做的努力和贡献足以载入史册。一般而论,现代儿童观的出场是儿童文学发生的基点。茅盾的儿童观是现代的,他关注青少年的成长,也礼赞儿童身上的自然性。在《学生与社会》中,茅盾引用德国人的论述:"德国之强。小学教师之力也。而所以维持其强使不堕者,学生也。学生为一国社会之种子,国势之强弱,固以社会之良瘀为准,而社会之良瘀又以其种子之善否为判。"于是,他指出:"学生者,社会之中坚也。社会将来之良瘀,胥于是取决于其于社会关系之大,无待赘言。"他认为学生是衡量一个国家强大与否的标志,他进一步补充道:"现社会良而种子恶,国势必衰,反之,现社会虽不良,而种子善,国势必振兴。"对于中国学生所处的困境,他感慨道:"翻五千年之国史,斑斑可考也。"后面茅盾就沿着"学生与社会之关系""学生在社会之地位""学生对于社会之心理"这三方面展开论述。在"学生与社会之关系"中,他批评不良社会对学生的影响:"一不良之社会,其影响及于学生也,语云:'白沙入泥土,与之俱黑'、'蓬生麻中,不扶自直'。'盖外界之风气最足以变异人之气质,而在意志薄弱立脚未稳之人,当之尤甚学生'。"在"学生在社会之地位"中,他认为学生:"以现状言,学生固分利之人也,以将来言,学生又为社会之中心,谓其于社会无力耶。"他还将学生所处的地位分为两种:一为旁观者,一为自主者。在"学生对于社会之心理"中,他将其概括为"乐观而不宜悲观"。最后,他做出如下结论:"学生时代,精神当活泼,而处事不可不慎,处世宜乐观,而于一己之品行之学问,不可自满,有担当宇宙之志,而不先事骄矜,蔑视他人。须尤有自主心,以造成高尚之人格,切用之学问,有奋斗力以战退

① 茅盾.一九三五年记事[M]//茅盾.茅盾全集(第 36 卷).合肥:黄山书社,2014:2.
② 茅盾.西刘集[M]//茅盾.茅盾全集(第 20 卷).合肥:黄山书社,2014:311.

恶运，以建设新业。"①他还在《一九一八年之学生》中的开篇指出："二十世纪之时代，一文明进化之时代也。"结合中国的现实，他反思道："反观吾国，则自鼎革以还，忽焉六载，根本大法，至今未决。海内蜩螗，刻无宁晷；虚度岁月，暗损利权。此后其将沦胥而与埃及、印度、朝鲜等耶？"对于"停留中路而不进"的状况，他提出三点希望："一、革新思想。二、创造文明。三、奋斗主义。"②

然而，中国的儿童读物非常有限，文学与艺术性不强。译介外国资源、整理传统资源、创构本土儿童文学也相对迟滞，无法适应儿童的阅读需要。有感于此，茅盾指出："孩子一年一年大起来，在玩具果饵而外，便又要求着'精神的食粮'了。七八岁的孩子，还容易对付，我们有《儿童世界》《小朋友》等等刊物。到十一二岁，他们对于狗哥哥猫妹妹的故事既已不感兴趣，而又看不懂一般的文艺读物，于是为父母者就非常之窘。"意识到这些问题后，《世界少年文学丛书》之类便应此要求而出版，但是"一则，数量不多；二则，译文偏于欧化，所以孩子们的强烈的知识饥荒还是不能满足"。儿童们虽然常常无书可读，但"就可惜我们不能因噎废食。并且孩子们会偷偷去租看各种'毒物'，任何方法都禁阻不了"。所以他认为急救的方法是："热心儿童文学的朋友联合起来，研究他们的译著何以不受儿童的热烈喜爱。选定比较'卫生'的材料，有计划地或编或译，但无论是编是译，千万不要文字太欧化。"③1933 年 5 月 10 日，报纸上刊载儿童书局的声明，称当时许多出版商以"新儿童书局"的名义出版儿童读物而引起法律权益的纠纷。对于这种现象，茅盾认为："从前仅有《大拇指》《无猫国》等等童话的时候，倒还没有连环图画小说，因此那少数的童话倒是'独占'的；现在儿童读物的数量多上几千倍，却反不能防止'连环图画小说'的无孔不入，在这点上，新书业以及儿童读物的作者应该痛自反省！"他将"连环画小说"分为三类："一是猫哥哥狗弟弟的简单故事，或译或著或取中国民间故事稍加改换，读者对象是七八岁的儿童。二是较为复杂的了，但题材大部分还是属于第一类，偶有历史传说和神话。三是西洋文学名著的译本。"对于初级的儿童读物而言，他认为："现在的毛病不在书少而在书的内容辗转抄袭，缺乏新鲜的题材。"④而高级儿童读物恰恰与此相反。商务印书馆的《小学生文库》编印后，茅盾撰写了《对于〈小学生文库〉的希望》予以推介。

---

① 茅盾.学生与社会[M]//茅盾.茅盾全集（第 14 卷）.合肥：黄山书社,2014:1-9.

② 茅盾.一九一八年之学生[M].//茅盾.茅盾全集（第 14 卷）,合肥：黄山书社,2014:10-15.

③ 茅盾.给他们看什么好呢？[M]//茅盾.茅盾全集（第 22 卷）.合肥：黄山书社,2014:436-433.

④ 茅盾.孩子们要求新鲜[M]//茅盾.茅盾全集（第 19 卷）.合肥：黄山书社,2014:483-485.

他指出:"在此儿童读物贫乏的时候,《小学生文库》的出现自是造福万众;然而总希望不要再像以前的《万有文库》拉上许多'底货'凑数。"他也不讳言之前出版的《少年丛书》,"大多数不合于现代思潮",也不能将商务印书馆十年前出版的自然科学和文学的儿童读物夹杂在《文库》中,认为这种"回汤豆腐干"的做法是"不成话"的。①

茅盾出任《小说月报》主编后,重视儿童文学也成为革新过的《小说月报》特色之一。《小说月报》刊登大量外国儿童文学作品,特别是童话作品,登载有鲁迅译的爱罗先珂童话,徐调孚译的科洛狄童话《木偶的奇遇》,张晓天译的日本小川未明童话,谢之逸译的日本民间童话等;它重视发表儿童文学创作,所发表的童话有叶圣陶的《牧羊儿》,严既澄的《春天的归去》,徐蔚南的《蛇郎》,郑振铎的《朝霞》《七星》,徐志摩的《小赌婆儿的大话》,敬隐渔的《皇太子》,褚东效的《喜鹊教造窠》等;它注意介绍外国儿童文学信息和资料,除了茅盾亲自撰写的《海外文坛消息》以外,在十二卷号外《俄国文学研究》上,刊登了夏丏尊翻译的《俄国的童话》(日本西川勉),该文介绍了克雷洛夫、特米托利哀夫、普希金、托尔斯泰、契诃夫、梭罗古勃等的童话作品,这是对俄国童话的首次介绍。最引人注目的是从十七卷一号起接连九期刊登顾均正的《世界儿童名著介绍》,这是他接替赵景深在上海大学教授童话概要时的讲稿,是我国第一次系统地、大规模地、全面地对外国童话作品进行介绍,共介绍了法国童话《鹅妈妈的故事》、英国童话《镜里世界》、意大利童话《匹诺奇奥的奇遇》(《木偶奇遇记》)、美国童话《空想的故事》等十三种著名童话。另外,《小说月报》从十五卷一号(1924年)起开辟"儿童文学"专栏,在十六卷八、九号刊出《安徒生号》,十七卷一、二、三号,还连续出版了"儿童文学"专辑,为儿童文学登上文坛做了大张旗鼓的宣传,引起全社会的瞩目。

1935年茅盾刊发在《文学》杂志上的《关于儿童文学》,以总结三十年儿童文学发展状况而具有初步的文学史梳理的意识。该论文将中国儿童文学分为三个"十年":第一个十年是翻译域外的儿童文学;第二个十年是"五四"的儿童文学;第三个十年是儿童读物由单纯的儿童文学发展到"史地",拓展到"自然科学"②。由于处于过渡阶段,茅盾除了总结儿童文学的发展状况,还提出了建立新型儿童文学的设想。茅盾指出:"'五四'时代的开始注意'儿童文学'是把'儿童文学'和'儿童问题'

---

① 茅盾.对于《小学生文库》的希望[M]//茅盾.茅盾全集(第15卷).合肥:黄山书社,2014:610-611.

② 茅盾.关于"儿童文学"[M]//茅盾.茅盾全集(第20卷).合肥:黄山书社,2014:420.

联系起来看的。"他总结五四时期的童话译介情况时说："我们翻译了不少的西洋的'童话'来,在尚有现成的西洋'童话'可供翻译时,我们是老老实实翻译了来的,虽然翻译的时候不免稍稍改头换面,因为我们那时候很记得应该'中学为体'的。"在他看来,"一部'儿童文学'必须有明晰的故事(结构),使得儿童们能够清清楚楚知道怎样的人是好的,怎样的人是坏的"。他毫不讳言儿童对英雄的崇拜,"儿童是喜欢那些故事中的英雄的,他从这些英雄的事迹去认识人生,并且构成了他将来做一个怎样的人的观念"①。

1979年12月1日至10日,少年儿童出版社在上海衡山宾馆举办了儿童文学创作座谈会,以解放思想、交流经验、繁荣创作为宗旨。该会议是党的十一届三中全会后儿童文学界拨乱反正的先声。据当事人周晓回忆,该会议起因于少年儿童出版社编辑室1979年夏讨论拨乱反正的话题,建议结合少年儿童出版社儿童文学出版的曲折发展,成功与失败的具体事例(以中长篇儿童小说为主要例证),向社会做一汇报,并引发儿童文学界的讨论。在该会议上,茅盾、冰心、严文井都委托他人宣读了为座谈会撰写的文章。茅盾以《少儿文学的春天到来了!》为题呼吁儿童文学要总结经验、解放思想、开辟新路,"我觉得少儿文学的题材是广大无限的,只要能解放思想、博览广搜,坚持百花齐放、百家争鸣的方针,我国少儿文学的新时代必将到来"②。新时期以来对于"童心论"最早发声的是茅盾,他认为:"过去对于童心论的批评也该以争鸣的方法进一步深入探索。要看看资产阶级学者的儿童心理学是否还有合理的核心,不要一棍子打死。"③在这里,茅盾没有纠结于陈伯吹"童心论"是否属于资产阶级人性论的观点,而是宽容地指出要以看"童心论"是否对儿童有益作为评价标准。1979年6月,中国作协上海分会儿童文学组根据实践是检验真理的唯一标准,对以往批判"童心论"进行了重新评价,这在儿童文学发展史上无疑是非常有价值的。

2.2 课后阅读

① 茅盾.关于"儿童文学"[M]//茅盾.茅盾全集(第20卷).合肥:黄山书社,2014:423.

② 茅盾.少儿文学的春天到来了! ——为儿童文学创作座谈会作[M]//茅盾.茅盾全集(第20卷).合肥:黄山书社,2014:459-463.

③ 茅盾.中国儿童文学是大有希望的——对参加"儿童文学创作学习会"的青年作者的谈话[M]//茅盾.茅盾全集(第20卷).合肥:黄山书社,2014:395-396.

3.1 课前思考

丰子恺"代际伦理"与儿童文学艺术化

　　江南灵秀之美对作家而言是一种无形的滋养,浙江以其独特的地理位置孕育了众多文学家与艺术家。浙北桐乡,是个富庶的江南小城。石门镇位于京杭大运河南段,四通八达的水路赋予了它水乡的温润气质,也哺育了儿童文学作家、漫画家——丰子恺。丰子恺一生的创作,植根于浙江的童年经历,而他对童年的回望、思索与赞美,也塑造了他的艺术观。丰子恺称人的童年时代为"黄金时代",他的童年深刻影响了其儿童文艺创作,也影响了他的儿童观。"童年"是他创作的富矿。在成长的过程中他汲取浙江地域文化资源,化用域外资源,并将两者融为一体,形成了独特的观照儿童的视角与方法。丰子恺创作的儿童散文传达了两代人的交流与旨趣,为中国儿童文学创作的发展注入了新的生机与活力。

 ## 第一节　童年经验:传统文化与启蒙思想的交汇

　　中国传统诗词是丰子恺童年的重要文学启蒙读物,古典诗词韵味内化为丰子恺创作的资源。这与丰子恺童年所受的家庭教育密不可分,家学传统是其接受传统文化教育的直接原因。丰子恺的父亲丰鐄,字斛泉,祖辈以印染业为生,预备中国传统文人登科取士之路,其母读书习字,因家境日趋殷实而自幼读书,丰子恺4岁时其父中举,是石门镇唯一的举人[①],但因废科举而赋闲在家,办私塾以教书为业。丰子恺自6岁起在其父教导下读书,熟读《三字经》《千家诗》《千字文》等蒙书[②]。在

---

① 丰子恺.姓[M]//丰子恺.丰子恺全集(第1卷).北京:海豚出版社,2016:31.
② 丰子恺.两个"?"[M]//丰子恺.丰子恺全集(第1卷).北京:海豚出版社,2016:147.

父亲的严厉教导下,丰子恺从古书中得到启蒙。父亲的性情深刻地影响了丰子恺,父亲那传统文人精致的生活方式也给丰子恺留下了深刻的印象。如父亲"嗜蟹"①之情状让他记忆深刻。而在丰子恺心中,父亲是老屋的一抹风景——"父亲一边看书,一边用豆腐干下酒,时时摘下一粒豆腐干来喂老猫"②。这就是丰子恺记忆中读书人的样子。可以说,丰子恺所受的文学启蒙是传统的。他曾感叹自己早年是"因袭与传统的一个忠仆"③,但他接受了传统的馈赠,他的散文事实上就是在传统的丰厚土壤上生长起来的。自私塾读书起,诗文的传统就为丰子恺后世的创作打下了坚实的基础,与《浮生六记》相似的童年记忆,也赋予他散文独特的风雅。丰子恺的儿童散文继承了中国"性灵派"散文的美学传统④,深受庄周豁达风骨的影响,也将独抒性灵的风格运用于创作之中。古典诗学中来自庄周的安然豁达之气贯通文脉,后来即使年少丧父,在战争年代颠沛流离,他也能以达观的人生态度为人、为文。基于早年的教育与沉积,丰子恺的儿童文学作品具有诗性特征,具有江南诗词一般的韵致。他的作品语言精练,看似漫不经心实则精雕细琢,常常运用意象构建诗性境界。他的画亦然,笔墨总在不经意间透出睿智与幽默。诚如他自己所言:"画家与诗人,对于自然的观照态度,是根本地相同的。"⑤他从蒙学读物中得到认知世界的方式,尽管有迂拙感,但也颇具诗人的敏感气质。

丰子恺幼年丧父,家道中落,但这种童年创伤并没有消除其对"童年"的崇拜与瞻仰。他以仁慈之心,将童年的凄苦涂抹上一点亮色,例如,小时候因为他人的顽皮,摔了一跤,但他却将此视为"梦痕"⑥,认为这种顽皮是值得原谅的乐事。而儿时养蚕的美事,则已经戏剧化为童话,"他们当时这剧的主人公就是我"⑦。沐浴着童年欢乐的丰子恺,充分享受欢乐与自由。在他的记忆里,"新年是一年中最快乐的时期"⑧,在这过年的"盛典"⑨上,他能够以愉悦的心情迎接崭新的未来;端午节精心

① 丰子恺.忆儿时[M]//丰子恺.丰子恺全集(第1卷).北京:海豚出版社,2016:35.
② 丰子恺.率真集辞缘缘堂[M]//丰子恺.丰子恺全集(第2卷).北京:海豚出版社,2016:35.
③ 丰子恺.中学生小品·伯豪之死[M]//丰子恺.丰子恺全集(第1卷).北京:海豚出版社,2016:60.
④ 姬学友.真性清涵万里天——论丰子恺创作的传统文化意蕴[J].文学评论,1998(6):29-38.
⑤ 丰子恺.绘画与文学·文学中的远近法[M]//丰子恺.丰子恺全集(第8卷).北京:海豚出版社,2016:113.
⑥ 丰子恺.梦痕[M]//丰子恺.丰子恺全集(第8卷).北京:海豚出版社,2016:141.
⑦ 丰子恺.忆儿时[M]//丰子恺.丰子恺全集(第1卷).北京:海豚出版社,2016:34.
⑧ 丰子恺.新年小感[M]//丰子恺.丰子恺全集(第1卷).北京:海豚出版社,2016:72.
⑨ 丰子恺.过年[M]//丰子恺.丰子恺全集(第3卷).北京:海豚出版社,2016:133.

缝制的"老虎头"①,给了丰子恺美好的想象。丰子恺童年时的经历,充满了温暖水乡的韵味,以石门镇为中心,他以家庭和私塾为重要生活空间,感受着如水一般温润的江南文化,后来他时常回想自身的童年,虽然充满了遗憾,但亦精彩无限。这种浸染在民俗活动中的童年经历,成为他此后儿童散文创作抹不去的印记。

受益于在学校里所收获的新式教育,丰子恺获取了新的思想,李叔同和夏丏尊是其文学道路上的引路人。李叔同是晚清"学堂乐歌"的代表人物,是中国话剧的先行者。李叔同的"新奇"②教学法让丰子恺感受到了有别于传统的蒙学教育,"士先器识而后文艺"。"应使文艺以人传,不可人以文艺传"开启了以才学为基础的务实的文艺观,让丰子恺获益匪浅③,尽管李叔同教授绘画和音乐,但他一直注意修身养性,注重品行培养。"宿舍里的案头,常常放着一册《人谱》,这书的封面上,李叔同亲手写着"身体力行"四个字,每个字旁加一个红圈。"④《人谱》中有"士先器识而后文艺"的名句,这以人为本的艺术观让少年丰子恺有了"胜读十年书"的大彻大悟。李叔同"严肃而慈祥"⑤的为人之道,是丰子恺以真诚待人的典范,而正是李叔同对自身品德的苛刻要求,指引了丰子恺为文与为人的道路。丰子恺将李叔同视为"最崇拜的人"⑥,他也将其"凡事认真""多才多艺"⑦的品德发扬光大。李叔同的艺术造诣是裹挟在人格魅力之中传授给丰子恺的,在点点滴滴中展现了"生活艺术化"⑧。简言之,丰子恺承袭了李叔同以高洁的人格锤炼艺术修养,将艺术涵养浸润于生活之中的审美品格。"艺术生活化"与"生活艺术化"是检视丰子恺文学艺术成就的标尺。

夏丏尊是直接推动丰子恺进行儿童文学创作的另一位重要老师。他这样说

① 丰子恺.端阳忆端[M]//丰子恺.丰子恺全集(第5卷).北京:海豚出版社,2016:36.

② 丰子恺.旧话[M]//丰子恺.丰子恺全集(第1卷).北京:海豚出版社,2016:67.

③ 丰子恺.先器识而后文艺——李叔同先生的文艺观[M]//丰子恺.丰子恺全集(第3卷).北京:海豚出版社,2016:25.

④ 丰子恺.先器识而后文艺——李叔同先生的文艺观[M]//丰子恺.丰子恺全集(第3卷).北京:海豚出版社,2016:26.

⑤ 丰子恺.颜面[M]//丰子恺.丰子恺全集(第1卷).北京:海豚出版社,2016:23.

⑥ 丰子恺.为青年说弘一法师[M]//丰子恺.丰子恺全集(第2卷).北京:海豚出版社,2016:206.

⑦ 丰子恺.为青年说弘一法师[M]//丰子恺.丰子恺全集(第2卷).北京:海豚出版社,2016:208.

⑧ 丰子恺.为青年说弘一法师[M]//丰子恺.丰子恺全集(第2卷).北京:海豚出版社,2016:210.

道:"我的作文全是出校后从夏先生学习的。"①夏丏尊严谨的学术态度让丰子恺曾渴望成为一名文学研究者,其创办的《文心》等杂志对丰子恺的影响最大。"白马湖作家群"以传播新文学思想为旨趣,顺应"立人"的现代大潮,确立了丰子恺等人以文学改良人生的观念。夏丏尊在翻译《爱的教育》之时展现出来的以情感道德为基础的追求,深刻影响了丰子恺的儿童文学观。目睹了世态炎凉的"痛感于众生的疾苦愚迷"②,他既要批判现实中的弊病,又要用理想的精神去迎接未来。丰子恺的儿童文学观也有夏氏的这种弊端。他追求"儿童自身生命状态单一澄澈的精神内涵"③,孜孜不倦地对儿童进行赞美、歌颂,但并不盲视现实的困境。正是夏丏尊对战乱时事的"忧愁"④,让丰子恺更加深切地体会到"岁月静好"的重要。丰子恺后来对纯真的儿童的深切赞美,也源于此。"多忧善愁"⑤来自一颗善良的心,而这也是丰子恺的"夫子自道",丰子恺能理解和延续这种悲天悯人的情怀,与夏丏尊对其言传身教是分不开的。丰子恺接受了来自李叔同和夏丏尊的美学思想,而李、夏二人的传统国学修养给予他儒家的仁爱思想和佛学悲悯,新文学启蒙思想下,如"春风杨柳"⑥一般,塑造了丰子恺丰厚的人文关怀,而这也成为他儿童文学创作的理论基石。

《寓言四则》是丰子恺幼年之作,原载于《少年杂志》第 4 卷第 2 号"儿童创作园地"栏,可视为丰子恺儿童文学创作的处女作。它以文言文写作,故事并不精彩,甚至有些落入窠臼,但已经展现了幼年丰子恺的创作能力。他将寓言的教化与想象力充分地融合,对其此后的儿童散文创作有着奠基作用。

第二节　建构童年:缘缘堂的记忆与丰子恺儿童散文

对儿童"劣根性"的反思是现代知识分子审思儿童问题时重要的思想维度。在《教师日记》中,丰子恺记录了这样一件发人深省的事:

　　　　昨日下午吾在简师教室,将自作宣传画悬壁上,以示漫画组诸生,

---

①　丰子恺.旧日话[M]//丰子恺.丰子恺全集(第1卷).北京:海豚出版社,2016:69.

②　丰子恺.悼丏师[M]//丰子恺.丰子恺全集(第1卷).北京:海豚出版社,2016:217.

③　王宜青.丰子恺儿童观探微[J].浙江师范大学学报(社会科学版),1999(4):58-62.

④　丰子恺.悼丏师[M]//丰子恺.丰子恺全集(第1卷).北京:海豚出版社,2006:218.

⑤　丰子恺.悼念夏丏尊先生[M]//丰子恺.丰子恺全集(第4卷).北京:海豚出版社,2006:219.

⑥　丰华瞻.春风催桃李——记李叔同对我父亲丰子恺的教导[J].教育与进修,1984(1):6-17.

忽闻哄堂大笑……我问学生"笑什么？"有人答曰："没得头。"原来四幅中，有一幅描写敌机之惨状者，画一母亲背负一婴儿逃向防空洞，婴儿头已被弹头切去，飞向天空，而母尚未知之，负着无头婴儿向防空洞狂奔……诸生不感动则已矣，哪里笑得出？更何来哄堂大笑？我想诸生之心肠必非木石，所以能哄堂大笑者，大约战祸犹未切身，不到眼前，不能想象……①

与成人一样，儿童的劣根性如果不加以鞭挞，对于儿童主体的成长及民族国家的未来都是很有弊害的。不能因为儿童"非成熟"的特点，而予以姑息纵容。也不能因为儿童之于未来民族国家的特殊意义，而容忍其自身弱点。相反，这种审视儿童的力度更需强化。在丰子恺看来，违背儿童自然生长阶段的"成人"状态是一种病态。他曾说过："大人像大人，小孩像小孩，是正当的、自然的状态。像小孩的大人，世间称之为'疯子'，即残废者。然则，像大人的小孩，何独不是'疯子'、'残废者'呢？"②他将这种"儿童成人化"的病态概括为四种表现："儿童态度的成人化""儿童服装的成人化""玩具的现实化""家具的大人本位"。丰子恺揭露了他们身上持存的国民根性，发掘了他们和成人一样需要理性思想的烛照。

不可避免的是，在"儿童"向"成人"的转变过程中，其"赤子之心"在世俗生活的侵蚀下异化。对此，丰子恺指出，成人们大都热衷于名利，萦心于社会问题、政治问题、经济问题、实业问题等，其精神生活日趋逼仄，反而认识不了世间事物的真相，丧失了人类的自然本性，变得"虚伪化""冷酷化""实利化""失去了做孩子的资格"。他将人的儿童时期比作黄金时期：

> 但是，你们的黄金时代有限，现实终于要暴露的。这是我经验过来的情形，也是大人们谁也经验过的情形。我眼看见儿时的伴侣中的英雄，好汉，一个个退缩，顺从，妥协，屈服起来，到像绵羊的地步。我自己也是如此。③

在他看来，孩子越小，受社会世俗的影响就越小，越容易保持"清净本然"的本

① 王西彦. 辛勤的播种者——记丰子恺[M]//写意丰子恺. 杭州：浙江文艺出版社,1998:82-83.
② 丰子恺. 关于儿童教育[M]//丰子恺. 丰子恺全集(第20卷). 北京：海豚出版社,1992:275.
③ 丰子恺. 给我的孩子们[M]//丰子恺. 丰子恺全集(第1卷). 北京：海豚出版社,2016:217.

性,而当他们长大了,一切都无法挽回,这也间接反映了他对儿童"成长"本身的怀疑:他将整个人类的发展理解为生命力萎缩、退化的过程:

> 在不知不觉之中,天真烂漫的孩子"渐渐"变成野心勃勃的青年;慷慨豪侠的青年"渐渐"变成冷酷的成人;血气旺盛的成人"渐渐"变成顽固的老头子。①
>
> 成人的世界,因为受实际的生活和世间的习惯的限制,所以非常狭小苦闷。孩子们的世界不受这种限制,因此非常广阔自由。年纪愈小,其所见的世界愈大。②

当然,我们不能仅凭丰子恺的上述言论就断定其否定儿童的进化过程。丰子恺非常担忧,随着时间的推移,儿童身上的美好品性会逐渐异化。因而,他提倡涵养"童心",维系和修缮那些转瞬即逝的儿童性情。难怪有论者认为丰子恺关于儿童成长的书写类似于"彼得·潘"式的,而鲁迅则近于"小约翰"式的。③ 前者拒绝儿童成长、痛惜儿童走出"黄金世界"的观念,后者则肯定儿童的独特个性,在儿童遭遇困境和挫折后,他没有预设虚幻的成长美梦。这些观念体现了丰子恺与鲁迅对于当时中国语境的思考,同时也透析出儿童"成长"的艰难历程。

丰子恺的儿童文学创作有着"建构童年"的指归。1926 年,丰子恺在弘一法师的指导之下为自己的寓所取名"缘缘堂"。"缘缘堂"是丰子恺的精神家园。在这里,他找到了生命的本真。作为一个父亲,他在这座位于杭州的小屋里为儿女们建构了一个童心花园。在与儿童对话之时,他也时常像一位老父亲在讲故事、讲弘一法师、讲他小时候的故事,讲他花园里的一草一木,一鸟一虫,情趣盎然。

缘缘堂是丰子恺现实生活的庇护所,他通过书写缘缘堂中的故事来重构自身的童年。在其创作《缘缘堂随笔》之时,他已不再是儿童。他自己感慨,人们感知时间流逝,却漠视时间带来的改变。他自己"可怜受尽'渐'的欺骗"④,在"童年告别式中"对时间流逝的自觉反省,是他创作儿童散文的一大动机。借助时间的河流回溯,他以自身经历的童年为样本,在头脑中建构起理想化的童年。这种童年

---

① 丰子恺.渐[M]//丰子恺.丰子恺全集(第 1 卷).北京:海豚出版社,2016:5.

② 丰子恺.谈自己的画[M]//丰子恺.丰子恺全集(第 1 卷).北京:海豚出版社,2016:272.

③ 姜彩燕.试比较鲁迅与丰子恺的儿童教育思想[J].西北大学学报(哲学社会科学版),2010(5):118-123.

④ 丰子恺.渐[M].//丰子恺.丰子恺全集(第 1 卷).北京:海豚出版社,2016:6.

经过艺术化,已经成为一个"天然的艺术品"①。丰子恺把他心中的理想人格寄托在儿童身上,他笔下的儿童,被赋予了纯真美好的艺术品格。随着丰子恺家中孩子的降生,家庭成为他观察儿童世界的第一空间。"父亲"这一身份给予他重新审视童年的直观体验,让他对真善美童心有着更为深切的感受。就像丰子恺自己所说的:"由于'热爱'和'亲近',我深深地体会了孩子们的心理,发见了一个和成人世界完全不同的儿童世界。"②丰子恺对于"儿童"的理解,主要体现在以下两个方面:

一方面,丰子恺坚信"儿童"具有高洁无瑕的心性。他将"儿童"与神圣的自然神灵类比。他认为"天上的神明与星辰,人间的艺术与儿童"③是占据了他心灵的事物。因儿童的圣洁,他积极向儿童学习,赞美他们"是'艺术'的国土的主人"④。儿童充满生命力和创造力的生活态度,是他在文字中着力表现的内容。现实中"父亲"的身份,给他全新的观察孩子的视角,他对儿童的情感在自我与孩子的互动中升华。在《缘缘堂随笔》中,他反复歌颂自己的四个孩子:他喜欢阿难的"天真与明慧"⑤,喜欢阿宝和软软的真实之言⑥,喜欢瞻瞻的认真劲儿⑦。身为父亲,他认为他的孩子们比自己"聪明""健全"⑧。所有这些孩子,都是他重新审视生命的窗口。在他看来,儿童的世界是一个纯净无邪、到处充满了生机与美感的世界。与成人不同,儿童不关心事物的实用性,以一颗"童心"感知事物,并未顾及自身利益,处于"无我"之境。

另一方面,作为艺术家,丰子恺敏锐地发现了儿童与生俱来的艺术细胞。儿童以直观的能力感知世界,切合了其艺术创造论。儿童直达本质的直觉感知形式,是艺术表现的基础方式之一。关于这一点,丰子恺举例说明了儿童的艺术创造力:"譬如有三只苹果,水果摊上的人把它们规则地并列起来,就是'统一'。只有统一是板滞的,是死的。小孩子把它们触乱,东西滚开,就是'多样'。"⑨他认为自身的思

① 丰子恺.西洋画的看法[M]//丰子恺.丰子恺全集(第10卷).北京:海豚出版社,2016:103.

② 丰子恺.《子恺漫画集》序[M]//丰子恺.丰子恺全集(第1卷).北京:海豚出版社,2016:296.

③ 丰子恺.儿女[M]//丰子恺.丰子恺全集(第1卷).北京:海豚出版社,2016:18.

④ 丰子恺.从孩子得到的启示[M]//丰子恺.丰子恺全集(第1卷).北京:海豚出版社,2016:23.

⑤ 丰子恺.从孩子得到的启示[M]//丰子恺.丰子恺全集(第1卷).北京:海豚出版社,2016:24.

⑥ 丰子恺.从孩子得到的启示[M]//丰子恺.丰子恺全集(第1卷).北京:海豚出版社,2016:23.

⑦ 丰子恺.给我的孩子们[M]//丰子恺.丰子恺全集(第1卷).北京:海豚出版社,2016:64.

⑧ 丰子恺.儿女[M]//丰子恺.丰子恺全集(第1卷).北京:海豚出版社,2016:18.

⑨ 丰子恺.艺术三昧[M]//丰子恺.丰子恺全集(第1卷).北京:海豚出版社,2016:47.

维已经被规训、被平庸化、被"异化";与之形成鲜明对比,儿童却具有真、善、美。他模仿孩子们的创造力,将自身与孩子们进行比较,甚至认为自身失去了一部分创造力,而与儿童有较大的差距。由此,他深情歌颂儿童,认为他们"尚保有天赋的健全的身手,与真朴活跃的元气,岂像我们的穷屈,揖让,进退,规行,矩步等大人们的礼貌,犹如刑具,都是戕贼这天赋的健全的身手的"[①]。他强调艺术教育应当给予儿童充分的自由,让他们的创造力得到充分发展。

丰子恺为何倾心于儿童?这与当时的社会环境有关。适逢乱世,民不聊生,社会现实让他深感失望,继而让他渴望在儿童身上实现审美理想。他在缘缘堂中建构出一个个美好的儿童形象,返璞归真。这种芜杂和纯粹的对比,正是丰子恺赞美孩童的缘由。《中学生小品》中,他深情回忆了自己的中小学时代,期望让儿童从他的成长过程中得到滋养。《随笔十二篇》中几乎每一篇文字,都描写了天真活泼的儿童,他们的对话充满了艺术气息。《缘缘堂再笔》继承《缘缘堂随笔》的恬淡诗意风格,展示出对生活的纯真感受。《率真集》则模仿孩子的思维,展现了他对生活点滴的细微观察。虽然丰子恺的散文仅有一部分被归结于"儿童散文"的范畴,但是基于对儿童这一群体的反思,"儿童"一直是他笔下的重要素材,其儿童散文依然绽放出令人夺目的色彩。

第三节　传递童年:教育"赤子之心"

丰子恺的儿童文学创作在 20 世纪 40 年代迎来高峰。童话创作是丰子恺在经历了颠沛流离之后回归文学的一种方式。基于现实的关照,丰子恺的童话没有遁入纯粹的幻想之中,而包含着现实情怀。

从主题设定来看,丰子恺将对真善美的理想写进游历故事。童话《文明国》描写了主人公在理想国度的游历经历。丰子恺设定了一个个充满真善美的国度,以夸张诙谐的笔法,表达了自己对人性的反思。这些童话以仙境幻游类故事常见的"离家—回家"的方式展开情节,主人公从现实出发,游历至善至美的异境之后,又回到现实。《文明国》中文儿和明儿游历了"善山"和"真国",从这个故事中可以洞见丰子恺的道德观和真理观。在《文明国》中,丰子恺将"善"阐释为共情,能够对别人的痛苦、饥渴感同身受,而人对群体具备同情心就是一种群体的善良。"真"是心里想什么就表达什么,不藏着掖着,只要大家心如明镜,便人心坦荡。而最后以积

---

① 丰子恺.儿女[M]//丰子恺.丰子恺全集(第 1 卷).北京:海豚出版社,2016:18.

极的主题收束,也表达了作家对改善民心的期许与设想。丰子恺的文字娓娓道来,将"善"和"真"这两个抽象概念具象化、形象化,引导儿童走入善良、真诚的世界,以此抨击异化的社会现实。写法与《文明国》相似的还有《明心国》。一位音乐教师在遭遇空袭之后独自探洞,来到一个大家的心全部都透明的国度。丰子恺通过对幻境与现实世界的对比,讽刺人与人之间缺乏真诚的社会现状,鞭挞了人性的丑恶。在《有情世界》中,一个孩子走进一个"有情的世界",见证了花朵的盛会,这场盛会隐喻了人对爱与美的追求。《大人国》讲述了主人公在胸怀宽广的国度的游历,其中表现出的谦让仁爱让斤斤计较的人感到自惭形秽。在《赤心国》中,丰子恺设置了一个名叫"赤心国"的地方,人们在这里能够真诚待人,能够与他人心意相通,而这却被现实世界中的常人认为是癫疯之语。在丰子恺这里,人应当拥有赤子之心,应具有不掩饰地表达情绪、想法的能力,能够体察他人的苦难,而这也是丰子恺文本中所要凸显的主题。

丰子恺的一部分作品具有强烈的现实色彩。这些童话模糊了儿童故事与成人寓言之间的界限,以一个个小小的片段来折射现实。较之"游历"故事中美好真诚的幻境,丰子恺笔下的现实世界却充满了铜臭味和凡俗气,彰显了人世的无奈与苍凉。与极尽浪漫情怀的散文不同,在这些文本中,丰子恺常常贴合时事,控诉离乱现实给人民带来的苦难。《伍元的话》以一张伍元纸币的口吻,展示了乱世之中通货膨胀给人民带来的苦难命运,在结尾发出让人自强自爱的呼唤。与之类似的《小钞票历险记》,则以一张小钞票的经历,展示世态炎凉。在文本中,丰子恺的文字充满了时代的烟火气,又带了一点戏谑调侃的味道。

> 他(张先生)用两手把我提高,像看信一般念道:"一张新钞票!中国农民银行的!恐怕还是第一次出门呢。"他的女儿慧贞跑来,仰起了头看我的背部,说道:"美丽啊!像爸爸的图案画原稿!爸爸,给了我!"恰好他的儿子文彬放学回家,听见了姊姊的话、就背了书包赶过来,不问事由,嚷着"给了我!我要的!"便去拉下他父亲的手,把我夺去。慧贞撅着嘴说道:"这钞票!你要它做什么?你想积起来,讨个老婆么?"文彬两手捧着我向房间里跑,一面回头对他姊姊说:"我想积起来买飞机!航空救国!"①

① 丰子恺.小钞票历险记[M]//丰子恺.丰子恺全集(第6卷).北京:海豚出版社,2016:98-99.

这枚小小的钞票从一出场,就被周围的人们寄予了厚望,被争相用于自身的愿望,但它却没有实现其中任何一个。但随着情节的进展,这张钞票历尽艰险,被踩躏得几乎体无完肤。钞票流通的过程中,有贫贱者,有老迈者,也有富贵者。一座贮存无数钞票的羊行,却因众人吸食鸦片烟散尽钱财,最终家门破败,让人唏嘘不已。

丰子恺的笔下,人间冷暖尽数铺陈:在赌场,主人渴望多收获钱财,却活活让自己着急而死,让人看清贪婪者的丑恶嘴脸(《赌的故事》);吝啬鬼王老板省了一辈子钱,对人对己克扣有加,最后撒手人寰,省下来的钱财却落入他人的口袋(《王老板的遗产》)。由是观之,丰子恺的童话不是外化之境,而是一面反映社会的镜子。他笔下的许多故事,都脱胎于市井百态,好像一个个令人咋舌的社会新闻,有着不可思议又荒诞不经的发展历程。例如,百无聊赖的人们无所事事,竟用火车龙头相撞取乐,撞坏之后又要再造火车头,恰似人们以战争取得利益,却又要在废墟上重建家园(《斗火车龙头》);社会上骗子横行,作恶多端,大画家于是用仿品骗取富人钱财(《骗子》);一个医生杜撰了疾病,制造恐慌情绪,让小镇的居民患上神经症,再拿小苏打当药方行骗,赚得盆满钵满(《姚晏大医师》)。在这些亦真亦幻的故事里,读者高呼"上当受骗",最后迷局揭开,却大呼过瘾。

丰子恺的童话具有教育性,是思想性与艺术性的结合。《博士见鬼》表现了其崇尚科学、破除迷信的愿望,展示了他对童话教育功能的探索。他直截了当地借林博士之口说出"鬼!原来逃不出物理"[1],表现了唯物主义的世界观。《一篑之功》叙述了一个掘盐井的故事,老大娘为人和善,鼓励工人坚持不懈地努力,终于迎来了汩汩盐水;不同于传达"精诚所至,金石为开"所营造的环境,丰子恺更相信人顺应客观规律做出的努力而取得的成果。与此同时,丰子恺注重培养解决问题的能力。《油钵》的故事,塑造了一个专心致志、无论遇到什么都不为所动的人,告诉儿童做事要一心一意,不可三心二意。《生死关头》叙述了一个孩子为母亲智取神蛋的故事,告诉儿童要有勇有谋才能获得成功。这些作品一般篇幅较为短小,适合儿童的阅读习惯,人物性格鲜明,引人深思。成人与儿童之间的互动,也被纳入丰子恺儿童故事的写作中,在两代人的交流中呈现丰子恺童话的教育性。《夏天的一个下午》叙述了父亲与孩子们一起以三个六面书写词语的色子拼凑成诗句的故事,既具有趣味性,又颇具戏剧性和教育性,既能收获快乐,又能训练语言能力。《种兰不种艾》是一个关于家庭游戏的故事,通过大故事套小故事的方法,让儿童感知不同年

---

① 丰子恺.博士见鬼[M]//丰子恺.丰子恺全集(第6卷).北京:海豚出版社,2016:51.

代的故事，聚焦时事，表达了反战反法西斯的思想。这种以游戏展示故事的"叙事疗法"，是丰子恺追求完整生命童心的一个途径。

在情节排布上，丰子恺没有回避宿命安排，深思命运与人的关系。《猫叫一声》就是实例。"这篇故事和二十四张插图，是民国二十六年，即抗战前些时，在故乡石门湾缘缘堂写的。"①该童话故事以线性叙述为主体，在最后一段来回顾故事，并将这一切归功于"猫叫一声"，饶有趣味。它以小事隐喻国家历程，以小见大，收复失地、重振国业体现了丰子恺对国家危亡的深切关怀。在丰子恺看来，"儿童"不仅仅要接触纯真美好的一切，而且要理解和反思现实的残酷。该童话以"偶然"展开，"事出偶然本为作品所不取，但这对于现社会却是一个有力的讽刺"②。在偶然中照见现实的残酷与荒诞，正是丰子恺要告诉孩子们的道理。同样以宿命论贯穿始终的还有《茅厕救命》《三层楼》等。

应该说，丰子恺的所有童话故事，都是"茯苓糕"③式的，都是以一个故事揭示一个哲理④，告诉儿童为人的道理。因而，他的童话是理解和观照童年的尝试。他笔下的人间充满了欺骗、肮脏，但在"大人国""赤心国"，则充溢着真诚与善良。这种鲜明的对比，是他有意为之的，体现了丰子恺儿童文学创作的鲜明导向。在此基础上，丰子恺通过语言教育和艺术教育传递其"赤子之心"的信仰。除了文学创作，他还身体力行地让自己的画作老少咸宜。他认为"只有儿童、工人所能理解赞赏的，才是真正的良好的艺术品"⑤。正是因为以儿童教育为内核，丰子恺的作品才能像棱镜一样展现社会现实的方方面面。而他自己，则是一个能够以艺术直觉来体察万物的"大儿童"⑥，一个身体已经长大但内心依然单纯的"心还是同儿童时代差不多"⑦的艺术家。因而，他笔下的儿童童言无忌，却总是能接近事物的本质。正是"儿童生活"给他最初的创作动力⑧，他才会将绘画和语言视为孩子的天性，在此基

① 丰子恺.猫叫一声[M]//丰子恺.丰子恺全集(第6卷).北京:海豚出版社,2016:29.

② 许钦文.丰子恺学生的《猫叫一声》[M]//丰华瞻,殷琦.丰子恺研究资料.银川:宁夏人民出版社,1988:282.

③ 丰子恺.博士见鬼·吃糕的话[M]//丰子恺.丰子恺全集(第6卷).北京:海豚出版社,2016:47.

④ 眉睫.丰子恺的童话·丰子恺札记[M]//丰子恺.丰子恺全集(第6卷).北京:海豚出版社,2016:6.

⑤ 丰子恺.谈抗战艺术[M]//丰子恺.丰子恺全集(第2卷).北京:海豚出版社,2016:140.

⑥ 丰子恺.艺术眼光[M]//丰子恺.丰子恺全集(第2卷).北京:海豚出版社,2016:257.

⑦ 丰子恺.我与《新儿童》[M]//丰子恺.丰子恺全集(第5卷).北京:海豚出版社,2016:116.

⑧ 丰子恺.漫画创作二十年[M]//丰子恺.丰子恺全集(第2卷).北京:海豚出版社2016:264.

础上加以培养。他提出言语和画图是孩童"天生具有"①的两种能力。正是通过这两种能力,他力倡儿童欣赏绘画、故事,以培养审美能力、陶冶情操。在这个过程中,丰子恺的纯净的童年得到了艺术化的传承,成为一种可传递、可返顾的资源,儿童通过他的笔触得以思考童年。在此基础上,他大力推广美育,将美育提高到"信仰"②的高度,强调发扬天性,主张用美感化和教育儿童,将"儿童本位"观与中国古代的"童心说"融为一体,为后世儿童的美育奠定了基础。

事实上,丰子恺的儿童文学作品并没有太多历史事件的介入,但他却不是耽溺于超历史的审美主义者。他的赤子之心,以他自身的童年为根基,以夏丏尊和李叔同的栽培为经纬,在儿童散文创作中再现儿童的纯真美好,并在童话创作中将这种纯净美好的人生观传递给后代。石门镇的温柔纯粹哺育了他,他也在缘缘堂创造了属于自己的艺术空间,在这里,一颗赤子之心永恒不变。

3.2 课后阅读

---

① 丰子恺.小学生底描画能力及其开发指导[M]//丰子恺.丰子恺全集(第10卷).北京:海豚出版社,2016:21.

② 余连祥.缘·苦闷·情趣——丰子恺美学思想的特征[J].文学评论,2006(4):190-194.

4.1 课前思考

金近"发现幻想"与童话创作

　　金近是中国儿童文学创作的奠基人之一。他的作品贴近儿童现实,给予儿童以深刻的教育。他出生于浙江农村,对动植物进行了深刻的观察,以一颗文学之心体察生命,深入了解儿童生活。他的文学创作在儿童文学史上具有重要地位。他的童话创作中,丰富多样的动植物、精彩纷呈的民俗活动和活泼有趣的儿童占据了大量篇幅,这与他在浙江的生活经验息息相关,与他自身的成长经历密不可分。可以说,浙江的花花草草赋予他想象的基础,而浙江的风土人情激励他发挥创作的热情。他用儿童的语言讲述一个个精彩的故事,成为儿童口耳相传的精品。

　第一节　自然界孕育的童话幻想

　　1915 年 11 月 7 日,金近出生于浙江上虞县四埠乡前庄村。那天是农历十月初一,在绍兴民间被称为"菩萨的生日"。父亲金文高和母亲王爱真均为农民,靠着一亩多稻田和两亩贫瘠的沙地为生。金近儿时家中经济困顿,仅接受过三年私塾教育,读过《三字经》等开蒙读物。可是金近认为读四书五经学不到真正的知识,相反,他热爱自然界的花花草草。他与大自然一同成长,如同大自然的精灵一般,他的想象力也得到极大发展。

　　出身于浙北渔村的他,童年经历充满了苦难与悲欢。人民辛辛苦苦地晒卤盐,却被捉"卖私盐"的官兵吊起来拷打①。贫苦的生活环境让他没有条件去学堂读书,但大海、野鸭、山峦、小螃蟹、蛏子等杭州湾海滨的风物就像一本充满奇迹的大书,

---

　　①　金近.我的家乡[M]//金近.金近文集(第 3 卷).上海:少年儿童出版社,2004:253.

供幼年金近阅读和欣赏。观察小动物，也正是金近贯穿一生的爱好。对动物的深刻观察和痴迷，为他的童话写作积累了大量素材。

金近的童话创作，开始于一篇动物童话《老鹰鹞的起落》，这是一篇充满教育意义的童话。以玩具铺的"老鹰鹞"与真正的老鹰做对比，通过对话开展情节，多处凸显老鹰的视野宽广和老鹰鹞的鼠目寸光，卒章显志，表达"靠自己的力量，想越高山，渡大海，不过是做梦，是办不到的事情"①。这部作品思想先行，对老鹰的描写也较为概念化，但已经展示了金近通过描绘动物物性来凸显思想的能力。这部作品是他的儿童文学处女作，据他自己说，1935年他结束了少年时代颠沛流离做学徒的时期，在《少年日报》谋得一份稳定的工作，并从收报纸费用开始当上编辑助理，由此开始儿童文学创作之路②。这篇作品能够感受到他早年在《申报》图书馆阅读的书籍的痕迹，"老鹰"这一意象的处理也尚无创新之处，但已经是一种在动物特性基础上进行描绘，并传达主题思想的典例。这也是后来金近在处理动物特性中的重要追求，他认为动物不仅仅是一个"躯壳"，而且需要灵魂③。所以他在后来写作之时，极为注重对动物生活习性的描绘，让动物形象显得立体丰满。

金近写动物童话的成熟时期，是1945年抗战末期。国民党统治之下的荒诞社会环境，使得他不得不借动物来描摹现实，也让他笔下的动植物形象开始渐然丰腴起来。这些作品的动物形象更为生动，语言摇曳多姿。动物世界的丑态，影射着现实中的阴暗面。他以凤凰借了公鸡的衣服不还，讽刺官员对百姓招摇撞骗（《公鸡和凤》）；他以老鼠偷万花筒做生意，讽刺那些倒卖不义之财的商人（《老鼠和万花筒》）；他以斑鸠到处找人做巢，讽刺那些自己不付出劳动却总想坐享其成的人（《斑鸠做巢》）……动物在这些童话之中成为人的化身，金近通过对动物世界的刻画，生动地展示了国民党统治下民不聊生的景象。腐朽的社会，让金近思考讽刺文学的社会功用。也就是说，他的动物童话也可以被视为他所写作的讽刺小品的一类，其他还有《棺材本钱》《婚姻涨价》等。动物就像一面面哈哈镜，照出人性的贪婪、奸诈和虚伪。而正是这种将人事故事转化为动物故事的讽刺，体现出金近的动物童话观——"我们应该让这些动物讲的话和所做的一切都跟人有相同的感情，使人能够

① 金近.老鹰鹞的起落[M]//金近.金近文集（第1卷）.上海：少年儿童出版社，1991：1.
② 金近.前言[M]//金近.金近文集（第1卷）.上海：少年儿童出版社，1991：1.
③ 金近.文学的特殊形式——童话·鸟言兽语问题[M]//金近.金近文集（第4卷）.上海：少年儿童出版社，2004：35.

体会这种感情"①。用动物展示人类社会,言在此而意在彼,是金近在童话创作转型时期所做出的努力。

中华人民共和国建立之后,金近的动植物童话迎来一个创作高峰。较之1949年之前以讽喻为主的创作,金近1949年之后的作品大多专注于品德教育,惩恶扬善,帮助儿童形成正确的道德观。金近创作的《谢谢小花猫》与《小猫钓鱼》,在尊重猫咪的动物本性的前提下,小猫咪被赋予了人的特性。《谢谢小花猫》被改编为动画片,成为上海美术电影制片厂的首部动画片,讲述了热心的小花猫帮助鸡大嫂保护鸡蛋,捉住三只老鼠的故事,赞美了他乐于助人的优秀品质;《小猫钓鱼》则讲述了小猫在一次次的失望之后终于钓到鱼的故事,凸显了持之以恒的毅力;《小鸭子学游水》则通过小鸭子学习游泳的经历,夸赞了勇敢的品质;《小鲤鱼跳龙门》赞美了小鲤鱼们勇于尝试、拼搏向前的精神……较之前期的文字,这些动物形象更加接近于儿童,读来也更加轻松好玩,更受儿童欢迎。

之所以写那么多动物童话,根据金近自己所说,是由于儿童对动物感兴趣,且可以帮助儿童扩大知识面②。他笔下的动物,其实就是有着各种各样性格的儿童。动物成为金近通往儿童心灵的一个秘密通道。以《蝴蝶有一面小镜子》为例:

> 一只冬眠刚刚醒来的青蛙,一蹦一蹦地跳到这里,他肚子饿得很,口也干得厉害,很想找到一条小河,要是有一条小溪流,那也好。

冬眠的青蛙因为在冬天没有足够的进食而感到饥饿,因为需要生活在水中所以会口渴,平时的行动不是"走"而是"跳"。而最后青蛙试图捕食蝴蝶,也十分符合青蛙喜爱进食昆虫的天性。文中的蝴蝶,是这样出场的:"有一对蝴蝶,穿着又黄又黑的绸衫,飞到油菜田上来,她们表演着最得意的舞蹈,一面飞,一面舞,希望大家都来看。"③蝴蝶的翅膀是半透明的,类似于"绸衫",它们喜欢花朵,而且在空中的姿态类似于"舞蹈";蝴蝶给人以美的感受,金近赋予蝴蝶"爱美"的性格,非常符合物性。与蝴蝶形成对比的蜜蜂,它们一边忙着采蜜,一边唱歌,"蜜蜂最喜欢唱歌,不

① 金近.文学的特殊形式——童话·鸟言兽语问题[M]//金近.金近文集(第4卷).上海:少年儿童出版社,2004:34.

② 金近.文学的特殊形式——童话·言兽语问题[M]//金近.金近文集(第4卷).上海:中国少年儿童出版社,2004:37.

③ 金近.蝴蝶有面小镜子[M]//金近.金近文集(第1卷).上海:少年儿童出版社,1991:110.

管工作怎么忙,总是嗡嗡地哼着快乐的歌"①。蜜蜂生性需要采蜜,而且飞行之时会发出"嗡嗡"声,十分贴切,将它们作为勤奋的代表,也符合儿童的阅读习惯。在后文出场的啄木鸟被称为"大叔",是因为它是鸟类,体型比蝴蝶大很多,所以称谓贴合物性。这部作品首尾呼应,通过蜜蜂与蝴蝶的对比,说明劳动最光荣。这个故事看似简单,实则精巧。与之相似,金近笔下还有想要吃蛐蛐的"骄傲的大公鸡"(《骄傲的大公鸡》);没有时间意识的布谷鸟(《布谷鸟叫迟了》);有勇敢的大白鹅(《小白鹅在这里》);有帮助小猫除鼠的小老鼠(《老鼠帮小猫》);有狡诈扮狼的狐狸(《狐狸打猎人》);有狡诈的狐狸(《狐狸送葡萄》);有机智地想要蒙混过关的苍蝇(《想过冬的苍蝇》);有与人和谐共处的燕子(《早回来的燕子》)……这些动物,虽然各不相同,但性格都是因动物本性而阐发。由是观之,金近以浙江常见的动物为基础,充分观察动物的习性,在此基础上创作动物童话。这些童话风格不同,但均符合自然规律,符合动植物的自然属性。由此可以看出,童年浙江渔村的生活,是金近童话创作的源泉。

第二节　童话现实主义的底色与质地

金近的童话展示了深刻的民间文学的色彩,这与他在上虞的经历有关,他热爱家乡,热爱上虞的风土人情,也将它们纳入自己的童话写作之中。可以说,他在家乡接受的教育,是立足于大地,植根于浙江本土风俗的,而这也成为他创作的重要资源。他从小就接触村里的文娱活动,绍兴大班的"元帅菩萨"庙会演出,让幼小的他接触到四大名著中的经典片段《长坂坡》《武松打虎》等②,引领他走上文学的道路。此外,江浙民歌中的儿歌唱出了老百姓的生活,唱出了老百姓的心声,也让金近小小的心灵浸染文艺的芬芳③。戏剧、儿歌这样人民群众喜闻乐见的体裁,给了金近最初的文学启蒙,文学的种子由此生根发芽。

他早期的童话,便已经有意识地纳入乡村风俗的题材。他将"活菩萨"写入童话,但具备讽刺意味的是,他笔下的"活菩萨"并非表面上的慈善家,而是自私自利、唯利是图的恶人。这便体现了他对待习俗的态度:辩证地运用,讽刺其迂腐之处,以展现人性暗面;汲取精华,展现人们对美好生活的期待。"菩萨"这一善良的外

① 金近.蝴蝶有面小镜子[M]//金近.金近文集(第1卷).上海:少年儿童出版社,1991:110.
② 金近.我喜爱这工作[M]//金近.金近文集(第4卷).上海:少年儿童出版社,2004:164.
③ 郁青.金近评传[M].太原:希望出版社,2001:22.

表,透露出邪恶的内心,这种传统与现实的反差形成了强烈的讽刺意味,在民间信仰中善的代表可能具有虚伪的内心。这是一种对传统的反思与审视。而在后来的写作中,他也尝试从民俗活动中汲取素材,以民间信仰中的象征关系为基础逻辑,展开基于万物有灵论的文学想象。《红鬼脸壳》中,不同颜色的鬼脸壳代表不同的人物特质,每个人都想要得到更好的特质,人们认为"红鬼脸壳"象征着财神,诱发了一场激烈冲突,但最后这些鬼脸壳也没给他们带来好运,反而使他们自取灭亡,这种对命运的反向安排充分显示了作家的非凡智慧:一方面,因为对鬼脸进行解读符合民间文化中的图腾信仰,易于让人接受;另一方面,又表达了这种信仰的荒诞性,给人警醒。这就给了这部作品讽刺的力量。这种对民间传统的反向解读,是金近童话的创见。他一反当时一些作品依赖于民间故事以因果报应逻辑为主体的现象,旗帜鲜明地提出童话要"让儿童有是非、正误的观念,切忌命运论的思想掺杂进去"[1],这可谓既具有科学性又具有现实性,常常让人"在忍俊不禁之余悟到一些应当明白的道理"[2],切中现实,具有"深重的现实主义精神"[3],以理想与现实的对比展现出向善的伦理价值。

中华人民共和国成立之后,金近继续从民间汲取营养,在儿童文学上深耕,在文学作品中加入大量民俗元素。他有意识地让自己的作品兼具人民性和民族性,以中国的语言,展示中国的故事。他一针见血地指出,当前一些作家崇洋媚外,童话中出现的是非本土的动物,真正要做的,是如丹麦作家安徒生那样"把本国特有的各种各样的动物、植物的知识通过童话介绍给小朋友,把本国特有的风俗习惯写到童话里去",除此之外,童话中还应充溢着中国人民的可贵品质"勤劳、朴实、勇敢、机智和乐观"[4]。他以身作则,在创作中践行这一原则。他的《小鲤鱼跳龙门》《他叫"东郭先生"》《穿花裙的狼》《一出好险的戏》《青蛙和青壳蟹》《斑鸠做窠》等童话文本,分别改编自《埤雅·释鱼》中的"鱼跃龙门"、《中山狼传》中的"东郭先生与狼"、多民族民间故事"狼外婆"、《西游记》中的"孙悟空三打白骨精""坐井观天""鸠占鹊巢"等古老的、传播甚广的中国传统民间故事。而有些作品,虽然并非直接改编自传统民间故事,但加入了大量中国儿童耳熟能详的细节,甚至以之作为推动事

① 金近.儿童文学作品里面切忌命运论的思想[M]//金近.金近文集(第4卷).上海:少年儿童出版社,2004:5.
② 郭大森,高帆.中外童话大观[M].长春:东北师范大学出版社,1990:70.
③ 王泉根.百年中国儿童文学的三次转型与五代作家[J].长江文艺评论,2016(3):72-85.
④ 金近.童话创作上的几个问题·童话的民族形式问题[M]//金近.金近文集(第4卷).上海:少年儿童出版社,2004:10.

件发展的重要动因。如《骗子和宝镜》中,作家将"宝镜"这样一个在古代文学中时常被作为魔法物件而出现的物体运用为贯穿始终的宝物,使其具有鉴别真话与假话的功能。故事中,桂花小姐听信了骗子的一句话,骗子将"宝镜"偷换成了照任何东西都显示出狗的相貌的假"宝镜",最后魔术师将骗局揭穿,骗子无地自容,桂花小姐投河自尽。这是一个与中国传统故事对接的悲剧故事,"真"与"伪"的博弈形成了故事的张力,在"轻信"和"抗争"之中形成故事的发展起伏,颇有趣味。民间的一些重要象征性动植物,成为金近写作的重要材料。例如,金近非常喜欢以"喜鹊"为主人公写童话。"喜鹊"在传统文化中代表着欢乐、团圆与美好,留下了"处堂燕鹊""鹊笑鸠舞""鹊返鸾回"等有趣的成语典故,而金近笔下的喜鹊,既活泼可爱,又充满人文关怀。"人们都喜欢喜鹊……名字好听,长得也好看,黑白分明的羽毛,长条条的身段,又是像裙子一般的长尾巴,一翘一翘的,真讨人喜欢。再站在高高的大树上,喳喳地叫上两三声,嗓子清脆嘹亮,一拍翅膀,又高高地飞开了,不糟蹋一棵庄稼,多可爱啊!"[1]在他的故事里,喜鹊会为了打扮自己而捡来孔雀毛插上(《小喜鹊加加》);喜鹊会因为学飞而流连忘返不回家(《小喜鹊回家》);喜鹊也是辛勤的劳动能手(《劳动最光荣》);是处处播撒善良与欢乐的小天使(《哈哈笑的小喜鹊》);是鼓励白杨生长的好伙伴(《小白杨要接班》);是热心帮忙的造窝老师(《造窝学校》)……这些形象的塑造,符合民间对"喜鹊报喜"这一事实的认知,或将喜鹊作为主人公赞美其乐观善良,或以喜鹊为背景烘托快乐气氛,可谓名副其实,符合中国人的文化心理。再如"凤凰"是在中国神话中出现的神鸟,而这种不定型而带有幻想色彩的动物给了金近更多的想象空间,也促使他对这一形象进行探索。在早期的童话中,凤凰为了参加龙公公的寿酒,借了公鸡的衣裳,迟迟不还,讽刺了"金玉其外败絮其中"的沽名钓誉之人。在《凤凰的秘密》中,一个关于观看凤凰丑态的秘密一传十十传百,成为一个众所周知的荒诞之言。作家借此反映现实生活,展示了将古代传统引入现实世界的尝试。

值得注意的是,金近在写作过程中,会有意识地吸纳西方民间故事的创作方法,他充分肯定外来儿童读物的"东方情调"[2],并对它加以中国化。《格林童话》影响了金近的写作,他认为此书的"民间色彩"[3]值得颂扬,而他的作品中,也将西方的

---

① 金近.小喜鹊加加[M]//金近文集(第1卷).上海:少年儿童出版社,1991:374.

② 金近.《乔治亚民间故事》后记[M]//金近.金近文集(第4卷).上海:少年儿童出版社,2004:10.

③ 金近.格林童话的特色——纪念雅各·格林逝世100周年[M]//金近.金近文集(第4卷).上海:少年儿童出版社,2004:108.

叙述方式内化成中国童话的叙述方式。他的某些童话，出现了大故事套小故事的
方式，也出现了关于故事的故事，如《书柜里的故事》《一篇没有烂的童话》《爱听童
话的仙鹤》等，对童话本体进行了深入思考，展示了金近在叙事方法上的探索。

第三节 "大地"联结与童话艺术的镜像

　　金近在生活中大量接触儿童，无论是在他的散文创作、小说创作，还是童话创
作中，儿童都是主角。金近特别乐意和孩子们打成一片，在作品中表现他们的生
活。早在抗战时期，金近逃难来到重庆，便在教养院里任职的过程中，为那些身世
凄苦的孩子们服务①，给他们编故事、唱儿歌、编教材，立下了为这些贫苦儿童写作
的决心②，而人民群众的孩子们，成为他童话的重要隐含读者。1949 年后，他有了更
多机会在学校接触孩子们，"尽到做老师的责任"③，与儿童做朋友，"亲身参加到生
活中去"④，用心体验儿童的所思所想，对儿童的观察和感知更为深入。而从现实出
发，"多和孩子们接触"⑤，反对童话凭空捏造、回避现实⑥——正是他积累童话灵感、
写作童话的一大准绳。他认为童话可以"反映生活中的伟大主题"⑦，认为作者需要
充分了解儿童的生活，了解儿童的思想感情，而不能成为苍白的"空想家"。他认为
童话是教育儿童的载体，首先要照顾儿童的兴趣，也要让大人喜欢看⑧，"童话作家
就是把结合现实的幻想加以理想化、美化，通过奇异有趣的故事给读者以积极的、
前进的力量"⑨，让儿童能够在浪漫化的童话空间中得到心灵的净化。与此同时，他

---

① 郁青.金近评传[M].太原:希望出版社,2001:63.

② 金近.我喜爱这工作[M]//金近.金近文集(第 4 卷).上海:少年儿童出版社,2004:167.

③ 金近.谈生活和创作[M]//金近.金近文集(第 4 卷).上海:少年儿童出版社,2004:67.

④ 金近.我怎样开始写儿童文学作品[M]//金近.金近文集(第 4 卷).上海:少年儿童出版社,
2004:48.

⑤ 金近.《春姑娘和雪爷爷》后记[M]//金近.金近文集(第 4 卷).上海:少年儿童出版社,2004:
69.

⑥ 金近.童话和现实生活[M]//金近.金近文集(第 4 卷).上海:少年儿童出版社,2004:188.

⑦ 金近.童话创作上的几个问题·童话中的现实和幻想问题[M]//金近.金近文集(第 4 卷).
上海:少年儿童出版社,2004:18.

⑧ 金近.文学的特殊形式——童话·童的对象问题[M]//金近.金近文集(第 4 卷).上海:少
年儿童出版社,2004:34.

⑨ 金近.关于童话的现实意义[M]//金近.金近文集(第 4 卷).上海:少年儿童出版社,2004:75.

提出,生活本身就带有童话性质。"人没有幻想,就不知道什么叫生活"①,因而只有将生活文学化,才能够创作出优秀的童话作品。幻想可以让我们的生活开出花来。

金近在20世纪40年代书写过大量儿童小说。在小说这一与现实更为接近的文体中,金近尊崇儿童本性。金近将他的笔触落在那些弱势群体上,展现儿童的悲苦命运,展现社会对儿童的压迫。《小和尚法本》中,乌龙寺里的小和尚法本正出家学佛,后来破除迷信,投入"九一八"宣传活动。这展示了儿童的成长性,展示了社会在儿童教育中进行的"科学"与"宗教"的拉锯战,展示了时代更迭中意识形态的进步。《这一天》里,在少爷家做女仆的12岁女孩阿琴,虽说过着凄苦的生活,却依然对生活充满希望;《中秋》中,出身于卖豆芽家庭的阿福,心心念念着香斗和大月饼;《逃学》里,出生于基督教家庭的余长寿,渴望进入学堂读书;《受辱者》里,12岁的韩德宗骑三轮车补贴家用,却被美国兵侮辱;《阿花的家》里年轻的阿花不得不接受父母安排的亲事……金近以一颗悲悯的心,体察少年儿童的世界。他们在时代的洪流中沉浮,却依然渴望勇立潮头。

在中华人民共和国成立之后,金近笔下儿童的形象更为呈现出"新"的气象。在他的作品中到处可见在新中国接受劳动改造、塑造崭新人格的优秀少年形象。金近通过少年成长的过程,帮助作为读者的儿童形成热爱劳动、热爱生活的优良品质。如积极参与捕鼠活动的"捕鼠小队"(《捕鼠小队》)、渴望读书的王细毛(《王细毛和小绵羊》)、逐渐适应乡村生活的李国良(《李国良放牛》)、逐渐爱上工作的姑娘徐菊香(《芝麻绿豆大的事》)、积极养鸭的沈志华和李培根(《花背鸭子》);同样在1949年后写就的中篇小说《三个孤儿》,则通过不同的细节片段,塑造了生产队的儿童群像……这些儿童作为读者的"另一个自我"②,见证和经历了一场崭新的体验,挖掘和释放了那一个崭新的自我。这些儿童形象,都取材于现实生活,与金近童话中天真烂漫的儿童形象形成了鲜明的对比。

金近童话中的儿童形象,充满了童真和童趣。他将更广远的理想,"通过一些现实生活"③进行诉说,多种多样的儿童形象,充分地展示了他对"趣味性"④的追求,

---

① 金近.童话创作上的两个问题·童话创作要不要生活[M]//金近.金近文集(第4卷).上海:少年儿童出版社,2004:148.

② 聂爱萍.儿童幻想小说叙事研究[M].上海:少年儿童出版社,2020:203.

③ 金近.童话创作上的两个问题·幻想和现实的关系[M]//金近.金近文集(第4卷).上海:少年儿童出版社,2004:151.

④ 金近.儿童文学创作杂谈·关于趣味性[M]//金近.金近文集(第4卷).上海:少年儿童出版社,2004:85.

从早年《新年的前夜》中争相抢礼物的小花和小弟弟，到20世纪80年代《灰蒙蒙的香烟宫》中为了作文作业烦恼的吴正海，都具有儿童天真活泼的特点。

童话中那些拟人化的事物，也被金近塑造成了一个个美好的儿童形象。这些童话中，主人公的一举一动，都具有几分俏皮。以被选入小学语文课本的《小猫钓鱼》为例，且看他起床时拖拖拉拉，“伸了个懒腰坐起来”①，就展现了孩子喜欢睡懒觉的天性与习惯。再如写猫弟弟三心二意地钓鱼，他在追蝴蝶之时“蝴蝶飞到哪里，他追到哪里，越跑越远，他一直跑到山坡那边去啦！”②金近寥寥数笔就把儿童活泼好动的性格表达得淋漓尽致。当猫弟弟以为自己钓到了大鱼，却发现是一只烂草鞋之时，他窘迫不安，“狠狠地把烂草鞋又扔进小河里，低着头不说话了，他多害臊啊”③。这些语言通过细节动作描写生动形象地描绘了猫弟弟大失所望，羞愧得无地自容的窘态。小猫没钓到鱼，就“噘起嘴”，小小的动作，就把猫弟弟的不服气表露无遗，而这也是儿童特有的一个表达生气情绪的动作，可谓惟妙惟肖。童话中看似在写猫，实际上是把两位儿童的言行进行了对比，一位一心一意，一位心不在焉，儿童形象跃然纸上。再比如《狐狸打猎人》的故事，开门见山呼吁小朋友解开狐狸打猎人的秘密。故事中的狐狸既机智又狡诈，借用传说故事将自己打扮成狼。而文中的小猎人，就是一个胆小怕事、战战兢兢的“儿童”形象，尽管并没有在年龄上指出这个小猎人未成年，但是从其所作所为来看，他并没有得到充分的成长，他不仅仅在打猎技术上是一个幼儿，而且在心理年龄上更不成熟。因为不会打猎，又胆小，他听信了狐狸变狼的谣言，在山上碰到传说中的那只“狼”时，害怕得厉害，“两条腿只会突突地发抖，拔不起来了，像给钉子牢牢地钉在地上一样。他赶快扑倒在山路上爬着逃，可是手也抖得厉害，不听他的使唤。这段山路又陡又滑，他的手攀了个空，就骨碌骨碌往山下滚，一直滚到半山腰，给一棵松树的枝丫钩住了”④。这如小丑一般的勾画，让一个心理上的儿童栩栩如生地展现在眼前。与狐狸的有智有谋、心狠手辣相比，这位小猎人一再退缩，唯唯诺诺，总是为了活命委曲求全，丑态尽显：“猎人钻在被子里抖得可厉害啦。你要是在旁边，就能听到他的牙齿、他的身上的骨头，都抖得咯咯咯地响。他要说话都很困难，好半天才说出来：‘你——你千万别，别，别吃掉我。你要，要什么，我就给，给你什么。’”⑤“猎人”身份与其实

① 金近．小猫钓鱼[M]//金近．金近文集(第1卷)．上海：少年儿童出版社，1991：78．
② 金近．小猫钓鱼[M]//金近．金近文集(第1卷)．上海：少年儿童出版社，1991：79．
③ 金近．小猫钓鱼[M]//金近．金近文集(第1卷)．上海：少年儿童出版社，1991：79．
④ 金近．狐狸打猎人[M]//金近．金近文集(第1卷)．上海：少年儿童出版社，1991：175．
⑤ 金近．狐狸打猎人[M]//金近．金近文集(第1卷)．上海：少年儿童出版社，1991：178．

际上展示出的怯懦形成鲜明的反差，这种表里不一的人物塑造，让读者忍俊不禁。最后，作者通过老猎人之口揭示道理："一个猎人丢了猎枪，在野兽面前只会发抖，那么就算是活着也跟死掉的一样了。"①鼓励儿童引以为戒，做一个敢于斗争、善于斗争的好孩子。这样一个负面形象，却倾注了金近大量的感情，他面对危难的恐惧，既有合理之处，又有孩童式的情绪化，以夸张的手法，将情绪扩大，让行动更为滑稽。语言就如和面时以发酵粉将那面饼松脆可口②，总之，他笔下的儿童，有喜有忧，真实动人，趣味盎然。而这显然来源于现实生活。

进一步说，金近一直坚信儿童文学的教育性，他提出儿童文学作家是儿童教育的重要参与者，应当像儿科大夫一样，"用我们的笔，来医治我们可爱的病人，我们可爱的接班人的内伤外伤"③，认为儿童文学具有塑造儿童健康人格的力量。他的童话也注重思想性，每一个童话故事，都表达了一个或多个让儿童理解的道理。但是，他反对生硬说教，认为"童话的教育性是靠形象和故事说话的"④，所以他认同将思想内容"形象化"⑤，在他的笔下，就有许多值得学习的人物。他的笔下，有乐于助人、智救儿童的翘胡子白猫、大雄狗老黄（《这是小狗捡的》），有挺身而出、勇斗恶徒的小乌龟（《小人书里说的》），有热心帮助同学入队的小李姐姐（《月季花》），有乐于分享、心地善良的小玉花（《奇异的绿果》）……这些都是儿童的榜样，儿童在潜移默化中学习他们的优秀品质，改善自身。但是他笔下的优秀的儿童并不是那些高贵完美的人物，而是具有普通人的烦恼，这让他的人物有血有肉⑥，活生生地展现在儿童面前。他笔下会飞翔的神鸡，是父母和乡亲们竞相追捧的天才，但他自己却并不想做一个神童。金近针对当时媒体争相报道各类神童的现象，自主地站在儿童的立场上考虑问题，认为这样会捧杀儿童，对中国古代"伤仲永"的故事进行了现代的改编，指出应尊重儿童成长规律，这种思想颇具见地。但是，另一方面，他也指出，童话需要"反面教育"⑦，他的笔下也有一些让人啼笑皆非甚至深恶痛绝的角色，例

---

① 金近.狐狸打猎人[M]//金近.金近文集（第1卷）.上海：少年儿童出版社，1991：183.

② 金近.富于夸张的童话——读《吹牛大王历险记》[M]//金近.金近文集（第4卷）.上海：少年儿童出版社，2004：193.

③ 金近.为"小儿科"辩护[M]//金近.金近文集（第4卷）.上海：少年儿童出版社，2004：139.

④ 何夏寿.金近：儿童文学作家，应当是一个教育家[J].人民教育，2016(18)：75-77.

⑤ 金近.一本优秀的外国童话[M]//金近.金近文集（第4卷）.上海：少年儿童出版社，2004：157.

⑥ 金近.谈童话创作二题·要刻画人物[M]//金近.金近文集（第4卷）.上海：少年儿童出版社，2004：241.

⑦ 金近.做好儿童文学编辑工作[M]//金近.金近文集（第4卷）.上海：少年儿童出版社，2004：201.

如满嘴谎言、虚伪狡诈的猴子（《爱说假话的猴子》），骄傲自大、目空一切的豆苗儿（《神气的黄豆苗》），好逸恶劳的小乖（《小乖和小麻雀》）……这些人物让儿童在欢笑声中反观自身，去审查自身的不足之处，加以改正。在这些作品中，金近常常有意采取"反意法"①，通过颠倒善恶的方法，以讽喻加强童话的表达效果。因而，面对童话的读者——儿童，金近以一腔深情孜孜不倦地用童话教育他们，感染他们，让他们健康向上地成长②。

与此同时，他还跳出童话对个体的影响力，认为童话对国家建设尤其是群体精神文明建设具有不可磨灭的作用③，认为优秀的童话作品形成了"文化财富"，可以用来"教育文明的革命后代"④，具有形成传统、继承传统的意义。金近站在国家民族角度，看到了童话对民族精神塑造的精神意义。金近坚持以童话构建民族的精神情操，而这也是他毕生追求的事业。概而论之，金近的童话中，飞禽走兽、花草树木，应有尽有，同时融入了大量民俗风情，儿童的生活通过浪漫的艺术化的形式展现出来。他的童话是"幻想性与现实性的有机结合"⑤，是中国儿童文学发展进程中的佳品。

4.2 课后阅读

① 韩进.金近童话观评述[J].浙江师大学报（社会科学版），1990(4):95-99.

② 金近.歌颂我们这时代[M]//金近.金近文集（第4卷）.上海：少年儿童出版社，2004:213.

③ 金近.童话创作的兴起[M]//金近.金近文集（第4卷）.上海：少年儿童出版社，2004:22.

④ 金近.《1949—1979童话寓言选》序[M]//金近.金近文集（第4卷）.上海：少年儿童出版社，2004:142.

⑤ 蒋风.儿童文学缀辑[M].杭州：浙江少年儿童出版社，2015:58.

5.1 课前思考

包蕾"中国元素"化用与儿童剧的中兴

　　包蕾原名倪庆秩,是浙江现代重要的儿童文学作家。身兼作家和编剧双重身份的他,充分考虑儿童的天性,对童话进行了充分的现代化改造,童话作品展现出很强的魅力。

　　包蕾出生于上海,祖籍浙江宁波镇海。出身于知识分子家庭的他从小就对文学产生了浓厚的兴趣。他的童年往返于镇海和上海之间,"无论是坐火车看窗外树木房屋急急地倒退,还是坐轮船看无边白云红霞缓缓地前移,都一样地兴高采烈;无论是逢年过节时去拜访亲戚,还是大人度假时去探寻故里,只要那边有跟他一样大小的孩子,也都一样地笑逐颜开"①。自童年接受文学的熏陶开始,他对文学的宣教力量就有着深刻的认识。因此,他用作品承担起教育民众的责任。随着时间的推移,他的作品反映出中国的历史进程,也展示着中国普通民众生活中的苦辣酸甜。

 第一节　戏曲"渊薮"与儿童剧的开拓

　　包蕾于幼年便受到"五四"新文学的影响。鲁迅的儿童观深刻地影响了他,他将鲁迅的话记录在册,反复诵念。他不仅阅读了鲁迅的著作,还阅读了鲁迅的儿童文学译作《小彼得》《小约翰》《桃色的云》等。这些充满现实精神和战斗色彩的童

---

　　①　张锦贻.包蕾评传[M].太原:希望出版社,2005:9.

话,让他深深迷恋上了儿童文学。他以学校的黑板报为阵地,提出"文艺就是战斗"①的主张,为了避免过多审查,便以"包蕾"(巴雷)这一类似于英译的笔名为抗战宣传写作。1935年一二·九运动的发生,让年少的包蕾认识到祖国危亡之责任,积极参加抗日救国运动的他因为违反校纪过早离开了学校。此后他自学在1937年考取复旦大学土木工程系,后又辍学投身救亡演剧十三队,同时去往中学任教。

包蕾的儿童文学创作开始于抗战时期。他最早的儿童文学创作尝试,是用于抗日宣传的"活报剧"创作。1938—1939年,他为了将抗战思想传播到底层民众之中,组织"儿童旅行演剧队"②,以时事为材料,在《好孩子》上陆续发表了十个儿童活报剧。他的儿童剧中充满了爱国情怀与抗争精神。包蕾立足中国,放眼国际,在第二次世界大战的背景下,为反法西斯运动振臂高呼。其中,《犹太人,起来》以纳粹残害犹太人为背景,讲述犹太人在战争中惨遭屠戮的境遇,呼唤犹太人团结一心,反抗纳粹;《反攻马萨隆纳》则以西班牙爱国主义运动为题材,展示了西班牙人民众志成城反对法西斯主义的英勇事迹,展示了国际人道主义精神。其余的《准插的旗子》《小同志》《一条心》《胜利的新年》《到义务学校去》等活报剧均展示了抗日战争,中国儿童与敌人斗智斗勇的故事,展示了中国人不竭的爱国情怀。例如十四五岁的少年智敏分辨出伪军,利用伪军饥饿讨食的机会用祭祀的食物,用代替伪军看守人质的借口,引开伪军、救出抗日青年的故事③,展示了中国儿童坚定的爱国信念与临危不惧的精神,故事紧凑,情节动人心魄。

包蕾的早期作品,紧扣时事。他的儿童剧在抗战时期颇受欢迎,他在儿童抗日宣传上做出了重要的贡献。

包蕾坚信,基于儿童乐于模仿的天性,儿童剧应当在儿童教育中扮演更为重要的地位。④ 童话剧《雪夜梦》是他在此时期创作的一部多幕剧作品,是他这一时期的代表作,灵感来自安徒生的《卖火柴的小女孩》。作品以大故事套小故事的方式呈现。据他的自述,在某一个寒夜,他夜半惊醒,听闻远方有女孩的悲泣声⑤,感慨万千,写就此篇。戏剧的序章,在火柴的亮光中,流浪的姐弟俩蒂蒂和蓓蓓于寒夜在

① 孙毅.文艺就是战斗——记包蕾的创作生活[M]//《儿童文学研究》编辑部.儿童文学研究(第8辑).上海:少年儿童出版社,1981:66.
② 包蕾.儿童旅行演剧队[J].孩子周刊:儿童读物,1939(4):75-77.
③ 包蕾.小同志[M]//上海社会科学院文学研究所.上海"孤岛"文学作品选(下).上海:上海社会科学院出版社,1986:514.
④ 包蕾.儿童戏剧在儿童教育上的价值[J].今日的教师,1948(两周年纪念特刊):13.
⑤ 蒋风.中国现代儿童文学史[M].石家庄:河北少年儿童出版社,1987:293.

火柴亮光中睡去。在梦里,遭强盗袭击、目睹母亲丧生于刀下的往事浮现,他们在幻境中看到了父母陪伴下自己的生日会,这欢庆的氛围却因贫困而笼罩着忧伤;他们也看到了与自己相仿的女孩的命运:流浪儿童们因为过度饥饿不得不偷得大饼分食充饥;善良的孩子因为收留了小流浪儿童被赶出家门。最后一幕中,姐弟和几个儿童在街头卖艺求生,遇见了当年将姐弟俩从强盗手中救出的爱国青年王叔叔,遇到了已经加入警察群体的爸爸,他们受王叔叔的英雄事迹感染,投入抗战儿童服务队。较之原故事以悲剧结尾,这个故事被注入了更多战斗的力量,注入了更多悲愤中的希望。戏剧结尾,晨光熹微,胜利的歌声奏响。包蕾让孩子们看到:"有许多人靠着大家的苦难来发财,有许多人在路上饿死,这里有许多失去家乡,没有人管的孩子,也有着每天吃牛奶的狗和猫。"①这可以说继承了安徒生的笔锋,将上海这一移民众多的城市的怪诞现状展现得淋漓尽致。但可贵的是,包蕾更加相信孩子们改变中国的力量——"我们将来都得为国做事,造出一个新国家:再不会有很多孩子没有饭吃的国家"②,与其说包蕾将报国之重担交予孩子,毋宁说包蕾以儿童隐喻国家的未来。以个人的行动为基础,创设一个反饥饿、反压迫的国家指日可待。在贫富差距极为悬殊的上海,有人家中锦衣玉食,有人却流落街头,但悲惨的命运并没有蚕食他们的激情和理想,他们依旧渴望着革命胜利的那一天。这个梦基于现实,却涌动着改造现实的暗流,这感人至深的理想具有号召儿童投身于革命的力量,因而在当时被列为"禁书"。包蕾充分考虑作品的群众性,将这部作品以"群众剧"的形式进行展现,吸引观众参与到戏剧活动中去,具有极佳的宣传效果。此时包蕾的儿童文学创作已经非常成熟,对各类文学手法的运用也恰到好处,包蕾运用反复、排比、呼告等修辞方法,将剧中的情绪推向高潮。正如作者通过警察之口宣告的那样:"每个人都有着新的希望,每一个人都有着新的力量,一个新的世界就要起来了。"③包蕾以儿童文学为载体,书写着他对祖国现状的忧思,并瞻望着祖国壮美的前景。

 ## 第二节　本事、类义与儿童剧的创造性转化

中华人民共和国成立以后,包蕾以极大的热情,投入儿童文学创作之中。他针

---

① 包蕾.雪夜梦——附"筑堤"[M].上海:少年儿童出版社,1946:67.
② 包蕾.雪夜梦——附"筑堤"[M].上海:少年儿童出版社,1946:68.
③ 包蕾.雪夜梦——附"筑堤"[M].上海:少年儿童出版社,1946:78.

对儿童"买不到书"①的现状,大量创作童话这一文体。1952 年担任新中国第一个专门出版儿童读物的出版社——少年儿童出版社的编辑部主任后,他的童话创作逐渐系统化②。

包蕾在新中国成立初期的大量童话作品,都具有较强的时代意义,具有"时代的烙印"③。他初期的儿童文学创作,集中于低幼童话,这些童话区区几百字,多以作者所擅长的对话为主题进行叙述,情节清晰,文字简单易懂:为了让孩子们养成良好的饮食习惯,保护孩子们的身心健康,他塑造了因为嗜好甜食而引起蛀牙的小金鱼、爱吃头发的兔子等童话形象,告诫儿童要注意个人卫生(《小金鱼拔牙齿》《理发的故事》);为了鼓励儿童多思考,他塑造了只会模仿的鹦哥,让儿童在笑声中反观自身(《鹦哥学人话》);为了教育孩子们谦虚好学,他塑造了自以为是的小兔子形象,让儿童看到不懂装懂的丑态(《小兔子"我知道"》);为了教育儿童实事求是,他塑造了胡说八道的狐狸,让儿童意识到伶牙俐齿却谎话连篇者最终得不到大众的认可(《能说会道的狐狸》);为了教育儿童养成爱劳动的好习惯,他塑造了好逸恶劳的狐狸,让儿童明辨勤勉的道理(《小熊请客》);为了教儿童自食其力,他塑造了夺取他人劳动果实的鸠,通过"鸠占鹊巢"的故事告诫儿童自强自立(《喜鹊的窠》)……包蕾在 20 世纪五六十年代写作的大量作品,都以儿童生活教育为导向,将童话的教育性体现在文本之中。故事中的主人公均为中国儿童行为的影射,儿童通过阅读这些"坏孩子"的故事,匡正自身的行为。但他的讲述并非尖锐,诚如被评价的那样:"讽喻所指,孩子们是能在笑声中领悟的;可是一涉及孩子的具体缺点,作者的笔致立即为一种慈爱的温馨所蕴藉。"④他对反面人物的描写有着一种悲悯的情怀,如:"鸠自己不肯造窠,天冷了,常常没处躲,在天空中悲哀地叫着:'没处住——苦,没处住——苦!'"⑤一来,鸠鸟的叫声本来就是"咕咕咕——咕",与"没处住——苦"谐音;二来,鸠品尝了自己不劳动所造成的恶果,但喜鹊并没有落井下石来笑话他,赋予童话以宽恕的温暖。

包蕾的几篇篇幅稍长的童话,面向小学中高年级的学生。作品中他赋予动物以孩子的特性,动物在成长,阅读作品的孩子也在成长。《小咪和毛绒球》中,小咪

---

① 包蕾.希望各方面的专家多为儿童写作[J].读书月报,1955(4):18.
② 汪习麟.包蕾和他的童话[M]//包蕾.猪八戒新传.武汉:湖北少年儿童出版社,2006:210.
③ 包蕾.火萤和金鱼[M].成都:四川人民出版社,1979:242.
④ 汪习麟.有那么点叛逆和人情味——包蕾和他的童话[M]//汪习麟.浙江籍儿童文学作家作品评论集.杭州:浙江少年儿童出版社,1990:30-31.
⑤ 包蕾.喜鹊的窠[M]//包蕾.包蕾文集(第 1 卷).上海:少年儿童出版社,1992:709.

通过想要毛衣、求得毛衣、让出毛衣的过程,从不听话的淘气猫咪成长为一只听话的好猫。这个故事展示了从一个懵懂无知的小孩成长为一名谦恭礼让的儿童的心路历程,鼓励儿童勇于发现自身的不足,培养团结友爱的精神。《小山羊历险记》讲述了善良的小山羊替母亲和哥哥报仇,勇斗恶豹的故事,其中小山羊与豹子之间的善恶斗争尤其精彩。故事中,小山羊先和大伙儿一起挖土坑、再上山引诱豹子,途中被好心的猴子们从蟒蛇口中得救。最后在被豹子追逐的过程中巧妙地避开豹子,终于让豹子在陷阱中坠亡。"得道多助,失道寡助",包蕾通过小山羊的故事,告诉孩子们要培养善良勇敢的品质。包蕾的童话创作就较好地将童话的教育性充分的艺术化①,引导儿童树立正确的价值观。

包蕾的另一些故事,则充满了对新社会的赞美和感叹。他的笔下,白鸽见证了祖国的欣欣向荣(《小白鸽飞向天安门》),马和鲫鱼享受了山村基础设施建设带来的便利交通(《马和鲫鱼赛跑的故事》)。他也在笔下构建了一个和谐美好的世界,在这个世界里,人们互帮互助,共同塑造美好的生活,"最美丽的是一颗/愿意帮助别人的心"②。童话中的社会变迁,展示了包蕾对新社会的眷眷深情。这些对以人的道德为秩序建立起来的互助的社会的构想,则是基于当时的文化背景对共产主义社会的深切向往。

此时期的作品中,最为成功、影响力最大的,当属对传统故事进行改编的《猪八戒新传》与《三个和尚》两则童话。改编自《西游记》的"猪八戒"系列童话,被命名为"猪八戒新传",成为代代相传的童话精品。当时,出版社收到读者来信,信中写道:"因为孩子们很喜欢《西游记》,所以请吴承恩同志多写一些。"这让人忍俊不禁的提议颇有可取之处,包蕾萌生了改编《西游记》的念头。他尝试着"以这些(孙悟空、猪八戒等)孩子们喜爱的形象,来写一些适合现在孩子爱看的、对他们不无好处的童话"③。为此,他仔细观察儿童的日常行为,对应《西游记》中的形象,改造为童话。改编过程中,他充分尊重原著,在人物形象塑造上,《猪八戒吃西瓜》中猪八戒懒惰好吃、自以为是又憨厚朴实,其性格特点与原著相符;在语言上,他充分还原原书说书的方式,用"话说"等引入故事。猪八戒这一人物形象本身,是一个带有缺点的好

---

① 徐晓芳.推陈出新 寓意深刻——包蕾童话论评[J].济宁师专学报,2001(2):24-26.

② 包蕾.火萤和金鱼[M].成都:四川人民出版社,1979:216.

③ 包蕾.养"猪"杂谈[J].儿童文学研究,1962(7):78.

人形象①,他以"贪"和"呆"为其外部特征,以"真"为其形象的实质性内容②,具有底层民众苦中作乐的喜剧性格,给改编预留了一定的空间。他针对生活中儿童吃东西时控制不了贪欲的现象,在集体主义的思想指引下,写下了《猪八戒吃西瓜》这一作品,文中充分描绘了猪八戒犯了错又死不认账的心理活动,产生幽默的艺术效果。例如,猪八戒与孙悟空同去化斋的原因是想"先吃",而猪八戒路上一感到闷热难耐就"后悔",一看到阴凉处就"喜欢",还装作"一副哭脸",假装肚子疼偷懒③,充分展现了好逸恶劳的心理;猪八戒在见到瓜之后,本想礼让于师傅和弟兄,却在自我安慰中一块一块地吃完,展示了他投机取巧的心理。这一描写,将猪八戒的形象进行了延伸与丰富,他"言语行动不和谐"④,这种偏差,让人又好气又好笑,也让儿童在此过程中得到道德感化。而这部作品于1958年被万古蟾导演改编为剪纸动画,"寓教于乐",成为新中国第一部剪纸动画。⑤动画将中国民间剪纸艺术与戏曲艺术融合,以音乐衬托人物性格,时而欢悦时而悠扬,故事中猪八戒在犯错之后被孙悟空惩戒,也引导儿童正视自身不足,勇于承认错误。包蕾后来的一系列作品也延续《猪八戒吃西瓜》中风趣幽默的风格:写了猪八戒探山找洞过程中改过自新、勇救师父的故事;写了猪八戒向孙悟空学本领时三心二意、偷工减料之事;写了猪八戒回家路上被孙悟空假扮的妖魔捉弄之事。这些作品整体风格贯通如一,对原著的语言模仿也恰到好处,是包蕾童话创作的高峰。为了让儿童更容易接受这些故事,包蕾积极从民间儿歌、评话、相声、戏曲等艺术体裁中寻找灵感,进行模仿,形成了"好念、顺耳、易懂"⑥的语言风格。这部作品也成为后世将古典文学改编成现代儿童文学的典范之作,证明了"借用古典文学作品的人物为当今需要的题材服务,总得在既承认其可利用性的同时,又得承认其局限性"⑦。他的改编有自然之处,也有略生硬的问题,引发的论争,成为后世借鉴的一面镜子。

概而论之,包蕾十七年的童话创作中,紧跟时代步伐,紧扣童话的教育意义,将

① 刘毓忱,杨志杰.试论猪八戒的形象塑造[J].南开学报(哲学社会科学版),1979(4):81-86.

② 曹炳建.世俗化的喜剧形象与国民的隐显人格(下)——《西游记》猪八戒形象新论[J].淮海工学院学报(社会科学版),2007(2):19-27.

③ 包蕾.猪八戒吃西瓜[M]//包蕾.火萤和金鱼.成都:四川人民出版社,1979:242.

④ 魏崇新.猪八戒形象新解——《西游记》新论之一[J].徐州师范学院学报(哲学社会科学版),1990(1):49-61.

⑤ 曹国.剪纸动画文化意蕴探微[J].电影文学,2010(24):60-61.

⑥ 孙毅.猪八戒怎么吃起西瓜了——谈《猪八戒吃西瓜》的创作[M]//新蕾出版社.童话(第二辑).天津:新蕾出版社,1981:284.

⑦ 拾风.读《猪八戒新传》有感[M]//锡金.儿童文学论文选(1949—1979).北京:中国少年儿童出版社,1981:598.

中国民间故事进行了创造性转化，成为儿童喜闻乐见的优秀作品。

经历了一段时间的低谷之后，包蕾在20世纪80年代迎来了他童话创作的第二个高峰。这与他在编剧活动中得到的创作积累不无关系——虽然童话创作偏少，但包蕾作为上海电影制片厂的编剧，参与了讽刺旧社会投机者的电影《平步青云》、改编自壮族民间故事的电影《一幅僮锦（一副壮锦）》、自中国古代田螺姑娘的故事改编而来的美术片《金色的海螺》、表现农村少年儿童以行政村建队并茁壮成长的艺术片《山村新苗》、讲述小明画画的动画片《象不象》、展示新社会美好生活的美术片《画廊之夜》、展示中国儿童勇敢坚毅的美术电影《斗狼记》等多部影视作品剧本创作，还创作了儿童相声《鸭蛋》，这广泛的艺术涉猎让他保持着对社会的敏锐洞察和思考，也一直在进行文学的视觉化实践。厚积而薄发，这一时期，他的创作更为丰富，在开拓童话创作题材上他也进行了有益的尝试。他始终坚持童话在题材的选择上，应当"无所不可，有所不为"[1]，能够在童话内容上积极拓展，但又不基于时事生硬照搬，要具有丰富的想象。包蕾20世纪80年代的创作呈现以下特点。

首先是对中国历代文学经典进行了进一步的改编。第一，对《猪八戒新传》进行续写和扩充，续写了猪八戒试图不劳而获最终失败的故事（《猪八戒钓金龟》）和猪八戒勇斗小白龙的故事（《猪八戒立功》），具有较强的时代性。前者讽刺了20世纪80年代一些人在唯利是图思想影响下，贪图便宜、投机倒把的心思，鼓励人们踏实工作以取得成绩；后者则紧贴八零后独生子女政策下儿童娇生惯养、唯我独尊的情状，鼓励挫折教育。这体现了作者敏锐的社会洞察力。为了响应"爱清洁讲卫生"的号召，包蕾笔下的孙悟空摇身一变成为打扫垃圾的能手（《孙悟空大战肮脏洞》），为当时的社会导向提供了一个榜样。第二，让现代儿童穿越到古代的文本，想象现代儿童在故事中的表现。对《水浒传》中武松打虎的故事进行的改编就是重要的一篇。爱吹牛皮的宋伍小朋友梦见在景阳冈上遇到老虎，与老虎捉迷藏，被老虎出的算术题难倒。与对《西游记》的力图原汁原味地写作、尽量接近原书风格不同，包蕾对武松打虎故事的改编是基于现代儿童视角的。宋伍作为小孩子头儿，一向目中无人、自鸣得意，口头禅是"这有啥"[2]，以至于在老虎面前又是害怕又是显摆，做出一系列让人啼笑皆非的事情。一开始，宋伍心里嘀咕"假如我是武松，也能

———————————

① 包蕾.闲说童话[M]//《儿童文学研究》编辑部.儿童文学研究（第9辑）.上海:少年儿童出版社,1982:6.

② 包蕾.路过酒店[M]//包蕾.包蕾文集（第1卷）.上海:少年儿童出版社,1992:196.

打死这只老虎……"[1]，尽显傲慢；但是在遇见老虎时结结巴巴地说"我害怕"[2]，吓得"灵魂出窍"——这种鲜明的对比形成了作品的幽默感，而教育性也就此表达：作家告诫孩子们，要实事求是，不能妄自尊大。这个故事展示了作家对时代的反思，他以一个漫画式的人物告诉儿童，要以此为戒，远离浮夸，勤奋学习。这是一次童话改编中的出色尝试，而这部作品也被改编为木偶剧，深受儿童喜爱。第三，是对民间故事进行改编。这些故事中的一部分，充满了浙江民俗色彩。包蕾的故事给浙江的地名以最好的注解。浙江绍兴、金华等地都有关王庙，包蕾就写了庙里勇敢地捉老鼠的花猫（《花猫闯关公庙》）；"镇海"又名"蛟川"，包蕾写作了关于蛟龙的传说（《出蛟记》）；浙江地处我国东部沿海地区，包蕾写作了鲛人送珠的故事（《鲛人和夜明珠》）；浙江有石狮子守门的习俗，包蕾就写作了一个石狮子见证战争与和平的故事（《石狮子的梦》）；浙江宁波被誉为"包公的故乡"，包蕾以此为背景，写下了带有悬疑推理色彩的探案童话（《秃皮鼠大闹糊涂庙》）……当然，还有一些民间故事的地域色彩较为隐晦，如根据俗语"三个臭皮匠，顶个诸葛亮"[3]，包蕾写作了普通的弟兄三人分工合作，赢得大捷的故事，提醒孩子们要相信自身的能力，懂得发挥长处，坚持团结合作，才能取得成功；再比如根据明末史实，包蕾写作了关于"同梦花"[4]的故事，赞颂了侠肝义胆的兄弟情义。根据"孟母三迁"，包蕾写下了"鼠母三迁"，力图展示在卫生条件日益改善之时的人鼠斗争。根据"玉兔捣药"的凄美故事，包蕾创作出"玉兔来信"，编写了月宫中大家齐心协力勇斗暴风雪的故事。更值得一提的是，上映于1981年的美术片《三个和尚》由包蕾编剧，由"一个和尚挑水吃，两个和尚抬水吃，三个和尚没水喝"[5]的俗谚生发开去，思索人多办事中的益处和劣处，再根据"兄弟阋墙，外侮其御"[6]的道理，认为只有几个思想不同的人为共同的利益抵御外来力量，如共同对抗自然灾害之时，才能尽弃前嫌、团结一心，共同为团体的利益而斗争。基于此，包蕾创造性地补充了三个和尚从互相推诿到在一场火灾中相互合作的故事，展示了团结协作的重要性，展示了集体主义的思想。这个故事对民间传说中符号化的和尚形象进行改造，让三个和尚有血有肉、个性分明：机智中带

---

① 包蕾.武松和宋伍[M]//包蕾.包蕾文集(第1卷).上海:少年儿童出版社,1992:192.

② 包蕾.武松和宋伍[M]//包蕾.包蕾文集(第1卷).上海:少年儿童出版社,1992:197.

③ 包蕾.三个臭皮匠变成一个诸葛亮[M]//包蕾.包蕾文集(第1卷).上海:少年儿童出版社1992:312.

④ 包蕾.同梦花(童话)[J].课外生活,1987(10):16.

⑤ 包蕾.三个和尚[M]//包蕾.包蕾童话.重庆:重庆出版社,1996:28.

⑥ 包蕾.三个和尚怎么办[M]//《儿童文学研究》编辑部.儿童文学研究(第10辑).上海:少年儿童出版社,1982:106.

一点俏皮的小和尚、精打细算的高个儿和尚、霸道慵懒的胖和尚，个个跃然纸上。在改造传统的过程中，包蕾还尝试着将中国传统故事中的元素串联起来，成为更完整的故事，长篇童话《斩龙少年传奇》就是其中的压卷之作。这部作品是包蕾晚年病重之时在病榻上写下的作品。一个中国传统冒险故事在包蕾笔下环环相扣、精彩绝伦。作品的主人公是渔民之子阿根，这正取材于包蕾童年在海滨故乡的记忆。故事的原型是儿时一个不识字的老爷爷给他讲的片段式民间故事。"箭中龙眼""破窗疗目""水中获救""猿公授剑"……一个个小故事被包蕾串联起来。华佗、小梅、老尼、吴王、干将、猿公公、铁拐李、哪吒……一个个传说中的人物轮番上场。故事类似于《西游记》线性叙事和散点式叙事相结合的叙事方式，以一个儿童冒险为主线，串起一个个情节。但由于当时文艺界不景气，这本《斩龙少年传奇》的出版一波三折。他自述："我辈摇笔杆子的，洁身自好，不甘心随波逐流，稿件只好在抽屉里睡大觉。"完书不久，包蕾病逝。这本书也成为"他向少年儿童们的最后一次奉献"①。包蕾十分擅长将老故事推陈出新，与时俱进，旧瓶装新酒，于是那些古书中的人物活了，重新成为口耳相传的经典故事。

其次是对独生子女题材童话的开拓，通过"家庭"和"校园"两个空间的比较展示儿童的心理落差。在家里，儿童成为家庭的焦点，衣来伸手、饭来张口的生活让孩子们有了依赖性。校园是儿童亲近的环境，校园里的故事是儿童所熟悉的，但独生子女在校园中必须思考如何与集体共处。在 20 世纪 80 年代崇尚科学、崇尚文化的思潮影响下，"劝学"成为作家重视的题材。包蕾十分认可儿童接受教育的重要性，在作品中反复鼓励儿童上学。他的童话《好宝上学记》写一个人工创造出的儿童的成长故事，这个孩子爱幻想、爱偷懒，也拥有美好善良的心灵。这个创意，已经具备一定的科幻色彩，而这个好宝，就是 20 世纪 80 年代儿童的代表，有一点小小的任性，又有一点纯真和善意。更明显的家校对比展示在《徽章遗失了》中，学校里的好队员小珍在家里却以自我为中心，不参与家务劳动，寥寥数笔便展示了儿童的群像。再如《小霸王和癞蛤蟆》，也展示了一个深受宠爱的小孩的成长之路。另如《妈妈和麻雀》中，蓉蓉偷懒让妈妈帮她写作文，结果被老师发现，鞭策儿童表达自己的思想，防止被家长"代言"。再如《小茵和小花》中，独生女小茵，任性、孩子气，却活泼可爱、积极上进。这些作品，正展示了包蕾对中国计划生育制度下"核心家庭"的观察，展示了老作家对新一代成长环境的忧思，提醒家长反思对儿童过分宠爱的教育方式，让儿童能够建立健康的自我观和世界观。

---

① 谷斯范.包蕾和《斩龙少年传奇》[J].新文学史料,1990(4):164-165,188.

第五章

包蕾"中国元素"化用与儿童剧的中兴

073

最后是将西方元素纳入童话之中。包蕾有意识地写作了一组国际题材的童话，集中展示了他的民族童话观。改革开放后，随着西方思潮的涌入，不少青少年被西方文化吸引，开始盲目崇洋媚外，缺少民族自信心。包蕾注意到这一点，他理性地认知到，虽然西方科技较为先进，但不可否认的事实是将西方世界幻想成完美的极乐世界是极为荒谬的，西方社会同样存在着"黑暗、肮脏、残酷的社会"①，也存在着善与恶的永恒斗争。这些故事，都取材于一些国际时事，加以一些合理想象，展示了西方世界在表象的繁荣下的暗流。它们是"冷战"背景下对人类命运的思考。这些故事既具有科学色彩，又具有人文关怀。《国王上了飞碟》以对"销毁核武器的粉末"的幻想，表达了包蕾对和平的热切呼唤；《克雷博士和熊的传说汇编》中，包蕾讲述了在基因改造后人与动物的斗争，提出"人类智能的发展与感情的联系是不可征服的"②的论点，展示了科技发展过程中对人与动物的关系的深入思考；《白与黑》以一个虚构的"蒙特福尔城"③为背景，讲述了黑白人种的荒谬斗争，讽刺了西方社会长期存在的种族歧视问题；《一场奇怪的球赛》记述一场以在科学技术上耍小伎俩的方式操纵球赛结果的故事，讽刺了以欺骗取得成绩的现象；《"Home, Sweet home"》描绘了生活在西方底层离异家庭的悲惨遭遇，写了西方社会幸福表象下的阴暗面——许多人在毒品、犯罪和流浪中挣扎；《买星星》以夸张的笔调，写了史密斯将军为了追求利益买下星星却饿死其上的荒诞故事，写出了科技发展中人类内心的空虚与迷惘；《喷嚏灵》则讲述了企图以兴奋剂提高成绩的运动员出洋相的事，讽刺当时体育界广泛存在的兴奋剂滥用现象……虽然包蕾并非"仇恨"④西方国家，但这些故事都展示了他立足中国、反对西化的价值观。包蕾以童话创作的方式，叩开国门，向中国少年展示了西方国家的真实一面，虽然这些故事的背景并非确指某一个国家，但这些故事无不具有超越国界的人文精神。这些故事以科学为外衣，以上天入地的科技能力为依托，内核却是反战、反饥饿的人道主义精神，与包蕾早年提出的"以笔为战"之使命遥相呼应。而包蕾正是一位用童话作为武器的战士，在任何一个时代，都紧扣当下，实现价值。

包蕾在他长达五十余年的创作经历中，亲身感知着时代的脉搏，并对它们进行

---

① 包蕾.包蕾国际童话选［M］.上海：少年儿童出版社，1989：143.

② 包蕾.科雷博士和雄的传说汇编·呓语［M］//包蕾.包蕾文集（第1卷）.上海：少年儿童出版社，1992：348.

③ 包蕾.科雷博士和雄的传说汇编·白色的野猪总督［M］//包蕾.包蕾文集（第1卷）.上海：少年儿童出版社，1992：349.

④ 包蕾.包蕾国际童话选［M］.上海：少年儿童出版社，1989：144.

象征化展现。他的作品"构思奇巧,虚实相生"①,以古为鉴,折射现代儿童生活。他将创作出"为全国儿童少年非常热爱、无愧于我们时代的、具有深刻教育意义的作品"②作为自己的最高追求。包蕾热爱祖国的孩童,希望他们接受童话的教育,"激起对世界上美的事物的热爱"③,也在作品中反复惩恶扬善,建构一个个互帮互助、和谐平等的世界,他的作品留下了无法抹去的时代印痕。从抗战时期的活报剧创作,到新中国成立初期的童话改编,再到 20 世纪 80 年代童话的国际化尝试,他的儿童文学作品,成为一代人的童年记忆。

5.2 课后阅读

---

① 盛如梅.快乐的歌——浅谈包蕾的童话[M]//《儿童文学研究》编辑部.儿童文学研究(第 18 辑).上海:少年儿童出版社,1985:47.

② 包蕾.重读《祝词》[M]//《儿童文学研究》编辑部.儿童文学研究(第 15 辑).上海:少年儿童出版社,1988:5.

③ 包蕾.童话中美的意境[M]//儿童文学园丁奖委员会.小狐狸花背.上海:少年儿童出版社,1987:41.

6.1 课前思考

金江"理智的诗"与寓言写作

儿童寓言是儿童文学的一种文体,深受儿童的欢迎。"寓言的谦虚与慷慨,其实都源于它的智慧与自信。无论把它放在哪里,它都总能似金子、如珍珠一样放出光芒。"①

金江是浙江温州人,曾做过校对、编辑,是现当代重要的儿童寓言作家。他的寓言简短明了、内涵丰富,成为少年儿童的精神食粮。如他自己所言,他的寓言是"理智的诗"②"智慧的诗"。

金江的文学创作开始于诗歌,因而他的寓言充满了诗歌的情感,充满了诗歌的简洁韵味。而他后来转入寓言文学创作,在这一并不起眼的文体中不倦耕耘,开辟了一片新中国的诗意花园。金江的儿童寓言充满了儿童的情趣,语言活泼生动,结构短小精悍,寓意清晰明了。他用生动的笔法,为儿童讲述这个世界的真与假、美与丑、善与恶。

第一节 少年诗心:寓言表达的启蒙

金江生于温州,这个充满诗情画意的江南小城给了他生命最初的美好记忆。20 世纪 20 年代的一个元宵节,他在温州八字桥樊宅屋东面正间呱呱坠地,那时温

---

① 徐鲁.干杯吧,拉·封丹[J].中国图书评论,2000(10):52-53.
② 金江.我和寓言[M]//金江.金江文集(第 1 卷).北京:中国戏剧出版社,2002:499.

州是"门前流水,户限系船"的水乡,他的父亲金宗臣是西门酱园"乾和"的一名店员[1],母亲陈佩兰粗通文学。金江的童年,浸润着母亲给予的文学之乳,母亲给他念的《千家诗》,给他讲述的历史故事,都在他的心中留下了文学韵律的足音。他的童年曾因生计随父亲到上海,后来1937年抗日战争全面爆发,他回到故乡避难,并以优异的成绩考入温州中学。在这所远近闻名的中学中,他如饥似渴地阅读名著,在背诵古诗文的过程中得到了良好的诗词教育。在温州中学求学的日子里,他勤奋地阅读和写作,温州籀园图书馆和温中图书馆给了他阅读的沃土[2],为他后来从事文学创作奠定了良好的基础。时值日寇烧杀掠夺,校舍几经搬迁,在离乱之际,金江没有停下手中写诗的笔,他把他的作品,投给《前线日报》《战时学生》《新青年》等,期待着它们变成铅字。他在中学时代就已经开始写作大量诗歌。年少时期的《捉虫》《秋天到了》《游击》《江头之夜》等作品,虽然稚嫩且具有模仿痕迹,但已经展示了他语言的天赋,展示了一个少年的表达欲。

他署名"金江"的处女作,是1941年2月写作的《沙漠的歌》:"骆驼的足音踏不破黄昏的沉寂,沙漠的风淹没了夕阳的余波,牧羊人的银铃声,引起了远客荒凉的旅梦。风沙埋不了田园的怀恋,时光扯不断故乡的记忆。胡笳吹起哀怨,我不堪回首望一望夕阳。沙漠中会发现生命的绿洲,生活不会隔绝了人生和我。骆驼的步子仿佛一只尺,去量着荒凉无垠的沙漠!"[3]虽然还是一个初涉文坛的新人,但是金江的诗歌依旧展示出了他的文学才华——他就像一匹骆驼,一尺一尺,去用脚步丈量沙漠,寻找文学的绿洲,金江的诗歌,充满了真挚的感情和细腻的意境,展示了金江青春时代的曼妙情思。他思念着战场上年轻的友人们,思念着母亲读故事的声音,在流浪的路上,记录着每一次浅甜深涩的别离,每一次心潮澎湃的悸动。

金江的诗歌,秉承中国古典诗词的抒情性,常以比兴入手,一般借景抒情,以优美细腻的笔触,描绘一个幽深的情境,继而抒发自身的情愫。一颗年轻的心,会对一个陌生的女孩念念不忘,"每天向你的窗子有过多少次凝望"[4],仿佛是贺铸"凌波不过横塘路"的再现,一种淡淡的闲愁萦绕着整首诗歌,充满了一种浅浅的、纯净的、令人着迷的单相思;面对飘舞的雪花,他在南国的冬日里幻想着春天的来临,颇有"飞雪迎春到"的壮志满盈,笔锋落处绽开无穷的希冀;他在与挚友离别之时感到

① 陆雨之.解放前温州的酱园[M]//温州市政协文史资料委员会.温州文史资料(第6辑).杭州:浙江省新闻出版局,1990:35.

② 金江.少年时的作家梦[M]//金江.金江文集(第3卷).北京:中国戏剧出版社,2002:82.

③ 金江.沙漠的歌[M]//金江.金江文集(第2卷).北京:中国戏剧出版社,2002:209.

④ 金江.你的窗子[M]//金江.金江文集(第2卷).北京:中国戏剧出版社,2002:218.

"灯花吐不尽回忆的梦,深夜说不完心坎中的话"①,颇有李商隐"何当共剪西窗烛,却话巴山夜雨时"的韵致,极尽友人在夜晚窃窃私语的深情款款;他在黄昏闻笛声,而写作忧郁的思乡之情,颇有"此夜曲中闻折柳,何人不起故园情"的情怀;见大雁,思故乡,也有一种"酒入愁肠"的忧思……他总是融情于景,情景交融,通过借景抒情的方式,让诗歌具有古典美。

金江的诗歌,有着温州地方色彩。他在思念之时,"故乡的山茶花又开满了山腰"②,与温庭筠"郑驿多归思,相期一笑同"的情绪相似,而山茶花正是温州非常重要的花卉,是当地的代表性植物,被视为温州市的"市花"。他借以抒发流离失所之情的"破庙"③,正是当时温州中学在青田的临时授课地,坐落于荒凉的山庄,具有深深的温州风情。他善于从身边的景物汲取素材,建构文学空间,从一景一物中发现灵感,而这也延续在他的寓言创作之中。

金江的诗歌,具有青春热血的战斗精神。他的诗歌充满了抒情色彩,具有强烈的爱国情怀。他的笔下有战士们眼中的云,有为了人民的苦难而惆怅的骆驼,有为了北方沦落而悲伤的大雁……他的诗歌就像一首首"悲哀的歌"④。他依旧坚信人的力量,但这悲哀中却蕴藏着希望与不甘。"我嘲笑命运,命运是我们脚上的鞋子,随着我们的主意,奔东走西,喝饱了污水,沾满了尘泥。破了,我们就把它遗弃在路旁。谁相信命运,他就是拾了那双鞋子,挂在胸前,当作光荣的奖章。"⑤他充分相信人的自主性,相信人能够通过斗争得到荣耀,能够为祖国唱响自由和温暖。向善的思想,成为他后来写作寓言故事的基调,他的文字是冲锋的武器,是给"为真理战斗,受难,牺牲的人们"⑥写作的战斗檄文。他的诗歌是情感流动的记录。他的文字将情感外化为意象,这也为他后来参与寓言和童话的写作积累了经验。金江在新中国成立前的诗歌,以一个"悲"字贯穿始终。他看见"遍地的血腥、尸臭、火药味"⑦,他看见当时中国的落后与黑暗,他的悲哀是忧国忧民的悲哀;他感知到"爱给我痛苦"⑧,他感知到自我与人类共同的痛苦,他的痛苦是家国离乱后国民的痛苦;

① 金江.别[M]//金江.金江文集(第2卷).北京:中国戏剧出版社,2002:215.

② 金江.忆[M]//金江.金江文集(第2卷).北京:中国戏剧出版社,2002:223.

③ 金江.流亡路上[M]//金江.金江文集(第2卷).北京:中国戏剧出版社,2002:213.

④ 金江.无题[M]//金江.金江文集(第2卷).北京:中国戏剧出版社,2002:223.

⑤ 金江.命运[M]//金江.金江文集(第2卷).北京:中国戏剧出版社,2002:240.

⑥ 金江.生命的画册[M]//金江.金江文集(第2卷).北京:中国戏剧出版社,2002:255.

⑦ 金江.中国没有春天[M]//金江.金江文集(第2卷).北京:中国戏剧出版社,2002:248.

⑧ 金江.痛苦在孕育着爱[M]//金江.金江文集(第2卷).北京:中国戏剧出版社,2002:271.

他体会到瓯江缆夫的愁苦命运，感叹"那牵缆正是困锁命运的铁链"①，他的愁苦是生活艰辛沉淀后，底层民众的愁苦；他目睹自己的家乡被战火蹂躏成一片废墟，看到乡民们"捧出了自己的血汗，换来了饥饿的命运"②。他渴望能够用自己的力量来建设崭新的家园，远离压榨和剥削，迎来新中国……他的心随着中国人民一同跳动，与他们同呼吸共命运，用朴实而情感丰富的诗篇，记录那些幽暗日子里的微光。1949 年以前，他的诗集以"雄浑"③为主要基调，这种悲壮的豪迈，成为他后来寓言创作的底色。

他的一句诗歌可以用来概括他的创作——"愿我的生命能拓起我的理想，在风尘的路上在勇敢路上再勇敢地长征。愿生活把我锻制成一把钥匙，去打开那紧锁着的人生幸福的门！"④他正是在看到了悲剧性的命运之后，勇敢地将自己锻造成钥匙，去解锁无数美好的人生。而他后来的寓言创作，正是"以诗人的情怀来完成寓言艺术的追求"⑤，颇具"诗情"⑥。

新中国成立以后，金江的诗歌创作并未停歇。他捕捉一切诗意的灵感，用清丽的文字记录在案。他的诗歌，风格更加明丽，文字更加浪漫。悲哀之感褪去，取而代之的是绚丽的遐思。他的诗歌就像章鱼的触角一样接触生活中的每一方沃土，有的歌颂爱情，有的书写志向，有的赞美故乡……它们记录了金江对生活原初的情绪反应，可以窥见金江寓言创作的素材获取能力。在晚年，他还尝试写作散文诗、小诗、儿童诗等，拓展了他的创作实践。

他的诗歌有时也会融入童话。他曾经为安徒生童话中的夜莺赋诗，赞颂了他爱情的悲歌；他会以儿童的视角写作诗歌，觉得鞋带儿就像虫虫和蚯蚓；他会将儿童对火车外景色的感知写下，仿佛一切都在跑动……所以，诗歌兼具寓言象征性和简洁性的特点，"写寓言像写诗"⑦，从诗歌开端，他的文学实践不断拓展，这为他的儿童文学创作，奠定了坚实的基础。

---

① 金江.江边[M]//金江.金江文集(第 2 卷).北京:中国戏剧出版社,2002:80.

② 金江.我经过江南原野[M]//金江.金江文集(第 2 卷).北京:中国戏剧出版社,2002:284.

③ 李广田.评诗集《生命的画册》[M]//金江.金江文集(第 2 卷).北京:中国戏剧出版社,2002:303.

④ 金江.风尘的影子[M]//金江.金江文集(第 2 卷).北京:中国戏剧出版社,2002:258.

⑤ 骆寒超.智慧的诗篇,哲理的花朵[M]//金江.金江文集(第 1 卷).北京:中国戏剧出版社,2002:481.

⑥ 薛贤荣.登上当代寓言巅峰的成功足迹——评金江寓言[M]//金江.金江文集(第 1 卷).北京:中国戏剧出版社,2002:486.

⑦ 冯雪峰.关于寓言创作的通信[M]//金江.金江文集(第 1 卷).北京:中国戏剧出版社,2002:469.

第二节　寓言创作的"小鹰试飞"

新中国成立后,基于现实,金江深感"给孩子看的书太少了"[①]。他毅然投入儿童寓言创作之中。"近水楼台先得月",金江长期在中小学担任教师,对少年儿童较为熟悉。金江是新中国寓言文学的奠基人。他的寓言往往简短,但人物丰满,哲理深刻。它们就像一朵朵小花,盛开在文学的花园里[②]。他自己也因在寓言创作上的成就,被誉为"中国当代寓言的开篇人"[③]。

金江的寓言处女作,要数发表在1954年1月30日《大公报》上的《小鹰试飞》。《小鹰试飞》于1956年由中国少年儿童出版社出版,此时,《小鹰试飞》已经是一篇较为成熟的寓言作品。

> 小鹰的羽毛渐渐丰满,第一次试飞,它非常些害怕,心跳得很厉害,头也有些发昏。
>
> 老鹰冷冷地嘲笑它,狠狠地批评它:"呸!你这样跌跌撞撞的,也能叫作飞吗?翅膀既拍得无力,身体平衡,忽高忽低,摇来晃去,成什么样子!真是失了鹰的传统精神!"
>
> 小鹰被批评后,从此不敢大胆飞翔了。
>
> 这是一只健忘的老鹰,它把自己过去试飞的情形忘得干干净净。这也是一只愚蠢的老鹰,它不知道自己的批评已扼杀了鹰的传统精神。[④]

在《小鹰试飞》中,试飞的小鹰受到了老鹰的嘲笑。通过一只无情地批评小鹰的老鹰,金江讽刺了那些忘记传统、摒弃传统的人,鼓励人们不能忘本,要坚持传统美德,暗指新中国不能完全抛弃传统文化。同时,金江也告诫人们做事要想成功,都有一个循序渐进的练习过程,不能因为成果否定当初努力的过程。阅读这篇寓

---

①　金江.我和儿童文学[M]//金江.金江文集(第3卷).北京:中国戏剧出版社,2002:86.

②　金江.春天的百花园里[M]//金江.金江文集(第1卷).北京:中国戏剧出版社,2002:2.

③　丁丽燕.时代潮涌中的温州当代文学历史发展——温州文学[J].解放军艺术学院学报,2012(2):52-57.

④　金江.小鹰试飞[M]//金江.金江文集(第1卷).北京:中国戏剧出版社,2002:3.

言时,也可以将"老鹰"视为教育者,将"小鹰"视为学习者,提醒教育者应当鼓励学习者,讥讽打击会挫伤积极性。

金江的寓言,并不局限于儿童品德教育,而是将目光放到整个社会,对社会上的不良现象进行抨击和嘲讽,对那些心高气傲的官员更是毫不留情地讽喻,活画出了当时社会上一些有权有势却道德沦丧之人的嘴脸。"讽刺是一种战斗"①,他正是以讽刺的形式与现实世界对抗。他反对平均主义,主张发挥每个人的特长优势,分工合作,对团体担负起责任,具有大局观。他对虚伪的人进行嘲讽,无论是书生还是位高权重者,在他笔下都成了充满讽刺意味的漫画式人物。他的作品取材广泛,陈蒲清曾对他的部分寓言进行研究,他把其寓言分为"人物寓言"和"拟人寓言",后者居多,又可分为动物寓言、植物寓言、物品寓言等。这种分类有其可取之处。

他的许多作品,对时政和社会生活进行了尖锐的讽刺,毫不避讳地对一些为政者的行为进行了揭露。在《狐狸的"真理"》中,狐狸以重复的号召拼凑所谓的"真理"。通过这只不停地宣扬所谓的"真理"的狐狸,金江讽刺了"一言堂"现象,反对轻信一人言,主张百家争鸣的社会。《乌龟》中,金江通过一只故作高深的乌龟,讽刺了那些满口仁义道德却道貌岸然的人;《猪嘴》通过猪偷吃菜园里的菜被剁嘴的事情,金江挑明了侵略者的下场,也以此表明抗日战争的正义性;《猴子总管》中,金江通过猴子总管为森林动物所不满的故事,讽刺了那些耳根子软的"墙头草"式官员,提醒人们要守住初心,不要被周围人的言语左右;《乌鸦》中,金江通过一只大吹自己功绩的乌鸦,讽刺了那些表面一套、背地一套的人,讽刺政府的那些虚张声势的"面子工程";《猴子大王照镜子》中,金江通过一只选择性欣赏自己,喜欢美好面容的狮子,讽刺了那些只听好话、不允许他人提出意见的有权之人;《松鸡》中,通过一只叫苦叫累又逞功逞能的松鸡,他讽刺了那些在劳动时叫苦连天的人……他的文字紧扣时政,对当时的一些不良现象进行了毫不手软的揭露,每一个寓言都像一个谜语,谜底揭晓的都是赤裸裸的社会现实;金江是一个冷静的社会观察家,他以寓言形象作为棱镜去透视社会,扩充他的森林王国。

除了对时政进行剖析,他也把目光对准个体的人。例如在寓言《鼹鼠》中,蚯蚓对鼹鼠说:"世界上的确有太阳……可是,朋友,你如果不肯从地洞里走出来,怎么会看见太阳呢?"②这就是给那些不愿意接受新事物的人的提醒——如果一味故步

---

① 瞿光辉.哲理与诗的结晶——论金江的寓言[M]//金江.金江文集(第1卷).北京:中国戏剧出版社,2002:495.

② 金江.鼹鼠[M]//金江.金江文集(第1卷).北京:中国戏剧出版社,2002:12.

自封,不能适应新环境,那么就不能体会到新环境带来的温暖。另如金江写了一个田螺满足于自己的小天地,最后被鸭子吞进肚里的故事,讲述了人应当走出舒适区,以更为广大的视野看待事物,不可不谓有非凡的大局观。生活中形形色色的物件成为金江笔下的意象,金江通过这些事物的不同侧面,思考自我认知和社会认知的偏差,揭露出大众的心理弱点:一个玻璃瓶将自己折射的他人的光辉作为炫耀的资本,这就提醒人们要自强自立,不能趋炎附势(《玻璃瓶》);一根象牙,有些人把它当成废物,而艺术家则将它雕琢成艺术品,这既表明了美育的重要性,又提醒人们要物尽其用,发现生活中的美(《一根象牙》);一滴小水滴,原以为自己是珍珠,却很快消失不见,提醒人们要保持谦逊,不可傲慢无礼(《水滴》);一颗石头,在田里要被除掉,而在小路上则能成为坚固的路基,这提醒人们要找到自己的优势,找到自己在社会上的位置(《鹅卵石》);一副眼镜,一个字不识还自认为看过很多书,这提醒人们要诚实面对自身的无知和缺点(《眼镜》)。金江以一颗敏锐的诗心,体察着生活,他的寓言作品是一首首哲理的诗,在细微之处引人深思。

对社会上的可悲可恨之徒,金江更是发挥寓言幽默讽喻的特点,毫不留情地犀利嘲笑。他笔下有许多让人啼笑皆非的形象:他以唱歌的蛇比喻那些以谎言骗取信任的人(《唱歌的蛇》);以讲"道德"的狼比喻那些暗算他人的人,他们最终将受到处罚(《讲"道德"的狼》);以偷工减料的驴讽刺那些懒惰的劳动者;以自以为是的鸵鸟讽刺没有本领却妄图权力之人(《鸵鸟》)。在他这些以讽刺为基调的作品中,狐狸和狼是重要的反派角色。他以狐狸和狼的友谊来讽刺那些虚伪的友情。金江的寓言中,狼时常以恶毒、狡诈且凶狠的形象出现;狐狸一般狡猾、虚伪且自作聪明,这符合两者的物性,也符合西方寓言中对两者的文化认知。这就展示了金江疾恶如仇的心态和"善有善报,恶有恶报"的希冀,作者笔下的动物形象善恶分明。

金江创作的故事中,也有些故事的主角不是动物,而是人。他通过对旧社会这些群体的讽刺,影射当时的社会,展示了金近的人文关怀。他的作品中,书生因为不听劝阻,葬身虎口,他一方面暗指封建社会读书人不知生活的基本道理,也提醒当下的人要注意听从他人的劝告(《书生和老虎》);地主因为想要更多的田地而累死,他一方面揭露了地主剥削人民的丑恶嘴脸,也表明了不能贪心的道理(《地主》);信徒把泥菩萨作为供奉祈福的对象,但泥菩萨却什么也做不了,这就展示了封建社会人们迷信的思想,提醒人们相信科学,不能盲目迷信(《泥菩萨》);歪头看戏的人以为台不正,这提醒人们要树立正确的是非观念(《歪头看戏》);呆人补被子不知道增添被料,这就讽刺了"头痛医头、脚痛医脚"的表面功夫(《呆人补被》);王老三不帮邻居救火却妄图让邻居帮他救火,讽刺了某些人自私的嘴脸(《王老三救

火》）……这些人物语言，有着鲜明的时代烙印，展示了作家从旧社会走入新社会的改造社会的决心。

另有一些作品，展示了当时人民积极投入生产的社会大环境，也展示了金江对寓言文学题材内容的拓展。关于弘扬团结一致精神的寓言已经多如繁星，而金江则创造性地以船橹和船帆吵嘴导致船难事故，阐述这一道理，展示了与时俱进的时代感；关于领导与员工关系的作品也比比皆是，金江创造性地以大发动机和小螺丝钉的对话阐释了这一关系。这是金江在选材上与时俱进的创见。

而在写作方法上，金江也有他的独到之处：

金江积极从民间故事中吸收养分，让作品富于"中国趣味"[①]。他的一些故事直接取材于民间故事《农夫与蛇》；他的作品《鱼大王》也由"鲤鱼跳龙门"的故事续写而成；《斑鸠》则改写自"鸠占鹊巢"的故事，《石阶和水滴》扩写自"水滴石穿"的成语故事，《猪八戒看门》与《百喻经》中"傻仆人看门"相似，《王老三救火》与一则广西民间故事类似……一些没有形成完整故事的熟语、俗语、歌谣等，也是他落墨的重点。他的《喜鹊》改编自"双鹊来摇尾"的诗句；他的《三只老鼠》受到"小老鼠，上灯台，偷油吃，下不来"的童谣影响；《狐狸的尾巴》改编自"狐狸尾巴露出来"的典故；《牛角尖的老鼠》改写自北京话中的俗语"钻牛角尖"；《温室里的蜡梅》对比谚语"温室里的花朵经不起风雨"；《媳妇难做》则来源于"巧妇难为无米之炊"的俗语；《疯狗吠日》的出处是成语"狂犬吠日"……一些在古代文学作品中出现的经典形象，如猪八戒、严监生等，也被他引入寓言创作中，加以再创作。这让他的作品充满了泥土气，更符合"寓言"这一体裁，更具有民间性，更适合口头传播。但过多的模仿痕迹，也让某些寓言显得原创性不足，有强行将一个故事移植到另一个环境中的嫌疑。

另外，金江非常善于运用人物"言行不一"的特点来架构文章，使得读者的期待落空，形成让人忍俊不禁的幽默效果。这得益于他挑选的讽刺对象：金江最喜欢讽刺的，是自作聪明但却自我感觉良好的人。他笔下有自称见过凤凰，事实上连公鸡都没见过的乌鸦，有自作聪明向狼献媚的驴，有夸下海口说自己会游泳的公鸡，有攀附于人却自认为很美丽的牵牛花，有自认为是一只蜜蜂的苍蝇，有自称能够踢死猫的老鼠，有只知道喊"知道了"的蝉，有倚老卖老而被猎人抓住的猴子，有骄傲的鹅，有只会挺胸昂头摆出神气的火鸡，有爱听好话却失去性命的熊，有想要跟青蛙比赛跑的鲤鱼，有认为游泳简单的猴子，有装作神气的乌鸦，有把河马当成狮子的兔子，有没见过冰雪的非洲之鸟……这种自我感觉的优秀和最终他人和读者感受

---

① 吴秋林.20世纪的中国寓言文学[J].枣庄师专学报，1999(1):38-47.

到的愚蠢形成鲜明对比,盲目自信与真实价值判断的偏差形成落差,增大了讽刺力度。从一个小视角扩大到全知视角,用这种信息差来制造艺术效果是金江的本领,主人公坐井观天的骄傲与读者作为旁观者的智慧形成了层次。以自我为中心的骄傲,是金江一生所不齿的,他通过自己的作品告诉人们,应当拥有真才实学,不能口说无凭、夸夸其谈。所以求真、求实是金江寓言的核心价值。

金江的作品以逻辑推演为主体,这些寓言具有很高的思想价值。例如他笔下的猴子想砍倒栗子树烤栗子来吃,栗子树对猴子叫道:"假如砍倒了我,你以后还有栗子吃吗?"[①]这就指出,在做事情的时候要充分考虑近期效益和长期效益,不能只顾眼前利益而破坏了日后的发展,不能涸泽而渔、过河拆桥,表现了生态至上的发展观,具有一定的先进性。这种对可持续发展的洞见,可以说具有很强的生态效益和很高的哲学深度。再如一个孩子给漏气的皮球充气,无济于事,这告诉人们要对症下药,否则方向错了,再努力也白费劲。

与之同时,金江善于运用夸张、对比的手法进行写作。蚯蚓嘲笑蜗牛,但蜗牛却能够最终成功登上墙头,这教育人们要有恒心和毅力;大树嘲笑白蚁,而白蚁最终掏空了大树;小草讥讽大树,但是在暴风雨中存活的却是大树;蜗牛觉得蜜蜂做事太快,但自己却一事无成;花瓶嘲笑蜡烛,但蜡烛却展示着自己的微光;猪嘲笑公鸡,但公鸡依然勤勤恳恳地执行任务;老鼠自高自大,却没有看见巍峨的泰山……这种对比简洁明了却震撼人心,对命运的调转书写也颇具传奇色彩。有时金江的文字看似平铺直叙,但读者却能从对比中看出金江的是非观念。金丝雀爱不劳而获的生活,而燕子辛勤劳作,虽然作者没有批评金丝雀,但两者交恶的结局已经让人感到高下立见。还有一种是选择以牙还牙、以眼还眼还是选择以德报怨的对比,这种对比在《狐狸和猴子》与《兔子》这两篇中表现得尤为突出。狐狸和猴子互相算计对方,却最终被对方算计;兔子本来不喜欢帮助他人,在受到他人的帮助后最终认识到自己的错误,深感惭愧。这两个故事有着不同的结局走向,体现了金江的处世观:要与人为善,不能处处猜疑。

除此之外,金江非常擅长运用对话来推动故事的情节发展,这一点吸收了《伊索寓言》等西方寓言的特点,也继承了《渔父》和《庄子·秋水》中的寓言行文特点。他的多数寓言都以对话进行故事的讲述,他的对话一般言简意赅,既能够突出人物形象、展现人物性格,又意蕴深长,包含着丰富的思想。例如鸵鸟不相信去年还不

---

① 金江.猴子和田螺[M]//金江.金江文集(第1卷).北京:中国戏剧出版社,2002:16.

会飞的鹰能够飞得这样高,喜鹊劝它:"你怎么用去年的眼光看今年的事情?"①这句话提醒人们要用发展的眼光看待事物,不能故步自封,更不能以小人之心度君子之腹。再如鲜花在面对纸花的讥讽之时说,"朋友,无论你怎样好看,可是你总是一朵没有生命的假花而已"②,直击要害,表明本质要比外在更为重要。另如玻璃窗对北风说:"凡是人们所爱的,我让它过去,凡是人们所厌恶的,我决不让它过去!"③寥寥数语就展示了人文情怀与悲悯情操。

作为寓言大师,金江也擅长掌握叙事的节奏,提高作品的可读性。他早期许多作品注重情节的跌宕起伏,也被人视为"童话"④。他擅长运用环状叙事的联结方式构建故事,通过主人公反复做同一个动作来突出人物个性。例如,猴子做事总是半途而废,却往自己身上揽功劳,他的标志性言语是"还有一件非常重要的事情,非我去一下不可,抱歉,只得先告辞了"⑤,这看似礼貌的言语,以华丽的外表与内涵的对比,让人忍俊不禁;猴子屡次三番假装帮忙,也让人唏嘘不已。而三人驾船,每人都想掌舵却没人划桨,相似的句式,相似的语言,相同的行为,展示了众口难调的窘境,也说明团结一心的重要性。船夫认为自己很热,也让孩子们脱去衣裳,这屡次三番的荒唐举动展示了他的执迷不悟,也展示了平均主义带来的危害。当然,在金江的这些寓言中,也有许多正面的角色,展示了作家心中的人性之光,指导人们去面对人生,坚持向善。通过一位不愿颠倒黑白的画家,金江赞美了那些刚正不阿的灵魂;通过一块坚持锻炼的铁,他鼓励人们面对困难,修炼自身;通过一只啼唱光明的公鸡,他鼓励人们积极迎接新生活;通过一只敢于与满口公平正义入侵的斑鸠做斗争的鹰,他赞美了勇敢抗击侵略者的英雄,而这正是当时前线抗美援朝志愿兵们的精神底色……正是这人性的光辉,点亮了金江的寓言世界,让人不禁敬佩万千。

在结尾的议论中,金江也尝试运用不同的写作方式。在多数作品中,金江依照伊索寓言中的架构方式,在结尾处展示出讽喻对象。但多数寓言,是"先秦式"⑥的,亦即没有结尾训诫语的寓言。这些寓言给文本解读留下了大量空间。有趣的是,金江的作品并非只有一种"谜底",他的作品可以通过各个角度进行解读,就像一个分岔的路口,通往不同的远方。他的作品可以以不同层次进行理解,由浅入深,仿

---

① 金江.鸵鸟和鹰[M]//金江.金江文集(第1卷).北京:中国戏剧出版社,2002:69.
② 金江.鲜花和纸花[M]//金江.金江文集(第1卷).北京:中国戏剧出版社,2002:74.
③ 金江.玻璃窗[M]//金江.金江文集(第1卷).北京:中国戏剧出版社,2002:79.
④ 洪汛涛.童话学[M].武汉:长江文艺出版社,2018:234.
⑤ 金江.猴子[M]//金江.金江文集(第1卷).北京:中国戏剧出版社,2002:70.
⑥ 吴秋林.寓言文学概论[M].大连:辽宁少年儿童出版社,1991:72.

佛千层蛋糕，可口又多样。举例而言，以下这个故事看似简单，却意味深长。

> 羊跌在河中，大呼救命。
>
> 水牛走过来看见，问道："羊呀，你怎么会跌在河里？"
>
> 羊说："我刚才走路不小心跌下来的。"
>
> 水牛又问："你没有学过游泳吗？"
>
> 羊回答："没有学过，我不会游泳。"
>
> 水牛说："难道你不晓得游泳是多么重要吗？"
>
> 羊说："我知道游泳是重要的。"
>
> 水牛又问："那么你为什么不学游泳呢？"
>
> 羊恳求说："牛呀，请你先把我救上来，再慢慢地问吧，不然……"
>
> 水牛说："不，不先把情况调查清楚，我是决不随便开始办事的。"
>
> 羊着急说："哎呀，你如果再问几句，我便要淹死了呀！"
>
> 水牛说："那么好吧，我们把谈话精简一些。我问你：以后愿意不愿意学游泳？"
>
> 羊说："愿意，愿意，快把我救上来吧！"
>
> 水牛说："很好，既然你已经觉悟，懂得了游泳的重要，那么，我马上回家去拿一本《游泳初步》给你看吧！"
>
> 水牛回头就走，一面走，一面想："我得先让他把《游泳初步》念熟了，然后再叫他天天跟着我学习游泳。"①

这个故事只有两个动物，但是却一张一弛表现得淋漓尽致。羊的焦急和水牛的慢吞吞显得格格不入，两者的交锋在于羊希望水牛能够救它上岸，水牛希望羊能够游泳。生命至上，孰轻孰重一眼便知晓。第一，故事讽刺了那些做事不知轻重缓急的人，不知道抓住当前的主要矛盾，而一味地追求细枝末节。第二，它展示了思想改造之时某些人为了所谓的思想觉悟而漠视生命的丑态，颇具讽刺意味。第三，它展示了某些人重理论轻实践的思想，要知道，学游泳的一个目标就是能在他人危急时刻搭把手。另外，它还通过塑造水牛这样一个形象，讽刺了自以为是、好为人师的小丑们。所以金江的寓言作品就像一个万花筒，不同的角度可以看到不同的风景。这也正是其寓言作品的艺术魅力所在。

---

① 金江.羊和水牛[M]//金江.金江文集（第1卷）.北京:中国戏剧出版社,2002:71-72.

第三节 金江寓言分期与"第三次冲刺"

金江将自己20世纪七八十年代及之后的作品视为文学上的"第三次冲刺",经历了人生风雨,他的作品更为丰富,除了寓言,他还写作了大量散文、诗歌、小说、童话和文学评论,在文坛全面开花。但他最重要的创作,依旧是寓言。他"对理想的执着追求"和"坚强的精神意志"①,在文字中展现出来。

金江的寓言创作具有时代性。较之20世纪50年代的作品,金江20世纪80年代的作品在讽刺意味上更为尖锐,对历史和现实进行了批判和反思,可以被视为"反思文学"潮流之下的尝试。严文井评价金江的寓言为"魔袋",它可以掏出很多东西,可以掏出比魔袋本身更大的东西②。如果说金江前期创作的"魔袋"里掏出的更多的是人生哲理,那么他20世纪八九十年代的创作更具备社会属性。

他以文字为武器,对时事政治进行了尖锐的讽刺。"讽刺是一种战斗。"③他认为政治的逆流就像"疯狗吠日"④一般可笑,他认为没有让人才有用武之地就像让武松打苍蝇一样大材小用。他以一句"千里马关到牛棚里去啦"⑤喊出了时代的创痛,有力地叩击着人们的心扉,意指人们爱才惜才。他觉得盲目激进地发挥主观能动作用就像让猫下蛋一样荒唐,他认为信心和目标要建立在现实的基础之上。他觉得阿谀奉承之人就像自怜自赏的乌鸦一般无聊;爱听好话的人就像把到手的老鼠丢了的猫咪一样可笑。他对美的概念进行了深入思考——他借熔炉的口说:"我的职责是铁矿石进到我以后将它分开……我认为我的工作是美丽的。"⑥他反驳了"统一的美",认为要物尽其用,任何一个劳动者都是值得赞美的。他看见了不爱劳动的人显摆,就像青蛙在呱呱叫;他看见了那么多无用的会议,像鸭子叫嚷一样浪费时间;他看见了那么多跪着的人,自卑却不愿站起来;他看见了在颠倒黑白的年代里,渣滓们把荣誉称号加在自己头上显摆,但阳光之下,他们便悄然无声了。他笔下暴风雨中的黄河,他笔下随波逐流的浮萍,他笔下靠着他人力量爬竹竿的乌龟,

---

① 王丽.我们的语文课[M].上海:上海教育出版社,2018:221.

② 严文井.序《寓言百篇》[M]//胡汉祥.严文井研究专集.上海:少年儿童出版社,1994:35.

③ 瞿光辉.哲理与诗情的结晶——论金江的寓言[M]//美丽的旧书.南京:南京师范大学出版社,2008:157.

④ 金江.疯狗吠日[M]//金江.金江文集(第1卷).北京:中国戏剧出版社,2002:101.

⑤ 金江.伯乐寻马[M]//金江.金江文集(第1卷).北京:中国戏剧出版社,2002:124.

⑥ 金江.熔炉和染缸[M]//金江.金江文集(第1卷).北京:中国戏剧出版社,2002:132.

就是他对时代的反思和叩问,对时代下人的选择的反思和诘问,对人格自主性的思考。但他依旧相信人民,相信祖国的力量,就像他笔下的鲨鱼不能离开海洋,水滴不能离开溪流,个人也不能离开集体创作价值。他依然相信人的精神力量,就像沙漠中的仙人掌,再恶劣的环境它都能屹立不倒。他以强大的社会责任感创作,虽然他后期的许多作品不如前期的精致,但却拥有针砭时弊的力量,就像刘征评论的那样:"神游展翼转羊角,疾恶横眉唾鼠牙。"①

这一时期,金江开始探索"对比式"寓言以外的"请教式"或"问答式"寓言。这种寓言一般会设置一个少年和一个智者,通过智者和少年的对话来开展故事。这种对真理的探求使得金江作品的哲学意味更为浓厚,而少年和智者针对一个主题的争论,既是对一个小问题的阐释,也是对孔子和柏拉图教育方式的一种继承。这个能够解释谜底的人的出现,让语言能够拥有一种自身的解释权。两位老人分别用积极和消极的态度面对过年,"时间"欣赏积极的态度;有人问"时间的快慢",得到的答案是各人的感受不同;学生向智者请教"错误",而智者告诉他犯错并不可怕,需要改正错误;游客向老人请教神像为什么没有着装而人像却要穿衣,原来人用衣装来掩盖自身的虚伪和丑陋……这种寓言能够让寓言的解谜过程从幕后走向台前,能够将寓言的一种答案公之于众,颇具意味。

而将一种无形的事物有形化,形成对抽象哲理的探讨,也是金江在寓言创作上的崭新探索。他把没有良心的人与盲人对比,认为"瞎心"比"瞎眼"更让人憎恶;谎言和真话赛跑,谎言飞得快但不脚踏实地,但是在事实面前胜利属于真话,这就讽刺了那些毫无事实根据的谎言谣言;糖衣炮弹比核弹更具威力,虽然后者在军事上能够有效进攻,但是人心依然会被糖衣炮弹的假话虏获,生动形象地写出了人性的弱点;哈哈镜歪曲事实,却更深得人心;人品有了重量,在这个天平上穷人比富人更重,将善良与真诚具象化、质量化;"聪明"可以被拿来叫卖,但拿钱买"聪明"却无比愚蠢;"健康"受人爱戴而"疾病"让人嫌弃,但是正是疾病让人珍惜健康……这种化"无形"于"有形"的写法,是作者的创造,他让寓言不再停留于动植物的对话,而是转而寻求更深层次的哲学概念。这也让寓言的写作更加多样化。随着创作题材的深入,金江开始寻求同一意象的不同文化意蕴。例如,千里马可能被埋没,可能因为身负众多荣誉而失败,也可能具有不屈不挠的性格;猴子会因为囫囵吞枣而不能欣赏到事物的滋味,但可能也会有善良的心,猴子种豆子之时也会心急火燎以至于一无所获;乌鸦喜欢颠倒是非,被人们唾弃,被群鸟嘲笑,也可能有自己的温情一

① 刘征.为金江同志寓言研讨会作[M]//刘征.画虎居诗词.郑州:文心出版社,1997:18.

面;驴也会渴盼拉磨以外的其他才能,也可能羡慕千里马驰骋万里……从动物的本性出发,以动物特点为中心,从不同的角度观察,给它们添枝加叶,就形成了不同的风格,展示了作者晚年强大的创造力。

这一时期,金江的作品对"寓言"本体进行了更为深入的探讨。他的许多作品展示出对文学创作的反思。蟋蟀歌唱了秋天,却在冬天冻死,作家让人思考:艺术是否只能歌唱美好而不能感知忧患?染缸将所有一切变为一样的颜色,那是否应当为这统一的美叫好?寓言明明在中国有璀璨的历史却长期被忽略,这是为什么?他把寓言视为"不老翁"①,视为"真理"②的使者,视为会讲故事的"预言家"③,这极大地提高了寓言的地位。他通过寓言的形式,与伊索、克雷洛夫对话,得出"艺术的价值不在于作品的大小,而在于它美的精华,能否经历时间而永久保存"④。

以寓言为中心,金江还开发出寓言的变体:寓言散文诗、寓言剧、寓言体童话……寓言从一个边缘化的文学体裁,慢慢地发展出不同的形态,这是金江一直以来孜孜以求的。

金江的作品是他传达寓言观的窗口。借云雀之口呼唤"假如叫我被人锁在架上学舌,倒不如飞上天空唱一句自己的歌"⑤,这正是他的写作观——言为心声。他的寓言作品就像他笔下带刺的玫瑰那样,"我的花是给爱花的人欣赏的,而我的刺是给伤害花的人以惩戒!"⑥是啊,他的作品给善良之人以美的享受,让邪恶之人自惭形秽。他的寓言以诗的情感为动因,以儿童为主要对象,以自身独立的人格为基点,成为中国寓言史上的不朽丰碑。

6.2 课后阅读

① 金江.不老翁[M]//金江.金江文集(第1卷).北京:中国戏剧出版社,2002:437.
② 金江.真理——寓言[M]//金江.金江文集(第1卷).北京:中国戏剧出版社,2002:275.
③ 金江.真理——寓言[M]//金江.金江文集(第1卷).北京:中国戏剧出版社,2002:47.
④ 金江.小不如大吗[M]//金江.金江文集(第1卷).北京:中国戏剧出版社,2002:314.
⑤ 金江.鹦鹉和云雀[M]//金江.金江文集(第1卷).北京:中国戏剧出版社,2002:113.
⑥ 金江.玫瑰的刺[M]//金江.金江文集(第1卷).北京:中国戏剧出版社,2002:160.

7.1 课前思考

圣野的儿童诗艺术风格

2021年末,陈伯吹国际儿童文学奖在上海颁奖,金华籍儿童文学作家圣野获年度特殊贡献奖。这位诗人的作品长盛不衰,他的许多诗句,都成为深受儿童喜爱的名句。

"白天/我画了一扇/很大的/大窗子/大窗子一开呀/歌声进来了/阳光进来了/凉风进来了/花和树木的香气/也都进来了……"(《神奇的窗子》)

"小妹妹跟风,捉迷藏/小妹妹问风:藏好了没有/呆了好一会,没有听风说话儿/小妹妹就从墙角后,跳出来找风/找来找去找不到……"(《捉迷藏》)

"这里是虚心国/安全地住着/不说谎的公民……"(《竹林奇遇》)

他的诗句生动形象,都是一首首充满韵律的儿童歌曲;一个个文字,都像活跃在键盘上的音符。

圣野是浙江东阳李家镇人,1922年出生,因在家中排行老六,谐音为"鹿",原名周大鹿,幼名"小鹿鹿"[1],现名周大康。他的儿童诗仿佛一朵朵盛开在中国大地之上的繁花,如梦似幻,却洋溢着跳动的童心。"其称文小而其指极大,举类迩而见义远。"[2]从小热爱诗歌的他,写作了无数童诗,为孩子们播种下了一片诗歌花园。

圣野所著的《圣野诗论》集中展示了他的儿童诗理论,"如青草般鲜嫩"[3],别出心裁,可以其作为索引,用以洞见圣野的诗歌艺术魅力。他的诗歌理论像是错综的枝叶,而他的创作就像似锦繁花,他的诗歌创作与研究,枝繁叶茂,百花争艳。

---

① 圣野.书声灯影忆童年[M]//圣野.诗缘:圣野回忆录.上海:少年儿童出版社,2011:4.

② 汪习麟.飞翔在蔚蓝的天空里——圣野和他的儿童诗[M]//汪习麟.浙江籍儿童文学作家作品评论集.杭州:浙江少年儿童出版社,1990:205.

③ 唐湜.大孩子的诗论[M]//全国少年儿童文化艺术委员会,等.儿童文学评论(第2辑).重庆:重庆出版社,1988:195.

第一节 诗与生活:20世纪四五十年代的儿童诗

圣野把自己的童年称为"史诗"①。童年时代的圣野(周大鹿)就喜爱阅读,喜欢与父亲一起听戏,《爱的教育》与《寄小读者》是他挚爱的精神食粮,《千字文》与《三字经》②引领他走入文学的门槛。正是童年时代生活中文学的熏陶,让圣野后来步入了文学的殿堂。

他的开笔在中学时代。《小朋友》上的儿歌,在他的心中弹奏出美好的音律。在日寇的铁蹄之下,故乡金华满目疮痍,他义愤填膺,写下了作品《故乡》。它一举夺得《中学生战时半月刊》杂志社举办的中学生"故乡"征文比赛初中组的第一名,得到了当时著名儿童文学作家吕漠野、叶迦予等评委的好评。主办单位赠送给他一本吕漠野先生的诗集《小燕子》③。他捧着这本诗集,暗暗下定决心——要在文学的路上坚定地走下去。中学时代,圣野正式与诗歌结缘,一首发表于《前线日报》副刊的清新明丽的儿童诗《怅惘》,开启了他的创作之路。

> 白天,我自记忆的栅栏里牵出白羊
> 抚摩它,爱它,惜它
> 然而事实却摈弃了它
> 怅惘撒下了网
>
> 梦里,白羊自来凑近我了
> 亲我,爱我,吻我
> 突然,白羊被隔开了
> 我诅咒那一道真的墙
> 我又成了怅惘的俘虏

这首诗歌的意象来自梦中的白杨,"白天"与"梦里"是两个相对的文学世界;一

---

① 圣野.童年是一部永远写不完的诗[M]//圣野.诗缘:圣野回忆录.上海:少年儿童出版社,2011:10.

② 圣野.童年的诗·诗的童年[M]//圣野.诗缘:圣野回忆录,上海:少年儿童出版社,2011:11.

③ 王亨良.圣野儿童诗创作理念与实践研究[M].杭州:浙江大学出版社,2011:21

个"摒弃",一个"隔开",将"我"与"白羊"之间也勾画出一道界限。"白羊"可以被视为许多感受的象征:温暖、梦想、爱与美等,"我"与"白羊"的双向互动形成了一种美好的人生追求,但悲剧性的结果却将诗歌的情绪归于"怅惘"。这是少年诗人儿童诗的初试,将梦中之景纳入诗歌写作已经展示了他敏感的心绪与掌握诗句的能力。而这首诗正印证了他的诗观:"诗是闪亮的,透明的,它镶嵌在我的透明的记忆里,诗有一个碧蓝碧蓝的天空。"[①]诗歌是圣野心中的澄澈明净的湖,映照着他年轻时的情愫。他自己说:"我已经记不起,从什么时候起,学会用诗来思考。就像一个演员,不自觉地走进自己的角色。"[②]他的诗歌已经开始以一个脱离自身的角色,形成一种文学空间。他的诗歌从一开始就已经具备了童话的韵致。差不多与此同时,他开始了诗体童话创作——《讨火的人》,以表达挚友鲁兵在爱情中受挫的失落与反抗[③],这篇童话带有明显的抒情色彩,以"火"代表光明与希望,以拒绝"火"的"女郎"代表理想的受挫,主人公在追求光明的过程中得到了自我的提升,这展示了圣野在文学中对自我内心的探索。

圣野在进入大学后正式开始儿童诗歌创作。那是1945年秋,鲁兵已与《中国儿童时报》联系,他也尝试加入儿童文学创作的队伍中,发表了《写字比赛》与《检查清洁》两首儿歌,指引儿童养成良好的写字习惯和卫生习惯,对幼儿生活进行了深入的挖掘。20世纪40年代,圣野创作了一组民歌体的童谣,具有浓郁的浙江汤溪民谣风格,也展示了他反蒋、反饥饿、反内战的政治倾向。他的第一部诗歌集《啄木鸟》具有讽刺意味:"笃、笃、笃,剖得更狠心些吧,损害树的毒虫们/是躲它心深处的。"[④]他的诗歌就像一把剪刀,剪开黑暗的社会,透出它血淋淋的冷漠。他从一开始就从现实社会中提取素材。他站在人民的立场上进行诗歌创作之时,"诗贴近生活,而不是生活的傻瓜照相机。诗人要做到四个'贴近':贴近生活,贴近口语,贴近诗,贴近人民的心"。[⑤] 他的文字就像医生在诊断社会的病情,然后给予治疗与安慰。他的诗歌在揭开黑暗的同时,也在文字中给予了有病的社会新生:"秋天的希望/赶紧些/种下去。"[⑥]他的诗歌在20世纪40年代的战争与绝望中,播种下了生的希望。在阴郁的背景之下,他的疗愈显得难能可贵:"我们一群向春天出发的美丽

① 圣野.圣野诗论[M].重庆:重庆出版社,2009:92.
② 圣野.圣野诗论[M].重庆:重庆出版社,2009:93.
③ 圣野.我写《讨火的人》[M]//圣野.诗缘:圣野回忆录.上海:少年儿童出版社,2011:94.
④ 王亨良.圣野儿童诗创作理念与实践研究[M].杭州:浙江大学出版社,2014:41.
⑤ 圣野.圣野诗论[M].重庆:重庆出版社,2009:101.
⑥ 圣野.圣野诗论[M].重庆:重庆出版社,2009:127.

的采访员/我们介绍花朵与花朵/结婚/把花朵的/最甜的感谢/带回来。”[①]这样鲜亮的诗句，展现的是诗人心中的美好光芒。

圣野在20世纪40年代的儿童诗，都具有一定的讽刺意味，如《警告》：“阿平拿到一只大皮球，闭起了眼睛向大家警告：‘抛来了！抛来了！瞎子抛皮球，抛痛人不可怜。’”[②]圣野用装聋作哑来将自己的行为正义化的方式，正展示了他对为所欲为的国民政府的讽刺。在《烤烤火》中，圣野感叹“日子难过”[③]，在寒冷饥饿的冬夜人们抱团取暖，通过烤火的方式给未来以希冀。圣野擅长利用虚实相生的手法召唤现实，“梦”这样一个自中国传统文学中“庄周梦蝶”延续而来的意象，是圣野常用的一个意象。如《梦里的故事》：“小妹妹在梦里，梦见了一些树，那树会花言巧语，蜜蜂会飞来做媒，鸟雀飞来唱歌，但总不肯老老实实的结果；小妹妹也在梦里，梦见桥生病了，墙也生病了，病得很重，歪歪倒倒的，他们的年纪也都很老很老了，但是没有一个人想到，该立刻给它们请个医生，大家光知道大着胆子，在墙的旁边徘徊呆着，在桥的身上，很匆忙地人和车马一起越过。”[④]看似说的是“梦”，事实上说的是现实，鲜明的对比展示出了人世间的荒诞——人们对自己身边的阴暗面熟视无睹，甚至自己也成为献媚的一员，这首诗正展示了圣野对“有病”的社会的深切忧虑。再如《檐洞的话》中，两只麻雀“梦见了一把又白又圆的珠米粒”[⑤]，这正折射了物资匮乏年代里人生存的艰难，展示了诗人反饥饿的信念。

圣野的第二本诗集《小灯笼》，较之第一部作品更为儿童化，塑造了一个活泼可爱的“小妹妹”角色，这个“小妹妹”，是个如花儿一般、热爱故事的小女孩，会把每一串幻想变成一个美好的故事，小妹妹吹的小泡泡，有的骄傲，有的胆小[⑥]；小妹妹放的风筝，渴望成为自由的飞鸟[⑦]；小妹妹跌跤，却怪门槛把她绊倒[⑧]；小妹妹把受伤的小汽车改成了小轿[⑨]；小妹妹儿童节请客，小动物们都忙着劳动而没有来[⑩]；小妹妹与风捉迷藏，却怎么也找不到它[⑪]；小妹妹有一双会捕捉所有童趣之事的眼睛，老爱

---

① 圣野.蜜蜂[J].沧风纯文艺月刊,1947(2):6.
② 圣野.警告[J].小朋友,1948(910):29.
③ 圣野.烤烤火[M]//圣野.圣野诗选.上海:少年儿童出版社,1992:32.
④ 圣野.梦里的故事[J].小朋友,1948(901):17.
⑤ 圣野.檐洞的话[M]//圣野.圣野诗选.上海:少年儿童出版社,1992:28.
⑥ 圣野.肥皂球[M]//圣野.圣野诗选.上海:少年儿童出版社,1992:28.
⑦ 圣野.风筝的联想[M]//圣野.圣野诗选.上海:少年儿童出版社,1992:254.
⑧ 圣野.向妈妈告状[M]//圣野.圣野诗选.上海:少年儿童出版社,1992:255.
⑨ 圣野.小汽车[M]//圣野.圣野诗选.上海:少年儿童出版社,1992:259.
⑩ 圣野.小妹妹请客[M]//圣野.圣野诗选.上海:少年儿童出版社,1992:259.
⑪ 圣野.捉迷藏[M]//圣野.圣野诗选.上海:少年儿童出版社,1992:261.

喊妈妈来看[①];小妹妹一天会收到好多好多的问好[②];小妹妹敬佩扫帚任劳任怨[③];小妹妹喜欢在妈妈的肚皮上做徒手操[④]等。圣野的观察是敏锐的,描写是细致的,咏叹是真诚的,展示了他对孩童生活全方位的观察和思考。圣野曾夸赞他诗歌的灵感,认为"诗是突然地来敲心灵之门的不速之客。我没有一次责备过,这位唐突客人的莽撞"[⑤]。他通过对孩子的观察,塑造了一个活泼、细腻又热爱生活的小妹妹形象,充满了城市幸福儿童的美好想象。与之相似,他写了一组乡村女孩的诗歌,着力以文化背景为烘托,体现浙江乡村女孩的质朴善良:爱劳动的小姑娘、爱赶集的冬香、与牛交朋友的放牛少女阿娥、捡落叶的小妹妹、自己种菜的小园丁春香、做豆腐的月芬、编席子的三阿妹和小银姑、独自照顾奶奶和妹妹的小管家……圣野以赞美的笔调,深入乡村儿童的生活,写作了艰难生活中的微光。他在乡村采风的过程中习得老农一般的写诗技巧,那是"因地制宜,因时制宜,种上一颗豆的办法"[⑥]。他笔下每一个孩子都是独具个性的:懂事能干的菊香、心灵手巧的三阿妹和小银姑、勤俭节约的月芬、细心爱劳动的春香、富有爱心的阿娥……不同于个体的"小妹妹",圣野试图塑造"乡下的女孩子"的群像,但该群像是由他精雕细刻的每一个形象组成的。她们在圣野的笔下扮演着各自的角色。虽然她们因为不识字而不能接触文字之美,但她们用双手双脚谱写了生活之美,圣野精心地将它们记录下来,记录成一首首诗歌,让识字的孩子们反思自身的童年。

20世纪四五十年代,圣野立足于浙江乡土文化,辐射普世的儿童,紧扣反内战、促和平的主题,写作了大量诗歌,他与苦孩子们交友,去迎接"光明的未来"[⑦]。他聚焦底层,将儿童这一弱势群体的生活状态展示出来。他在新中国成立初期创作的作品承袭他的早期作品,充满了对现实的强烈关切,针对意识形态的导向,展示了集体主义的思想,重点反映儿童劳动场景,展示历史境遇下儿童的悲欢离合。

①　圣野.妈妈快来[M]//圣野.圣野诗选.上海:少年儿童出版社,1992:263.
② 圣野.妈妈快来[M]//圣野.圣野诗选.上海:少年儿童出版社,1992:265.
③ 圣野.向扫帚学习[M]//圣野.圣野诗选.上海:少年儿童出版社,1992:266.
④ 圣野.保险[M]//圣野.圣野诗选.上海:少年儿童出版社,1992:268.
⑤ 圣野.圣野诗论[M].重庆:重庆出版社,2009:103.
⑥ 圣野.圣野诗论[M].重庆:重庆出版社,2009:95.
⑦ 圣野.追求和探索[M]//圣野.诗缘:圣野回忆录.上海:少年儿童出版社,2011:65.

第二节　诗与美：20世纪八九十年代创作高峰期的诗作

20世纪八九十年代圣野的写作迎来又一个高峰。他的诗歌往往简短而清丽，美好而丰富，诗人的创意在这一时期蓬勃发展，展示了圣野对诗歌艺术的多样探索。

圣野追求诗歌的建筑美。他的诗歌以错落有致的文字编排诗句，成就了诗歌多变的形式架构。他的诗歌形式多样，"有的诗像流苏，齐齐整整"①，如《摸》："孩子一醒来/先要摸一摸/身边的妈妈/妈妈一醒来/先要摸一摸/身边的孩子/孩子摸到了妈妈/妈妈摸到了孩子/又放心地睡着了。"②这首诗被诗人安排得齐齐整整，母与子之间的互动是双向的，像是小被子一样温暖，而诗歌也被书写得如小被子一样方正，充满了温暖与美好；"有的诗如随水漂去的片片的花瓣，有的诗如夏天夜晚的点点的繁星"③，圣野的诗歌《迎春》就像两片小柳叶，《春娃娃》中"她嬉笑着/从地缝里/从枝头上/钻出来"④层层推进，排列就像春娃娃钻出来一般；《北京和我》的排列就像一张照片，下面写着几行小记；《小水坑》中每一段都上大下小，排列得像盛满水的"水坑"⑤；《丁冬集》中的每一首诗歌，都像泉水中的一滴小水珠，微小却折射着多样的世界；《箭》的编排就像一支蓄势待发的弓；《太阳·红旗》就像两面迎风招展的三角形小红旗……不同的题材，圣野勾勒出故事中的主体物体，并将诗句排成某个形状，让"结构与内容完美统一"⑥。在诗句排列形状上追求建筑美的同时，圣野也积极通过反复、排比等形式，在视觉上增强诗歌的冲击力。圣野的代表作《花朵》："明亮的星星，是夜晚的花朵；五彩的焰火，是节日的花朵；我们小朋友，是祖国的花朵。"⑦这首诗以"花朵"为核心，从物到人，从自然事物到人工事物再到儿童，层层递进，在情感上形成金字塔状结构，看似简单却余味悠长。

圣野的诗歌极具音乐美。他非常重视诗歌的音乐性，认为诗歌具有内在的旋律⑧。他推崇郭风的自由体诗歌形式，"走两步，歇一歇"，如《小猴子》："小猴子，/一

① 圣野.圣野诗论[M].重庆:重庆出版社,2009:2.
② 圣野.摸[M]//圣野.欢迎小雨点.武汉:湖北少年儿童出版社,2006:80.
③ 圣野.圣野诗论[M].重庆:重庆出版社,2009:3.
④ 圣野.春娃娃[M]//圣野.欢迎小雨点.武汉:湖北少年儿童出版社,2006:49.
⑤ 圣野.小水坑[M]//圣野.欢迎小雨点.武汉:湖北少年儿童出版社,2006:90.
⑥ 圣野.圣野诗论[M].重庆:重庆出版社,2009:6.
⑦ 圣野.花朵[M]//圣野.欢迎小雨点.武汉:湖北少年儿童出版,2006:173.
⑧ 圣野.圣野诗论[M].重庆:重庆出版社,2009:16.

路走,/桃子吃了七八九,/小猴子,/一路走,/骨碌骨碌翻跟斗。"①这首诗就充分体现了圣野对郭风诗歌的吸收和借鉴,就像小猴子走了几步,停下来吃了几个桃子;又走了几步,又翻了几个筋斗,一只小猴子的形象在朗读中活了起来;也有一些诗歌,配合时代的鼓点,节奏强烈,具有感染力和号召力,如《希望》中,"城市""房子"和"孩子"被单独分行书写,展示了一幅充满希望的发展蓝图。而且,圣野积极从民谣中汲取营养,书写了大量歌谣体诗歌,适合口头传播,如《睡》《跑跑 跳跳》《小树苗》等,全诗押韵,音韵和谐,广受喜爱。基于对短诗"像浓缩的铀,具有种内在的强大的爆发力"②的判断,圣野写作了大量短诗,集结为《丁冬集》《在奔跑的列车上》等小诗集,拾掇了凝练浓烈的诗思。有的诗歌节奏偏快,像《春天在家吗》,是一支春天的进行曲,每一个人都忙碌地为建设春天而努力劳动;有的诗歌节奏舒缓,像《感情 什么颜色》,抒情意味浓厚,就像一幅剪贴画,展示着每一种情感的颜色,也似一支小夜曲,音符如碧波荡漾,余音绕梁。圣野还尤其喜欢"自由体"和"格律诗"③的有机结合,自己也在诗歌中践行这一点。例如《追》,骈散结合,好似一曲"变奏曲"④。圣野就像一个音乐家,以诗歌为音符,书写着一首首交响乐、协奏曲、圆舞曲……他的诗歌,小朋友们爱听、爱读、爱唱,成为童年的曼妙乐章。

　　圣野的诗歌具有意境美。他称"意境指的是一首诗在思想感情上所能到达的幽美崇高的境界"⑤。圣野在诗歌中重视运用比喻和象征的手法,引起读者联想,继而构筑诗中的纯美世界。他把"云雀"美好的声音比喻成老师的话音,孩子们像小雀一样听讲,好一幅春日上学图!在有的诗歌中,圣野打破了意象文化语境中惯常的象征意味,另辟蹊径地营造境界。如《病》中,圣野打破了"病"令人厌恶的象征意义,从他人对病童的照顾之中感受到了温暖,而让孩子喜欢生病,可谓别具心裁。他重视"借景抒情""托物言志"⑥以此烘托意境。如在《礼物》中,圣野通过"希望的礼物"和"失望的礼物",形象化了孩子的新年愿望,提醒孩子们勤劳才能得偿所愿;在《神奇的窗子》中,这扇窗户被作为儿童感知世界的一个渠道,外界的事物通过感知走入心灵的世界;在《树·种子·花》中植物的三个状态转换,象征着生生不息的希望……在此基础上,圣野尤为欣赏有着历史纵深感的诗歌,如他自己的《写在早

①　圣野.小猴子[M]//圣野.欢迎小雨点.武汉:湖北少年儿童出版社,2006:188.
②　圣野.圣野诗论[M].重庆:重庆出版社,2009:20.
③　圣野.圣野诗论[M].重庆:重庆出版社,2009:24.
④　圣野.圣野诗论[M].重庆:重庆出版社,2009:25.
⑤　圣野.圣野诗论[M].重庆:重庆出版社,2009:26.
⑥　圣野.圣野诗论[M].重庆:重庆出版社,2009:28.

晨的诗》,每一节都只有短短几行,却有着宏大的家国情怀。他纵情抒写道:"你将学会,用诗的打火石,去敲击起人们心中一希望之火。"①他用诗歌构建了一个个高远的境界,让小朋友们游戏其间,陶醉流连。

圣野的诗歌充满质朴之美,他的诗歌语言偏口语,因而朗朗上口,充满生活气息。他选取的诗歌意象是质朴的,却总是有着强大的象征意义。以一枚五分钱的钱币展示拾金不昧的精神(《我想对祖国说》);以一个击鼓的孩子展示出热爱祖国的志愿(《志愿》);以飞翔的飞机展示祖国的强大(《台上的画家》);以一幅山水画展示浓浓的故乡情(《我有一幅山水画》)……他的诗歌的切口很小,却能折射出博大的爱国情怀。他的诗歌选材紧扣儿童的日常生活:萤火虫小小的荧光,便是最美好的光亮(《无题》);一杯加糖的牛奶,就组成了美妙的早晨(《早晨》);海棠和玉兰争奇斗艳,就展开了春天的对话(《和春天对话》)……他的诗歌语言是朴实的,他笔下的诗句有孩子牙牙学语的语言;有母子之间温馨有趣的对话;有孩子与自然窃窃私语的沟通……这些诗歌无不真实而干净,如同"芳兰"②一般,幽香淡淡。

圣野的诗歌充满了想象美。他的诗歌内核是想象,他的每一首诗歌都闪耀着想象的光辉。他想象月亮像镰刀一样收割着星星,把月亮这一天体形象地与大地上的事物联系在一体(《磨刀石》);他想象海棠花就像紫红色的小铃铛一样当当作响,把春天的景物用通感的方式呈现(《海棠》);他想象诗篇腾云驾雾,把无形的事物有形化(《理想的诗篇》)……他的每一首诗歌都有着华丽的想象装点,让诗歌在平凡中熠熠生辉。除了曼妙的比喻,有些诗歌还会带领读者走进童话的空间:有七朵小花编织的花园(《最亮最美的花园》),有住着不说谎的公民的"虚心国"(《竹林奇遇》),有住着滑稽人、机器人、小纸人、小面人的太空(《"火星人"请客人》)……这些幻境给予了想象更大的舞台,也让圣野的童诗更具五彩缤纷的魅力。

圣野的诗歌充满了语言美。圣野的语言,清新明快,好像小孩子在说话,又具有艺术气息。圣野的语言非常精练,是能够反复推敲的"最最闪光的语言"③。他的诗歌,有时仅仅只是标题就是一句精彩的诗,有的短短一两行就尽显诗意。比如,"妈妈的膝盖/是妹妹最好的床了"④小妹妹枕在妈妈的怀里睡觉,这是多么温馨的一幕;"太阳到河里洗澡,变成了长长的一条"⑤,太阳落山的时候,"一道残阳铺水

① 圣野.圣野诗论[M].重庆:重庆出版社,2009:35.

② 圣野.圣野诗论[M].重庆:重庆出版社,2009:42.

③ 圣野.圣野诗论[M].重庆:重庆出版社,2009:57.

④ 圣野.在奔跑的列车上[M].武汉:湖北少年儿童出版社,2006:113.

⑤ 圣野.画[M].武汉:湖北少年儿童出版社,2006:123.

中",的确是长长的一条,"太阳"又被拟人化,可谓细腻而独特;"梦里踩在水里,不会湿掉鞋子"①,这俏皮的诗句,虚实结合,写出了梦中游戏的快乐。圣野是语言的艺术家,他崇尚"白描"②,自己也在写作中践行,如《进了幼儿园》:"进了幼儿园,凳子小了,桌子矮了,老师坐在小凳上,哈哈一笑,变成了一个小朋友。"③全诗没有一个修饰性词语,但将"老师"走进幼儿园的心情描摹得活灵活现。他崇尚"人格化"④的诗歌语言,认为这会让诗歌有声有色。"青蛙弟弟/从这棵青草/跳到那一棵青草/不停地寻找着/他希望能找到/那些失落的珍珠……"⑤青蛙就像一个小孩,这一连串动作,展示出了他的活泼与机警。他崇尚具有"血肉感"⑥的语言,如《哑巴画家》:"爸爸额上/又添了几条皱纹,/是谁给他/画上去的呀?/——那是一个/看不见的/哑巴画家。/他的名字,/就叫做岁月。"⑦"岁月"本是无形的,但圣野将它比作画家,就让它变得真实可感。圣野诗中总有精彩的点睛之笔⑧,让读者反复吟诵。

圣野的诗歌具有抒情美。他说:"感情来了,诗来了。"⑨他在诗中书写着对祖国的赤子之心(《在妈妈身边》《星》《妈妈的名字》等),抒发着对大自然的热爱(《湖》《阳光》《杨柳依依》等),抒发着对母亲的深情(《小霖想妈妈》《母亲》《凄苦的爱》等)……感情推动着圣野的写作,他笔下的世界因此而情感充沛。

圣野的诗歌具有哲理美。圣野擅长运用简洁的诗句讲述深刻的道理,就像一位充满智慧的老人,向孩子们诉说着这个世界。他写道:"生命的意义/像烛火/仅在于/照亮人间一段路。"⑩寥寥几笔,告诉孩子们,生命的价值在于奉献。再如那些花朵中"最值得珍贵的/是顽强拼搏的/最后一朵"⑪告诉孩子们,生命需要有顽强拼搏的力量。他的诗歌就像点点繁星,哲学是那温暖的光亮。

圣野在艺术上的不懈追求让他的诗歌充满魅力。他致力于用美好的诗句展示生活之"甜美"⑫,作品也给人带来美的盛宴。

① 圣野.有趣的梦[M].武汉:湖北少年儿童出版社,2006:147.
② 圣野.圣野诗论[M].重庆:重庆出版社,2009:60.
③ 圣野.进了幼儿园[M].武汉:湖北少年儿童出版社,2006:147.
④ 圣野.圣野诗论[M].重庆:重庆出版社,2009:63.
⑤ 圣野.寻找[M].武汉:湖北少年儿童出版社,2006:169.
⑥ 圣野.圣野诗论[M].重庆:重庆出版社,2009:64.
⑦ 圣野.哑巴画家[M]//圣野.欢迎小雨点.武汉:湖北少年儿童出版社,2006:206.
⑧ 圣野.圣野诗论[M].重庆:重庆出版社,2009:70.
⑨ 圣野.圣野诗论[M].重庆:重庆出版社,2009:75.
⑩ 圣野.生命[M]//圣野.欢迎小雨点.武汉:湖北少年儿童出版社,2006:227.
⑪ 圣野.开花[M]//圣野.欢迎小雨点.武汉:湖北少年儿童出版社,2006:226.
⑫ 程镇海.让爱与美同行:读《三代人的梦》[J].中国图书评论,2001(6):17.

第三节 诗与儿童:跨世纪的诗歌

圣野如今已是期颐之年,但他依旧诗心永恒,是"当代最勤奋的诗人之一"①。他晚年的诗歌秉承他的美学追求,浑然天成。千禧年左右及 21 世纪以来圣野的作品,有着一个"老"儿童的灵魂。圣野的诗歌有着不竭的灵感。他自称"倒开的列车"②,他的作品依然充满了童心。就像他自己所说的"和孩子交朋友/就是和二十一世纪交朋友/就是和灿烂的明天/灿烂的希望交朋友"③,他的《跨世纪的问候》是他踏上新的写作征程的宣言书。诚如他诗中所说的那样"诗人从他白发萧萧的老年/又走回到天真浪漫的童年"④,他的诗歌仿佛穿越了时光,重新抵达童年。

"握住你的手,就像握住明天的巨人。"⑤他这样与孩子们对话。较之之前以儿童为抒情主人公,圣野此阶段的儿童诗更多地展示出一个长者对孩子们的关怀和关照。他开始以一个长者的身份,体察儿童的所思所想,他对儿童的感情,除了喜爱,多了一丝慈悲。他的笔下,涌出了对祖国未来的深切期望。这个时期,他在选材上突出对新生活的迎接,展示出希望和欢欣。例如《兔年爆米花》中选取了几个过新年的美好场景,在鞭炮声中,诗人感叹"叹气的日子过去了/吐气的日子来临了"⑥。在圣野的诗歌中,"新年"不仅仅是一个时间上的符号,更是希望的象征。圣野在诗歌中所选取的意象——"彩虹""新帽""和平鸽""贺年卡""灯笼"等,都是具有新生意味的事物,展示了老诗人对新时期的无限向往。他的年纪与心态形成了鲜明的对比,成为他 21 世纪创作的一大特色。

此外,圣野的诗歌更为注重与孩童的双向互动,更加注重以第二人称组织材料,抒发感情。圣野就像孩子们贴心的笔友,为孩子们解答着各种各样的疑问。尤其可贵的是,他鼓励儿童进行创作,在诗歌创作上予以指导,传授先辈的经验,却不摆先辈的架子,平易近人地告诉孩子们那些有趣的故事。他与儿童的对话是平等的,他是儿童的观察者、记录者、倾听者,也是引导者。露露、珊珊、丁琳、毛毛、杉

① 崔昕平.儿歌:自觉于现代文学语境的百年[J].中国现代文学研究丛刊,2018(5):155-165.
② 圣野.倒开的列车[M]//圣野.圣野短诗自选集.上海:上海文艺出版社,2011:14.
③ 圣野.序诗[M]//圣野.跨世纪的问候.哈尔滨:黑龙江少年儿童出版社,1999:1.
④ 圣野.诗的脚印[M]//圣野.跨世纪的问候.哈尔滨:黑龙江少年儿童出版社,1999:8.
⑤ 圣野.握手[M]//圣野.跨世纪的问候.哈尔滨:黑龙江少年儿童出版社,1999:7.
⑥ 圣野.兔年爆米花[M]//圣野.跨世纪的问候.哈尔滨:黑龙江少年儿童出版社,1999:57.

杉……他们可以是圣野真实的"忘年交",也可以是少年儿童的符号,圣野以慈爱之笔,给这些孩子温暖的怀抱。

圣野在千禧年及之后的创作中,突出自身的"爷爷"形象,这给儿童一种亲近感。"老爷爷高高兴兴/写了很多娃娃诗"①,而他正是写着"娃娃诗"的"老爷爷",形象恰似他笔下慈祥的"冬爷爷",这一具有童话色彩的形象,拉近了圣野与孩子们的距离。而该形象在他给小外甥天天的诗歌中显得尤为明显。作为亲属的"外公"(也属于"老爷爷"身份的一种)以诗歌的方式记录孩子的成长,这个形象展示于字里行间,如"天天每天/送给外公/写不完的诗/天天笑一笑/就是一首诗/天天哭了/外公也要写下来/外婆说要等等/等天天笑了/你再写/笑的诗好看/哭的诗不好看"②,这是多么日常又温馨的一幕!孩子的一颦一笑都被诗意地记录,一波三折,具有强烈的家庭气息。另如组诗《写给快乐的小雪雪》,以一位爷爷的视角,观察雪雪,爱护雪雪,"雪雪的书/都读成/一片片了/地上撒满了/散落的花瓣"③。婴幼儿读书会把书撕破,一些家长会训斥他们,但是圣野却独辟蹊径,将撕碎的书比喻成"花瓣",这便让诗歌充满了美感。

圣野在21世纪的创作具有强烈的时代特色。2003年非典疫情肆虐,他写诗抒发隔离中的所思所想,写非典中孩子们的孤独与欢乐,说"只要自己/不隔离自己/世界/永远不会忘记你"④;2008年,他为汶川地震所作的儿童诗歌《大山的神话》⑤,以一颗心脏的跳动寓意废墟下的新生,展示了老诗人对生命的敬畏,也展示了生命"惊天动地"⑥的力量;2013年,为了纪念毛泽东同志"向雷锋同志学习"题词五十周年,圣野书写了《中国风》⑦与《邮票鸟》⑧等作品,以雷锋精神蔚然成风展示雷锋精神代代相传的魅力;中国载人航天事业突飞猛进,他的笔下也出现了"航天梦";中国运动健将在运动场上摘金夺银,他的笔下也出现了奥运健儿的身姿……他依旧是那么活跃,在时代的琴弦上,他为儿童奏响了21世纪的弦音。圣野以其五十余年的

① 圣野.诗和胡子[M]//圣野.跨世纪的问候.哈尔滨:黑龙江少年儿童出版社,1999:58.

② 圣野.笑的诗[M]//圣野等.三代人的梦——文学使孩子完美.上海:文汇出版社,2000:15.

③ 圣野.写给快乐的雪雪[M]//圣野.圣野短诗自选集.上海:上海文艺出版社,2011:11.

④ 圣野.想起非典[M]//圣野.圣野短诗自选集.上海:上海文艺出版社,2011:118.

⑤ 圣野.大山的神话[M]//圣野.大爱颂:献给抗震救灾的诗.杭州:浙江少年儿童出版社,2008:6.

⑥ 圣野.一个伟大民族的力量[M]//圣野.大爱颂:献给抗震救灾的诗.杭州:浙江少年儿童出版社,2008:1.

⑦ 圣野.雷锋和我亲又亲:学雷锋童诗选[M].杭州:浙江少年儿童出版社,2013:9.

⑧ 圣野.雷锋和我亲又亲:学雷锋童诗选[M].杭州:浙江少年儿童出版社,2013:46.

诗歌实践,丰富了中国儿童诗歌,一代代的儿童读着他的诗歌长大,在他的诗歌中领悟了生活,感受到美的熏陶。

7.2 课后阅读

8.1 课前思考

第八章

鲁兵"幼儿根柢"与幼儿文学创作

圣野有一位毕生至交,在他的影响下,圣野走上了儿童文学创作之路。他就是——鲁兵。

鲁兵原名严光化,1924 年 5 月 25 日出生于金华东南澧浦乡琐园村①,是浙江著名的儿童文学作家。他在创作初期并不拘泥于儿童文学,而是在编辑《小朋友》杂志的过程中逐渐转向幼儿文学创作的。在幼儿文学的花园里,他在幼儿诗歌、幼儿故事、幼儿童话诗创作、幼儿文学理论等领域的创建上都做出了卓越的贡献。

鲁兵是一位作家,也是一位编辑家。他在儿童文学写作,尤其是幼儿文学创作上有着卓越的成绩,《下巴上的洞洞》《小猪奴尼》《老虎外婆》《顶顶小人》《小刺猬理发》《从云里来的孩子》等,都成为几代人难以忘怀的童年记忆;而由他主编的"365夜系列",汇聚了一大批动人心魄的儿童故事,几乎成为中国的《格林童话》,成为家喻户晓的畅销书。

第一节 "最初的蜜":儿歌理论与创作

鲁兵的诗歌创作与他的故乡——金华密不可分。他从小就生活在教师之家,良好的家庭环境让他从小热爱诗歌,诗歌也成为他叩响儿童文学大门的一把金钥匙。他早年曾经研习过中国古典诗歌,主要作品有《北望》《黄果树瀑布》《黄山小诗》《移防途中》等。他的旧体诗歌清新明快,"纯任自然"②,韵律齐整而又浅显易

---

① 汪习麟.鲁兵评传[M].太原:希望出版社,2001:12.
② 郁群.忆诗人鲁兵[M]//郁群.追回青春.上海:生活·读书·新知三联书店,2012:300.

懂。例如这首《五律一首》：

> 孤担似飘蓬；少年悲国破，
> 一饮龙江水，时怀岑岭风。
> 思尺不相逢，半生长为别，
> 昨夜巴山雨，潇潇到梦中。①

这首诗纪念了鲁兵在龙游与张基谟、圣野等友人合编《岑风》（后改名为《岑风别刊》）的往事，表达了对友人的思念之情。

学习写诗填词的经历，让鲁兵拥有了诗歌的语感。后来，在好友圣野的影响下，鲁兵开始了儿歌与儿童诗创作。他为孩子们组建了一个"诗的王国"，"每个人都工作/每个人都快乐/每个人都是国王"②。孩子们在他的诗歌世界里自由徜徉。

鲁兵写给婴幼儿的儿歌，展示了他对传统儿歌的深入研究。他认为："我国传统儿歌，形式极其丰富，不拘一格，服从于内容的表达。"③他充分发挥儿歌的这一体裁优势，创作了大量儿歌。

鲁兵的儿歌具有实用的教育用途，适用于儿童进行最初的社会认知。他有意识地将"数数歌"这一重要的题材纳入儿歌创作中。他的部分作品中出现的数字，既韵律和谐又有数学教育意义。如："小鸡出来了，一二三四五六"④（《孵小鸡》）；"虫子捉了几千几？"⑤（《蜻蜓》）；"跑过三座山"⑥（《木马》）；"纺了几两纱？织了几尺布？"⑦（《织布娘》）；"高楼十层二十层"⑧（《盖高楼》）等，都加入了数字的元素，让儿童能够在具象的认知基础上学习数字，以具象的物体理解抽象的数学概念，初步认识数学，能够帮助儿童在数数的过程中培养数字观念。有时，他也将形状的概念引入儿歌之中，让儿童在朗读和感知的过程中认识各类形状、颜色等，以诗歌的方式教育孩子们认识事物的基本信息。在建立基本的认知之后，幼童也在鲁兵诗歌的

① 鲁兵.五律一首[M]//龙游县志编纂委员会办公室.龙游专志——龙游诗选.北京:团结出版社,1990:104.

② 鲁兵.诗的王国[M]//蒋风.中国儿童文学大系(诗歌).太原:希望出版社,2009:413.

③ 鲁兵.关于儿歌的一封信[M]//鲁兵.教育儿童的文学.上海:少年儿童出版社,1992:355.

④ 鲁兵.孵小鸡[M]//鲁兵.鲁兵作品选.上海:少年儿童出版社,1992:3.

⑤ 鲁兵.蜻蜓[M]//鲁兵.鲁兵作品选.上海:少年儿童出版社,1992:12.

⑥ 鲁兵.木马[M]//鲁兵.鲁兵作品选.上海:少年儿童出版社,1992:8.

⑦ 鲁兵.纺织娘[M]//鲁兵.鲁兵作品选.上海:少年儿童出版社,1992:9.

⑧ 鲁兵.盖高楼[M]//鲁兵.鲁兵作品选.上海:少年儿童出版社,1992:15.

引导之下认识更为复杂的事物。例如,他的《动物跟你说话啦》通过大象、斑马、猩猩、长颈鹿等七种动物的自白,让孩子们凭借各个动物的特征来理解动物、辨别动物,了解动物知识,让儿童能够在诵读中增长知识、拓宽视野。《十二生肖歌》则通过十二生肖的排列,描绘了一幅幅惟妙惟肖的动物图,让儿童对生肖动物拥有具象认知。鲁兵以一种"呈现式"的方式帮助儿童"认识世界"[①],以此刺激儿童智力发展。

鲁兵的儿歌也具有较强的品德教化意义。他的代表作《下巴上的洞洞》,写的是孩子吃饭时把饭撒在桌上的小事。孩子们吃饭时非常容易把饭粒撒出来,这是一个非常普遍的问题。但作家将这创造性地说成下巴上的"洞洞",提醒孩子们:要爱惜粮食、勤俭节约。类似题材的作品《好乖乖》,塑造了一个能够主动给老公公捶背的乖孩子形象,鼓励儿童以此为榜样,做孝敬老人的"乖乖"[②]。再如《好甜》,引导孩子们在吃过西瓜之后谢谢种瓜的人,让儿童从小懂得感恩,懂得礼貌。也有些作品通过反面来告诉孩子们不要模仿儿歌的主人公,如《小乖乖》,塑造了一个被溺爱宠坏了的孩子形象;《小书迷》塑造了一个读书过度导致近视的孩子形象,提醒孩子们引以为戒。鲁兵还擅于"以寓言入诗",如他的作品《聪明的乌龟》塑造了一只充满智慧的乌龟形象,面对狡猾的狐狸,他故意挑衅,让狐狸来咬他,最终咬掉自己的牙齿。

鲁兵的儿歌具有很强的趣味性。鲁兵眼中儿童最早接触的文学体裁便是儿歌[③],他的儿歌生动而富有娱乐性,有让人过目不忘的魅力。例如:"你还小吗?你还小吗?胡子一大把,咩咩咩咩叫妈妈。"[④]这首儿歌不仅可以被用以教导儿童认识"山羊"这一物种,而且也是很好的谜语,能够让儿童参与到儿歌游戏当中,形成自己对儿歌内容的思考。同样具有谜语性质的作品还有《小猫咪》《木马》等,能够促进儿童智力发育。他的儿歌的选材,也贴合儿童心理,强调在儿童生活中发现趣味,让儿歌"有趣"[⑤]。

传统民间童谣常常采取"重迭"[⑥]的方法,让作品具有一唱三叹的效果。鲁兵吸收传统童谣特长,有意识地从口头语言中寻找材料,多用叠词、口语词,让儿歌朗朗

① 鲁兵.小娃娃的教育和文学[M]//鲁兵.教育儿童的文学.上海:少年儿童出版社,1992:74.

② 鲁兵.好乖乖[M]//鲁兵.鲁兵作品选.上海:少年儿童出版社,1992:13.

③ 鲁兵.《幼儿文学作品三十年选》序[M]//鲁兵.教育儿童的文学.上海:少年儿童出版社,1992:100.

④ 鲁兵.山羊[M]//鲁兵.鲁兵作品选.上海:少年儿童出版社,1992:7.

⑤ 潘颂德.鲁兵的儿歌论[M]//蒋风,杨宁.儿歌论.杭州:浙江工商大学出版社,2020:341.

⑥ 罗培坤,左培俊.儿童文学创作与研究[M].武汉:华中师范大学出版社,1994:105.

上口,尤其擅长在开头以拟声词、叠词等导入,充分刺激儿童听觉感官,符合儿童口语特点。他的儿歌开头具体形式有猜拳式的"AABB"(如"点点窝窝"①)、以声音属性而决定形式的拟声词"AAA"(如"嘟嘟嘟"②"咪咪咪"③"呜呜呜"④等)、"AAAA"(如"唧唧唧唧"⑤)或"AAB"(如"滴滴答"⑥)等;类似于劳动号子的"A、A、ABC"(如"盖,盖,盖高楼"⑦)或"ABC、ABC"(如"背小猪,背小猪"⑧)、表达召唤的"A,A"(如"羊,羊"⑨)、"AB,AB"(如"小河,小河"⑩"蜻蜓,蜻蜓"⑪"小草,小草"⑫)或"ABC、ABC"(如"小青蛙,小青蛙"⑬"大西瓜,大西瓜"⑭"小朋友,小朋友"⑮);表示事物属性的"ABCC"(如"月亮圆圆"⑯);渲染活动的精彩性的"ABC,BCA"(如"斗蟋蟀,蟋蟀斗"⑰);描写人物特点的"ABB,CDD"(如"老婆婆,蒸馍馍"⑱);引出人物的"ABCC(D)"(如"一个娃娃"⑲"一只青蛙"⑳等)或"ABB"(如"老婆婆"㉑)……这些叠词的运用不仅体现了鲁兵高超的写作技巧,也让儿歌具有了一唱三叹的音乐性。此外,鲁兵喜欢运用反复提高儿歌的可读性,许多儿歌的头两句相同,符合儿童的朗读习惯,如《小老虎逛马路》《小猫咪》(又名《咪咪咪》)、《背小猪》《出了》《你还小吗?》等,易于儿童记忆。儿童也可以将这些儿歌作为游戏伴奏,简短实用。

鲁兵广为传播的一首儿歌《小刺猬理发》就集中体现了鲁兵的儿歌理论:

① 鲁兵.小酒窝[M]//鲁兵.鲁兵作品选.上海:少年儿童出版社,1992:14.
② 鲁兵.骑马到新疆[M]//鲁兵.鲁兵作品选.上海:少年儿童出版社,1992:14.
③ 鲁兵.小猫咪[M]//鲁兵.鲁兵作品选.上海:少年儿童出版社,1992:7.
④ 鲁兵.小老鼠变打老虎[M]//鲁兵.鲁兵作品选.上海:少年儿童出版社,1992:185.
⑤ 鲁兵.纺织娘[M]//鲁兵.鲁兵作品选.上海:少年儿童出版社,1992:8.
⑥ 鲁兵.小雨点[M]//鲁兵.鲁兵作品选.上海:少年儿童出版社,1992:8.
⑦ 鲁兵.小猫咪[M]//鲁兵.鲁兵作品选.上海:少年儿童出版社,1992:7.
⑧ 鲁兵.背小猪[M]//鲁兵.鲁兵作品选.上海:少年儿童出版社,1992:28.
⑨ 鲁兵.小山羊和小老虎[M]//鲁兵.鲁兵作品选.上海:少年儿童出版社,1992:118.
⑩ 鲁兵.小河唱歌[M]//鲁兵.鲁兵作品选.上海:少年儿童出版社,1992:9.
⑪ 鲁兵.蜻蜓[M]//鲁兵.鲁兵作品选.上海:少年儿童出版社,1992:12.
⑫ 鲁兵.和小雨点赛跑[M]//鲁兵.鲁兵作品选.上海:少年儿童出版社,1992:11.
⑬ 鲁兵.春娃和青蛙[M]//鲁兵.鲁兵作品选.上海:少年儿童出版社,1992:9.
⑭ 鲁兵.种西瓜[M]//鲁兵.鲁兵作品选.上海:少年儿童出版社,1992:22.
⑮ 鲁兵.雪狮子[M]//鲁兵.鲁兵作品选.上海:少年儿童出版社,1992:191.
⑯ 鲁兵.天上玩玩[M]//鲁兵.鲁兵作品选.上海:少年儿童出版社,1992:15.
⑰ 鲁兵.斗蟋蟀[M]//鲁兵.鲁兵作品选.上海:少年儿童出版社,1992:13.
⑱ 鲁兵.老虎外婆[M]//鲁兵.鲁兵作品选.上海:少年儿童出版社,1992:126.
⑲ 鲁兵.冬娃[M]//鲁兵.鲁兵作品选.上海:少年儿童出版社,1992:176.
⑳ 鲁兵.聪明的乌龟[M]//鲁兵.鲁兵作品选.上海:少年儿童出版社,1992:197.
㉑ 鲁兵.好乖乖[M]//鲁兵.鲁兵作品选.上海:少年儿童出版社,1992:13.

小刺猬，去理发，

嚓嚓嚓，嚓嚓嚓。

理完头发瞧瞧他，

不是小刺猬，是个小娃娃。[①]

这首诗是一首内容与形式俱佳的儿歌作品。这首诗既具有儿童童话诗的特点，一波三折，也具有谜语的特点，先留下一个谜题，最后解开，充满趣味。

第二节　童话诗：故事与诗歌的融合

鲁兵的童诗，虽然节奏感没有儿歌那么强，但却展现了更为丰富的内涵，童诗的读者应当是稍大的儿童，他们能够理解更为复杂的情感。这些诗歌形态各异，其中以"童话诗"最为亮眼。

20 世纪 40 年代，鲁兵创作了《路灯》《凉亭》《小河》《老树》《种子》《蚯蚓》等状物诗，将古人托物言志的诗风传承下来，在他笔下"瘠牛"是劳动人民的象征，"煤"是舍己为人的温暖使者，"蚯蚓"是默默耕耘的工作者。这些意象，各具人格，是鲁兵早期的代表作，也为他后来人格化的诗歌创作奠定了基础。

1978 年以后，鲁兵的童话诗创作更为成熟，故事性更强，部分诗歌展示了儿童自我改变的过程。代表作《不知道和小问号》，讲述了一个爱问问题的孩子和一个谦虚好学的孩子的偶遇；其姊妹篇《我知道和小问号》则讲述了一个心高气傲的孩子改过自新的故事。这两则童话诗非常适合给孩子们进行品德教育。另如《小桃和小荞》，两个孩子捕捉黄鹂鸟关在笼子，自己却被柳树姐姐和松树公公关进笼子，提醒儿童学会珍惜自由，爱护动物。

鲁兵的儿童诗歌创作具有层次性。他的童诗横跨幼儿—儿童—少年三个阶段。除了给予幼儿的儿歌、给予儿童的童诗之外，鲁兵也积极为少年创作朗诵诗。例如《监狱之花》以深情的笔调，赞美了革命烈士左绍英面对国民党勇敢坚毅的精神。"监狱之花"是女共产党员左绍英的女儿，1948 年 12 月，出生在国民党政府军在重庆的集中营渣滓洞。1949 年 11 月 27 日，重庆解放前夕，国民党在集中营里进

---

①　鲁兵.小刺猬理发［M］//鲁兵.鲁兵作品选.上海：少年儿童出版社,1992:11.

行了残暴的集体大屠杀,特务发现"监狱之花"在母亲的血泊中号哭,就用枪刺杀害了她。① 鲁兵正是以此诗引导儿童感受革命先辈的奉献精神,珍惜今天幸福生活的来之不易。

在写作手法上,鲁兵的儿歌与儿童诗之间并没有严格的界限,他的儿童诗也会采用儿歌回环往复、一唱三叹的方式架构故事,以反复的方式增强诗歌的韵律性。他提倡"儿童诗需要更多'比''兴',以加强形象性"②,在诗歌中他以生动形象的描写、栩栩如生的言语,为儿童搭建起诗歌王国,由此引导儿童在朗读的过程中走进故事,获得教育,再带着收获走出故事。

作为一名诗人,鲁兵能够用更为活泼灵动的方式讲述故事,能够让孩子们在节奏中得到教诲。童话和诗歌的联姻,形成了别样的风貌,让鲁兵这个名字,在儿童文学文体开拓的历史上熠熠闪光。

鲁兵的童话诗,兼具童话和诗歌的特点,形成了形式和内容的和谐统———插上诗歌的翅膀,故事飞向更远的地方;有了故事的骨架,诗歌更显得血肉丰满。两者相辅相成,成就了童话诗别样的风景。金波曾经高度评论鲁兵的童话诗:"他的童话诗综合了他之所长,如儿歌的音乐性,诗的抒情特质,散文的轻捷自由,寓言的沉郁凝练,童话的幻想超拔等等。"③

童话诗是鲁兵倾注了大量心血的体裁,用诗歌的形式讲述儿童喜欢的故事,这一体裁兼具形式上的创意性和内容上的儿童性,这种形式的灵感来源于普希金的童话诗。发表于 20 世纪 60 年代的《两只小鸭捉鱼去》是鲁兵第一首较为完整的童话长诗。鲁兵在这个故事中用"先声夺人"的方式导入。"呷呷呷呷"④,小鸭子的叫声把孩子们的注意力吸引过来,两只小鸭——"花花"和"黄黄"出场了。开篇,他俩就坚称自己要多捉鱼捉虾,带回来给妈妈。可是在捉鱼捉虾的过程中,两只小鸭忍不住把它们全部吞到肚子里去了,甚至因为太饱而回不了家,在被送回家后又保证下次一定会把鱼虾带回来给妈妈。这一故事让人感到又好气又好笑。两只鸭子,活脱脱就是两个活泼可爱又有点淘气的小孩子,一方面很希望能够学习成为一个孝顺的乖孩子,另一方面却无法控制自己的天性和欲望,闹出不少笑话。这一对比形成了这篇作品的艺术张力——道德规训和天性之间展开拉锯战,这一斗争形成

① 鲁兵.监狱之花[M]//朱效文.少年朗诵诗精萃.上海:少年儿童出版社,1991:44.

② 鲁兵.教育儿童的文学[M]//鲁兵.鲁兵作品选.上海:少年儿童出版社,1992:26.

③ 金波.鲁兵的童话诗[M]//张美妮,巢扬.中国新时期幼儿文学大系理论卷.西安:未来出版社,1998:264.

④ 鲁兵.两只小鸭捉鱼去[M]//鲁兵.鲁兵童话.重庆:重庆出版社,1996:161.

了作品的内核。创作于同一时期的《小山羊和小老虎》同样是展现"天性"与"道德"之间的较量,小山羊和小老虎交朋友,但他们的天性却让他们势不两立,平衡被打破,形成了对立和争斗,最后山羊打败了老虎,故事走向了"智慧战胜邪恶"的童话主题。

鲁兵的童话诗代表作为"小猪奴尼"系列。他笔下的奴尼就像一个淘气捣蛋的幼儿。小猪奴尼本来不爱洗澡,但受到妈妈的批评、同伴的排挤之后改过自新,这提醒孩子们要注意个人卫生(《小猪奴尼》);奴尼过生日之时,会有很多动物朋友们来到家中道贺(《过生日》);奴尼的妈妈在冬天把他包裹得严严实实的,尽显宠爱(《下雪了》)。鲁兵以"童话诗"的形式,以"连载故事"为核心,以组诗的形式进行排列,延续了中国古代以《木兰诗》为代表的叙事诗歌传统,形成了"以儿童诗讲儿童故事"的创新型文风。他的童话诗,一波三折,层层深入,引人入胜,好像一个说书的老爷爷在给孩子们讲故事。有的诗歌是侦探故事,如《雪狮子》讲述一只骇人的"狮子"在烤火后消失之谜,可谓有趣;有的诗歌是亲子故事,《袋鼠妈妈没有口袋》讲述没有口袋的袋鼠妈妈学习育儿的故事;有的故事是冒险故事,《小豆豆》讲述小豆豆智斗大灰狼的故事,《虎娃》讲述一只胆小的虎娃勇斗狗熊的故事,《聪明的乌龟》创作了一个乌龟智斗狐狸的故事。这些故事就像一个个简短而妙趣横生的儿童成长童话。鲁兵仿佛是一位说着快板的演员,用语音的方式,将一幕幕情节呈现给孩子们。

在讲述故事的过程中,鲁兵还非常注意用提问的方式启发孩子们思考,让孩子们参与到作品文本中来,如一句"她在哪里?"[1],让儿童亲近年幼的烈士,思索那不屈的精神;一句"你们到底一样不一样"[2],让儿童思考双胞胎哥俩的差异,思索哪一个才是值得效仿的榜样;一句"妈妈是这样说的吗?"[3],引导儿童去思考亲子关系,提倡多多放手锻炼的育儿观;一句"雪狮子/在哪里?"[4],引导孩子们去思考"雪狮子"的下落,趣味盎然。

为了加强教育效果,鲁兵还通过运用对比来展示儿童的优良品德。例如《大良和小良》塑造了一对性格迥异的双胞胎,一个调皮无礼,一个助人为乐,高下立见。再如《小老鼠变大老虎》中,弱小的老鼠假装是大老虎,却被老公公打回原形,充满了哲学意味。

尤其值得一提的是,鲁兵以诗歌的形式对民间故事进行改编,取得了良好的效果——《老虎外婆》改编自流传在中外的"狼外婆"或言"小红帽"原型童话,善

---

① 鲁兵.监狱之花——纪念渣滓洞烈士牺牲三十周年[M]//鲁兵.鲁兵作品选.上海:少年儿童出版社,1992:90.

② 鲁兵.大良和小良[M]//鲁兵.鲁兵作品选.上海:少年儿童出版社,1992:96.

③ 鲁兵.写给妈妈的信[M]//鲁兵.鲁兵作品选.上海:少年儿童出版社,1992:108.

④ 鲁兵.雪狮子[M]//鲁兵.鲁兵作品选.上海:少年儿童出版社,1992:196.

良的老婆婆被老虎一口吞食,然后老虎扮作外婆的样子去找小朵朵。而小朵朵警觉地让老虎自己吃馍馍,让老虎掉了牙,后来又在大姐姐、大哥哥和老伯伯的帮助下打败了老虎,救出了老婆婆。最后卒章显志,用歌谣的形式唱出"咱们人多力量大"①,得出"众人拾柴火焰高"的道理,教育孩子们要勇敢地与邪恶作斗争,团结一致,发挥集体的优势。《母亲和魔鬼》吸收了大量神话元素,塑造了另一个光辉神圣、爱子心切的母亲形象,她勇敢地与魔鬼展开殊死搏斗,终于让孩子从僵死中复活,从噩梦中苏醒。这光明和邪恶的争斗,荡气回肠,好像一部科幻大片,一场宏大的视觉盛宴,在天地之间徐徐上演,动人心魄。《金鞋》改编自《酉阳杂俎》中的童话《吴洞》,是中国版的"灰姑娘故事",鲁兵以深情诗意的笔调,抒写了少女叶限幼年丧母、惨遭后母蹂躏的童年境遇,也抒写了叶限面对锦鲤时的掏心掏肺,更写出了后母杀鲤的残暴无情,将双方的对立推向高潮。而在前期的蓄势之后,一切在赛歌场上迎来高峰,而一只遗落的金鞋子,让叶限苦尽甘来,成为皇后。这个故事叙述完整,且在改编的过程中充分观照了现代孩子们的认知,不但将文言文改为白话文,将体裁改为韵文,而且充分吸收诗歌的表现方式,如以比兴的手法开头"星星还没合上眼,月牙儿还挂在树枝上"②,以景色烘托悲伤之情,犹如淡淡的水墨画,将悲伤浸染入境。此外,他还在诗歌中运用大量充满情感的语言描写,如"凉得手指直发麻""你当是杀猪烧的汤?"③这是叶限的后母辱骂叶限的言语,虽然不带一个脏字,但是一个说烫一个说凉,对比鲜明,几乎是无理取闹,后母的恶毒狠心跃然纸上,让人心生怨愤,更加同情小叶限的遭遇。此外,鲁兵在故事中加入了大量对叶限本人的心理活动描写。原来的记叙只是将这个故事作为一个奇闻逸事予以记录,而鲁兵则贴心地塑造了一个任劳任怨、善良勤劳的女孩形象。而叶限与鲤鱼的深厚情谊,也在诗歌中被凸显出来:"她轻轻地给鲤鱼唱山歌,月亮星星都挤在窗口听。"④这是多么美好的图景!而这优美细腻的描写,正是鲁兵在故事基础上的改编和扩写,增强了作品的艺术感染力。而为了凸显这个故事的教育意义,鲁兵还在结尾处点明了叶限美好的品质——"美丽、勤劳、善良"⑤,展示了他对拥有善良品质的人深深的祝福,也让儿童能够从这个故事中得出结论:只有善良的人,才能拥有好运,因此要坚守善良之心。

① 鲁兵.老虎外婆[M]//鲁兵.鲁兵童话.重庆:重庆出版社,1996:189.
② 鲁兵.金鞋[M]//鲁兵.鲁兵童话.重庆:重庆出版社,1996:263.
③ 鲁兵.金鞋[M]//鲁兵.鲁兵童话.重庆:重庆出版社,1996:265.
④ 鲁兵.金鞋[M]//鲁兵.鲁兵童话.重庆:重庆出版社,1996:267.
⑤ 鲁兵.金鞋[M]//鲁兵.鲁兵童话.重庆:重庆出版社,1996:278.

鲁兵的童话诗题材广泛,他塑造了一年一次来摇晃大树的"冬娃",塑造了智慧与勇气并存的"小豆豆",塑造了有点小调皮的"小老虎"。他们是一个个诗歌中的象征符号,更是从现实儿童生活特性中提炼出来的一个个形象。鲁兵不但能够在人物塑造中夸张地突出某一特点,而且还兼顾人物的成长性,让人物能够通过自我反思得到心灵的荡涤。比如《顶帅的小蛤蟆》中,小蛤蟆本来想要拥有青蛙的美丽外表,嫌弃自己的丑陋,但他在学习了捉虫子的本领后实现了自己的人生价值,成为青蛙的好朋友。这就展示了儿童的可塑性,让诗歌不至于扁平化、庸常化。

鲁兵的童话诗,兼具"童话的诗意盎然和诗的浮想联翩"①,在尊重儿童天性的同时充分关照作品的艺术性,形成了给幼儿讲童话故事的一种崭新形式。

第三节　童话理论与创作

鲁兵的童话篇目不多,但深受幼童欢迎。鲁兵 20 世纪 40 年代的童话作品,有着强烈的讽刺色彩。就像他自己说的那样:"如果说儿童文学有着明显的浪漫主义倾向,那末我的创作的另一方面,是直接面向现实生活。"②

《林子里的故事》以动物们反抗烈日为主线,展现了动物们不屈不挠的战斗精神,讽刺了日本侵华的犯罪行径。《狮大王做寿》中,狮子大王收受贵重礼物,狐宰相和虎将军的谄媚状态让人啼笑皆非,而就在此时,小松鼠和小山兔却饿死在路边。这正展示了当时社会的荒诞之处:富丽堂皇的官僚机构吮吸着老百姓的血汗,统治阶级看见一片歌舞升平的繁荣景象,官员尽展阿谀奉承的媚态,却不管人民安危。他笔下的和平鸽一个劲儿地鼓吹和平,背后却做着煽风点火的勾当;水仙花趋炎附势,却试图通过"救济"蛊惑小草,让他跟自己一样放弃尊严;老虎指使驴子拉磨,实则奴役他们,不给他们活路;狐狸以残暴的方式胡乱执法,弄得民不聊生;富翁剥削了所有民众的油脂建造高楼,最后掉进了月亮里;知了自作聪明,胡说八道,引起公愤;药师用百姓的血汗钱研制让人变美的药物,让王国民不聊生。鲁兵的文字一字千钧,鲜明地表达了他反蒋的政治立场,处处为普通民众发声,处处展示了政府对人民的剥削,讽刺当局不管饥民灾民,讽刺国家管理人员沉迷于表面繁华却不懂得了解人民的境况。他的作品常常于平静中加一点催泪剂,让人心中苦涩又

---

①　鲁兵.童话和诗的融合[M]//鲁兵.教育儿童的文学.上海:少年儿童出版社,1992:205.

②　鲁兵.我更有兴趣给小娃娃写作[M]//上海教育出版社,上海社会科学院文学研究所.中国作家自述(青少年版).上海:上海教育出版社,2000:307.

回味无穷。如《一根骨头》讲述了一个令人心碎的故事：饥饿的山猫兄弟被野狗太太施舍了一根啃光的肉骨头，但当两兄弟把骨头搬回家之时，才发现妈妈不见了——这根骨头是妈妈的骨头。每一个读者读到结尾，都会感到心头一惊，这竟是同类相食的惨剧，这足以让读者为百姓的苦难而唏嘘不已，证明故事有着震撼人心的力量。再如《大事情》，开篇就大量渲染镇上出了大事情，官员让百姓把街道打扫得一尘不染，全体肃穆，"会哭的孩子嘴里塞一团棉花，大人也只能暂时停止呼吸"[①]，原来竟是"县太爷的大小姐的小猫死了，出殡经过这里"[②]。这竟然就是让百姓大动干戈、让大家戴孝三月的"大事情"，充分展示了百姓和官员之间生活的对立，荒唐感力透纸背，深刻地讽刺了"官本位"社会的虚浮。另如《大珠子》讲述皇帝想要世界上最大的珠子——太阳，最终被太阳烧死的故事，文中的皇帝是一个贪得无厌的小丑，充分展示了鲁兵的反封建思想，也展示了人民必胜的决心。

较之民国时期，鲁兵新时期的童话创作呈现更为明显的儿童性，语言更加活泼，篇幅更加简短，也更加贴近儿童的生活。《老虎的弟弟》是鲁兵最负盛名的低幼童话，一只猫咪仗着自己长得像老虎，便自称是"老虎的弟弟"，四处飞扬跋扈，到最后真老虎来了，却爬上树，庆幸自己不是"老虎的弟弟"。这种转变可谓让人捧腹，又让人陷入思考："身份"到底能够给人带来什么？是名誉还是灾难？利用虚假的"身份"去招摇撞骗，何其可笑；需要用虚假的身份去给自己壮胆，又何其可悲！这则童话，提醒孩子们认识自我，不要被外界对自己的看法干扰，专心做最真实的自己。这样具有深度的主题，通过浅显明了的方式传达，可见其高明。与之相对应，鲁兵还写作了一篇《虎娃》，可以被视为前篇的姊妹篇，展示一只胆小的虎宝宝成长为老虎的故事。一个人为了自己不至于徒有虚名，应当努力做到自己该做的，要积极锻炼自我，这也是鲁兵给孩子们的忠告。《虎仔》里，天生胆小的小朋友虎仔，在变作老虎之后勇敢地从人贩子手中救下了伙伴元元，从此"身上有一股虎威"[③]，完成了成长的蜕变。这也提醒小朋友们积极地改变自己，争取战胜自我，成为更勇敢坚毅的人。

此外，鲁兵还尝试采取多样的叙事方式。让童话中的主人公去阅读童话，构成文本的多个层次，有着"你在桥上看风景，看风景的人在楼上看你"的情趣。《老爷爷和老奶奶》中，老爷爷和老奶奶在树林中回忆童话故事里的场景，读者在文本之外看两位老人的童心之举，不由欢笑。《写童话的爷爷和看童话的耗子》中，耗子自

① 鲁兵.大事情[M]//鲁兵.鲁兵作品选.上海：少年儿童出版社，1992：305.
② 鲁兵.大事情[M]//鲁兵.鲁兵作品选.上海：少年儿童出版社，1992：306.
③ 鲁兵.虎仔[M]//鲁兵.鲁兵童话.重庆：重庆出版社，1996：158.

己读童话中的耗子,读到"聪明的耗子"就争说是自己;读到"笨耗子"就满脸不开心;读到"老鼠嫁女"就吓得一惊,而读者看着耗子们的反应,也被逗得前仰后合。

与之同时,鲁兵主张作品需要在生活的基础上"解放思想,开阔思路"①。如《一篇没有完的童话》则续写自丹麦童话作家安徒生的《皇帝的新装》,通过描绘特殊时期"割掉舌头、切割喉管"②,把中国变成"无声的中国"的惨烈情形,证实言论自由的重要性,影射当时社会现实,讽刺"一言堂"。

鲁兵还创作了不少"科学童话"。他紧跟科学动态,大力提倡科学文艺创作,以科普为目的,让儿童在故事阅读中增长科学知识。他主张科学文艺是"科学知识的丰富内容和文学的多样性的结合",是"文艺化的科学"③。鲁兵在深刻认知的基础上,积极将枯燥的科学知识形象化、生动化,让孩子们能够对科学产生兴趣,为日后投身科学事业做准备。《浪娃娃》叙述了浪娃娃在岸上的历险记,告诉孩子们海洋中的水蒸发到陆地上,又返回海洋的故事,用简明的方式阐释了海陆水循环的自然规律;《大树大树高高》叙述森林被破坏造成动物失去栖息地的故事,警醒孩子们要保护环境,保护生物多样性。而鲁兵还在此过程中充分宣传环保主义④,引导儿童尊重自然、爱护自然。

鲁兵的童话,从整体主题上看,突出"共产主义思想品德"⑤教育,主张杜绝自私自利,建立互爱互助的社会秩序。他的作品里,有在火灾中舍己救人的布娃娃,有帮助孩子采红花的好叔叔,就连在传统童话中胡作非为的狼,也是温柔地哺育孩子的母亲,有不惜献出生命挽救小姐姐的小燕子,有帮爷爷奶奶照明的小蜡烛……儿童是那么具有团结友爱的精神:蛮蛮给小金鱼们喂食;雷雷在梅梅和贝贝的提醒下改变了打鸟的爱好,与鸟儿成为挚友;芹芹帮助受伤的小哥哥,原来这位小哥哥是一只天鹅……鲁兵十分注重儿童文学的教育性,但旗帜鲜明地反对"先立主题,再去找生活,凑故事"⑥的做法,主张在正确的价值观的引导下,构建出积极的主题。

---

① 鲁兵.炉边琐语[M]//中国出版工作者协会幼儿读物研究会.幼儿文学探索.上海:少年儿童出版社,1987:88.

② 李乡浏."春好踏青来"——访儿童文学作家鲁兵[M]//李乡浏.文坛剪影.银川:甘肃少年儿童出版社,1991:101.

③ 鲁兵.教育儿童的文学[M]//鲁兵.教育儿童的文学.上海:少年儿童出版社,1992:19-20.

④ 鲁兵.人类与大自然——迫切的主题——上海儿童文学研讨会发言稿[M]//鲁兵.教育儿童的文学.上海:少年儿童出版社,1992:50.

⑤ 鲁兵.教育儿童的文学[M]//鲁兵.教育儿童的文学.上海:少年儿童出版社,1992:9.

⑥ 鲁兵.炉边琐语——和幼儿园老师谈幼儿文学创作·主题在哪里[M]//鲁兵.教育儿童的文学.上海:少年儿童出版社,1992:109.

鲁兵的一些童话也具有强烈的寓言性质。比如他用"肚子里原来是空空的"鼓,讽刺那些骄傲自满的人;用一架丝瓜身居高处就得意扬扬的样子,讽刺那些身居高位却德不配位的人;用不知葡萄是何物却一争酸甜的南山猴与北山猴,讽刺那些不懂装懂、指手画脚的人;用被问倒的知了,讽刺那些自以为是的人;用一只日行百里却只认得一盘磨子的小毛驴,讽刺那些心高气傲却不懂得珍惜人才的人;用不倒翁讽刺没有脚踏实地的人;用假装要移山的"愚汉"形象,讽刺那些装模作样却想要沽名钓誉的人;用以"书"粉饰门面的老猿,讽刺那些脱离实际的"理论家"……他的寓言简短精练,却像尖刀刺入社会的黑暗面,这些寓言式童话作品,非常具有现实性:爱攀高枝的蚂蚁、蚱蜢和蝈蝈;爱拍马屁的青蛙;骄傲大意的跳蚤;目中无人的张三和李四;趋炎附势的青蝇……鲁兵用小小的文本容纳大大的世界,使他的作品中充满了教育意义。

概而论之,鲁兵的童话中有对社会的细心考察①,有对自然的无限敬畏,也有对"利他主义"的理想化追求,展示了一个幼儿文学作家不倦地求索。自觉地进行幼儿童话诗创作,是鲁兵的一大创见。他的主要工作是编辑,这让他可以接触到大量多姿多彩的故事,也让他能够成为这些故事的加工人、装饰者、传播者。他不仅仅只是一个转述故事的传声筒,更是改造故事和讲好故事的艺术家,古老的故事,在他的笔下熠熠生辉。

鲁兵在长期的儿童文学创作中,着力于将作品体现出"浅显"又"有深度"②的平衡,基于幼儿的"心理特征"③,将诗歌的灵动和童话的梦幻结合起来,创作出大量读给幼儿听的文学读物,成为浙江幼儿文学创作的一位代表。鲁兵说:"(讲故事)既是教育,又是爱抚,两者水乳交融。"④鲁兵除了自己写作之外,还填写了大量儿童故事,流传甚广。他给予了儿童"教育儿童的文学",在儿童文学史上留下了理论和创作的双重印记。

8.2 课后阅读

① 刘绪源.鲁兵论——一个作家与一个艺术难题[J].浙江师大学报(社会科学版),1994(6):66-70.

② 鲁兵.适度·深度·广度[M]//鲁兵.教育儿童的文学.上海:少年儿童出版社,1992:145.

③ 鲁兵.幼儿特点·民族特点·时代特点——在全国第一次少数民族文字幼儿读物研讨会上的发言[M]//鲁兵.教育儿童的文学.上海:少年儿童出版社,1992:159.

④ 鲁兵.《365夜》编辑札记[M]//新闻出版署教育培训中心.成功选题策划启示录.石家庄:河北教育出版社,2001:395.

9.1 课前思考

第九章　洪汛涛的童话创作及理论实践

　　"神笔马良"是中国儿童耳熟能详的童话人物形象,而"神笔马良"的创作者,就是洪汛涛——一位出生于浙江浦江的作家。浦江也被视为"马良的故乡"。

　　洪汛涛一生致力于童话创作和童话理论研究,在童话的创作实践和理论体系架构方面都做出了独特的贡献。他的童话理论与童话创作呈现相辅相成的态势,交相辉映,互为表里。洪汛涛以《神笔马良》为代表的童话作品,都是践行其童话观的精品。他的作品意味深长,给孩子们创造了一个面向现实又充满想象的世界。

　　事实上,洪汛涛创作的童话作品远不止《神笔马良》。他写给低龄幼儿的作品,往往尊重孩子们的阅读能力,以短小的篇幅讲述与孩子们的生活密切相关的道理。《丹顶鹤和公鸡在一起》给孩子们描述生命平等的道理;同为低幼童话的《想一想》鼓励孩子们积极动脑;《假使我不是猪》教育孩子们要尊重他人的优点;《发生在早上和晚上的故事》告诉孩子们要养成早起早睡的好习惯;《羊孩子短尾巴》教给孩子们掌握知识能够帮助我们保护自己的道理;《最漂亮的鸟》讽刺骄傲自大之人;《小牛和老虎》赞美了勇于与丑恶势力作斗争的精神;《大奖章》赞美了友爱互助的精神;《不要"不要了"》提醒孩子们不能逃避问题;《路上拾到了一个女孩子》告诉孩子们不能够说谎;《双双画画》强调合作互助的理念;《美丽的小孔雀》鼓励孩子们知错就改;《庆祝元旦小小联欢会开始了》鼓励孩子们用自己的力量缓和父母之间的矛盾;《难事儿》倡导儿童舍己为人;《真真假假的童话》讲述帮扶困难同学而发生的糗事;《红皮鞋》引导孩子们帮助他人;《五个孩子比爸爸》提醒孩子们不拘泥于出身、自强自立;《去年的夏天和今年的夏天》赞美改革开放经济发展对人们生活的帮助;《小蚂蚁 Lan Lan》让孩子们学会劳动最光荣;《有一匹小白马》提醒孩子们谦虚好学;《小花兔找食物》鼓励孩子们挺身而出、勇于斗争;《半半的半个童话》要求孩子

们持之以恒。在写低幼童话之时,洪汛涛积极根据主流思想价值体系,让作品"像母亲甘甜的乳汁一样,滋润着孩子幼小的心田"①,让孩子们在简单的故事中建构起自己的价值观。

写给儿童的童话,洪汛涛会尝试着加长篇幅,加多情节,令故事更为精彩动人。而且,这些故事有着强烈的时代色彩,能够窥见当时现实的一斑。《棕猪比比》通过棕猪比比与猞猁比体型、与乌鸦比唱歌、与乌龟比赛跑、与苍蝇比整洁的故事,教育孩子们不可妄自尊大。《奇怪的医生》通过讲述强勇生病害怕求医的故事,提醒孩子们不能讳疾忌医。《三个运动员》以帮助摔倒的运动员的故事,提醒孩子们要互帮互助。《白头翁办报》告诉孩子们要说真话,不能只说漂亮话。《苍蝇的诀窍》以苍蝇艰难求生的故事宣传讲卫生、除害虫。《乌牛英雄》以乌牛失去英雄荣誉的故事提醒大家不能居功自傲。《小芝麻奇历记》从"捡了芝麻丢了西瓜"的格言入手,以一粒芝麻的口吻告诉人们哪怕小如芝麻也应当被珍惜。《涂呀涂》通过王明明在课本上涂写的故事,提醒孩子们爱惜课本,不要乱涂乱画。《神笔牛良》则是《神笔马良》的番外篇,通过牛良从偷懒到勤奋学画的故事,告诉孩子们要勤学苦练才能精进能力。《一张考卷》讽刺"交白卷"的不尊重知识的荒唐事情。《花圈雨》展示了孩子们对周总理的无限怀念之情。《夹竹桃》提醒孩子们夹竹桃有毒,提醒孩子们警惕虚伪之人。《慢慢来》讲述一个慢性子儿童改过自新的故事,让孩子们知道要及时做事。其他作品还有《狼毫笔的来历》《天鸟的孩子们》《鸟语花香》《破缸记》《请你原谅他》《"亡羊补牢"的故事》等,这些故事,虽然有时说教意味略浓,但却寓教于乐,用生动形象的故事让孩子们思考人生的道理。从低龄儿童到成长中的少年,洪汛涛都用笔来浸润他们的心田。

洪汛涛的革命传统类儿童故事,写得热血澎湃、激情洋溢,在革命浪潮的背景下,充分展示了"时代的精神"②,展现了人民心中改变现状的火种,以及因之而进行的艰苦卓绝的斗争。《西流水》描写了农民运动的火热故事,《神号》讲述的是少年红军的故事,《泥菩萨》讲述少儿智斗白军的故事,《红春树》讲述少女烈士的故事,《白鹿桥》记叙的是红军和白军在白鹿山的战役,《不灭的灯》叙述12岁的小女孩为红军打灯的故事;《红辣椒》讲述村民挂红辣椒庆祝红军吓退敌军的故事;《草鞋井》说的是10岁的小星投奔红军的故事,《八哥鸟》说的是八个少年打败白军的事迹。

---

① 洪汛涛.我学着为低幼儿童写童话[M]//洪汛涛.快乐的鸟.西安:陕西少年儿童出版社,1984:125.

② 洪汛涛.儿童·童话·童话作家[M]//洪汛涛.半半的半个童话.长沙:湖南人民出版社,1981:7.

这些故事中,主人公的革命浪漫主义精神显示得淋漓尽致,洪汛涛以笔为剑,刺向封建制度,心系以红军为代表的新兴力量。他坚信中国的历史将为人民所改写,他借一个个小小的少年的行为,展示中国底层民众的智慧与担当,展现了对祖国未来的深深期待。

在写传统民间故事改编性质的童话故事之时,洪汛涛认为"民族童话"是现代童话的"生身母亲"①,因而积极地从古书之中寻找资源,寻找并改编民间故事,好像一位老人,对着托腮倾听的孩子们,讲述很老很老的故事。《天鹅与蛤蟆》《十兄弟》《树洞里的孩子》《望夫石》……这些故事一般采取中国古典白话小说的行文方式,环环相扣,层层递进,让孩子们解开这些故事背后的谜题。他重视"童话人物的民族化"②,重视在中国的大地上寻找童话,而他的作品,就是对中国传统的致敬。

与之同时,他也为青少年们写作成长小说。《不平的舞台》就是其中的代表作。这部长篇小说中,柳青枝在摸爬滚打之下,终于成为一名成熟的越剧演员。这充满了浙江情怀的作品,是洪汛涛专门写给"青年人"③阅读的,着重写作主人公舞台上和舞台下两条线的成长过程,情绪在结尾推向高潮,展示了洪汛涛儿童小说领域的尝试。

但是,洪汛涛最为重要的作品依然是《神笔马良》。这部作品也最为直接和充分地展示了洪汛涛的童话理论。

 ## 第一节　从真实中孕育的《神笔马良》

洪汛涛祖籍甘肃敦煌,出生于浙江浦江。洪家在当地算书香门第,父母分别行医和种桑。4岁时,洪汛涛迁居杭州,但因父亲另结新欢,母亲独自将三个孩子带回浦江抚养。祖父母与母亲共同经营一个报纸分销处,小小的洪汛涛自己摸索着看报纸上的图画,也渐渐开始识字。在那时,他就想"为什么不给我们儿童办份报纸呢?"④。与此同时,在祖父无力购置的清单目录上看到了"儿童文学"作品:《爱丽丝梦游仙境》《鲁滨逊漂流记》《伊索寓言》……他一遍遍地阅读这些目录,幻想自己阅读这些书的情景。上学后,他更是如饥似渴地阅读他能够阅读的一切书籍。他喜

①　洪汛涛.儿童·童话·童话作家［M］//洪汛涛.半半的半个童话.长沙:湖南人民出版社,1981:4.

②　陈炜.浅论童话创作［J］.理论与创作,1995(3):67-51.

③　洪汛涛.不平的舞台［M］.上海:少年儿童出版社,1983:343.

④　洪汛涛.我的老师——童年散记［M］//洪汛涛.作家的童年(5).天津:新蕾出版社,1981:10.

欢听二祖父家的长工讲故事,喜欢在家乡的戏台旁看戏。1937年8月,家乡沦陷,他开始有意识地寻找民间故事。书与民间故事,从此成为他的两位启蒙老师[①]。浦江县的登高村,孕育了洪汛涛,也孕育了他的童话代表作《神笔马良》。1955年2月,半月刊《新观察》第三期刊登了童话作品《神笔马良》,署名"了的"[②],同年上映的《神笔》则大大促进了故事的传播。

洪汛涛对童话理论进行了深入研究,他主张以幻想架构童话,"幻想力,是创造力的基础。幻想是创造的开端"[③],但是这种幻想是基于现实的变形,是在现实的土壤上开出的鲜花。在当时土地改革的背景下,阶级之间呈现对立的锋芒,强调反抗权贵的精神是大势所趋。而这种影响,也深深地印刻在《神笔马良》中。

图画是洪汛涛在故事中设置的重要意象,可以说是一个主体。图画是先于文字而存在的、是更为直观生动的形式,人们通过图画感知到的信息较为全面多彩。而图画在人类发展史上具有神圣的记录意义。"图像本身即意味着事物的真实存在"[④],图画就变成了内心影像的真实表达。而图画是在运笔之间推动故事发展的良方,是一个广泛的、不定式的意象,给读者的再创作留下了广阔的空间。

"笔"不仅仅是一个"书写、绘画工具",更是一个"表达"的象征,洪汛涛就是以自己在家乡的真实经历为素材,来展示马良的生活背景。虽然这个故事发生在中国的封建社会,但是处处展现着洪讯涛对现实的关怀。"马良"是一位农家的苦孩子,他的童年经历是真实可爱的——"靠自己打柴、割草"[⑤],一个孤儿自己的生活状态,主要由劳动组成;与之对立的,是艺术欣赏。而在文中对劳动的赞颂,正是展示了当时艰苦奋斗的价值观念。"马良"作为一个贫家少年不能够买到笔,虽然有一些艺术夸张的成分,但是也符合封建时代贫苦人民没有办法表达心声的困境——在那些年月里,话语权是掌握在那些有地位有财富的人手里的。"笔"作为话语权的象征,并不能够流落民间,也就是说,民间的声音不能够被表达、被显露;民间的声音和思想,并不被政府认可。当权者掌握着"笔",就是掌握着一切价值观,甚至掌握着人民的生命;而剥夺人民的"笔",就是镇压隐藏的反抗势力。表面上,艺术只属于上层阶级的人;事实上,这是政治权力的剥夺。而这种对"笔"的象征性写

① 洪汛涛.我的老师——童年散记[M]//洪汛涛.作家的童年(5).天津:新蕾出版社,1981:115.
② 李传新.话说《神笔马良》及其版本[J].出版史料,2011(4):72-73.
③ 洪汛涛.童话大师洪汛涛论童话教育(上册)[M].上海:上海教育出版社,2014:44.
④ 马硕,张栋.神话思维的叙事转化机制探究[J].中央民族大学学报(哲学社会科学版),2020(2):169-176.
⑤ 洪汛涛.神笔马良[M].武汉:湖北儿童出版社,2016:5.

作,正是基于当时阶级对立的现实。表面上,农家儿童只是买不起"笔",更说明他们在生活中被压榨,没有表达心声的权利。这就奠定了"神笔"这一意象的合理性和象征性。而"神笔"能够在一定领域内成真,正展示了人民"欲望和想象的边界"①。

在这个故事中,"马良自学画画"正是后文的基础。而马良画画,正是基于自身生活,用树枝在沙地上画画,用草根蘸水在岩石上画画,用木炭在窑洞壁上画画……这种绘画正是基于生活现实,而这也是洪汛涛写作这部作品的写照——从身边的材料开始,用传统的、民间的素材进行加工,描写出"马良"这个形象。

"梦"是该童话中真实与幻想的交界处。洪汛涛在此的写作是精致又克制的——马良并不是在某一个晚上便得到神笔,而是心心念念了很久——他发现"在寒冷的时候,笔会给你温暖。黑夜里,笔会给你光亮"②。在这里,笔就上升为一种精神、一种信念、一种心灵的追寻、一种能够改变世界的力量。后来,在"精神恍惚"③之中,这种半病态的精神状态给予他通灵的能力,这就是柏拉图所说的"迷狂"状态,能够进行人神对话,他看到了白胡子爷爷,得到了"神笔"。这种得到,是精诚所至金石为开,而这种愿望成真,正是与后来神笔的作用相应和。愿望是基于现实的,但实现方式具有充分的神性和充分的幻想性。而这种现实通过"热烈的希望拥有实现梦想的能力",串联起整个故事的逻辑。"神笔"就是现实和幻想之间的一座桥,一座沟通现实社会与心愿表达的桥,能够交流梦幻与现实,实现两者的双向互动。

马良刚开始进行神笔绘画之时,就出现了懒惰与贪婪者,而这正形成了这篇故事的反派角色。这符合人性之恶,尤其是人对物质财富的野心,就形成了他人(主要是权贵阶层)试图夺取神笔的动机,这种符合人性贪欲的设置,就是形成故事内在逻辑的重要推动力。马良清正善良,以他坚定的意志对抗社会上的贪欲。这此消彼长或此长彼消的波动,正是这个故事的内在张力。

马良在一个市镇里卖画为生,为了"多听""多看"而改名"冯郎",这符合通缉犯流亡时低调洗白身份的做法,是基于社会现实的合理创作。而这种大隐于市的做法却被别有用心者盯上——黑心的画师觊觎他的这支"神笔"。人性是趋利的,画师没有了财主的饲养,失去了靠山,就希望将利益最大化,便想方设法要得到这支

① 秦兰珺.游戏＋时尚:虚拟时尚何以成立[J].文艺研究,2020(3):96-103.
② 洪汛涛.神笔马良[M].武汉:湖北儿童出版社,2016:29.
③ 洪汛涛.神笔马良[M].武汉:湖北儿童出版社,2016:30.

神笔。这隐身的身份与画师暗中的窥探形成了故事的隐性故事线,两个人从暗处到明处的斗争,正是我们现实生活中光明和邪恶斗争的反映,双方势均力敌,一方正直,一方邪恶,一方足智多谋,一方精于算计,这就展示了童话对现实生活的吸收和借鉴。

马良一路上遇见的那些恶人,正是现实的投射:冒充马良要取得经济政治利益的画师、在粮船上武力驱散饥民的官员、大腹便便的财主、贪得无厌的国王等。这些人物虽然被描写得比较夸张,比较漫画化,但却是历史上某些乱世统治者和贵族的群像。中国古代众多朝代,总是上演着"兴,百姓苦;亡,百姓苦"的荒诞循环,无奈又真实;但是人民却具有力量,在作品中表现为善良纯粹的小女孩、知恩图报的老爷爷,出手相救的陌生人……他们的品质熠熠生辉,陪衬马良善良的心性。

所以,《神笔马良》是洪汛涛在充分观察社会现实的基础上,在新中国成立之时,基于对中国当时社会现实与长久的历史进程的深入考察,在现实中善良与丑恶的博弈中汲取细节写出的。"神笔"象征着成真的梦想,而且是真与幻的桥梁,展示了洪汛涛在总结童话存在"异人""异物""异事""异地"①四种假定的基础上,热衷于开发幼儿及儿童、青少年的"幻想智力"②的结果,是游走于幻想与现实之间探索的结晶。就像洪汛涛所提出的那样,童话的规律是"真—假—真"③,从有目共睹的真实世界出发,以幻想进行假定的处理,却展示着真挚的情感和真实的人性。

第二节 于传统中生长的《神笔马良》

"神笔"这一意象在中国源远流长。在中国古代民间传说和文人创作的小说中就已经出现主人公"入画"以进入环境的桥段,"画"已经成为联结现实与幻想的一个工具。如《聊斋志异》中《崂山道士》一文,书生就是通过画而进入了仙境。而这给了洪汛涛再创作的土壤。

洪汛涛模糊化了这个故事的时代背景,将这个故事投掷在时间的长河之中,有着更多的可能性——就像一位说书的艺人,在讲述一个久远而精彩非常的故事。在洪汛涛看来,"历史是公正的、无情的,读者是清醒的、明智的"④。因此,虽说中国

---

① 洪汛涛.童话大师洪汛涛论童话教育(上册)[M].上海:上海教育出版社,2014:115.
② 洪汛涛.童话大师洪汛涛论童话教育(上册)[M].上海:上海教育出版社,2014:143.
③ 洪汛涛.童话大师洪汛涛论童话教育(上册)[M].上海:上海教育出版社,2014:152.
④ 洪汛涛.童话大师洪汛涛论童话教育(上册)[M].上海:上海教育出版社,2014:170.

古代的童话虽然也有糟粕,但大多数是可借鉴的、可欣赏的。他反对在童话创作中割裂传统、过分标新立异的做法,重视中国传统资源,主张作家应当在传统的基础上进行创新——"没有童话传统,就没有童话创新"①。所以,他在童话中也将传统的背景纳入其中。

首先是语言上的延续。《神笔马良》的开篇,"余生虽晚,可亦是山乡之人,从小就听说过马良的故事,十分喜爱,稍稍识字,就广为搜集、记录"②。在广为收集之中取得素材,是民间说书人常用的构思方法。在这里,洪汛涛就扮演了一个略通字句的说书人,讲述民间故事,延续了中国自宋末起话本小说的传统。后面的章回形式,也是对中国古代以《西游记》为代表的神魔小说的模仿,这种说书形式的吸纳和运用,拉近了作者与读者之间的距离,让作品具有强烈的现场感和对话感。而章节之间进行悬念设置,也是中国古代神魔小说的惯用手法。

其次是叙事的延续。《神笔马良》采取类似于《西游记》的人物历险架构故事,就像唐僧总是被妖精觊觎一样,马良一路上也遭受着这样那样的苦难,历尽了千辛万苦。《神笔马良》中的勇敢坚定的马良,是符合中国儿童理想的英雄形象,就像《西游记》中具有超凡脱俗的技艺的孙悟空,是一个为民除害的"反抗者"③形象,是让儿童心生崇敬的故事人物,构成一个"本土化"④的乡土世界,成为极富教育意义的"纯粹的精神场域"⑤。一连串惊险的冒险故事,给予听众力量和阅读欲望。

最后是选材上的致敬。洪汛涛在写作时,在社会背景设置上采用"单极化的重构"⑥。这部作品从一个平凡的人入手,继承了中国古代长篇小说中以市井生活而非宫廷生活为主要表现内容的传统。"以少胜多""以弱胜强"的价值取向,与中国古代《三国演义》的拥刘贬曹的价值倾向应合;人民对政府的敌对态度,展示了自古而来的侠义精神,与《水浒传》中对农民起义的赞颂交相呼应;而最后完美的大结局,符合人们的心理预期,给人以慰藉,与中国古代戏剧讲求圆满结局的传统相得益彰。其中对勤奋的赞叹符合中国人的传统价值观,而其中对名利的贬斥与儒家对人的要求不谋而合,其中对民众力量的阐释与中国古代君王治国之思考相和。

① 洪汛涛.童话大师洪汛涛论童话教育(上册)[M].上海:上海教育出版社,2014:172.

② 洪汛涛.神笔马良[M].武汉:湖北儿童出版社,2016:5.

③ 徐璐.神话言说的定式与演变——对国产神话动画片叙事的考察[J].南京师范大学文学院学报,2020(3):162-168.

④ 刘杰.中国动画成人化创作趋向与受众认同——以市场定位为切入[J].电影文学,2021(5):60-62.

⑤ 肖新,景一伶.从防御到进攻——动画"本土化"新论[J].电影文学,2021(20):49-54.

⑥ 王儒钰.《王佛脱险记》与《神笔马良》异域性对比[J].现代交际,2019(19):132,131.

所以,《神笔马良》是中国传统精神的一次赞颂,是洪汛涛在传统的继承之上,为中国人民写作的一部精品。

第三节　在中国大地上传播的《神笔马良》

《神笔马良》在传播上是出彩的,这在于洪汛涛给了每一个读这本书的孩子一支神笔,能够以画笔按自己的想法绘制画面,继而美梦成真。该结尾设置充分借鉴了中国古代民间故事流传成多个版本的开放式结局,每一个孩子,都希望自己能够拥有一支"神笔"。而"给孩子神笔"这一设定,让"马良"走入了孩子们的心田。"你想用神笔画什么?"这是一个基本的而充满创意的互动,洪汛涛让每一个孩子都做出不同的回答,每一代的儿童也可以做出不同的回答,这就让这部作品跨越时代与空间的界限,成为多样化的、亲近读者的读本。

《神笔马良》无疑是中国当代童话中的经典,是陪伴中国儿童成长的优秀作品。而它之所以能够得到如此的传播,主要有以下几个因素:

首先,它所传播的价值观具有普适性,为天下大众所熟识。正如李学斌所言:"它很好地承接了民间文学传统中的'惩恶扬善'的价值立场,呼应了少儿读者阅读心理中的'英雄崇拜'意识。而以这样的文学原型为框架,所塑造的马良这个理想化少年英雄形象则包含了这样一些人类文明所孜孜以求的价值元素:诚实、善良、勤劳、正直、坚韧、执着、机智、坦诚、勇敢,等等。这样的价值范式体现了特定历史时代下文学作为社会意识形态,对社会现实生活的映照和涵容。"[1]儿童倾慕于神笔马良的果敢正直,与之形成对比,对剥削百姓的势力则疾恶如仇。这种价值取向,符合人民对"善"的追求,是众人的心之所向,因而受到大众喜爱。文中展露出的对封建社会的批判,让读者更珍惜当下的幸福生活。而前代的广泛传播也让代际传承成为可能,因为马良已经成为中国的"情绪基因"[2],因而后世对《神笔马良》的再创作永无止息,各类续集和改编源源不断。

其次,《神笔马良》的传播,得益于动画片的放映。这部制作精良的作品,采用

① 李学斌.原型结构及其文学意义——洪汛涛经典童话《神笔马良》的当代解读[J].兰州学刊,2011(2):202-204.
② 丁雅力."东方神韵—中国经典美术片作品及文献展"策展手记[J].美术观察,2021(4):34-35.

“偶动画”[1]这一发展自中国古代木偶戏的形式呈现，黏土、剪纸、沙土、针幕等立体综合材料都成为动画创作的实验媒介，让木偶制作的“人物”和“景物”化静为动，栩栩如生，以民族的形式展示民族的画卷，并以戏曲音乐加以陪衬，烘托气氛。因此，现代技术让视觉艺术的再创作成为可能，儿童能够直观地感受到神笔马良的种种英雄之举，能够在动画片的欣赏之中感知马良的良好品质，继而得到心灵的净化。动画《神笔马良》是当时中国动画电影的代表作，在海内外屡屡获奖[2]，捷报频传，它与《猪八戒吃西瓜》等作品一道，成为颇具时代印记的动画精品，被认为是中国动画“中国学派”的开山之作[3]。它依托传统中国价值取向，“文化的内核已然内化为国人的一种集体无意识，其强盛的生命力使之具有天然的广告效应”[4]，而“集体观影”的互动性、群体性活动，也帮助儿童加强对角色的认知。

最后，《神笔马良》被选入教材助益其广泛传播。它至今依然是小学和初中语文课本中的“常住人口”。其中统编二年级下册“快乐读书吧”，编者选择了《神笔马良》等有趣的儿童故事书推荐给学生，并给予适度的阅读方法指导：学会阅读书本的目录，关注课文主要描写了什么。这种与阅读指导相结合的教学模式，深深地影响了儿童的阅读认知，可以“激活认知”[5]，激发阅读兴趣，进而为更深入的阅读做准备。《神笔马良》也成为儿童课外绘本阅读训练的重要材料，是国产绘本中极受欢迎的一本，成为许多儿童“最喜欢”[6]的绘本类书籍，成为当下儿童自主阅读的目标读物。

概而论之，洪汛涛以浦江的世俗人文加以幻想的调配，在民间故事的模式之下写作了一篇传世之作，深受广大读者喜爱。

9.2 课后阅读

① 偶动画是指将纸、黏土、木材或混合材料制成角色模型后，根据故事情节和内、外部规定情境进行角色的表情、动作设计，通过逐格摆拍方式制作的动画艺术样式。参见：宋建文，罗江林，王博，等.基于故事情景链语法的偶动画短片分析与建模[J].浙江大学学报（理学版），2020(5)：284-296.

② 如：1956 年 8 月意大利第八届威尼斯国际儿童电影节获儿童文娱片一等奖，1967 年在叙利亚、南斯拉夫，波兰、加拿大连续四次获奖。1957 年获文化部优秀美术片一等奖。

③ 刘彦婷.浅谈国产动画片中的戏曲元素[J].中国电视，2015(11)：63-67.

④ 徐燕.论儿童动画电影创作的叙事伦理建构[J].电影新作，2020(1)：54-61.

⑤ 孙国平.统编语文教材阅读拓展版块的认知与实践[J].教学与管理，2020(4)：43-46.

⑥ 聂槃.《美术观察》“儿童绘本阅读调查问卷”分析报告[J].美术观察，2020(6)：28-32.

10.1 课前思考

叶永烈"筛滤"与科学文艺创作

在中国科幻文学史上,叶永烈无疑是一个绕不开的人物,他以科学的思维与文学的浪漫,编织了儿童文学史上的绚丽锦绣。

叶永烈擅于构想,勤于笔耕,乐于分享。理工科的专业背景,让他能够把握事物背后的那个"为什么",能够去探寻每一个现象背后的科学原理,能够让作品闪烁着理性的光辉;对历史的好奇,让他以调查记者的视角去探求历史故事的来龙去脉,用严谨的思维,写下印刻在时间之中的文字,留下了中国历史车轮中的深深车辙;对文学的追求,又让他飞扬想象;基于对世界的理性判断,他构建未来,关心下一代,他笔下的世界,也正慢慢变成现实。站在时代的节点上,他栉风沐雨,回顾来路之坎坷曲折,眺望未来之活力盎然。他是一个记录者,也是一个预言家,他以理性为经,感性为纬,定位那一个个人与世界的点。

第一节 未来观指引下的长篇科幻小说

《小灵通漫游未来》是叶永烈的代表作,也是他科幻作品的重要尝试。《小灵通漫游未来》采用游记的方式,书写了"小灵通"来到"未来城"的所见所思。在"未来城","小灵通"作为一名记者经历了各种不可思议之事。全书为漫游奇境类儿童文学作品,一个小记者抵达"未来市"又返回,形成一个闭环,满足了故事自洽的逻辑。这是青年作家对自己"记者"梦想的回溯,也展示了蓬勃的生命力和想象力。

叶永烈读小学一年级之时,曾经"作文"与"读书"的成绩不及格。11岁那年,一篇发表在《浙南周报》(《温州日报》前身)上的小诗让他爱上了文学创作,拿到稿费

的他当上了学校少先队的宣传委员,也积极投身于各类文学创作之中。

1977年10月,上海少年儿童出版社曾经邀请叶永烈给小学生上过一堂名为"展望2000年"的科学知识课。此后,他便不断收到以2000年为主题的讲座邀约,"这是因为大家都知道祖国的未来是美好的,但很想具体地知道未来是怎样美好"①。他以自己的创作构建了理想的"未来"。他在1961年创作了《小灵通漫游未来》,此作品在1978年出版后引起了轰动,开启了中国新时代的科普,发行量超过一亿。彼时喜爱文学的化学系学生叶永烈,完成了他的第一部代表作《十万个为什么》,年轻气盛的他在书中承担了三百多个词条的撰写,在此过程中通过阅读北大图书馆的书籍,他学习了很多知识。《十万个为什么》成为少年儿童重要的科普读物,铸就了青年的"知识之墙",来自家乡的《温州日报》也连载了此套丛书。他在写作的过程中,也学会了面对儿童读者。从小就热爱写作的叶永烈,不满足于文学性不足的科普写作,他创作了《小灵通漫游未来》,展示了他文艺作品科学教育之外的辅助读物的科幻观,继承了"凡尔纳时代"②的科幻文学传统。

叶永烈努力打破"科幻小说"作为"科普作品"的延伸品的局限,不再让科幻作品仅仅成为车间、教室等地的宣教作品,而是街头巷尾、深入生活的作品。"建立在1959年总结的科技成果上,只不过时变势易,'旧事'被灌入了新的能量。"③叶永烈对未来的想象,充满了创意性和浪漫主义,迎合了"在改革开放之初人们对于'四个现代化'的热情"④,是一种建立在工业化推进的背景上,对重工业制造的一次非凡想象,既符合常识逻辑,又具有理想化色彩。用今天的透视镜来看,叶永烈是一个绝好的"预言家"。叶永烈基于当时的社会现实播下了种子,随着时间的推移,种子在今天开了花。小说中"原子能气垫船"紧扣当时核工业发展热潮,运用的是当时时兴的材料——钛,且在原理上类似于今天的"磁悬浮列车";"电视手表"能够以数字展示时间,正是现在的电子表;"无轮列车"("飘行车")原理类似于喷气式飞机;"铁蛋"机器人能下棋、能倒茶,也创造性地体现了人工智能在随机性上的局限性;"有机玻璃"如今已经出现在现实的生活中;"人造器官"是当时"人工肾"技术的延展,医疗技术也在如火如荼地发展;"塑料世界"也已经出现;"转基因食品"在生活

① 叶永烈.《小灵通漫游未来》创作历程[M]//叶永烈.小灵通漫游未来.武汉:湖北少年儿童出版社,2006:357.
② 王洁.中国科幻文学的发展历程及三大走向[J].江西社会科学,2018(7):99-107.
③ 李静.制造"未来":论历史转折中的《小灵通漫游未来》[J].文艺理论与批评,2018(6):46-62.
④ 张泰旗,李广益."现代化"的憧憬与焦虑:"黄金时代"中国科幻想象的展开[J].文艺理论与批评,2018(6):46-62.

中屡见不鲜;"环幕立体电影"也遍地开花;而"人造太阳"也是当时传说中的科学工程;"写话机"是今天的语音文字转换系统;"白昼电影"式的教育可以类比今天的线上教育;"人工降雨"也已经成为现实;"人造食品"也走入了千家万户,"农产品工业化"也已经成为现实;"电子书"成为人们阅读的伙伴。叶永烈的作品受到了人民大众的欢迎,这些奇思妙想编织了知识精英基于社会现实,在体验生活的基础上对未来民众生活的想象,其建构的世界兼具合理性和创造性。

叶永烈对"未来"的建构,是"现代化开始时人们对科学技术和科学理性以及工业化大生产的崇拜"[①],人们在日常生活中汲取想象,这些有趣的未来设定,"是人们对当下无法实现的愿望的投射"[②],是作者现实生活感受的延展。这些想象,有着一个科学青年的严谨,也有着文学青年的奇思妙想。

而为了与时俱进,叶永烈还续写了《小灵通再游未来》和《小灵通三游未来》,分别在1986年和2000年出版。这两本书中,他弥补了在初本中没有写电脑和克隆技术的遗憾。叶永烈在后两本里更多地展示了在技术指引下人的生活的忧思。

第二次游"未来市",叶永烈重点展示了人工智能影响下机械介入生活的状态。除了在已有的想象上施展一些加工,如将"飘行车"改装为更先进的"五用车",将"全息荧幕"改装成"立体电视"以外,文中也出现了"声音锁""电子报纸""立等可取制衣机""单细胞繁殖""转基因食品""视频电话""机器作诗""修理电器机器人""空中飞艇少年宫""溜滑剂""电脑大夫""病人机器人""冬眠激素""环保车间""智能历史博物馆"等。相较于第一本,第二本《小灵通再游未来》在延续第一本的叙述模式、补充第一本的创意的基础上,对城市整体进行了更高级的构想。相对于第一本中对人衣食住行的深切关照,第二本呈现出对人类文明的深切思索,对人的社会性性质进行反思和回望,体现了大局观。虽然是从日常琐事起笔,但叶永烈的文学叙述展示出其对人类历史和未来的观察,以小见大。他关心"人"的形态以及人群的相互关系与组织形态[③],以人而非技术为核心架构未来城的描写。他的未来市空间以人工智能为基点,"机器"参与到人的生活之中,从针对未成年人的"少年宫"到针对病人的"智能医院",从机械制造到残余回收,叶永烈是一个非常称职的城市规划师。尤其是叶永烈对废物利用的设计,基于整个生态系统的循环,展示了将机器以更高级的形式"回到自然"的诉求,展示了环保主义的价值观,也展示了可持续发

① 杨晨."未来"想象的嬗变——《小灵通漫游未来》与《三体》中未来想象的比较[J].语文教学通讯,2020(8):86-88。
② 郁喆隽.未来焦虑与历史意识[J].书城,2020(2):5-12.
③ 李静.制造"未来":论历史转折中的《小灵通漫游未来》[J].文艺理论与批评,2008(6):46-62.

展的先进理念,也是对人与自然关系的进一步探索。……在帮助人的生活的同时,也有其不及之处——它对人的学习依旧不够,它作的诗十分粗糙,容易被"退稿",作者可谓十分有先见之明,反思了机械飞速发展时"机器是否能够全然取代人类"的命题。

第三次游"未来市",叶永烈继续展示了他的才华——"直呼电话""智能大哥大""记忆移植术""机器理发店""穿梭机机场""未来号空间站""太空游泳池""家庭办公""缩睡椅""克隆研究所"……如果说第二本是对地球的概览,那么第三本则是对宇宙的探索。第三本不仅符合当时航天工程飞速发展的背景,也延展了科幻文学的空间。更为可贵的是叶永烈对社会问题的反思,科技进步引发"克隆"的伦理问题,引发"人口老龄化"的问题,这些未来亟待解决的问题增强了作品的人文色彩。这部作品对科技与人类社会的变化进行了思索,在千禧之年,为未来铺开了一张问卷。

叶永烈的这部作品具有以梦幻架构文章叙事的"元科幻"①(metascience fiction),将"未来观"上升到哲学的高度,"让未来告诉历史"②,将未来引入当下,提醒人们不放弃希望,以现实的行动耕耘未来。这种现实主义的未来观寄托了叶永烈对后代的叮咛——脚踏实地,实现理想。

 ## 第二节　基于社会洞察的讽刺童话

叶永烈一生热爱旅行,他自称,他上高中之前从来没有出过温州,直到考上北京大学,远赴千里求学。小时候的他,很羡慕经常去上海出差的爸爸。爸爸开玩笑似地将他取名为"溜溜"。成年后的叶永烈也一直保持着旅行的习惯,一直时刻牢记自己身为作家的使命,写了二十多卷游记,写成了"叶永烈看世界"系列,成为游记文学中的重要作品。

叶永烈笔下的"小溜溜",正是作家自己童年的缩影——他渴望远方,渴望出差,渴望像爸爸——"大溜溜"一样去别的地方看看。于是,他给自己贴上了邮票,开始了旅程。

《"小溜溜"溜了》在叙事模式上可以说是《小灵通漫游未来》"离家—回家"模式

---

① 王瑶.从"小太阳"到"中国太阳"——当代中国科幻中的乌托邦时空体[J].中国现代文学研究丛刊,2017(4):20-34.

② 叶永烈.小灵通漫游未来[M].武汉:湖北少年儿童出版社,2006:343.

的延伸,如果说"小灵通"只是在时间向度上反复去同一个地方来完成他的旅行的话,那么"小溜溜"就是从空间上去多个地方进行旅行。"小溜溜"就像一部全息照相机,记录下旅途中发生的一切,而书中所构想的故事,也一个接着一个,展示了叶永烈非凡的想象力,但在幽默中又不失教育意义,有着很强的可读性。"小溜溜"的历险其实装载着叶永烈对世界不良之处的深切叩问,每一个"市"都是某一个社会问题的集中体现。例如,"随便市"里的所有人都是"随便"的,导致了城市日常秩序的瘫痪。叶永烈细节描写的功力更是了得:

> 　　小溜溜看到来来往往的人,发觉他们也都很随便:有的人头上戴草帽,脚上穿棉鞋;有的人衣服反着穿,里子朝外。有的人的上衣第三颗纽扣扣在第一个纽扣眼儿里,衣襟一边高一边低;有的男人留着比女人还长的头发,还烫上一个又一个"卷儿",甚至穿着高跟鞋——反正"随便"!①

　　故事开头的第一个游览地点,就充满了 20 世纪 80 年代的气息,在解放思想的前提下,人们开始追求自由和个性。但自由真的是无限的吗? 个性真的可以无止境地张扬吗?"绝对自由"带来的混乱和无序被呈现在这座城市里,因为"随便",衣食住行全部毫无效率和质量可言。而"随便"又是人们生活中常用的口头语,这便讽刺了人们无视规矩、放弃选择的作为,让人不禁想起胡适对"差不多先生"的讽刺。正是因为没有规矩的规整,人的生活变成了一团糟,变得滑稽可笑。而因为"随便",没有规矩的世界乱成了一锅粥,让人啼笑皆非又深感无奈。叶永烈正是通过这样夸张的笔法,让孩子们守规矩、讲道理,更进一步,建立科学严谨的生活习惯。从这一个侧面,就展示了叶永烈对当下的思忖:一方面,人们在国际化的潮流下开始接触新鲜的事物,敢于打破常规;另一方面,规则是社会运行的必要条件,如何找到这两者之间的平衡? 叶永烈像一个社会学家一样将问题抛了出来。

　　再如第二市"巧克力市",因为上天赐予的源源不断的糖和巧克力,所有人都过上了好逸恶劳的生活,成为无所事事的胖子。这个片段不仅教育孩子们不能贪吃,甜食是健康的杀手,还提醒孩子们注意应该如何看待命运和天赋,如何适应自己的环境,当身处顺境之时,是否应当建立一定的危机意识,居安思危,方能有所成就。无独有偶,"邮票市"的描写也阐明了这一道理:"太多了,难道就要扔掉? 我们'邮

① 叶永烈."小溜溜"溜了[M].北京:人民文学出版社,2007:12-13.

票市'的居民,谁都有成千上万张邮票,可是谁也不把邮票扔掉!"[1]面对上天的馈赠,面对命运的顺流,人应当心存珍惜和感激,不能铺张浪费;这正是 20 世纪 80 年代经济飞速发展带来物质财富的同时,对人行为的一种劝诫。

"玩儿市"基于儿童爱玩的本性,让孩子们看到过度娱乐身心俱疲的灾难性后果,提醒孩子们节制、劳逸结合。在娱乐业迅猛发展的社会背景下,叶永烈在写作的过程中形成了对"玩物丧志"的进一步思考,认为:娱乐意味着体力和精神的消耗,应当适度。

"啰嗦市"是叶永烈对当时一些形式主义的现象加以讽刺,尤其对喜欢长篇大论又言不及义的知识分子进行了嘲讽。例如,打电话打三天三夜,一天的《啰嗦日报》有几百页,一本《啰嗦》月刊杂志要装一个车厢……叶永烈毫不留情地讽刺了繁文缛节对资源的极大浪费,又展示了人在此种环境下毫无工作效率的状态,提醒孩子们简洁行事。"昔另市"展示了不规范使用汉语拼音与文字的后果,提醒孩子们认真学习并正确运用语言文字,正响应了当时"说普通话,写规范字"的号召;"急急市"呈现了焦急行事的后果,提醒孩子们做事要踏实,否则容易急中出错;"悠悠市"则展示了节奏过慢带来的毁灭性后果,提醒孩子们要珍惜时间;"懒人城"展示了慵懒怠慢的后果,提醒孩子们勤学苦练;"胆小城"展示了因为瞻前顾后导致的故步自封,提醒孩子们积极探索、勇往直前……通过夸张和反讽的手法,叶永烈将当下环境中的阴暗面扩大化,经过推理展现在孩子们面前,充满了对人性的沉思。

第三节 "独生子女问题"的科幻式阐释

叶永烈的《哭鼻子大王》是他创作的一部非常重要的长篇童话,在独生子女人数增多的前提下,如何避免宠坏孩子是十分重要的课题。

同当时一些同题材作品一样,这篇童话也是讲述一个坏孩子"改邪归正"的成长故事,但是叶永烈的独到之处在于将"父母宠爱"与现代科学技术有机融合,让童话呈现有别于儿童先进事迹报告的文学特性。

如何塑造"类人"的机器人,是一个难题,如果太过"人化"则缺少了机器的严谨客观;如果太过"机械化",则缺少了人的温情。而叶永烈让这种温情恰到好处。他笔下的机器人就像一个忠实的仆人,认真地执行着主人发布的任务。主人公小丢丢作为独生子,因为不服间接要求式机器人"铁蛋"的管教,小丢丢大哭冲走了"铁

---

① 叶永烈."小溜溜"溜了[M].北京:人民文学出版社,2007:43.

蛋",买了对他百依百顺的机器人"小玲玲"。小丢丢因为过惯了衣来伸手饭来张口的生活,几乎毫无自理能力。最终,他在参观了"名人机器人",听了各位科学家的故事之后,成为一名乐于助人的勤奋好学的学生。

这部作品的第二大创新点是对"哭鼻子大王"爱哭这一特点的渲染。他第一次哭,让托儿所水漫金山;第二次哭,家中大水泛滥,因此为了让他不要哭,不得不派消防队的机器人来监督他。但到最后,小丢丢居然用泪水扑灭了大火,"哭"这一行为由灾难转向救赎,而这更是小丢丢心灵的救赎。

"小丢丢"是叶永烈塑造得非常成功的形象,他任性、慵懒、淘气、不拘小节,又好奇、知错能改,这一丰满人物的塑造,让整本书显得立体可感。

叶永烈这种将技术介入儿童生活,又以儿童生活为蓝本的写作风格,丰富了儿童文学的写作范畴。叶永烈毕生致力于科普工作,促进了科学技术知识的传播[①],他致力于将科学讲述给孩子们。他能够将枯燥的知识讲述成完整的故事,将故事讲述成活灵活现的世界,让儿童徜徉其中,欣赏科学的花朵,吮吸知识的花蜜。叶永烈从一开始写作《碳的一家》时,就已经致力于科学普及工作,而在《十万个为什么》中将其发扬。这部作品中的问题,是从各地中小学和少年宫的孩子们那里征集来的。[②]《十万个为什么》成为中国的一本家庭必备书目,也成为一个科学普及的品牌。针对接受能力较高的年轻群体,叶永烈通过科普宣传活动,"能够让更多的年轻群体,深入了解日常生活中的科学知识,从而提高科学文化素养"[③],让年轻人与科学更进一步,从而实现科技强国的目的。

叶永烈的一些科普作品,虽然文学色彩并不浓郁,但是却展示了一位长者对孩子们的叮咛,如《一百个科学家的故事》,以纪实的手法,分享一个个重要科学家的小故事,又将那些孩子们难以理解的知识点以平易近人的方式进行叙述,让孩子们感受科学家的探索精神,激发孩子们对科学的兴趣;再如《有趣的化学》,讲述化学元素的故事,让孩子们了解化学元素发现的过程,仿佛一部给孩子们写的化学史,娓娓道来,不胜有趣。

叶永烈文学性比较强的科普作品,在于科普童话。叶永烈的科学童话在他的童话创作中非常可观。这些故事虽然篇幅不长,但是却个个"麻雀虽小,五脏俱全"。叶永烈并没有因为科学知识而忽略故事的讲述,相反,他将知识巧妙地穿插

① 苏青.科学文艺一线牵创作出版结良缘——叶永烈与科普出版社两代编辑的情缘[J].今日科苑,2020(5):87-88.

② 唐兵.《十万个为什么》经典是怎样炼成的[J].编辑学刊,2008(6):40-46.

③ 王悦朱.叶永烈对我国现阶段科技传播的影响研究[J].大众标准化,2020(23):100-101.

入故事之中,让孩子们领悟科学知识。

这种方式,主要是平衡—打破平衡—平衡的叙述模式,一般来说是讲述某几个不同事物之间的争斗,在争斗的过程中熟悉各自的属性,并在最后认可属性,明白事物的特征和价值。如《圆圆和方方》是叶永烈在注意到"孩子们经常接触圆的东西、方的东西,可是对圆和方的知识并不了解"[①]的背景下,教育孩子们认知形状的科学童话。故事以圆圆和方方不服气对方起笔,写出方圆各有所长以及在生活中的用途,让孩子们清晰地认知到工业设计中形状的重要性。再如发表于 1962 年儿童节前夕的科学童话处女作《借尾巴》是让孩子们了解生物尾巴用途的童话,从小兔子嫌弃自己的尾巴入手,在寻找尾巴的过程中才发现大家的尾巴都有很大的用途,才知道人人各有所长。《高个儿和矮个儿》叙述刺猬和长颈鹿在比赛中不分胜负的故事,提醒孩子们尊重特性;《"天晓得"的牙科医师》讲啄木鸟不懂装懂给各位鸟儿换嘴巴的故事,通过动物们的愤怒来展示各种动物的嘴巴都有各自的用途;《动物园里争"十佳"》是以动物园开大会选举的故事,介绍各种动物的习性,并告诉孩子们要谦虚为人;《换嘴巴》以仙鹤与燕子换嘴巴的故事,提醒人们各有各的优点……同类的故事还有文具在作家获奖之时摆弄功绩、春天来了万物争春、数学之家成员的对话、关于"0"的争论、电器争高低、古塔和电视塔争锋等,尽管包装多样,都可以被视为宣扬万物皆不同且万物皆有其价值的作品。这些故事以开拓儿童认知为重心,在叙事的过程中兼带说明和状物描写。"各有各的特色"也是叶永烈所传达的核心价值观——就像每一个物品都有它的价值那样,每一个人都有自己的价值,都能够展现出自己的能力。而这正是叶永烈在童话中希望孩子们做到的:认识你自己,树立自信,发挥所长,实现自己的独特人生价值。

叶永烈的另一部分科学童话,创作于"文化大革命"期间,主要描写工业革命的成果,表达人们对新技术、新发明的欢迎与喜爱,如《烟囱剪辫子》讲述煤烟净化的过程,体现了人民对环保事业的忠心耿耿;《在马路下面》展示北京地铁建设的图景;《看大鲸鱼去》是歌颂我国渔业进步的作品,以鲸鱼捕捞技术的革新代表中国渔业的迅猛发展;《万吨轮装鼻子》讲述船只的机械构造;《羊毛新传》讲述纺织技术的突变;《铁马飞奔》赞美中国铁路交通的迅猛前进,此类童话还有《氧气炼钢忙》《银珠闪闪》《绿色的宝》《夜海银灯》《赛刀记》等多篇。这些童话,是时代的见证,也是人民劳动成果的报告,展示了人们对工业化时代的无限向往和对此做出的巨大努力,形象化地展现了人民群众的力量。在当时,叶永烈被下放到农村,实地考察了

---

① 叶永烈.圆圆和方方[M].北京:人民文学出版社,2007:3.

农民的生产生活,这给他的写作带来了第一手材料,让他能够以农村题材创作童话,以农业知识为主体,以农业技术提升为主要内容,展现农民们的小发明小创造,大到"油轮""矿井""地铁""塑料温室""电子大算盘",小到"地震报警器""新农药""海带种植场""室外养蚕""人造地球卫星",每一种小发明都为生活增添光彩。而叶永烈选择以儿童、植物或小动物的视角来叙述,一般会突出"新生活"与"旧生活"之间的鲜明对比,以此歌颂伟大的科技进步。

叶永烈另一富有特点的童话是"侦探类"科普童话,代表作有《奇怪的病号》(原名《来历不明的病人》,曾被改编为动画片),是讲一只小青虫进了益虫医院,一边拼命隐藏自己的身份,一边好奇地看着里面益虫的治病过程,而啄木鸟医生、燕子护士通过蛛丝马迹看穿了小青虫"菜粉蝶"的身份,并将其消灭的故事。这个故事融孩子们喜欢的警匪故事与科学知识为一体,其中对医院的描写仿佛一帧一帧地放映电影,十分细致入微,而一些细节的设计也颇为巧妙,如下面这张益虫医院菜单——

益虫医院菜单
荤菜
鲜苍蝇 鲜蚊子 炸蚱蜢 腌蝼蛄 活稻飞虱 清蒸稻苞虫 活稻叶蝉
糖醋螟虫 炒棉蚜 凉拌红铃虫 红烧棉铃虫 砂锅地老虎 粘虫丸子
油氽卷叶 虫煎食心虫 粉蒸盲椿象 烤金龟 煎松毛虫面 拖天牛
青蝇羹
素菜
鲜花蜜 花粉糕 生炒水草 露水清汤

这是一份充满生活情趣的菜单,不但列了很多害虫,把前文提到的青蛙、蜜蜂等的吃食全部罗列于上,而且巧妙地给这些菜以崭新的做法。而小青虫爱吃青菜的习性,也在这份菜单面前露了馅。这种推理解密类型的童话故事,不但能够引发读者的好奇心,锻炼小读者的理性思维,而且能让小读者们对科学探索过程产生兴趣:科学研究,就是发现问题、通过实践来寻找解决问题的途径,继而解决问题的过程,这让孩子们体验到如同科学小发现一般的快感,让他们做了一回"小侦探",为以后成为"大科学家"做准备。

还有一类科学童话,从一个生活的横切面入手,剖析其原理,这种横切面,一般是一个生活的小细节或者一个生产的环节,抑或是自然界中某一个有趣的自然现

象等。叶永烈善于先将这件"怪事"进行描写，提出"为什么"，再去解答这个"为什么"。这种架构方法，类似于他早年编写《十万个为什么》时的思维过程，而这可以被视为故事版的"十万个为什么"，更活泼、更亲切，就像一个充满智慧的爷爷，在给孩子们讲述大自然的奥秘。如《白色的乌龟》以一只死活不松口的乌龟为切入，最后才解开谜底：这是一只画在同学背上的乌龟，让人恍然大悟又忍俊不禁。再如《召开群英会之前》以"寻找吃住的地方"为主要问题，结尾才知是给建筑物们开会，所以应该开"电话会议"，脑洞大开。另如《同病相连》从一个错别字入手，来吸引读者阅读，读到最后才知道这病是"说话不算话"的"通病"。此类童话还有以"猫咪为什么不能刮胡子"为核心的《小猫刮胡子》等。

与之相对的，有一类"怎么办"类型的童话，先让主人公遇到问题，再以科学的手段解决这个问题，这可以被视为"为什么"类型科学童话的延伸版。此类童话以事情发展顺序为主要线索，一气呵成。如《小黑过冬记》中，小黑非常怕冷，那么"如何过冬"就成为亟待解决的问题。后来"小黑"被送进发电厂的废水池，那里特别温暖，他就能顺利过冬了。还有比如《分身术》以眼镜蛇干扰森林王国为契机，引出蚯蚓用"分身术"打败眼镜蛇的故事，让人读得大呼过瘾。

另有一种"自述"式的科学童话，以主人公自己介绍自己的用途、性能为主要内容，可以被视为简化版的"和谐共处"型童话，如《小泡泡》就是介绍泡沫塑料的用途的作品。此类作品还有《光荣的石油一家》等其他以事物自述贯穿全文的作品。

除了科学童话之外，叶永烈还精简笔墨，写下了不少"科学寓言"。它们短小精悍，但是通过某一个科学知识，来讲述人生道理。例如通过香烟和蜡烛的对比，提醒人们要多做有益于人民的好事；通过电视剪了"辫子"屏幕就一片模糊，提醒人们要独立自主；通过气垫船因为发动机不动了就停止前进，提醒人们要谦逊；通过"老虎在非极端条件下不吃人"的例子，提醒人们要注意调查研究；通过风向标和指南针的对话，证明坚毅品格的重要性；通过二分钱的邮票"逃跑"的故事，证明人需要内外兼修；以癞蛤蟆帮助捉害虫的故事，提醒人不可貌相；通过照相机与画家的对白，说明不能依赖技术；通过调查老鹰的病因，得出"万物都有联系"；通过蜜蜂"收彩礼"风儿无私传粉，提醒人们关注那些不张扬且默默奉献之人……与其他寓言作家不同的是，叶永烈非常注意科技意象的加入，如人造地球卫星是"高瞻远瞩"的代表、电子表代表着人类应当接纳的新事物、以汽车的语言代表事物的小秘密，以电瓶车要充电提醒人们要学习。这不得不说是叶永烈的独到之处：这些新事物被他纳入古老的文体之中，讲述"人与自然和谐相处""要多说多问""要有大局观"等被人们所认同的古老的人生哲理，有着新瓶旧酒之美意。

叶永烈无疑是科普文学史上的一个标杆,他的科学童话和科幻小说兼具文学性和科学性,在 20 世纪 80 年代与同期作者一起构建了中国科幻史上的"黄金年代"①。他于 2000 年当选为世界科幻小说协会(WSF)唯一的亚洲地区的理事,叶永烈使中国科幻小说第一次走向了世界。他对未来世界"乌托邦"②一般的描绘,架起了过去、现在和未来的桥梁,引领儿童在学习科学技术的同时增强人文素养,为祖国的繁荣强大贡献自己独特的力量。

10.2 课后阅读

---

① 李广益.史料学视野中的中国科幻研究[J].清华大学学报(哲学社会科学版),2015(4):131-141.

② 韩松.时间旅行中的乌托邦与反乌托邦[J].中国比较文学,2013(4):36-37.

第十章

叶永烈「筛滤」与科学文艺创作

11.1 课前思考

第十一章

简平：从童年到青春的分级书写

　　简平是活跃于 20 世纪末至今的儿童文学作家，他的创作情感真挚、语言细腻，感动了众多儿童。简平丰富的人生阅历，让他在儿童文学创作之时拥有独一无二的素材。他的文字深入生活的每一个角落。他的文字，如流水一般澄澈明净，涓涓细流洗濯着成长的每一道伤痛，折射着尘世的每一缕阳光。他是一个情绪的猎手，精准地描写每一个人物的内心；他是一个社会的守夜人，洞察着人间疾苦、离合悲欢；他又是一个温柔的面点师，将这些故事制作成最可口的蛋糕甜点，给孩子们献上最真挚的礼物，唇齿留香。他拥有诸多荣誉，荣膺"上海市第五届德艺双馨文艺工作者"称号，作品荣获第 8 届冰心儿童图书奖大奖、第 13 届陈伯吹儿童文学奖大奖、第 24 届陈伯吹儿童文学奖特别奖、第 33 届陈伯吹国际儿童文学奖、"巨人"中长篇儿童文学奖、全国优秀少儿图书奖、首届东吴文学奖、桂冠图书奖、上海图书奖、上海市文艺创作优秀成果奖、上海幼儿文学奖、第 14 届浙江省"五个一工程"奖、首届上海国际童书展"中国原创童书奖"评委会大奖、读者大奖等。他勤恳地用笔捕捉生活的点滴，给幼儿以幽默，给儿童以思索，给少年以成长。

第一节　儿童书写：情思悠悠

　　回溯简平的履历，可以读见一个文学青年孜孜不倦，百转千回，最终踏入梦想的文学殿堂的故事。简平原名胡建平，浙江奉化人。他早年经历丰富，读过技校，做过木工，做过记者，做过教师，做过编导，这些都成为他写作的不竭源泉之一。简平十分擅于处理日常素材，因而他的儿童散文情思袅袅，让人感佩动容。

从回忆录《蝉声渐去》中,我们可以看到简平坎坷的旅程。他用细腻的笔调深情婉约地回忆着他的人生故事,每一笔都浸染着淡淡的愁绪和浅浅的欣悦。他在浙江读完小学,后到上海交大附中读书,老家奉化童年时代南国的吆喝声、甜酒酿的味道,成为他久久不能忘却的回忆;一本《汤头歌诀》,存留着父亲的记忆;一本《白轮船》,点亮了他的文学梦;一件书衣,装载着沉重的往事;一趟慢车,承运着轻盈的希冀;一张藏书票,蕴藏着无限的想象力……他笔下的事物似乎都不起眼,却像毛茸茸的棉球一样安抚人的心灵,同时又挠几下痒痒;他的故事似乎并不稀奇,却饱含一位走过半生的作家对自身的反省,对人生的体察。他对一花一草投以关怀的目光,对雨季的凉棚细细书写,对树上的鸟儿爱护万千——他对这个世界的体验,除却艺术家的敏感之外,还有着一种向死而生的豁达。

《蝉声渐去》是一本简平在2019年出版的作品,他在几年前经历了一场人生劫难——2011年正值壮年的他被确诊为胃癌。癌症的侵扰和抑郁症的折磨,让他几乎丧失活下去的勇气。而此时,一份儿童文学的出版合同,让他重拾儿童文学的梦想。在文字的召唤之下,他重新拾起了笔。他对每一个弱小生命的关怀,透露着自己珍惜当下、珍惜万物的生命观。他看似随意的闲笔,却充溢着淡淡的哲思;他生活中阅读的书籍,邂逅的风景,收到的信札,都成为生命的馈赠;他以静谧安然的心态去对待,以温柔的心感知一切,一场音乐会、一首歌曲、一句孩童的言语、一格随意的窗景,就像制作一份礼轻情意重的礼物——献给世界的礼物。

简平最出名的作品,当属他被收入六年级下学期课本的儿童散文《一树清辉》。它是儿童系列散文《为少年轻唱》的第一篇。这篇散文不长,写下了儿童等待家长开完家长会回来的焦虑心情,表达了一个少年对理解和尊重的呼唤:

> 夜幕垂下后又要开家长会。大人们的聚会总是放在夜幕后边。
>
> 这时候的我们注定是被拒绝的。于是,我们躲在大树下,看自己的家长一个个走来。他们的脚步一样的匆匆,他们的脸色一样的严肃,分不清谁是谁的爸,谁是谁的妈。我们指点着,说笑着。这时,他们走进了教室,刹那间,刺眼的白光照彻了他们心中的不安和尴尬。

先用景物描写来烘托氛围,儿童明白,来开家长会的家长们也是惴惴不安的。接着"我们"想象老师在家长会上说的情形。老师总是会放大孩子们的错误,这是儿童们共同的感觉。"我们"感到无比委屈、伤感。

现在，老师翻着厚厚的记事本，我们一个学期的错误将在这时一笔清算。爸爸妈妈们终将抬不起头来。可为什么呢，过一会儿，他们会一个个拥到老师的跟前，争着说自家的孩子不争气，还搜肠刮肚地把洗坏了几只碗的小事儿也抖出来。待回家后，他们就会虎着脸，莫名其妙地发脾气。唉，我们总有错，我们是错误的孩子。

我们在劫难逃。那么，此刻，就让我们在有月光的树下静静地坐上一会儿吧。

…… ……

真想大人们开完了家长会，也到这有月光的树下坐一会儿，那时，他们会回到自己也是孩子的时候。

这篇作品表现了儿童在等待家长会结束时的紧张不安。作家呼唤家长们像一个孩子一样理解孩童，理解他们的心思，理解他们的烦恼，站在他们的立场上考虑问题。

这篇如诗歌一般的散文是作家的真情流露，他站在儿童的角度看待"家长会"的问题，表达了他对平等和谐的家庭关系的呼唤，表达了他对家长和教师的警醒：是否可以在教育之时放弃盛气凌人的说教？是否可以把孩子们的错误看作"美丽的错误"？是否可以感受并珍视儿童的善良？这是作家对读者的叩问，也是作家对这个浮躁的社会的诘问。

简平的作品最重要的特点，就是对童年生命历程的审美式回望，珍视生命最初的感觉。他在回溯自己童年记忆的散文《流水映像》中，深情怀念了故乡小学的竹篱笆，深情回望了儿童节工人新村里的马戏团，真切怀念了儿时过年的光景。他用他优美却不繁丽的辞藻描绘着童年的一切，童年新奇的作为礼物的地球仪，童年丢失的压岁钱，童年外婆尽弃前嫌给丢失鞋子的孩子纳鞋底的情景，洗澡之时对好人坏人的困惑……简平的童年本是充满了危险、错愕和暴力的，但他却用安宁祥和的笔调书写着童年，这些在他儿时遇见的一切，都像一件件艺术作品，装点在他的生命时光里。他的许多儿童散文都意蕴悠长。在散文集《青草奔放》中，简平以孩子的视角描写马兰头、狗尾巴草、车前子、鸭舌草等植物，记录下困难时期儿童艰难成长的眷眷深情；在《路边的船》中，简平记叙了自己的邻居、伙伴和老师，深情回忆了他们对自己成长的积极作用；在《最好的时光》中，简平以令人心碎的文字记录了陪伴母亲与病魔作斗争的岁月，也追叙了童年时代与母亲的点点滴滴；在《在云端》中，他回望自己的生活和阅读之路，反思自己的创作。他的儿童散文内容丰富，语

言清丽,感人肺腑。

简平致敬童年的另一种方式,是将儿童故事写成图画书、桥梁书。针对识字不多,已经学会阅读图画书,但对文字的阅读还并不熟练的儿童,简平根据分级阅读的原则,写作了桥梁书"海贝贝的故事"系列。这部作品是他献给小学中低段儿童的礼物。自2004年出版"海贝贝的故事"系列之《钢琴造反》《星座宝典》《青梅竹马》之后,简平写作了大量"海贝贝的故事"。这些桥梁书图文并茂,让适龄儿童爱不释手,被誉为中国版的"樱桃小丸子"。

不同于青春小说以细腻见长、报告文学以冷峻见长,"海贝贝的故事"系列显得活泼、富有童真。文中的海贝贝,就像所有孩子一样,爱玩、爱笑,也富有一颗善良纯真的心灵。她是天真感性的,《英语学习》中,因为频繁地转兴趣班,她就失去了学习的兴趣;《温馨评语》中,她紧张地看着给她写评语的老师,揣测自己的评语会是什么内容。她是善良友爱的,《爱心传递》中,海贝贝从学校的爱心募捐活动中受到启发,让自己的父母也参与募捐。她是顽皮的,《招风耳朵》中,她为了溜出去玩结果被学校的围栏卡住了头,夹成了"招风耳朵"。她是聪明伶俐的,鬼点子一个接着一个:《绝对秘密》中,海贝贝为了保守自己的秘密,结果弄巧成拙让大家都知道了;《生日礼物》中,海贝贝为了得到生日礼物想要提前过生日;《蓝眼睛》中,海贝贝看见外国同学有着蓝眼睛,企图把自己也变成蓝眼睛;《七星瓢虫》中,她给七星瓢虫画上脚丫子;《温馨评语》中,海贝贝不满足于老师给写的评语,就自己给自己写评语,结果写得洋洋洒洒;《大头贴》中,海贝贝为了拍出满意的照片绞尽脑汁;《星座宝典》中,海贝贝迷信星座书,结果闹出许多笑话。她是仗义执言的,《优秀作文》中,海贝贝为留学生赫丽丝的英文作文没有得到高分而打抱不平;《木兰花拳》中,海贝贝自学武功打败了欺负女同学的同学吴是非;《一路追踪》中,她试图报警来抓疑似"拐卖儿童"的男子。有时,她也会因为一些小小的违纪而让老师和爸妈头疼不已:上课和王中王同学讨论"世界上先有男人还是先有女人"(《废话大王》)、为了逃避钢琴考级而破坏钢琴(《钢琴造反》)、代替父母签字(《签字风波》)、想看照片却不小心把照片"格式化"(《天涯海角》)……海贝贝的这些举动,有的聪明反被聪明误,让人捧腹大笑;有的思路清奇,让人瞠目结舌;有的反复无常,让人摸不着头脑。"植草运动""看望老师""演课本剧""地铁奇遇""陪玩家长""幸运时刻""爱心放松"……故事都似乎取自不经意间,但又被剪辑得恰到好处:这些小小的故事,都是生活中的小浪花,都传达了海贝贝作为一个小女孩的小心思:有一点小小的慧黠,有一点点小小的顽皮,更多的是小女孩的愿望以及她为这些愿望做出的努力。这些小想法,虽然看上去有些不合逻辑,有些无理取闹,但是都真实且符合儿童的心

理特点。在这些作品中,简平收敛起他的情感,只抓住人物的行为和言语进行写作,以速写的形式完成人物塑造,让儿童能够被故事深深地吸引,能够适应文字排列和文字表达。孩子的眼睛就像放大镜,放大了人的欲望,放大了人的想象,也放大了这些小事的幽默性。都市里的孩子们都会对这些小故事产生共鸣。这些故事短小易读,后来被改编成了相应的分级动画短片。

简平的儿童书写,有缓有疾,却都以孩子的眼光书写,饱含对生命的深情回望,具有动人心魄的力量。

 ## 第二节　青春书写:生气勃勃

回望简平的儿童文学作品创作之路,可以看到:他的儿童文学尝试开始于对中学阶段学生的描绘。

2003 年,简平出版了青少年校园小说《一路风行》。这部作品一举荣获冰心儿童图书奖大奖、第四届全国优秀少儿图书奖二等奖。这部小说是他的第一部儿童长篇小说,可以被视为青春文学。一副纨绔子弟打扮的邹凡应聘《青年导报》学生记者,在第一次实战采访中采访女生的环保小组,结果受到冷遇,落荒而逃,却因此认识了知汇女中的女孩向玲,顿生情愫,在她的鼓励下发表了文章。骄傲的女孩程晓依因此嫉妒,在争吵中无意揭露了同班女孩阎焰没头发的事实,让后者自卑不敢上学,邹凡看望阎焰之时通过火柴盒上的"火花"打开了阎焰的心扉,让她重回校园。这时向玲被学生会副主席顶替了去布鲁塞尔参加环保大会的资格,邹凡努力帮她却无能为力;因为帮助生病的老师上医院,邹凡与林老师消除了误会;因为无意中发现同学罗小弟家中父亲残疾而母亲多病,放弃了代表学校比赛的机会,就自己贩卖古币想要帮助同学,结果弄巧成拙因为违规写了检查。向玲在受委屈之后转学去了安徽,让邹凡深感忧郁。同学梁俊义学习归来遭抢劫,邹凡挺身而出导致负伤;同学朱竞人因为期末考试不理想而沮丧,邹凡主动把他带回自己家做客;而就在他养伤的时候,"公主"程晓依竟然写信告诉他,之所以《青年导报》没有录取他,是因为自己偷拆信件把登记表扔掉了……青春时代,正是心思萌动的时候;男孩和女孩敏感地碰撞,有甜也有伤;青春年代,正是追求个性的时候,处处跟家长、老师对着干,内心却尊敬和敬佩长辈;青春年代,正是喜欢新事物的时候,假期想要打工,课余想要兼职,几乎所有的世间万物都想尝试一番;青春年代,正是仗义执言的时候,会为受了委屈的朋友打抱不平,也会为好哥儿们儿两肋插刀……青春年代的

万千情绪,在作者笔下缓缓呈现。少年敏感的心思是他表现的主体。文中的邹凡,是青春期男孩的代表,也是千千万万青春期男孩中的一员,青春时期的男孩都可以从他身上找到自己的影子。值得注意的是,简平发表《一路风行》的时期正是21世纪初,当时青春小说风靡一时,无论是由青少年自己写作的《三重门》《花季雨季》《闹心》《转校生》《发芽的心情》《迷彩》《灵魂出窍》《安全出口》《闹心》等,还是成人写给儿童看的《外婆的无忧岛》《玻璃鸟》《女儿的河流》《青春门》《春天的浮雕》《蓝色故乡》等,都荡漾着春天生机勃勃的气息,这些小说成为少年竞相传阅的读物。21世纪初期,随着改革开放的进一步深入,人民生活更加富足,同样,少年的生活也更加多元,社会的巨大变化深刻地刺激着青少年,他们渴望成为勇立潮头的弄潮儿。"80后"正是中国开始计划生育之后的第一批独生子女,较之前代,这些孩子们更加崇尚个性,更加喜爱冒险,更加有独立的想法。因此,描写这一代的青少年要求作家对当下生活有深入的感知,能够理解这一代学生的兴奋点和痛点,能够察觉他们与从前的青少年之间的不同。简平就做到了这一点。在全社会欣欣向荣的背景之下,他将笔墨伸向社会中最为活跃、最为新潮的群体——青少年,力图反映"新少年"在"新时代"的所作所为、所思所想。这无疑存在一定的难度,但简平却很好地做到了这一点。青少年正处在成长的关键期,大胆,新奇,对爱情充满向往,如同刚刚出壳的雏鸡,鲜活可爱;但从另一个角度说,他们毕竟还未成年,还要接受来自家长和老师的规训,做事容易冲动,也会造成一些麻烦。而家长和老师的好心也往往会办了坏事,让人啼笑皆非,一声长叹。例如,在简平的这部小说《一路风行》当中,主人公邹凡通过穿奇装异服,来表现自己的神气威风,来表现自己的卓尔不群,却招致班主任老师的批评。自己的欲求就与老师产生瓜葛,矛盾因此产生,也就出现了后面讨厌老师的误会,也就出现了后文与老师冰释前嫌的事情。"衣服"是一种对自身身份的展示,邹凡希望能够从服装中感受到自己的独一无二,但在老师的眼里,这是幼稚可笑的。这种反差正是青春期成人与少年之间的反差,是简平着力表现的。再如简平笔下的向玲,非常希望得到他人的认可,对自己所遭受的不公正的待遇愤愤不平,义愤填膺地举报此事,展示了一个女孩的"侠肝义胆";但与此同时,她毕竟只是一个小女孩,她是一个并不成熟的上访者,带队老师略施小计就能够让她的信访胎死腹中,最后她的权益没有争取成功,她伤心愤怒,以至于需要用"退出社团"和"转学"来逃避矛盾。另如邹凡在得知自己喜欢的女孩向玲对自己有好感之时,他选择了犹豫和回避,而在女孩离开之后,他却失魂落魄。简平试图探寻少年内心深处的世界,正是他们在"成熟"和"未成熟"之间的无限摇摆,给了写作无尽的多样性。

总体而言,简平的这部长篇小说是21世纪初青春校园小说的代表。这部小说充分深入青少年的内心,既没有简单地将"80后"视为无用的一代,又克制地展现着他们的聪慧和勇毅。在社会的复杂性面前,以邹凡为代表的青少年探寻着自己的道路,他会为自己的小小成绩沾沾自喜,会为自己的妙计感到自豪;也会为自己无心的过失感到尴尬,也会面对困难表现得不知所措。这一代的少年是见证时代多变的亲历者,而简平所想要展现的正是多变时代下多变的少年。虽然这部小说并没有突破普通青春校园小说的固定模式,总体故事框架依然是一个青少年在学校里与同学和老师发生的趣事,依然表达的是青春迷惘的心绪,但这部作品较之同类作品在素材选取上更贴近生活,具有时代感,同时并没有拘泥于青少年对情绪的抒发,而是试图找到他们面对突发事件时的反应。一味地描摹青春伤感忧郁的情绪固然能够造成一定的美学效果,但情绪本身无法对现实生活产生任何改变,沉溺于青春情绪甚至有害身心健康。相比之下,简平选择的是阳光务实的写作方式,比起心理描写,更多地展示人物的外在表现,这样更能引领青少年积极面对现实生活。从这个意义上说,简平的这部成长小说,是青春小说中的成功之作。

在这部小说完稿之后,简平并没有停止对校园小说的探索,他后来的作品,包含了更多时代气息,可谓与时俱进。简平的每一部作品都是崭新的,并没有呈现自我复制。《尹小亮的流水时光》中,尹小亮的生活中增添了流行音乐、网络和外语的元素;《拐个弯再走》中,丁洁莹在排演《雷雨》的过程中经历了跌宕起伏;《水波无痕》中,刑侦队员通过一个中学生的死亡查到了学校大肆搞创收的真相。他的一些中短篇作品,也各有千秋,如《十指连心》《皇马之夜》《卡子》《蟒蛇》《蓝发卡》等,都从不同侧面展示了青春岁月。他的作品从中学生的生活细节入手架构故事,无论是学生住校时艰难的适应过程,还是学生解决家庭矛盾的过程,都生动盎然。这些故事,有的以悬疑小说的写法,先提出疑问,再带领读者一步步探秘;有的以日记一般的文法行文,好像学生在讲述自己身上发生的故事;有的像教师手记,点点滴滴记录着一个个学生的变化成长;有的像书信,用第二人称表达自己的夙愿,却是一封似乎永远也寄不出的信……简平是一个魔术师,将故事在笔下旋转、跳跃,变出不同的造型,赏心悦目。

简平的校园小说展示了他的自我探索,他在挑战不同的叙事技巧的同时也在尝试不同的题材:《笔记本上的螺旋(二)》讲述的是一个网恋的故事,一段不言自明的情愫美好无瑕,却无疾而终;《等待流星雨》讲述的是少年对少女的惶惑和紧张,在丝丝入扣的表达中,一段淡淡的爱情美好地生长。他的小说和散文之间没有明显的分割线,他的小说常常带有抒情的风格,而他的散文又常常具备故事性,所以

具有别样的意趣。由此看来,简平的青春小说,具有自我革新的特性,他有自己的创作个性,但绝不简单地重复自己。

第三节　社会书写:血迹斑斑

简平曾是一名记者,他自己也长期从事非虚构文学创作。他曾出版传记文学《王朝闻传》,报告文学《权力清单三十六条》等,始终保持对社会的观察与思考。这种思考也体现在他的儿童文学创作中。

简平擅于发现青少年成长中至关重要而又很少有人关注的问题。校园暴力就是其中之一。一位遭受校园暴力的女孩的一封信,打动了当时还是电视台记者的简平的心。他在制作了电视节目之后,写了一本传递温暖的儿童纪实文学《阳光校园远离暴力》。这部书将矛头直指被大众所忽视的领域——校园暴力。这部作品隐去主人公的真实身份,但记录了数十个让人触目惊心的校园暴力事件,引人深思。13岁的少女小旋因为惨遭校园霸凌而自尽,她的日记遗稿道尽她血淋淋的痛楚:她平时遭受欺负,向老师求助却没有回音,而父母却要求她忍让,最终压垮了她的心弦。文章中陈列了触目惊心的事实:

> 2004年3月15日,一名17岁的高二女生,因被班上五名女同学怀疑向老师打小报告,放学后,被她们堵在公厕里轮番毒打,致使严重脑震荡。
>
> 2004年9月15日,一名升入技工学校仅仅三天的新生因不服老生"管教",与学生会成员发生摩擦,结果被六十多个老生殴打至脑死亡,三天后,离开人世。
>
> 2006年2月16日,一名9岁小学生,因长达三年被同班同学捏掐而畏惧上学,在开学前夕,从家里的二层阳台上跳了下去……①

简平身为一名记者,用残忍的事实引导人们对这一群体进行关注。如男生被脱光衣服挨打到天亮,竟只是因为没有借给他人3元钱;15岁男生因为被评为"最差学生"而跳河自尽……这些真实发生的事件,作者并没有单纯地讲述,而是认真

---

① 简平.阳光校园拒绝暴力[M].上海:中国福利会出版社,2006:26-27.

分析校园霸凌发生的机理,探索校园暴力的解决途径。他提出,不能一味容忍暴力,家长应当重视孩子的异常行为,集体也不能漠视不管;与此同时,言语伤害、挖苦取笑、乱起绰号、集体评议、"叫家长来"等"软暴力"也会带来灾难性后果,与其对儿童进行心理教育,不如减少甚至避免对儿童的伤害;许多校园暴力的受害者会在忍无可忍之后成为施暴者,甚至成为手刃同学的凶手,解决这个问题在于教育儿童确立正确的是非观,进行道德教育;教师施暴的案例比比皆是,从根本上应当反思分数给教师带来的压力,导致教师的不良情绪被发泄在儿童身上;不良"江湖文化"的流行,进一步助长了校园暴力。而面对校园暴力,简平号召读者打破沉默,呼吁社会建立相关的制度,建立完善的校园暴力预防措施。他告诉读这本书的孩子们:要从小培养法治观念,并在受到校园暴力之时积极维护自身权利,学会面对冲突、自我保护;要懂得珍惜生命,绝不选择轻生;要有是非观念,绝不参与暴力事件;要学会宽容,有博大的胸怀;要自觉远离暴力的影响;要有最起码的同情心和怜悯心;要认识自身存在的问题;要学会释放压力。这几条建议,确实切中肯綮,直击要害。所以,简平的这部作品并没有单单停留在"反映社会问题"的层面,而是试图把脉,试图寻找解决方案。这样的写作,体现了作家对社会问题的积极反思,也展示了简平的社会责任感。他勇敢地反映了在身边被多数人遗忘的问题,在鼓励人们正视问题的同时提出了可行的解决方案。他在写这部书之时,不仅仅是一个记录现象的作家,更是一个冷静地分析问题的社会学家,他试图全方位地理解校园霸凌事件,从宏观的角度反思校园暴力,而不仅仅聚焦于某几个学生的个人品行上。这本书对于校园暴力的施暴者而言,是一个露骨的批评,将他们的恶行公之于众,让他们反思自身的行为;对于校园霸凌的受害者而言,是一个安慰和小贴士,鼓励他们维护自身尊严,勇敢地向校园霸凌说"不";对于更多的无视者而言,这本书更是一个深刻的警醒,提醒人们,冷漠地观看是一种罪恶,应当惩戒施暴者,帮助受害者,积极从根本上预防校园霸凌的发生。

这部作品没有很多华丽的辞藻,没有很多环环相扣的情节,但是却具有激动人心的力量。简平在书写过程中,毫不隐讳自身对校园霸凌的态度——对施暴者感到可悲,对受害者表示深切的同情。这本书是一颗直击校园暴力问题的炸弹,引起社会的较大反响。这本书是简平的赤诚之作,许多中外的学生都写信给简平,说自己在阅读之时感同身受,说自己遭受校园暴力的真实经历,引起教育界对该问题的思考。如今,此问题虽说并没有完全消弭,但校园暴力防患于未然的思想已经深入人心,学校也积极通过各种途径减少此类事情的发生,达到了不错的社会效果。这不能不说,简平也在反校园暴力的推进过程中做出了一份贡献,影响至今。

2020年,充满创造力的简平又出版了《和平方舟的孩子》,它聚焦于中国海上医疗救援船的故事。"和平方舟"医院船在他的笔下活灵活现。他的笔记录了完整复杂的社会侧面,善恶共生,光明与黑暗并存。他的儿童报告文学创作,为儿童纪实性文学作品创作提供了一种范例。

简平至今依旧笔耕不辍,他的影像集《打着旋涡的河流》、散文集《蝉声渐去》、新闻报道集《追踪迷失的卫星》、儿童散文集《青草奔放》、书评集《三味书屋·好书不已》《漂流书 漂流梦》、青春小说《尹小亮的流水时光》等均是新近的作品。在经历了生死劫难之后,简平的笔更加富有生命的力量,那是一份沉甸甸的馈赠。

11.2 课后阅读

12.1 课前思考

第十二章

郑春华：用细节搭建的低幼生活之趣

低幼文学因为阅读对象的原因，往往受到诸多限制。由于低幼儿童阅读能力有限，因而不能追求绚丽繁杂的"文采"；由于低幼儿童生活世界较小，在写作内容上也有诸多限制；由于低幼儿童的理解能力有限，因而篇幅受限，也不能过于追求深度；由于低幼儿童的注意力有限，想要吸引他们独立阅读，这对文字的游戏性和娱乐性提出了较高的要求。因此，低幼文学的写作有一定的难度。但是淳安籍儿童文学作家郑春华，却擅长低幼文学的创作，她的低幼文学纯真有趣，富有幽默感。她塑造的大头儿子和小头爸爸，更是被改编为动画片，家喻户晓。在低幼文学这片略显贫瘠的土地上，她以幼儿园老师的细腻，活泼生动的语言，趣味盎然的情节，播种下一颗颗爱与善良的种子。

第一节　幼儿诗歌：对话中的言语训练

郑春华，原籍浙江淳安，1959 年出生于上海，回族。其父亲是浙江淳安儿童文学作家郑成义，郑成义 1949 年毕业于浙江省立杭州高级工业职业学校，历任上海达丰印染厂练习生、技术员、车间负责人，中国作协上海分会《萌芽》编辑，《海岸诗丛》主编，副编审。1952 年开始发表作品。1959 年加入中国作家协会。著有诗集《上海组诗》《烟囱下的短歌》《河山春色》《喜报》《鼓点集》《万弦琴》《湖岛》《外滩的贝壳》《雨中迷楼》，儿童文学《党诞生的地方》《南昌——八一起义的英雄城》等。正是在父亲的鼓励下，1979 年在上海当工厂托儿所保育员的郑春华创作了儿童组诗《甜甜的托儿所》，从此开启了儿童文学创作之路。

147

郑春华 20 岁就在棉纺织厂托儿所做保育员,她有机会接触到各式各样的孩子。这段经历成为她后来创作的不竭源泉。

《甜甜的托儿所》是郑春华的处女作。这部作品取材于她做保育员的生活。她每天都在托儿所里照顾同事们的孩子们,这些孩子给她带来了无限的快乐,她也把儿童的点滴言语视为"诗歌"。《甜甜的托儿所》以《小床》起笔,由一百首儿童诗构成,一举拿下了当年上海市青年诗歌创作大赛的一等奖。这组诗歌内容包括游戏诗、摇篮曲、婴儿谣等。这组诗歌,处处充满了生活的气息,荡漾着童心,表达了保育员对孩子的深深关爱。例如《洗澡》:

> 脱尽了花衣花裤,
> 只留下洁白的天真。
> 囡囡咯咯地笑着,
> 一屁股坐进了清亮的澡盆。
> 水珠儿溅满了弯弯的小辫,
> 象两串善良的银星。
> 囡囡,小腿儿抬一抬。
> 囡囡,小胳膊伸一伸。
> 让阿姨给你擦上一层香皂,
> 涂得白花花,洗得香喷喷。
> 等妈妈下班来了,好吻你,
> 吻呀,吻不够地吻!①

这是让人会心一笑的一幕——小婴儿在阿姨的帮助下脱光了身上的衣装,坐进澡盆子,在阿姨的指导下洗澡。小孩子在水里尽情地扑腾,而阿姨贴心地帮助孩子擦洗身体。这是多么温馨的场面,被作者的妙笔一写,就好像定格了一张水中戏婴图。《甜甜的托儿所》就像一本相册,里面是一张张幼儿园保育员与孩子们快乐互动的照片:《绣》描写了妈妈帮孩子绣衣服的场景,充满了妈妈对孩子的爱;《小棕榈》描写了孩子与父亲告别时依依不舍的场面,孩子的手就像棕榈树一般高高地举起;《爱》描写了小女孩照顾布娃娃的情境,展示了孩子对布娃娃浓浓的感情;《小河边》写了孩子折纸船入河流的场景,展示了儿童对河流童话世界的

---

① 郑春华.甜甜的托儿所·洗澡[M]//本社.百家诗选.合肥:安徽人民出版社,1982:290.

想象;《拾》写了儿童在捡小石子的情景,儿童喜欢将自己感兴趣的东西据为己有,郑春华敏锐地捕捉到了孩子这一天性,把爱屯东西的小孩刻画得淋漓尽致;《学步》写下了儿童蹒跚学步的姿态,一个稚嫩、勇敢又自信的孩子在文字中呈现出来……在这部作品中,郑春华写尽了她作为一个年轻保育员对孩子们的爱。她是一个个瞬间的捕捉者,是一场场游戏的见证人。她笔下的儿童各人有各人的性格,既是组诗,是群像,又可以单独欣赏,是单人个性的艺术照。

流畅好读、符合幼儿的天性,是郑春华的儿歌作品的主要特点。她的素材来源于她与幼童接触的生活日常,她的儿歌很适合保育员念给孩子们听,幼儿也可以在此引导下自己念童谣。这是重要的幼儿语言训练方式。在她的早期童诗集《小豆芽芽》《圆圆和圈圈》之中,这种例证可谓俯拾即是。她的游戏诗都比较短小,但是却朗朗上口:“布娃娃,骑木马,哒哒哒,哒哒哒。”[1]写的是骑木马的小游戏,充满了幼儿之间互动的乐趣;“我用笔,在布娃娃脸上画上许多胡子,画得又细又长。小布娃娃,呜呜哭啦。别哭别哭,我的布娃娃,有了胡子,你就可以当爸爸,我就可以当妈妈。”[2]写的是幼儿与布娃娃的对话,郑春华曾说自己孩提时代由于父母工作忙,她很喜欢与布娃娃一起玩。在郑春华的笔下,布娃娃成了幼儿的好朋友,郑春华为这布娃娃注入了生命。“吹泡泡,吹泡泡,泡泡像串紫葡萄。一颗,两颗,六颗,七颗,我的泡泡大又大,呼噜噜,满天飘。”[3]写的是孩子们吹泡泡的小游戏,孩子在吹泡泡的过程中,也学习了如何数数。“在看一封信,你知道吗? 秋天来啦,该给布娃娃/穿衣服啦!”[4]写的是孩子捡落叶的游戏,小女孩佳佳将落叶视为布娃娃的衣装,一个单纯、善良的小女孩形象跃然纸上。郑春华所写作的游戏诗,都是一些看似平常的活动,但是她却紧扣游戏性,充分地深入儿童的内心进行写作,化无声为有声,塑造一个个天真活泼的儿童形象。

郑春华深知孩子们眼里“万物有灵”,所以她在写作时会注重儿童与周围事物的“对话”,以幼儿为中心,通过为幼儿代言的方式展示他们对世界的探索。其中有以提问的方式探寻时间奥秘,如“谁把草地涂绿啦,谁把花儿涂红啦? 小蜜蜂,是你

① 郑春华.冬冬和佳佳[M]//人民教育出版社.幼儿园教材·语言·教师用书.北京:人民教育出版社,1982:47.
② 郑春华.爸爸妈妈[M]//尹世霖.童话寓言朗诵诗选.北京:北京少年儿童出版社,1990:199.
③ 郑春华.吹泡泡[M]//高帆.实用儿歌鉴赏大全.银川:甘肃少年儿童出版社,1992:618.
④ 郑春华.黄叶[M]//金近.中国新文艺大系(1976—1982儿童文学集).北京:中国文联出版公司,1986:413.

吗？花蝴蝶，是你吗？"①充分展示了幼儿蓬勃向上的好奇心。除了发问，幼儿也会对周边事物发出提醒："小兔小兔/轻轻跳/小狗小狗/慢慢跑/要是踩疼了小青草，/我就不跟你们好！"②展示了儿童心语——希望小草常青，一个嘟着小嘴儿假装生气的孩子浮现出来，还有欣悦的呼告："小草芽芽，快点长吧！小鸟儿在叫你，小蜻蜓在找你。"③小孩子拿出大人找孩子的阵势，来与小草说话，充分体现了儿童的想象力和生命力。在郑春华笔下，儿童与世界的互动充满了你来我往、一张一弛的乐趣，在她的笔下，苹果会请求小朋友帮她洗脸（《苹果囡囡》）；水洼希望给小布熊洗澡（《水洼》）；小草可以跟小朋友拉钩做朋友（《结勾勾》）；白云像小船儿，会把星星接上来（《云儿船》），小白兔、小白猪和小白羊可以快乐地玩躲猫猫（《躲猫猫》）；小鸟儿可以给小朋友讲故事（《小鸟》）……郑春华是一个想象力极为丰富的诗人，她的儿童诗想象奇特，符合孩子心性，同时采取对话的方式，充分调动孩子们"说话"的积极性。

幼儿对身边熟悉的玩具物件，会像对待家人朋友一样认真细致。郑春华深刻了解女孩子与布娃娃之间的感情，她调动自身儿童时期的经验，将孩子眼中的布娃娃拟人化，成为陪伴儿童的好伙伴。这样，布娃娃不仅仅具备人形，还像一个小孩一样，成为儿童对话的倾听者。如："新年好，新年好，我送布娃娃一顶小红帽。布娃娃，眯眯笑，伸手要我抱。哎呀呀，不抱不抱，你们都大一岁了，你们知道不知道？"④儿童学着大人的样子训斥布娃娃，让人忍俊不禁。托儿所（幼儿园）阶段是孩子们学习说话的重要时期，这个阶段的语言发展对孩子日后语言习得至关重要。郑春华的儿歌易于幼儿记诵，常常只有短短数行，却表达了儿童的心声。她的许多作品，都是能够经历时间考验的儿歌精品。评论界对郑春华的儿歌也做出了很高的评价，认为以《甜甜的托儿所》为代表的儿童诗充分展示了学龄前幼儿的心理状态⑤。也难怪这些童诗一出版就颇受欢迎，郑春华随即被调入少年儿童出版社低幼部做编辑，也进入南京大学中文系作家班进行深造。《圆圆和圈圈》获得第二届上海市园丁奖（1980—1982）低幼文学一等奖。《小豆芽芽》获得1988年首届全国低幼图书二等奖。她的一些儿歌还被谱成了歌曲，至今传唱不衰，如《睡午觉》等，都成

---

① 郑春华.问[M]//刘希亮.中国儿童歌谣500首.北京：未来出版社,1990：80.
② 郑春华.轻轻地[M]//冬木.中国获奖儿歌选.沈阳：辽宁少年儿童出版社,1991：195.
③ 郑春华.树绿啦[M]//尹世霖.海峡两岸儿歌百家.济南：明天出版社,1992：319.
④ 郑春华.新年好[M]//尹世霖.海峡两岸儿歌百家.济南：明天出版社,1992：318.
⑤ 汪习麟.托儿所里的甜甜的歌——读郑春华的儿童诗[M]//汪习麟.浙江籍儿童文学作家作品评论集.杭州：浙江少年儿童出版社,1990：318.

为儿童耳熟能详的儿童歌曲。

郑春华的低幼童诗作品,试图通过幼儿自己的思维方式重新观察世界,试图用幼儿简单的语言表达。她的诗歌构建了幼儿从无言到牙牙学语的桥梁,引导儿童开口与世界形成对话。这种"问世界""告诉世界"的方式,展示了郑春华对幼儿生活的细致观察。这些儿歌,又促进儿童练习语音,形成自身的口语表达。这些儿歌为幼儿发声,而得到"有灵"的世界的响应,生动而富有情趣。诚如她自己所说"架起婴儿和成人之间的桥",形成了"今天的自己"与"昨天的自己"的对话。她的诗歌具备诵读价值,在一定程度上帮助儿童进行语言训练,形成自身与世界的"对话",帮助儿童练习表达,正如她自己所说的那样"儿歌能把一个简单的名词变得丰富起来,好听起来。它使孩子的认知欲望加强了,拓展了,使孩子印象更深,也更易于记忆"[①]。儿歌给予儿童最初的文学记忆,引领他们用文学的方式认知世界。

第二节　中短篇低幼小说:细节丰富的生活记录

20世纪八九十年代郑春华写作的童话和低幼小说,已经呈现出较高的艺术水准。而这正是由于作家对幼儿生活深切关怀,让这些故事活灵活现。真实性是郑春华作品的灵魂,她的作品刻画生动,文笔细腻,栩栩如生。

《小红点儿》写了一个被家人娇宠的孩子——跑跑上幼儿园的故事,这部小说荣膺首届中国作家协会儿童文学奖。这部小说在刻画"跑跑"这个人物之时独具匠心,如描写这位小朋友在公园的场景时,作者用了如下的语言:

> 跑跑的身体又开始一扭一扭了;他要从田阿姨的身上滑下来,去坐大滑梯。
>
> 田阿姨把他放下了。
>
> 他奔到草地上,就朝着大滑梯往上爬,往下滑,再爬上去,再往下滑。

"身体一扭一扭",只有熟悉幼儿行为的作家,才能写出这样生动的文字。小孩

---

① 郑春华.轻轻地:妈妈献给孩子童年的歌[M].南宁:接力出版社,2020:1.

子贪玩的习性暴露无遗。这些生动而又充满童趣的细节，让整部作品丰盈起来，比如跑跑把爆米花撒在地上，说是下雪了；跑跑一生气，就把别的小朋友推到地上；跑跑大热天按住头上五星帽子，在幼儿园里自豪地展示；跑跑好奇地喝屋檐上滴下来的小雨滴等。这是多么调皮、聪颖的小男孩啊！郑春华妙笔生花，将一个有一点小脾气，有一点小霸道，又充满好奇心和进取心的儿童写了出来。不同于一些文学作品对人物的单方面描绘，《小红点儿》中的跑跑会因为顽皮的缘故惹出很多麻烦，但他却是心地善良的好孩子。郑春华充分重视人物的这种双面性，一方面，突出跑跑调皮捣蛋的一面，让读者哭笑不得；另一方面又着墨于跑跑可爱的一面，让读者会心一笑。这种圆形人物的刻画，为整部作品撑起了丰满的脉络。"跑跑"从稚拙到懂事，是一个成长的过程，郑春华通过这样细致入微的描绘，让这种转变不显得突兀，读者可以看到一个小男孩慢慢长大的过程，循序渐进。在这个过程中，他周围的人的引导显得十分重要。幼儿园里的田阿姨，爱他的妈妈和奶奶，好伙伴小贝贝……这些同样丰满的人物改变了小男孩不谙世事的状态，慢慢地跑跑学会了一定的礼节。这个过程被郑春华写得自然圆润，不着痕迹。这正是基于郑春华对幼儿生活的充分熟悉，对幼儿进行细致观察，充分理解儿童行为之后写就的，其生动性和真实性令人叹服。在她写作的续文中，充分考虑了人物性格的一致性，人物在成长中所收获的部分，也被恰当地描绘。如跑跑关心家人的描写：

　　　　"谢谢奶奶！"跑跑刚想吃，忽然又站起来，把筷子伸进鱼碗，拣起一块更大的放进奶奶的碗里，又拣起一块放进妈妈的碗里。"大家吃。"①

　　跑跑在《小红点儿》末尾展现出的懂礼貌的特征，在这里发挥得淋漓尽致。这部作品的续章具备与前文一样的艺术水准和连续性，同样真实有趣。柴米油盐，日常生活，这些看似平常的家庭琐事被郑春华提炼和加工，成为一段段饶有趣味的文字，让人似乎目睹了跑跑从一个3岁的懵懂小孩成长为6岁的儿童的全过程。这是郑春华对不同年龄阶段儿童行为进行细心观察后写出的精品。哪怕已经调任编辑一职，她依然保持着去幼儿园观察儿童的习惯。因此，她笔下的儿童显得立体可人。

　　郑春华的幼儿童话，同样以真实的细节取胜。她创作的低幼童话就像一汪清

---

①　郑春华.五角星比勾多[M]//郑春华.紫罗兰幼儿园.长沙:湖南少年儿童出版社,1958:58.

泉,折射出幼童的内心世界。比如《会长鱼的树》中,小猫为了能够拥有一棵能长鱼的树,对着大树不停地鞠躬,直至头晕目眩,这个小小的细节,就凸显了作者的用心。正是这些奇妙的细节,让整部作品饱满。在《一只狐狸和五只小鸟的故事》中,狐狸因为帮助小鸟儿而弄断了尾巴,最后小鸟给狐狸一个蝴蝶结,"狐狸扭头看看,笑了。它把尾巴翘得高高的,好让蝴蝶结在风里飘起来"①,在这里,狐狸就像一个爱美的小朋友,得意地炫耀着自己的美丽。在《跑来跑去的火车头》中,小火车头捡到了一条裙子,他也想成为一个可爱的小姑娘,却没有办法穿上它,只好挂在烟囱上,裙子就变成了"花帽子"②,小火车头就像一个调皮的、爱玩游戏的孩子。其他的故事,如咪咪猫与老鼠之间的故事,一座红房子六个晚上发生的故事,也处处显得趣味盎然。影子夜游,揪了老师的耳朵;古怪车本来是一辆废弃的车子,但是却变废为宝成为游览车;红雪城的小朋友能跟白雪城的小朋友通信……这些故事可以被视为后来《大头儿子和小头爸爸》形式的缩减版。郑春华试图通过描写一个人物的点点滴滴,去展示儿童生活的方方面面。这种以片段式、节录式文体架构故事的方法,让作品形成了类似于枝叶与树干的形式,作品看似散乱,却都是从一个中心人物出发。就如花蕊包裹着缤纷的花瓣,这种形式给了郑春华更多的自由,让她能够将更多的细节纳入写作中去。细微处最见功夫,这些精彩的细节,正是让作品血肉丰满的骨肉。

郑春华对每一个细节的细心描绘,让她的低幼童话展示出了一定的功力,而这种写作,也为她后来以《大头儿子和小头爸爸》闻名全国做了准备。

第三节　长篇幼儿小说:典型人物的形象塑造

郑春华最为出名的作品,是《非常小子马鸣加》系列和《大头儿子和小头爸爸》系列,尤其是后者,成为一时家喻户晓的名作。

《非常小子马鸣加》中,郑春华试着拓展自己的写作内容,写出了小学生的思绪万千。她对孩子的心理把握得十分到位,她紧贴小男孩的心思,写出了独属于小学低年级阶段的趣味。

---

① 郑春华.一只狐狸和五只小鸟的故事·荡秋千[M]//朝芳.古怪的游览车:郑春华作品选.西安:太白文艺出版社,1997:212.

② 郑春华.跑来跑去的火车头·花裙子[M]//朝芳.古怪的游览车:郑春华作品选.西安:太白文艺出版社,1997:224.

《大头儿子和小头爸爸》中,大头儿子、小头爸爸和围裙妈妈组成了平凡的三口之家。他们在生活中摩擦出火花,成为作品的主要内容。

这两部作品虽然题材各有不同,但是风格相似。《非常小子马鸣加》可以被视为学校版的《大头儿子和小头爸爸》,而《大头儿子和小头爸爸》则是家庭版的《非常小子马鸣加》。它们之所以风靡,主要原因是郑春华抓住了生活中有趣的部分,而作品中就充斥着这生机盎然的"趣"。

郑春华充分认识到:幼儿的听读能力还很有限,所以长篇的故事应当由一个接一个有趣的小故事组成,这样可以抓住孩子的注意力。例如,在《大头儿子和小头爸爸》中,大头儿子是个充满求知欲又热心肠的男孩,他和小头爸爸在盲童学校门口的马路旁种下了四季都能开出有香味的花的树种,给盲童创建了一条"香"路;大头儿子看到邻居"大胡子"的画艺高超,就想要拜师学艺;小头爸爸用纸箱子做了两个房子,结果晚上互相走进了对方梦里去;大年夜,大头儿子和小头爸爸给老鼠买了年夜饭;小头爸爸出差了,大头儿子通过电视表演儿童诗歌朗诵节目给爸爸传达思念之情;大头儿子和小头爸爸在暴雨里打闹;小头爸爸用轮胎给儿子做秋千;父子俩一起吸引鸟儿来建造植物园;他们在森林里给动物们建造旅馆;给围裙妈妈的生日礼物(把门刷成紫色的)却让妈妈找不到家了;他们一起保护青蛙,一起抵御"宇宙人"、一起看魔术表演、一起漫游幸福岛、一起去动物园看狗熊、一起踢足球比赛、一起钓鱼、一起过儿童节……还有围裙妈妈减肥闹出的怪事、地铁马戏团里父子演对手戏的故事、大头儿子辨别"真假恐龙"的波折;大头儿子生病住院时巧妙设计帮助同病房的孤女;小猫在大头儿子的阁楼上过新年……这些故事前后并没有太多联系,每一个故事都可以被视为一个独立的作品,只是大头儿子和小头爸爸的形象特征从一而终——在故事中,大头儿子和小头爸爸是"越轨者",而围裙妈妈则是遵守规范者,两者的反差让故事显得张弛有度。大头儿子是个可爱的机灵鬼儿,他充满想象力,喜欢游戏,喜欢新奇事物;而小头爸爸是一个老顽童,是个不拘泥于传统教育方式的搞怪父亲;两者一老一少,一大一小,总是以脑洞大开的故事吸引人的眼球。而郑春华夸张的描绘,更是让人捧腹大笑:

> 一会儿,他们身后就跟来了一大群人,还有鲜花不停地飞到他们头上。大头小头一边接,一边扭头看,开始害怕起来,忍不住加快了脚步;再扭头看时,人群差不多盖住了半条街,鲜花像乱箭一样"射"向他们。

大头儿子和小头爸爸慢跑起来，快跑；人群也跟着慢跑，快跑。[①]

在这一天，大头儿子和小头爸爸因为参加"父子献艺比赛"得了冠军而深受追捧。生活中，名人出没总是让粉丝狂热，作者又"添油加醋"地把这景象描述了一番，大头儿子和小头爸爸被人群包围着、簇拥着、呼喊着，真正展示了"出名的烦恼"。这漫画式的描写，让人几乎可以身临其境地感受到父子俩的难堪，又让人笑得前仰后合。

"趣"是郑春华在作品中试图突出的点。它打破了中国传统慈母严父家庭的固定模式，让人探讨另一种自然的、创新的教育模式的可能性。如何让平凡的生活变得有趣起来？这是郑春华一直在作品中想要表现的。可以说，郑春华从一个女性的角度，构建了一个理想化的家庭模式。她体察着男性在家庭中的作用，以近乎戏谑的笔调描绘和谐的父子关系，试图让在传统儿童故事中隐匿的"父亲"形象从暗处浮现出来。她对中国低幼儿童文学进行了一次有趣的尝试。幼儿对母亲的依恋是与生俱来的，那么如何帮助孩子与父亲建立紧密的关系？郑春华以风趣的笔调，勾画出一种父亲走近孩子的方式，在这描写中展示出她作为一个母亲对父亲家庭教育的省思。无论是《买回来的小狗》还是《理发遭遇》，都展示了父亲对孩子别样的爱；《大头小头报》《玩具医院》和《熊妈妈旅馆》中，充分显示了孩子自身的能动性。家长引导孩子，孩子回报家长，这种教学相长的模式是对传统教育方式的一次叩问。作家每写一个故事，都设置了一个场景，一个教育的问题亟待解决，而小头爸爸和围裙妈妈的做法，正展示了两种不同的教育模式。郑春华在故事中所展示的，是对尊重儿童天性、听从儿童表达、顺应儿童意愿的自然的教育观，她在世纪之交以这部作品旗帜鲜明地展示了父亲对儿童引导式的教育，给教育界提出了一种改革的路径。郑春华的这部作品寓教于乐，她不仅教育儿童，更教育家长，让家长以另一种方式对待儿童、教育儿童。

幼儿对故事有着天生的爱好，郑春华抓住了幼儿的这个心理，将生活故事性地展现在幼儿面前。故事的核心，是那些生活中不经意间的幽默，它们构成了生活的"情趣"，也构成了幼儿们的"乐趣"，更能让儿童对作品抱有"兴趣"，还能帮助儿童自己发现生活的"意趣"。"趣"是郑春华故事取得成功的重要原因。正因为有趣，她的故事在反复的主题式的书写中让儿童看出新意，爱上阅读；正因为有趣，她的人物充满了画面感，深入人心；正因为有趣，她的作品才超越时空界

---

① 郑春华.大头儿子和小头爸爸[M].武汉：湖北少年儿童出版社，2006：165.

限,经久不衰。

概而论之,郑春华秉持着"万物有灵论",笔下万物总关情,活灵活现;又擅于从一件件小事中发现儿童之"趣",她的作品有料有趣,深受大小读者的喜爱。

12.2 课后阅读

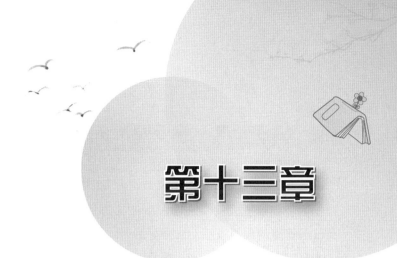

第十三章

13.1 课前思考

冰波童话的音乐性

冰波是浙江杭州人,是当代重要的儿童文学作家。冰波的作品,语言幽默,意境优美。他的童话"是一个象征体,它所揭示的境界中,洋溢着浓郁的童情、童思,给儿童以现实感和亲切感"[①]。他笔下的童话形成了一个纯美的世界,一个"诗意的天空"[②]。冰波的童话就像一首交响诗,其中的各声部协作一起交汇又各具特色,但核心则是一以贯之的音乐性。他的语言具有强烈的音韵美,在写作时间较为漫长、抒情性质更浓的童话之时,他擅长运用排比句,运用景物描写来渲染气氛,好像音乐中的绵长的音符;在写作情节更为离奇曲折、叙述更为紧凑的作品时,冰波的语言就变得较为活泼绵密,就像音乐中急促而有力的跳音。他的故事具有音乐的特色,长篇章回体的作品如连环的交响曲一般,环环相扣,有着不同的章节和特色,也有着贯穿始终的美好情感;短篇的作品更像一首首小曲,或曼妙多姿,或谐趣盎然,以短短的文字传达出韵味无穷的回音。他的情感基调也具有音乐性,作为一位敏感多思的童话作家,他以强烈的情感律动推动童话叙事,或抒情万种,或克制隐忍,却总能让人感知到文字背后的点点心绪。他的童话故事也同样具有音乐一般余音绕梁之美,经得起反复阅读、反复回味,每每重读总能看见不一样的美。因而,冰波是一个童话作家中的音乐家,用多变的演奏技巧和强大的音乐才华,为儿童的生活谱曲。

冰波出生于1957年,出版了近两百部各类童话,曾获全国优秀儿童文学奖(3次)、精神文明建设"五个一工程"奖(3次)、国家图书奖(2次)、宋庆龄儿童文学奖(1次)、冰心儿童文学新作奖等。

---

① 张锦贻.美与童话的象征[J].内蒙古社会科学(文史哲版),1990(3):122-126.

② 陈曦,曹文英.冰波童话:诗意天空中的上下求索[J].时代文学(双月版),2007(3):36-37.

浙江儿童文学史

第一节 诗意的咏叹调:冰波的"抒情童话"

冰波1985年以一篇1984年发表在《儿童文学选刊》上的《窗下的树皮小屋》荣获儿童文学园丁奖。而这篇作品也成为他第一部儿童文学代表作。这个故事讲述女孩与蟋蟀的纯真友谊,因为友谊,生命得到了延续和重生。而这部作品,便展示了冰波对童话艺术审美范式的探索和尝试,他的作品充满了诗歌一般的韵致,被视为童话界的"白马王子"①。

《窗下的树皮小屋》充分展示了冰波以诗的形式写作童话的追求,且看开头:

> 是葱绿的草丛泛黄的时候;是落叶在地上翻滚的时候;是秋雨和黄昏一同降临的时候;在女孩家的窗下,在一片枯黄的落叶下面,流出了断断续续的音乐。②

开头仿佛一首温婉动人的散文诗,借鉴了中国古典诗歌比兴的写法,以景物描写引入,将童话故事发生的时节款款地呈现在孩子们的面前。仿佛一幅秋日油画,主色调是黄色,草丛、落叶、黄昏,都是不同层次的金黄,层层浸染。仿佛一首悠扬的提琴曲,音符从琴弦上慢慢流淌出来,有时还遇见休止符,微微喘息,之后依然是如小溪一般流淌的音乐,如泣如诉。这是非常具有中国典雅风的开头,也奠定了冰波整部作品的基调。借景抒情是冰波在写作中所用的技巧,但冰波抒写的情绪是隐藏在景物描写之后的,是隐忍的、恬淡的,从景物描写中溢出来,展示出一种忧伤的美。忧伤的凄美,正是这部作品的艺术风格。先渲染氛围,再引入人物,童话便仿佛处于仙境之中,由远及近,由长镜头到特写,具有文艺电影一般的抒情风格,最后镜头聚焦到小蟋蟀"吉玲"之上。寒风肆虐中,吉玲的演奏,成为故事的第一个镜头。

除了运用诗歌中的景物描写之外,冰波还注意诗歌在形式上的建筑美。他并不拘泥于将童话写成大段的叙事,而是骈散结合,错落有致,擅于运用短段落,将段落中的文字排列得如诗歌一般美好。

而在故事叙事中,冰波注意诗歌意象的象征意味,就像乐曲之中每间隔一段就

---

① 杨鹏.转型期童话的游戏品格[J].文学评论,1998(3):37-69.
② 冰波.窗下的树皮小屋[M].武汉:湖北少年儿童出版社,2006:119.

要出现的主旋律那样。在《窗下的树皮小屋》中,这个意象就是"小屋"。女孩住在小屋中,而她为了让小蟋蟀能够安全地过冬,给小蟋蟀制作了一个美丽的小屋,用松树皮做青苔,用柳枝编墙壁和门,用两片叶子做两个窗子,而正是这样一间小屋,成为人与动物之间友谊的象征。在小女孩眼里,这是一间温暖的树皮小屋;而在小蟋蟀眼里,女孩"那长长的睫毛,是她眼睛的屋檐"①。而这种交流互动性质的友谊,也在视角转换之中展示得淋漓尽致。而在女孩生病之时,小昆虫们为她送水,而在这屋子中,就装载了友谊。

冰波童话的诗意美,还体现在情节设置之中。《窗外的树皮小屋》在故事进程的写作上仿佛一个跷跷板,一头坐着小蟋蟀,另一头坐着小女孩,一方有难,另一方便前去帮忙,这就形成了有节奏的、反复的叙事,反复歌词中,副歌的旋律回环,形成一部作品的叙述基调。

冰波众多的作品,都具有这样的属性,好像一首首诗歌:《钟声》的细腻悠远、《九叶草》的荡气回肠、《蛤蟆的明信片》的活泼童趣、《丁铃铃》的温柔凄美、《夏夜的梦》的幽深宁远……这种抒情风格,在《蓝鲸的眼睛》中被推至高潮。"蓝鲸的眼睛是容不得污浊的","蓝鲸的眼睛"这一意象,是美丽的心灵的象征。年轻人夺走了蓝鲸的一只眼睛,引来了蓝鲸可怕的报复,但女孩心地善良,渴望把蓝鲸的眼睛还给他,但蓝鲸把这只眼睛留给了盲姑娘,给她带来光明。"蓝鲸的眼睛"是一个让人过目不忘的凄美意象,象征着真善美,象征着无私的爱。在人与自然的博弈中,人类善良的忏悔最终换来了大自然的馈赠。《蓝鲸的眼睛》是一首关于人与自然互动的史诗——为了帮助女孩治疗眼疾,青年用长矛伤害了蓝鲸的眼睛;因为内心的自责,青年自杀谢罪;因为想把眼睛还给蓝鲸,女孩将蓝鲸的眼睛"蓝宝石"重新放回大海;最终,蓝鲸把眼睛留给了女孩……这个故事教会孩子们,要学会"善待地球家园里的每一个生命"②。这优美凄婉的叙事,正是冰波的特色,作家用一颗澄澈明净的心灵,去体察自然的律动,大自然的博爱,洗濯了世间所有的污秽,留下了至美的世界。

冰波是一个童话诗人,"以他优美沉静、温婉恬淡、略带忧郁色彩的抒情童话"③享誉文坛,感动了千万儿童,给他们编织了美好的梦境,他的作品如梦一般美好,晶莹剔透。

---

① 冰波.窗下的树皮小屋[M].武汉:湖北少年儿童出版社,2006:123.

② 袁敏.到南极,听一听深海里的忧伤[J].中学生天地(A版),2017(6):42-45.

③ 孙名谣.浅谈中国当代"抒情派"童话中的"尊重"精神——以冰波抒情童话作品为例[J].参花(下),2014(10):93-94.

第二节　温情的摇篮曲："需要"与"被需要"的联结

"需要"和"被需要",是冰波童话的一个重要主题。一般而言,冰波往往会设置一个形象鲜明的主人公,用夸张的方式呈现他的某一种特质,并通过塑造在他身边的一系列人物,来展示该角色对自身的认知和他在群体中所扮演的角色。这是引导儿童认识自身和逐步社会化的重要手段。冰波擅于在故事中建构一个互惠互利、和谐互助的社会环境,展现他的社会理想。

这在他早期的《长颈鹿拉拉》中便已经展露无遗。长颈鹿拉拉具有一个不能够被替代的特色——脖子长,而这个故事也就由此展开。就像一个点,开始螺旋形状的描摹,这个特点开始了它"被嫌弃"与"被需要"的旅程。一个人所具有的独特特征,往往会首先成为这个人物的烦恼,比如长颈鹿拉拉,"高"成为引发一系列故事的关键点。因为"高",他搭上直升机,去了远方,开启了他的精彩旅程,也让动物园里的动物们大开眼界。

"太高"成了长颈鹿拉拉的烦恼。他因为太高,把头伸进了云朵儿,让云朵儿包住了头,导致看不见大地而踩坏了小动物的家园,他破坏了小鸭子的房子、小鸡的床、梅花鹿种的花儿、小猪的瓜园,甚至被小动物们误认为"坏蛋"。进入森林王国时的这种闯祸("被嫌弃")的场景,给主人公带来烦恼,也为后文转折蓄势。

但是在后文中,高挑的拉拉给大家带来了便利,他发挥自己的身高优势,能够给大家当滑梯,能够给大家当秋千,能够帮助大家拉走乌云,能够帮助小猫做"钓鱼"的小岛屿,能够在运动会上当高音喇叭架和跳水的跳台,能够给大家当路灯,能够补天漏,能够给大家当烟囱……善良聪颖的他,能够充分利用自己的身高优势,成为大家的好帮手。动物们也与他成为好朋友,在拉拉的生日会上送上无限的祝福。小长颈鹿拉拉的品德核心是"善良",正是因为善良,他能够尽己所能帮助他人,能够成为人见人爱的小长颈鹿拉拉。从因为脖子长这一特点而四处带来不便,到能够利用自身优势成为大家的朋友,长颈鹿拉拉的这一转变,是这个故事的中心内容。正是这一变化,引导着听故事、读故事的孩子们发现自身的特点,学会扬长避短。

以某一特征为核心展开故事,以人物的善良为动力推动故事发展,化劣势为优势,最后成为独一无二的人物的故事,是冰波非常喜欢写作的童话题材。除了这篇中长篇童话《长颈鹿拉拉》,他笔下还有能够用自己的头发给他人当保暖衣物的狮

子王(《长头发狮子》);有能够将自己的大贝壳作为锅、钟、瓢和屋顶砖块的大贝壳小乌龟(《花背小乌龟》);有能够用自己的大嘴巴帮助动物们捡球、改变天气的大嘴巴河马(《大嘴巴河马》);有用自己的长尾巴打败大灰狼、能够当晾衣绳儿的长尾巴猴子(《长尾猴子》);有能够用自己的大脚压马路的大脚板鸭子(《大脚板鸭子》);有用自己的大角给朋友们当晾衣架的梅花鹿(《烦恼的大角》);其他具有鲜明特色的还有耷拉着大耳朵的大象(《大象的耳朵》)、长度惊人的蛇(《很长很长的蛇》)……这些故事,先会写这些动物拥有这些特点的原因,这些原因一般幽默风趣,让人啼笑皆非,都是先天的赐予;接着写这些特征给动物们带来的麻烦,主人公开始嫌弃自己的这个特征,让读者们因为主人公的遭遇感到心酸、心痛。在一个机缘巧合之下,善良的主人公发现了自己这个特征的用途,从而发现了自己的价值,最后利用自己的特点,扬长避短,成为为他人服务的好帮手。

集中展示此类认知自身在社会环境中位置的童话,还体现在冰波的系列童话"南瓜村的龙"中。"龙"这一没有显示形状的动物给了作家发挥想象力的空间,冰波充分利用"龙"这一形象的未知性,让不同的"龙"具有不同的生理特征和性格特点。冰波笔下的"龙",具有鲜明的人格特性。冰波塑造了一个个具有个性的"龙",共有二十余个。"打鼓龙"天生会在走路之时打鼓,但却不适合乐队、邮递员等工作,最后终于找到了送小朋友上幼儿园的工作;"吹喇叭龙"会吹很响亮的喇叭,"打雷龙"会在下雨天出没,"眼泪龙"会用眼泪下雨,"金钱龙"在散尽家财之后终于学会劳动致富、"喷嚏龙"坚持要治好自己的"感冒","喷火龙"会喷火,"捉鼠龙"会寻找没有回家的鼠宝宝,"大头龙"长着大头,"青蛙龙"与青蛙做了好朋友,其他还有"泡泡糖龙""大胡子龙""丑丑龙""吹气球龙""大角龙""亮眼龙""鸭脚龙""凶猛龙""收破烂龙""足球龙"等。这些故事简短但一波三折,一般都遵循"某一特点惹麻烦"—"接受特点"—"利用自身特点造福他人"的逻辑。这些故事的隐形逻辑是"劳动创造自身价值"的价值观,引导儿童发现自身的特点,利用自身的特点,能够在自己的特点的基础上,选择自身合适的社会位置。南瓜村里,各种各样的龙都找到了自己的安身立命之所;在社会上,冰波也希望读童话的孩子们不要为自身的个性感到自卑,相反,应当尊重自身个性,发现自己的特长和优势,成为对他人有益之人。这些童话在引导儿童投入劳动、帮助他人、建立和谐的社会关系上,功不可没。

此类"需要"与"被需要"类的童话变种,是以"小魔豆"为代表的童话故事。"小魔豆"是一名具有魔法的孩子,他拥有许多超自然的能力,但是这些超自然的能力却总是给他带来麻烦,闹出许多哭笑不得的事情。但每一次,当小魔豆用自己的能力帮助他人之时,就能得到众多美好的回报:他能够用"超级发酵粉"为他人做面包,给小动物们充饥;他能够剪太阳,让炙热的大地退热;他能够变出"魔法太阳帽",为小动物们送来清凉;他能够帮助小鼹鼠找他自己种的小甜豆;他能够为小动物们变出鸟的翅膀,让他能够在天空中飞翔游戏;他能够将土蛋糕变成好吃的蛋糕……更重要的是,在故事中,魔法所带来的更多是劳动的快乐而非好逸恶劳、偷奸耍滑。这些故事让人时而捧腹大笑,时而欣然莞尔,温暖而有趣。

冰波的幼儿童话,基于"需要"与"被需要"的矛盾,主张处理好"自我"与"他人"之间的关系,在帮助他人的过程中赢得他人的尊重。这是冰波童话的永恒主题。无论是团结协作的老鼠三兄弟,还是调皮的小霸王龙,都是友爱善良的好孩子;无论是富于梦想的花背小乌龟,还是小神仙们、小仙女们,都是寻找自我与社会的平衡点的角色。尤其值得注意的是,冰波还非常善于将视觉聚焦到小人物上。身上散发着大能量的小人物,成为冰波着力渲染的对象。他笔下的大肚狼,身上具有不同的对照,他虽然贵为狼族,却流落街头;他虽然心地善良,却处处受人排挤;他饱受饥寒,却依旧保持着纯洁和善意等。这种内在与外在的对照,展示了冰波的人性观:人,无论贵贱,都有着善良的灵魂。冰波是一个非常负责的引路人,在他的笔下,悲剧被涂上温情的颜色,所有生活中的不完美,被艺术化地呈现,让幼小的心灵得到"慰藉"①。他以这种方式告诉孩子们,人是独一无二的,生命是有价值的,每一个生命都值得赞颂,从而让儿童学会珍爱生命、敬畏生命,让自身的价值得到关照。

冰波的幼儿童话中,每一个事物都是生动的、有生命力的,其特征与人们对它们的日常认知形成巨大的反差。他写下了"会动的房子",写下了丢失了王冠的"青蛙国王",写下了又丑又勤奋的小蜘蛛,写下了想要买梦的小松鼠,写下了想要一双鞋子的毛毛虫,写下了在耳朵上闪亮的萤火虫……一个人本性与社会位置之间的差异,形成了作品的艺术张力。他的童话,就是一架树立于个人心灵与他人之间的桥梁,从而有效地引导幼儿进行社会化尝试。冰波在写作中,"用儿童的眼睛看世界"②,让儿童学会欣赏自己的独特性。

第三节　欢快的谐谑曲:冰波的幽默童话

冰波在童话领域广泛实践,他遵从故事本身的逻辑选择作品风格。尽管他诗

---

① 郑健儿.拥抱危难,感受真情——从童话《花背小乌龟》说起[J].浙江万里学院学报,2002(6):63-65.

② 杨晓芳."冰波童话":中国文化结缘童年[N].中国新闻出版报,2009-4-24:10.

意盎然的"抒情童话"已经取得了非常高的成就,但是他勇敢地对自己的艺术风格进行改造,由此,他的童话转向别样的风格——他"改变了诗性童话的特点,而又开掘了另种潜能,写起幽默风趣、情节跌宕,颇具喜剧效果的童话"①。他的幽默童话,充满了灵性。如果说他的"抒情童话"是一首首忧伤细腻的宣叙调,是小提琴上滑出的如怨如慕的音乐的话,那么他的幽默童话,就是一首首清新明快的圆舞曲,是热闹而快速的萨克斯曲,具有让人乐不可支,有些想要翩翩起舞的魔力。冰波的幽默童话,以叙事见长,情节跌宕起伏,节奏紧凑,形成了突破自我的风格。

    冰波的"幽默童话"代表作,是"阿笨猫"系列。该童话曾被改编为动画片,在央视播出,成为千万孩子们家喻户晓的童年回忆。阿笨猫是一只心眼儿不坏的小猫,他并不是真的"笨",他,正如作者所言,是一个平平凡凡的"小市民","想贪点儿小便宜,也就是想赚点小钱,也就是想出人头地一把"②。这正是这个世界又微小又重要的成员。"社会的主体就是由这些小人物组成的,阿笨猫只是其中一员,而且是很失败的一员。"③在社会的海洋中,阿笨猫是其中的一滴水;在社会的森林中,阿笨猫是其中的一丛灌木;在社会的天空中,阿笨猫是一缕小小的云絮。阿笨猫闹出的一大堆让人啼笑皆非的事情,充满滑稽,无论是成人还是儿童,都能够通过欣赏他的所作所为,对照自身,发现这种落差,获得一定的优越感,让人不由得会心一笑。阿笨猫为了让自己能够不睡懒觉,竟然模仿乌龟给自己做了一个特殊的闹钟;为了偷一个所谓的鸟蛋,竟然不知不觉地孵了一个"炸弹";他想学跳伞,却不好好学,最后还是打不开降落伞……这些让人笑得前仰后合的行为,虽然也提醒孩子们引以为戒,不要学阿笨猫,不能生搬硬套、三心二意、心怀鬼胎,但作者并非枯燥说教,而是将娱乐视为第一要义。冰波在这些"幽默童话"中所使用的语言,与前述"抒情童话"形成鲜明对比,且看下面一段:

    呼——呼——阿笨猫在床上睡得好死,他最爱睡觉了。有一句话说得好:"你的梦想决定着你的未来。""按照这句话的意思,我要想有更好的未来,就应要有更好的梦想,所以——"阿笨猫对自己说,"我应该多睡觉。"丁零零……早晨六点半,闹钟响了。"吵什么吵!"阿笨猫很恼火,因为闹钟吵醒了他梦,也就等于影响了他的未来。丁零零……闹钟

---

① 冰波.蓝鲸的眼睛(美绘版)[M].上海:少年儿童出版社,2011:185.
② 冰波.阿笨猫全传:发明家金哥[M].南宁:接力出版社,2006:138.
③ 冰波.阿笨猫全传:发明家金哥[M].南宁:接力出版社,2006:138.

还在响着。阿笨猫火了,他拿起闹钟,把它摔到了地上。闹钟不再发出声音了,确切地说,闹钟已经被摔破,发不出声音了。①

这是《阿笨猫·特制闹钟》的第一段。"儿童爱睡懒觉",这是非常常见的现象,十分贴近儿童生活,展示了冰波的童话想象观——正是因为通过想象而来的、童话中的事物是日常生活中不存在的,那么这个想象是否贴切、是否传神,便成为是否能够让人在阅读中收获愉悦感的关键因素。爱做梦是孩子们的天性——以孩子为原型的"阿笨猫"亦然。基于生活观察的艺术想象,让这部童话显得颇具人情味。在儿童的感知中,世界是缤纷的交响乐,是真实与梦幻的交织。所以这里的描写充分地使用了各种拟声词,让读者倾听阿笨猫的生活。冰波是一个非常好的童趣捕捉者,他在写作中注重从儿童的角度来表达,如阿笨猫睡懒觉一事,对于阿笨猫而言,最烦恼的就是闹铃声,这段话中闹铃声出现了两次,控制了叙事的节奏,也呈现出了阿笨猫想要继续睡觉的状态。闹铃声止于阿笨猫将闹铃摔坏——静止的闹铃,让文本的配乐安静下来,也为下面试图解决这一问题拉开了序幕,好像一首音乐中间的休止符一般。

冰波在"幽默童话"的写作实践中,注重于"运用一种平实、质朴的叙事方式,来展示一种富有内涵和意境的艺术美"。② 他笔下的阿笨猫,有着许多奇遇:遇见外星人巴拉巴、遇见捣蛋发明家、遇见超人,随着阿笨猫故事的发展,冰波大胆地将童话披上滑稽风趣的外衣,让孩子们在阅读时不仅拍案叫绝。他的"阿笨猫"系列作品,展示了一种与当下现实世界息息相关的"现实美""社会美"③。滑稽的背后,有荒诞的生活现状,有人性的复杂多变,有深深浅浅的人生哲思。它们都被包装成如糖果一般惹人喜爱的样子,让孩子们细细品尝,久久回味。

第四节　生命的幻想曲:冰波的哲学童话

除了在日常生活中寻觅、发掘童话元素,冰波也常常在童话中跳出鸟兽言语行

---

① 冰波.阿笨猫[M].长沙:湖南少年儿童出版社,2014:1-2.
② 束沛德.冰波的新追求[M]//束沛德.为儿童文学鼓与呼.南昌:二十一世纪出版社,2009:47.
③ 李贞.亦幻亦真,别一世界——试论《阿笨猫全传》的当代意识[J].台州学院学报,2004(4):27-31.

动的点点滴滴,去追寻更宏大的命题。他的部分童话展示出对生命的哲思,好像一首首宏大壮美的幻想曲,展现出汹涌澎湃、包罗天地的豪情,而这些思考,却又以一个个简约的音符传达而出,让人触摸到作家心绪的律动。

生命教育是童话永恒的主题之一,而冰波同样认识到这一点。他的众多童话都展示了对生命的思考与回顾,对时间的重塑与剪裁。他的一篇《红纱巾》,以古树、红纱巾、蚂蚁、秃鹫、狼的视角写作一位少女的死亡。这位少女失足跌入悬崖,而她的死仿佛是沙漏的时间重新开始计时,凄美、残酷却温润有情。秃鹫对这位少女的死产生敬畏,在作家的笔下,这成为定格的镜头——"秃鹫们降落在雪白的骨架旁。仿佛在喷涌它们的激情,仿佛在奉献它们的恋爱,秃鹫们开始急切地哺喂这副美丽的骨架。它们吐着嗉囊中带血的肉,像哺喂自己的孩子,完全忘记了自己,整个身心投入到骨架上。"①秃鹫吃尸体,是一个科学常识,但作家有意回避了少女肉身已经消亡这一事实,将秃鹫对少女的躯体进行撕咬的情形浪漫化,展示出一种对生命的尊重和敬意。而秃鹫用它们来哺育自己的孩子,孩子把肉留给了妈妈,这是一种爱的交流与奉献。哪怕生命终止,爱与美不会终止,它们代代相承,成为永恒。少女的躯体喂养了蚂蚁、秃鹫、狼,她的生命已然逝去,但已经与这大自然融为一体。文中的红纱巾是生命的象征,躯体的变化不会改变颜色的鲜艳,让人感受到一种在绝望中孕育希望的美。

如果说《红纱巾》展示的是一种对逝去生命的尊重与敬意,那么《神秘的眼睛》则是对残缺生命的致意。文中,瘫痪的男孩和失明的女孩通过一只风筝形成情感的链接,男孩看见了山那边的世界,女孩遇见了光明,如梦似幻,哀婉如歌。而这正代表爱点燃生命的希望,在天地之间,无论亲疏远近,只要心存向往,就能看见希望,这是冰波的价值观,也是冰波弹奏的一曲生命颂歌。

再如《狮子与红苹果》中,母狮子变作了一棵苹果树陪伴着公狮子。爱情是永恒的、炽烈的、金色的、不死的,这贯穿生命的感情,让孤独难以遁形,让生命为之赞叹。爱情,跨越了生死。这是对情感的又一次高度赞颂,也是对生命的再度讴歌。

冰波有关生命题材的作品,还有《毒蜘蛛之死》《神奇的颜色》等,冰波赋予红色这一特殊的色彩以"生与死"②的双重走向。在有限的生命之中什么才是永恒的?冰波给出的答案是爱,是情,它们超越生死,能够成为哺育生命生生不息的源泉。

① 冰波.红纱巾[M]//窗下的树皮小屋.武汉:湖北少年儿童出版社,2006:186.
② 石诗瑶.生命的启示——论冰波探索性童话中关于红色的隐喻[J].昆明学院学报,2012(34-1):17-19.

这一浪漫的生命观,展示了冰波以情感为核心的童话美学追求。

冰波的童话,是一首首精彩的儿童音乐,它"适应他们对生命世界进行想象和创造的心灵需求"①,在多变的曲调中,唱着关于人间真情的颂歌。

13.2 课后阅读

---

① 杨晓芳."冰波童话":中国文化结缘童年[N].中国新闻出版,2009-4-24:10.

14.1 课前思考

毛芦芦植根于乡土的艺术追求

浙江的南国风貌哺育了一位位作家,山清水秀的南国风景,也温润了一颗颗敏感的心。而毛芦芦就是充满了南国风情的作家,她以女性敏感的心灵寻找着寻常生活中的灵感,用质朴而又清新的文字娓娓道来,完成了一部部温情款款的、荡漾着江南小调的作品。

毛芦芦是衢州的一位勤于笔耕的儿童文学作家,毛芦芦原名毛芳美,1992年毕业于浙江师范大学政教系,先后任浙江衢县石梁中学教师,衢县报编辑、记者,现任衢州市文化馆文学指导干部。她的作品曾荣获2003年冰心儿童文学新作奖大奖、浙江省"五个一工程"奖、首届中日友好儿童文学奖优胜奖等。

她的文字就如一幅幅纯美精致的江南风景图,每一个故事都是一幅图画,勾勒出浙江这片土地上的离合悲欢。浙江的山水养育了她,她的文字中,充满了山的坚毅、水的柔情,她就像一株顽强不息的芦花,在浙江儿童文学这片水灵灵的土地上,抽芽、开花。

第一节　坚毅如山的精神面貌

毛芦芦自20世纪90年代便醉心于文学,那时她还是一位浙江师范大学的学生。对情感的细腻描写是她早期文字的显著特点。她的校园作品《同是20岁的别离》于1992年发表于《散文选刊》,这篇不长的文字,以涌动的真情,给人以心灵的触动。这篇作品以"我"20岁这年离家求学入手,以与奶奶别离的场面,引出奶奶20岁时因为战争逃离家乡的往事,感受到了亲人在时代中的付出;结尾回到"我"的21

岁,因为感知到父辈的不易,更加热爱教育事业。这篇散文以时空交叠的方式铺排故事,以倒叙、插叙和补叙相结合的方式击碎时间的延续性,代之以情感层层深入的顺序。小小的散文具有一明一暗两条线,明线是"我"在列车上告别奶奶,与奶奶越来越远;暗线是奶奶一生颠沛流离的生活。两线交汇于献身事业的热情之中,在结尾达到高潮:"今天,奶奶是再一次付出了。她把她心爱的孙女儿,送给了阳光下最光荣的事业——教育事业。我会的,会让自己珍惜这片金色的阳光的。我要给我的奶奶和全中国所有的奶奶一份年老的安逸和一份对未来的美好的憧憬。"①由此,个人的别离与祖国兴衰联结在一起,升华了主题。有批评家高度评价了这篇作品,尤其肯定其以对比手法推进情感的写法,认为"诚挚的情思、美好的祝愿在这对比声中愈发显得珍贵、肃穆"②。当然,以今天的眼光看,这篇作品还不够成熟,直抒胸臆的情感抒发略显生硬,但它已经显示出作者不俗的故事架构能力和一定的语言功底。

2000年,毛芦芦以一篇《难忘与你们同行》摘取了冰心儿童文学新作奖。这篇小说的取材非常小:通过初一(2)班一群孩子的拉练活动,展示一个班级同学们互帮互助、团结上进的精神。"以小见大"是毛芦芦在早年就已经熟练掌握的写作妙招。同学们的群像与个体形象相结合,既从一位同学在拉练过程中的表现入手,回溯他们平时的行为举止,又从这一项室外活动的横切面,展示了中学生们的日常生活。在这一路上,意外不断发生:有的同学走不动了,只好停下来休息,等返程的时候再与大部队会合;有的同学吃坏了肚子,而别的同学也伸手相助;有的同学是称职的学生干部,是老师的好帮手……"班主任"这样一个视点,使得作家既能够以概览式的方法顾全大局,又能够细微地洞察学生个体的一举一动,收放自如。毛芦芦就像一位纪录片拍摄者,将一群儿童远足的故事拍摄下来,记录一路的欢声笑语。这条路是一个象征,象征着儿童在成长路上遇到困难在所难免,大家只要齐心协力地克服,就能达到目标,毛芦芦的故事充满了正能量,给人以积极向上的精神鼓舞。

毛芦芦的代表作首推荣膺冰心儿童文学新作奖大奖的《芦花小旗》,而或许是受到这部作品风靡的影响,毛芦芦将自己的笔名定为"芦芦"。《芦花小旗》是一篇构思精巧、情节曲折、语言优美的作品,给毛芦芦带来了荣誉和知名度。

① 王剑冰.精短散文(校园情丝)[M].北京:人民日报出版社,2003:243.
② 胡俊海.青春嘹亮而真诚的歌唱——谈新时期大学生们的散文创作[M]//程金城.中国新时期散文研究资料.济南:山东文艺出版社,2006:423.

《芦花小旗》充分展示了来自贫困家庭的"我"(叶荞麦)在逆境中不懈努力的故事。在"我"的家庭中,母亲因受刺激得了精神病,医药费捉襟见肘;父亲靠打猎为生却被公安逮捕;"我"考上中师却没有机会上学,被父亲变相卖掉换钱……面对家庭的不幸,"我"失望过、迷惘过、怨恨过,但"我"终于坚强地迎接挑战,迎来了曙光:医药费得到了水花婶的帮助,"我"也在校长的不懈努力帮助下成为一名音乐教师。在结尾处,"我"边打工攒钱边努力完成自己深造的梦想。《芦花小旗》中的人物众多,情节交错,让读者的情绪跌宕起伏,作者举重若轻的写作,让故事的情绪不至于泛滥。毛芦芦的这部作品,似乎处处把主人公带入绝境,又处处还主人公以生机,颇有"山重水复疑无路,柳暗花明又一村"之感,读者跟随主人公经历人生的一个个片段,也在这个过程中为其精神所感染。诚如故事中水花婶所说的那样:"野蓬竹长出好笋,鸡窝里飞出金凤凰。"①这个"丑小鸭"型的故事激励儿童勇敢地面对挫折和困境,把爱与勇气的种子播撒在孩子们的心田。

2017年再版之时,毛芦芦把这个故事的名字改为"远山有天使",如果说"芦花小旗"更多地流露出对一个女孩自强不息精神的赞美的话,那么"远山有天使"更多地表达了对善良的呼唤。善良,正如一缕阳光,温暖了这个黑暗的四口之家,照亮了叶荞麦的心灵。这个女孩之所以能够从困苦中挣扎着爬起来,正是因为她身边的好邻居、好校长的帮助。阳光正暖,奋斗正当时,从同一个故事的两个侧面中,可以窥见毛芦芦的良苦用心。

毛芦芦在一定程度上以故事中的人物自喻。她笔下的主人公多为女性,女孩子柔弱的外表与内心的刚毅形成鲜明的对比,更突显了这种柔韧有余、执着进取的性格。毛芦芦在写作上勤奋刻苦,她本身就像她笔下的坚强的女孩一样,努力攀登儿童文学的高峰。或许正是因为这坚韧不拔的品格,才让她笔下的人物闪烁着美丽坚毅的光华,感人至深。

毛芦芦积极开拓自己的写作内容,她的"不一样的花季"战争三部曲就是一个先例。她试图将自己的目光沿着时间的河流逆流而上,去寻找抗日战争期间儿童的生活故事。在那个特别的年代里,血泪纷纷的环境让儿童不得不独自面对生死,不得不承受人生之重。在这三部作品里,毛芦芦所塑造的主人公,都具备不屈不挠、坚贞不屈的品格。例如,在《柳哑子》(又名《大火中的童谣》)中,哑巴孩子柳哑子因救助了一位日本兵而带来了杀身之祸,他展示出超出年龄的成熟和坚韧,他带着全村的孩子们逃生,为乡亲们报仇。这个孩子从一个弱者成长为一个强者,战争

① 毛芦芦.芦花小旗[M].杭州:浙江少年儿童出版社,2006:68.

铸炼了他的性格,他成为复仇行动的积极行动者,成为与国家同呼吸共命运的小英雄。在《绝响》(又名《摇啊摇,大花船》)中,少女林芝本来是一个无忧无虑的孩子,但却因为战争的到来而不得不成熟起来,学着与同窗冰释前嫌,而在父亲选择了与日本侵略军同归于尽之后,林芝最后如父亲一般,勇往直前,成为抗击日本侵略军的一员。《小城花开》(又名《小女兵,一粒米》)中,叶一弥在战争和瘟疫中越挫越勇,成为智勇双全的抗战女孩。作家自己说,这几个故事来源于她早年的一次采访,让儿童牢记历史的使命让她洋洋洒洒地写下了这三部小说。21世纪,毛芦芦又写下了《如菊如月》《流亡的天使》等一系列以抗战为背景的儿童小说,激励更年轻的一代从历史中得到教育,牢记报国之使命,培养自立自强的性格。作家深知,战争小说并不能宣扬血腥、暴力、复仇等内容,前述的坚强乐观,是她宣扬的中心。她的这几部小说都是非常典型的成长小说,从无拘无束的孩子到百折不挠的小英雄,她的故事既具有抗战时期儿童文学的现实关怀和家国意识,又具有聚焦当下的教育意义,具有深厚的历史性。开篇宁谧欢快的氛围与中间紧张的情节形成鲜明对比,主人公的性格也具有非常强烈的成长特征,生离死别和家国离乱让儿童从懵懂的状态成长汇入时代的洪流,承担起社会责任。前后的对比越是强烈,越是展现出战争对儿童的伤害与锤炼。她的故事展示了中华民族艰苦奋斗精神的代代相传,她的故事鼓励儿童树立爱国情感,以百折不挠的态度面对生活。与战争年代的儿童相比,当下的儿童面对的生活平静得多,但是这种坚忍的性格却是值得学习和传承的。而个人命运与国家命运的联结,让儿童思索个人与国家的关系。

在此基础上,作家引导儿童反思自己幸福生活的由来,思索中华文明源远流长的原因。而这便需要儿童去以自己之力为国家建设出一份力,毛芦芦文字所传达出的这种山一样坚韧的品格,也就有了更为宏大的意义:中国不亡,希望不灭。中华民族是历经风雨却依旧屹立不倒的民族,作为中国人,儿童更应当为自己的国家感到自豪,更应当在文字中感受到父辈的爱国热情,树立为祖国奉献的价值观。在这三部书中,毛芦芦所颂扬的艰苦奋斗的精神扩大为一种民族精神——人之所以要永远乐观、永远不放弃希望,不仅仅是为了自身,更是为了以史为鉴,不再重蹈覆辙;更是为了祖国的希冀,为了中国屹立于世界强国之林的新征程。毛芦芦通过对历史事件的渲染和回溯,完成了坚毅人格的升华。

第二节　细腻如水的情感描写

　　毛芦芦在 2003 年之后出版了一大批儿童小说集。首先是《暖雨》,收录了作者的二十余篇中短篇小说。她在扉页上写道:"假如说生活是一江春水,那么文字就是一张网,能捕住我们生命中很多温暖感人的美丽故事。我希望从我这张文字的网上摘下的故事,也能感动你们——我最亲爱的读者!"而"温暖感人",正是毛芦芦所渴望在笔下展示的:生活中的暖意,像一朵朵缤纷的花朵,绽放在毛芦芦的笔下。毛芦芦以一个母亲的温情步入故事空间,给孩子们带来如阳光般温暖的故事。小兰吹笛子的故事,让一个善良又不追求物质财富的女孩形象跃然纸上;孤儿宋歌与母亲相认的故事,让人重审母爱的分量;杏哥在汹涌浪花中救出白果弟弟的故事,闪耀着人性的光辉;梅好奋不顾身救火的故事,让人相信与人为善的力量;失去父亲的小强接受帮助的故事,塑造了助人为乐的人物形象……毛芦芦是一个社会的观察者,她像一个寻宝者一样从社会现实中寻找材料,她将一个个小小的素材编织成一张网,这张网筛去了社会中滞重的尘埃,过滤出金色的阳光,闪闪发亮。她的笔有着江南之水的柔情,温润、清雅。她用一个母亲的慈悲观看着世间万物,她的文字里包含着一个理想主义者对和谐美好社会的向往。她的每一个故事都像是报章里温暖的小新闻,植根于社会实际,却让人相信这个世界的光亮。她的一些小作品并没有完整、波折的故事情节,但却以一种微小的情愫动人心魄:《枣树·女孩》中,女孩将枣树视为精神寄托,却不慎在枣林中受伤,随着女孩与枣树之间的情感的联系,在爱与伤害中形成张力,在此基础上,女孩坚强的毅力成为故事一以贯之的精神高标。没有过多的渲染,没有扣人心弦的情节,但小女孩的心绪在故事中完整地呈现。再如《绿裙子的电影》中,身着绿裙子的柔弱女孩却拥有非凡的力量和勇气,这种内外差异形成了期待落空,让读者瞬间被"绿裙子"的昂扬精神打动。毛芦芦的文字就像江南的一泓清泉,涓涓地流过读者的心田,滋润着儿童纯净圣洁的心灵。

　　毛芦芦的短篇小说常常是片段式的、剪影式的,常常不以情节为主,而是以情感作为逻辑主线。毛芦芦的作品是从孩子自身的认知出发,以博爱之心容纳世界。从儿童和家庭的关系出发,她用一个孩子掏鸟窝的故事来诠释"家"对万物的深刻意义,用人与自然的互动表达浅显自然的道理(《小轮的鸟窝》);从儿童的友谊出发,毛芦芦以抒情的笔调书写着木槿和白堤的友情(《北山下有座独木桥》);由是观

之,"情感"是毛芦芦的出发点和落脚点,是她着力要描写的内容,也是她的小说饱含感染力的重要缘由。从儿童生活的基本实际出发,亲情、友情和师生情是毛芦芦着力描写的三种情感。其中,亲情以父爱、母爱和兄弟(姐妹)情组成,这些情感构筑了一个家庭的温度;而友情是儿童接触最为广泛的情感,也是毛芦芦着墨最多的情感,不同性格的孩子之间的交流互动,成为故事中环环相扣的情节,推动故事发展,而皆由此情感,毛芦芦描绘了不同性格的儿童,其中不仅仅有女孩之间亲密无间又时常闹小矛盾的友谊,也有男孩与女孩之间情愫的悸动与萌生;师生情是儿童在校园空间中接触的情感,毛芦芦自己曾有多年教师经验,因而对此情感驾轻就熟,能够从一个引导者的角度与儿童达成互动。这三种情感交叠在一起,为她笔下的儿童构建了一个庇护所。

她所选取的中心人物,常常是社会中的弱势儿童:病童、穷苦儿童、山里儿童、孤儿……作家将目光投向社会的边缘,"儿童"本就是社会上的弱势群体,而作者所选取的描写对象正是这弱势群体中的弱势群体。毛芦芦无疑是一位有着强烈同情心的作家,她深入这些孩子的生活,记录他们的一颦一笑。举例而言,《青楝,青楝》的主人公是一位身患罕见遗传病——脑胼胝体发育不全的儿童,他在饱受病痛折磨的同时还要眼睁睁地看着亲人被病魔夺走生命;《采春,采春》聚焦一个留守儿童的故事,尽管缺失了父母的关爱,但祖父也给予他生命中的温暖;《暖雨》从一个乞儿的角度讲述故事,反映出弱势儿童对情感的敏锐捕捉。用情感爱护儿童,是毛芦芦在小说中践行的理念,她试图用自己充满情感温度的文字,去温暖这些在寒夜里瑟瑟发抖的心灵。而正是因为书写对象是弱势群体,作家所呈现的人文关怀更显珍贵,她愿意做一个善良的使者,以悲悯的情怀,关爱这些似乎被主流社会忽视的幼雏。

由此来看,毛芦芦的作品以情感见长。她的作品的情感基调是谈论她作品时永远绕不开的话题。不同于一些儿童文学作家以幽默的文风、奇特的想象力或一波三折的情节取胜,她浓烈的情感就像一面风帆,推动着她的故事从泉水叮咚的小溪遨游到无边无际的大海。这情感以"爱"为核心。正因为有"爱",苦难在毛芦芦笔下审美化,生活在毛芦芦笔下理想化。她的小说取材于现实,却有着高于现实的浪漫风格。从她的文字里可以看到作家对世界的期许——让所有的儿童都能够在爱的包围中健康成长,让所有的儿童都能拥有幸福的未来。从这一点看,毛芦芦是一个理想的现实主义者,她试图艺术化生活,她的故事有着记者的敏锐,但不同于记者客观的描述,她的文字充分展示了个人的美好向往,让人感受到爱与希望。

在理想的推动下,作者试图让笔下的人物以"爱"的心绪行事,而这种互相的

"爱"的交汇便构筑了一个理想世界。毛芦芦的故事就发生在一个充满爱的环境之下,也就是说,爱不仅仅是她所流露出的高贵品格,而且构成了社会基本的处世之道。她笔下的人物与环境是相辅相成的:一方面,人物构建了和谐的社会关系,组成故事发生的背景;另一方面,"爱"的环境浸染着故事中的人物,在"被爱"的影响之下学习"爱人",更让社会环境充满了温馨和谐。这种人与环境的互动,在毛芦芦的很多作品之中都能够明显看出,在一些篇幅更长一些、人物更多一些的文字中更加明显。例如在《鸭的官》(2009)、《行走的村庄》(2009)、《福官》(2009)等,在更为丰富的故事情节之中,主要人物及其背景形成交叠和互换,展示出人物和环境具有层次感的互惠。以主人公为中心,围绕在主人公身边的"爱"与社会所展示出的"爱"的背景形成互补;社会之"爱"与人之"爱"有主有次地凸显出来,共同推动着主人公的成长。

同样,在毛芦芦的历史小说《小城花开》中,尽管主人公历尽磨难,但依旧相信人性的光辉,正是来自四方的爱,给了她继续前行的力量。战争本是对人性之善的践踏,但在毛芦芦的笔下,这血与泪的岁月更加反衬了"爱"的珍贵。族人面对共同的敌人——日本侵略军所展示出的团结一心、众志成城更加动人心魄,这种反差形成了毛芦芦作品的动人之处——只有当命运被逼入绝境,这爱的星火才能燃烧成光明的海洋。

 ## 第三节　水乡语言环境的浸染

如前所述,毛芦芦的作品具有强烈的现实性。她将自己锻造成一个容器,去容纳身边的一花一草,继而编织成缤纷的艺术品。而正是因为毛芦芦总是取材于身边的喜怒哀乐,她笔下的悲欢离合充满了生活的气息。而正因为她是土生土长的衢州作家,她的写作荡漾着南国乡野的气息。

毛芦芦非常擅长写作农村题材作品,她是一个田野的观察者,一个认真感知山村生活的有心人。她的语言和故事取材于生活本身,所以她的小说是非常典型的充满浙江风情的儿童文学——她几乎所有小说的背景,都是南国村庄和城镇,即使不点出地名或虚构地名,她的写作也是基于浙江地区真实生活的艺术组合。她笔下的意象,几乎都是浙江的常见景物,主要集中于毛芦芦生活的衢州地区和金华地区。例如,在《远山有天使》中,"我"试图投水自杀,在芦花丛中"飞翔"的描写:

我踩上荆棘,踏上芒杆,全不晓得疼痛。

我是在飞呢!金黄的野雏菊、紫白的马兰花在我如漆的黑发下纷纷后退,不一会儿,我的目光就栖上了那顷芦苇。

那顷在晨雾中温馨如歌、婉妙如画的芦苇,那顷在碧水上清凉若棋,灵逸若诗的芦苇。……

可就在这一刻,我身边的芦花开了。乳白的花絮,从胆子的穗壳里唰地挣出来,翩然弹开,被风一扬,被朝阳一剪,就像无数面小旗,呼啦啦插上了我的心头。①

这是一段如诗如画的描写,也是主人公叶荞麦生命的转折点——从放弃生活的希望选择赴死到勇敢地面对生活,正是这生生不息的芦花小旗,给她带来了生的力量,芦花正是南方沼泽地的重要植物,芦花盛开也是江南的唯美风景。南方水草丰美,芦花是常见的普通的野生植物,而正是通过对这一平凡的植物的描写,让故事"峰回路转",故事中的主人公叶荞麦由此"起死回生",勇敢热情地投入生活的怀抱,成长为一个坚强上进的阳光少女。

不仅仅是小说,她的童话,也充满了水乡的气息,《荷花船》讲述的是青蛙帮小蚂蚁过河的故事,而河流正是南方城镇的命脉,青蛙和蚂蚁也是水乡的居民。因此,她是个乡村生活的体验者,对乡村的全方位观察,构成了她笔下的精彩纷呈。

对农村场景的熟悉,并不能剥夺作家对城市生活的驾驭能力,毛芦芦的很多小说是取材于城市少年生活的,而她所聚焦的依然是来自农村的孩子,在城市的边缘的孩子。比如,《黄梅天的太阳》描写农民工子弟黄梅天在"金太阳小学"的经历,深入了一个外来务工者儿童的内心;《姐姐的背篓》写了农民工父母相继下岗后智力残疾的姐姐的处境,力透纸背地揭示出社会保障系统的重要性。

毛芦芦不仅仅是一个生活的观察者,更是一个敏感的倾听者。她善于用对话推进故事情节,她作品中的对话就像留声机,留下了浙江街头巷尾的争论和奇谈。她在行文过程中时常会加入一些方言的成分,这些方言起到画龙点睛的作用,让这些语言具备了更强的情感性和音乐性。读到这些句子时,具有相似方言背景的人可以瞬间代入,这些文字仿佛自带声音,总是在不经意间在耳边响起。如:

"使不得,灯太招眼,不知啥时日本佬就来,不能引他们注意啊! 你

---

① 毛芦芦.远山有天使[M].桂林:广西师范大学出版社,2017:126.

们，还是快走……快走！"①

　　这是一句抗战期间英勇负伤的舅舅对大家的提醒,舅舅宁愿牺牲自己,也要保全身边之人,寥寥几笔,展现出南方人看似平和的语气之下不屈的心灵。

　　　　"哈哈,小滑头,你还要骗妈妈！小坏蛋,看妈妈怎么收拾你！"②

　　这是《风铃儿的玉米地》中 8 岁的留守儿童风铃儿与妈妈互动的一个小片段。妈妈爱护着风铃儿,风铃儿也爱着妈妈,构成一幅美妙和谐的母女图。但是这幅画面越是美好纯洁,越是反衬后面风铃儿作为一名留守儿童的孤独处境。

　　　　"那你再眯一会儿吧！俺先走啦！"③

　　这是描写 1942 年抗战中兄妹故事的《拯救折翼飞鸟》开头的一个小节,是哥哥对妹妹的嘱咐。这活泼而富有生活情趣的对话,充分展示了兄妹之间美好的手足之情。这随意幽默的对话,也与后文战争背景下兵荒马乱的生活形成了鲜明的对比,惹人心疼。

　　　　"你们呀,就是没大没小,爹不像爹,娜不像娜,狗也不像狗！"姆妈
　　说着,自己也操起一双筷子,从酱肉碗里夹出一根小肉骨头来,弯下腰,
　　冲桌子底那条小土狗笑了一下,"来,如月,开饭啦！"④

　　这篇同样描写抗战的小说《如菊如月》中,妈妈对人(如菊)和狗(如月)的话,充满了衢州话的特色,为后文抗战期间二人的生死情结埋下了伏笔。
　　这样的例子,在毛芦芦的作品中不胜枚举。她是一个生活的整理者,她把自身所接触到的生活规整好写入故事,让这些故事仿佛在她身边真实发生过一样。毛芦芦对生活本身的体悟,展示在小说和童话作品中。她的许多作品非常短小,却写

①　毛芦芦.福官[M].济南:明天出版社,2009:97.
②　毛芦芦.发现玉米地[M]//毛芦芦.风铃儿的玉米地.合肥:安徽少年儿童出版社,2012:4.
③　毛芦芦.兄妹早起[M]//毛芦芦.拯救折翼飞鸟.合肥:安徽少年儿童出版社,2013:3.
④　毛芦芦.如菊如月[M].武汉:长江少年儿童出版社,2015:2.

得真挚动人;《红山楂手镯》写出了一个贫困物质条件下的孩子对美的渴望;《大姐"战士"》展示了长女护佑弟妹的"壮举";《姑姑的坡》描绘了一位精神障碍者的母性光辉;《奶奶与乞丐》展现了一位平凡善良的老人悲天悯人的情怀……这些故事都短小精悍,但却真实地反映了生活中的点点滴滴,展现了小人物内心的善良,而这正是毛芦芦作品尤其珍贵的特点。毛芦芦作品的生活气息,正是从这一个个小小的细节中透露出来的,这盈盈的清芬,终究汇聚成沁人心脾的芳香。

毛芦芦将生活精心收纳进小说,而一些生活的边边角角,一些随意的小细节,则被纳入散文之中。而她感知生活的过程,亦可以从儿童散文这一体裁中略知一二。毛芦芦写作了大量儿童散文,她就像一个作文导师一样事无巨细地在文章中给孩子们示范如何把景色写得优美,把人物写得活灵活现,把一个平凡的小事写成一篇精彩的文章。她的儿童散文作品基于她自身的生活经历,又引导儿童仿写、记录生活,从这个意义上来说,她就像一株芦花,从泥土中吸取养分,又将落英还给泥土,哺育更多的芦花。

人如其名,名如其人,她就像她的笔名一样,总是取材于平凡的生活,却以她不懈的艺术追求将它们雕琢成儿童文学精品;她总是描绘着看似寻常的人物,却以慈悲之心体察着这些小人物的万千命运,呼唤着人间向善的力量。她用自己的文字给儿童绘制了一幅幅理想化的生活图景,就像一朵芦花,从泥土的黑漆中生长出来,却面向金色的阳光。这向上、向善的精神,是毛芦芦写作矢志不渝的艺术追求,是她化干戈为玉帛的灵药,也是她不断攀登写作高峰的拐杖。毛芦芦定能像芦花一般捧出坚韧的美丽,激励更多的少年儿童为建设充满大爱的中国努力奋斗。

14.2 课后阅读

第十五章

15.1 课前思考

汤汤童话中对"记忆"的书写

汤汤是浙江当代重要的儿童文学作家。她现为浙江师范大学人文学院特聘教授,中国作家协会会员、浙江省作家协会副主席,民盟中央青年工作委员会委员,浙江省全民阅读形象代言人。她曾三度获得全国优秀儿童文学奖,曾获浙江省优秀文学奖,冰心儿童文学奖,陈伯吹儿童文学奖,金近儿童文学奖,儿童文学十大青年金作家奖,冰心儿童图书奖。主要作品有短篇童话集《到你心里躲一躲》《别去五厘米之外》等,中篇童话《喜地的牙》《谷子遇见豆子》等,长篇童话《流萤谷》《睡尘湖》等。汤汤的作品好像一汪澄澈明净的湖,在微澜之下,有一个纯美宁静的世界。她调动自身的童年回忆,发挥蓬勃的想象力,在童话的世界里抒写善良与美好。

在汤汤的作品中,"记忆"是一个重要的描写对象,"记忆"往往包含人物对过往的认知,通过"铭记"与"忘记"的交锋,故事的片段被拼贴成各式模样,记忆让现实与头脑中的印记拉开距离,昨天与今天交织缠绕。而这正是汤汤作品的魅力之一。通过人物的记忆,汤汤自由地徜徉于幻想与现实之间,构建起自然纯真的童话宫殿。

第一节 "坚守记忆":对自身身份的认同

汤汤的许多作品中,主人公对自身的追根求源是贯穿作品始终的主线,而这种对个体身份的记忆与认同,是主人公行为的直接动力。

《小青瞳》中,白菜、青豆和黄花在幻境中走进幸运国,遇到一群生活在岸上的鱼,他们害怕水,不被允许接近水,"鱼"是这个家族的禁忌词。但是,一位叫"青瞳"

的孩子,在遇见青豆之时,知道自己其实叫"鱼",决定打破族规,勇敢地走进水中,喊出了自己的宣言:"你们看,我没事儿,水一点儿都不可怕——"①她不畏族长的打骂,在水中找回了自己的民族身份,引领族民选择自己想要的生活。

主人公这种对自身身份的回溯,是作者结合人类学知识,对身份认同的肌理进行的展示。"我从哪里来"本该是一个重要的哲学命题,而以族长为代表的族人以建立族规的方式让自己忘记自身的原初身份,对陆地的记忆替代了对水的记忆,这种记忆替代使得人们遗忘了自己的初心和本源。"幸"(指《小青瞳》中的神鱼)个人的记忆通过权力指挥下的情绪传播,成为集体记忆——"个体记忆之所以能够成为集体记忆,一方面,这个过程是在对话中完成的,是个体之间互相妥协的结果;另一方面,这个过程受到历史背景的影响。"②时间维度上的延伸让记忆的固定化成为可能。在此基础上,新的对"幸"的记忆成为他们共同的身份认同,"英雄崇拜"作为一种情绪被印刻进这种记忆里,而对"鱼"的记忆则被强制性地消除了。幸运村的集体记忆中就是对水的恐惧和对陆上行为的迷恋,这直接建构了他们的族群认同,"集体记忆的建构在维护权力的合法性和统治秩序中扮演了重要角色,是社会认同塑造的重要力量,也是代际传承的重要中介"③,但是一个小女孩针对这种社会文化的"越轨"行为让这种集体记忆出现裂缝。青瞳对自己记忆的确信是她本身的存在方式,"作为个体人的自我存在的标志是有记忆,记忆之链把过去之'我'与现在之'我'连接起来,构成一个稳固的自我"④。但这种自我认知为群体所否认,但这种偏差打破了原有的约定俗成的社会,最终形成了集体记忆的转向。儿童位于生命的初始,他们对"我是谁"的思考奠定了他们一生的世界观。

如果说《小青瞳》中的个体记忆意味着一种对社会集体记忆的背叛,那么《水妖喀喀莎》中的个体记忆就是一种对集体记忆的坚守。水妖喀喀莎为了等待噗噜噜湖的重生,忍住了一次又一次牙疼的侵扰,作家对这种痛苦进行了细致入微的描写:"咔咔莎满屋子打起滚来……站不起来,也坐不起来,被疼痛折磨得乱滚,像飘落在地被风驱赶着的一片枯叶。疼痛从一颗牙齿开始,弥漫全身。"⑤喀喀莎对自身身份记忆的坚持,是一个痛苦的过程。这种对记忆的矢志不渝,事实上代表着对自

① 汤汤.小青瞳[M].杭州:浙江少年儿童出版社,2020:72.
② 刘亚秋.从集体记忆到个体记忆——对社会记忆研究的一个反思[J].社会,2010(5):217-242.
③ 周海燕.媒介与集体记忆研究:检讨与反思[J].新闻与传播研究,2014(9):39-127.
④ 张德明.多元文化杂交时代的民族文化记忆问题[J].外国文学评论,2001(3):11-16.
⑤ 汤汤.水妖喀喀莎[M].杭州:浙江少年儿童出版社,2016:66.

我身份的追寻、幻灭、踯躅和重塑。记忆在现实中以"疼痛"的方式反复出现,印刻在精神和肉体的双重形式中。痛苦是记忆坚守的外在表现,痛苦是个人身份坚守的代价,痛苦是保持初心的表征。但这对自身身份的坚守最终得到了回报——噗噜噜湖重生了,水妖们回家了,精诚所至,金石为开。作家理想主义的追求在此刻推向高潮,"记忆"最终外化为一个种族的重生。

"记住自己的身份"在汤汤的作品中是一个充满象征性的行为。一个人物一旦"忘记"自身,则意味着他(她)与过去的割裂,对自身经历过的一切的否认。如,在《空空空》中,青豆在房子里"很长一段时间里忘记了她的伙伴和黄花"①。对自身身份认知的动摇给予"身份改换"以乘虚而入的可能性,让后文对自身价值的再认知成为重要的情节转折。这种"遗忘"出于对人之本性的考量,更反衬了对自身身份认知从一而终,不忘初心的可贵。再如《大马梦里来》中,大马感慨地说:"我不会忘记心跳的感觉,我真实地活过。我记得它经历过的幸福和痛苦、悲伤和欢喜,它们永恒存在,使我在梦的国度里不再空虚。"②在大马的成长过程中,他的记忆被一次又一次地改写,最终成为能够永志不忘的精神世界。在另一些作品中,"记忆"成为展开故事的核心要件。在《到你心里躲一躲》中,"记忆"被形象化为"珠子","每一颗珠子,凝着快乐的、悲伤的、平常的、不平常的记忆"③。而记忆被偷走就失去了情绪,变得迷惘。"记忆"使得个体成为个体,你是你,我是我,你不是我,我也不是你。

第二节 "创伤记忆"创造成长的印痕

汤汤的作品中,不回避对创伤性灾难性事件的描绘,但是她对"创伤记忆"的描写,具有温度与关怀。她以细腻的笔调描写"灾难"带来的"创伤记忆",以"疗治精神创伤"④。这方面的代表,是她2021年的作品《绿珍珠》。

在阅读汤汤的《绿珍珠》时,需要跳出人类的狭隘范畴,将"灾难"从自然界精灵的角度予以移置,灾难是对物种发展起破坏性影响的事件。"创伤"原为医学用语,以弗洛伊德精神分析学说为缘起,经过发展形成以心理学为核心的跨政治学、文学、人类学、社会学等多种学科的理论范式。"一种经验如果在一个很短暂的时期

---

① 汤汤.空空空[M].杭州:浙江少年儿童出版社,2020:19.
② 汤汤.大马梦里来[M].上海:少年儿童出版社,2018:143.
③ 汤汤.到你心里躲一躲[M].杭州:浙江少年儿童出版社,2019:23.
④ 黄江苏.论汤汤童话中的现实关怀精神及其历史意义[J].文艺争鸣,2016(9):133-138.

内,使心灵受到一种最高度的刺激,以致不能用正常的方法谋求适应,从而使心灵有效能力的分配受到永久的扰乱,我们便称这种经验为创伤的。"①"灾难"之后常形成创伤记忆,个体性创伤记忆可表现为应激状态,如记忆闪回、复现创伤体验、情感麻木等。"(创伤)由其经验及其接受度组成,事件当时并未全然呈现,它总是延迟产生,反复折磨经历者。"②因之,"灾难叙事"与"灾难记忆"互为因果。小说以"我"绿滴哩的视角进行讲述,而绿滴哩在讲述之时整个故事业已结束。故事中的爱与痛、失落与重塑都成为一种存留的记忆。这种记忆以一种家族传承的形式呈现,这个故事的预设就是"蓬蓬"与未出生的妹妹"啾木"分享她的记忆。因此,这种叙事带有一种家庭的亲密感和温馨感。为了让整个叙事合乎"善"的伦理,并以愉悦的心情加以描摹,汤汤让整个叙事既带有情感性,又充满悲剧之美。

以第一人称"我"(绿滴哩)而言,森林的被破坏是一种灾难;何止家园被破坏,心爱的妹妹"啾啾"因环境破坏而染病离世更加让其创痛。森林的城市化进程是一种渐进性过程,以浓郁的忧伤为底色;而"啾啾"的离世则是一种毁灭性打击,至亲离开是一种没齿难忘的悲凉,而在"我"心中形成异乎寻常的创伤。在"啾啾"离去之后,"我"由"蓬蓬"改名为"念念",取"念念不忘"之意以深化创伤记忆。而"我"对灾难"痛"的记忆,深深藏匿于内心,导致了"我"日日思念、悲伤欲绝的痛苦情绪,继而诱发对故土不离不弃的眷恋之情。"创伤不可避免地破坏了受害者过去对自己和世界的认识,让他努力寻找新的更可靠的意识形态让创伤后生活恢复秩序和意义。"③妹妹本来在她的心中占据着极为重要的地位,而抽离这样一个心灵支柱要求"蓬蓬"去寻找新的情感寄托。"蓬蓬"选择了坚守故土、想方设法让"啾啾"醒来。"让啾啾醒来"并非对啾啾这个生命逝去的惋惜,很大程度上更是对自身物种的再认识。一个物种传承者在物种继承人逝去之后,怀揣着对自身群体命运的忧思寻找环境之"误"。

然而,更加具有普遍意义的解决创伤的办法是精灵世界前辈的经验——忘记,亦即尼采式的"积极遗忘"④,以遗忘的方式试图湮灭过去的记忆带来的影响。但因为在创伤之前的欢欣记忆与创伤记忆形成鲜明对比,创伤的刻痕已经成为"念念"

---

① 弗洛伊德.精神分析引论[M].高觉敷,译.北京:商务印书馆,2009:217.

② Xie Youguang. Trauma Theory Today:An Interview with Cathy Caruth[J],外国文学研究,2016,38(2):1-6.

③ DeMeester K. Trauma and Recovery in Virginia Woolf's Mrs. Dalloway [J]. Modern Fiction Studies,1998(44):649-673.

④ 尼采:历史对于人生的利弊[M].姚可昆,译.北京:商务印书馆,2000:73.

的内隐记忆,引起"念念"的抑郁心境。而这种抑郁的心境最终在沉郁中诱发了报复之"恨"。因而,本来在"绿滴哩"的世界里本不该存在的"恨"应运而生,成为推动故事发展的一大动力。"念念"不断地思念过往、想念曾经的环境和妹妹"啾啾",并与眼前植被稀少的繁华市形成对比,加重了创伤记忆带来的情绪影响。而这也让她执拗地选择了一条以欺骗人类为手段的报复之路,究其因,是创伤记忆给予她无尽的阴影,让她以一己之力与人类现代文明宣战。"创伤记忆"作为精神上的焦虑,将主人公推入复仇的深渊,以期收复属于自己的土地。正是由于创伤记忆与从前的幸福记忆形成鲜明对比,在主人公"啾啾"心中斗争,形成了寻机报复之事。

　　而以人类而言,"念念"的报复行动无疑是一场天灾。由于童话体裁的原因,作者敏锐地将这场灾难以诗意化、卡通化的形式展现,悲剧因此而美丽——美的让人忧伤。

　　　　一个惨白的太阳歪歪地挂在城市上头,城市坚硬的地面开始哗啦哗啦地破裂。数不清的根须破土而出,它们精神抖擞,疯狂生长,爬向一座座建筑,保卫了一座座房子。像有谁命令它们似的,它们开始发力,勒紧房子。房子咔嚓地绽裂、崩塌,砖头瓦片从高处啪啪坠落。[①]

　　鉴于"绿滴哩"对地震的认识是具象化、拟人化的,在她看来,地震的过程是树林重生的过程,因而这种灾难也以充分拟人化、诗意化的描绘,通过将树木生长、摧毁城市还原成一个动态的过程,构建出一个富有观赏性的"灾难"画面。人类的悲伤藏匿于后,显露于前的是"念念"的惊恐与兴奋。而由于情感的过滤,灾难叙事隐退了悲怆的特色,更活泼生动,更有着动画大片的壮美。无论是对于成年抑或儿童读者,这都是一种更加易于接受的阅读体验。

　　而这种灾难无疑给小女孩、无比信任"念念"的"木木"以重大的心理创伤。而在此之后,"木木"不再快乐,取而代之的是沉默。创伤记忆给予"木木"不愿触碰的过去,无论集体的温暖、家庭的关爱,还是"念念"的试图帮助,都无济于事。受害者不接受施害者的道歉,理所当然,这场创伤记忆诱发了"木木"心中的信任危机,对"朋友"决裂、怀疑、愤恨,这都是灾难在她心中挥之不去的阴影。而施害者的关照不仅没有让她从中解脱,反而更增强了她的愤恨之心,诱导她做出将童安带到森林来捕获"念念"以做研究的诡计。

────────────

　　①　汤汤.绿珍珠[M].杭州:浙江少年儿童出版社,2020:88-89.

但在这里,文本给出了一个富有意味的物件——"那张木木画的两个女孩坐在一起的画",木木捡起它,但没有毁掉它,因为"木木"心中依旧珍存着与"念念"的友谊,她依旧难忘与念念共度的美好时光。而这些刻写在时光里的记忆,必将留在她心底,经久不灭。

文本空间中,绿滴哩和儿童分别承受着个体创伤记忆的折磨。由于他们纯真善良的本心,这种记忆与他们的精神世界发生背离,从而让他们陷入痛苦和伤心的境地。究其原因,"人类攫取自然力并提取自然的财富以满足人类的需要"[①]的过程,必然导致人与自然之间近乎绝望的冲突。

个体记忆是过往在头脑中的存留,自然眼中的人类所作所为以自然为记忆载体进行叙述,而文中的"念念"正是这种记忆的述说者。由于记忆本身存在视角偏差,因而"念念"感知到的创伤反而是人类的胜利;而森林的胜利则成为人类的创伤。这种交错让记忆融入情绪的五味瓶,自己感受到的欢欣与所目睹的悲伤交织在一起,构成了"念念"充满个人色彩的记忆。

而"念念"以试图忘记尝试去消弭灾害给她带来的精神创伤,正是一种自我疗伤的方式。创伤言说本身以创伤的感受为动机,而美化创伤是受伤者("念念")所使用的又一自我疗愈途径。在不义之举中寻找合乎伦理的精神诉求,成为"念念"自我诊疗的方式,也是"木木"诊治自我的方式。而审美叙事给予灾难以修饰,为个体记忆加上了滤镜。

内省与自知唤起了情绪之外对群体发展的洞见,而在群体中,"念念"从被奉为英雄,到实现自我赎罪,个体在群体间以民族利益与道德伦理为核心产生激烈争斗。而个体的内省和思考,终究成就了群体的诉求,自我与他者和解,也是"我"与这个世界的调解。

反观人类小女孩"木木",复仇给复仇者带来的快感极为短暂,精神上的缺失让"木木"不得心安。她内心的自省意识让她对这种创伤记忆愈加深刻,最终以自我调适和与对方和解的方式走出这段记忆的创伤。而她的方式是与祖辈分享这种创伤,去感知一个成年者对自身的思考。个体记忆与群体记忆在对话中达成一致,个人情绪也得以成为家族情绪。

这种个体与群体对接的自我调适基于非恶意的初心:"念念"希望找回森林,而并非想要摧毁城市;"木木"在游戏动机下铸成了灾难,并未意料到自己会引起一座

---

① 弗洛伊德.一种幻想的未来 文明及其不满[M].严志军,张沫.译.石家庄:河北教育出版社,2003:200.

城市的毁灭。个体的记忆在与他人分享的过程中得到释放的可能，"念念"在与她的兄弟姐妹们的交流中，群体的认可减弱了她的自责，也让她从姐妹和"小野"共同将"木木"活捉回来的举动中认识到自己是人类与"绿滴哩"物种的矛盾的激化者，以此发展只会导致更大的灾难，而只有互相尊重的相处才能赢得和谐的可能；而"木木"与"童安"讲述自己在"月光森林"的遭遇，也是个体在寻求群体帮助的手段。这个过程中，童安帮助木木复了仇，将"念念"关进笼子进行科学研究，却再次引发了更大的矛盾。一方的利益似乎与另一方不可调和，而文本中试图从双方各自的自我调适中寻找突破的可能。但"自然"与"人"的天平在一次次的冲突中变得不平衡起来，而这种尖锐的矛盾更深一步加重了双方个体"创伤记忆"诱发的应激反应。因而，两个人都被困在创伤记忆中不能自拔，历久弥深。

而解决方案只有一个——化解矛盾，取得双赢。而这个过程中，"他人的帮助"介入创伤记忆，让记忆通过述说并寻找解决方案就显得尤为重要。信息传播的初期，双方年少的朋辈分别为其提供了热情的帮助，"念念"的姐妹们和"小野"在拯救干枯森林无望后活捉了"木木"，"木木"的同辈"童安"则帮助"木木"活捉了"念念"。"念念"和"木木"的朋友们依靠限制对方自由的方式达到报复的行为，是流于表面的以牙还牙、以暴制暴，并不能有效地解决双方的心灵创伤。所以第一次"求助"心理调适以失败而告终。个体记忆以调动群情激奋的方式诱发物种之间更深的交锋，诱发相互仇恨的集体记忆根基，个体记忆被过滤掉美好的部分，泛化为仇恨与猜忌的纷争。

而让双方从灾难的阴影中走出的，分别是两位祖辈。"祖辈"在儿童文学的世界里总是以睿智、经验丰富以及擅于调节心理解决问题的形象出现。在"木木"身边，"帮助者"是祖辈绿婆婆，她在鼓励的同时提出基于自身经验的解决方法；而"木木"的爷爷曾经是一名城市设计师，正是他建造了城市，毁灭了珍珠森林，成为双方矛盾的起因。而爷爷作为一个有效的帮助者，可以从破坏者的兴奋中剥离出内隐的愧疚，告诉木木自己也为此事感到担忧。这种双方隔代的共情有效地让创伤记忆得以修复，从而让双方有交流和发展情谊的可能。

"祖辈"的有效心理调适，是家族系统高位者对低位者的指引与教导，抑制了恶性事件的连续发生，也间接强化了"创伤"在时间的涤荡下让个体收获成长的主题。

第三节 "失忆"创造童话空间的独立性

"失忆"作为一种特殊的生理现象,通常在幻想作品中表现为一种与现实生活分割的手段。"失忆"作为一个节点,成为一个幻想故事的结束和新生活的开始。

在很多故事中,"失忆"成为结尾的常用情节,记忆的错觉让一件事变形,具有幻想色彩。在《雪精来过》中,土豆与雪精的互动在结尾时被人们定义为一场昏迷中的梦境,但是"土豆那么愿意自己真的经历过"①这种在消失的记忆中钩沉往事的做法,正是童年记忆的常见呈现方式。这一切在土豆的记忆中存在,在其他人的记忆中无处遁形,这"失忆"与"记忆"的信息差为故事开拓了空间。在《来自鬼庄园的九九》中,九九曾经在悲伤过度之时患上"失忆症"②,这保护了她敏感的心灵。"失忆"是安慰受伤灵魂的一剂良药。

"失忆"是对过往的一种否定,而在童话中,"失忆"可以被人为地操纵。《老树精婆婆的七彩头发》中,"蓝药"③是一种失忆的药剂,试图对人进行心灵的疗愈。"失忆"是一种对过往的全然道别,是自我现在与过去的割裂。

"失忆"中,创伤记忆与从前的故事一起被消弭。事实上,除生理性脑部损伤之外,一个人极少"失忆",而在童话中,"失忆"为故事的讲述提供了空间。《绿珍珠》文本中的世界与外部世界拉开了距离,而这个幻想的空间为创作提供了充分的留白。木木、童安和爷爷离开森林时,被泉水"绿珍珠"洗濯了。爷爷这样说:

> 我们要保护他们,最好的保护就是忘记。我们忘得干干净净,他们才能过得安安心心,我们忘得干干净净,他们的世界才会永远安宁。就让绿滴哩的秘密,重归于秘密吧。④

而两位长者达成的"默契",就是让人类忘掉这段记忆,让一切回到原初的模样。也就是说,从此"木木"的头脑中,再无"念念"的身影。

然而遗忘,如前文所述,是长者用于心理治疗的常用技术,从此对于木木而言,

---

① 汤汤.雪精来过[M].杭州:浙江少年儿童出版社,2017:146-147.

② 汤红英.来自鬼庄园的九九 2[M].北京:中国少年儿童出版社,2013:178.

③ 汤汤.老树精婆婆的七彩头发[M].北京:人民文学出版社,2012:20.

④ 汤汤.绿珍珠[M].杭州:浙江少年儿童出版社,2020:200.

经历的一切创伤,将不复存在。但对于念念来说,这种记忆将伴随终生。在念念的记忆里,木木一次次地被复返、被情绪洗濯。

而通过"失忆","记忆"中的"创伤"被放在更长的时间段内进行考量。"念念"可以看"木木"到来,但"木木"遗忘了她,既保持彼此的距离,又保留神秘感,就是对自然界的一种默契。300 岁时,拥有了新的妹妹的"念念"将新出生的妹妹命名为"啾木",以纪念逝去的"啾啾"和木木。创伤记忆作为一个符号被保留下来,而在两者关系中相对弱势的一方拥有了保留记忆的权利,更是超越人类中心主义,以自然界全局性进行思考——命运反向转折了,人的生命世世代代更迭,而精灵的生命永生,人类在精灵眼中成为"被观看""被记录"的对象,并在心中予以内化,形成新的精灵叙述。而这种视角转换,也深刻地显示了人类对自身认知的缺乏和对自然缺乏的敬畏的现实。这种安排,对比汤汤在《念念不忘》中展示的"想念越来越强烈"①。

而"失忆"从另一个方面也为另一场风波的孕育提供了悬念。在一个被拉长为百年千年的时间维度里,这部文学作品将笔锋指向未来,提供了一个未知时间的、预言性质的文本。人类集体忘记了教训,是否可能重新犯错? 这是作者留给未来的伏笔。

在被"失忆"荡涤了的人类历史中,教训成为恍然未曾经历的事情,为下一次的创伤孕育了可能。而这种创伤经历的反复亦终究归于"失忆",这种"失忆"又为"创伤"提供了可能。如此循环往复,则成为梦魇和噩梦,失忆给予了人类这个"无知"的群体一种疗愈创伤的手段,却不曾记下一星半点的教育意义。但是自然却是有记忆的,它的每一次创伤都变换成头脑中往事的一段,反复累加。因而人类是"无知"的,而自然是"有知"的。在"无知"和"有知"之间形成的信息差不断累进,造成更为深入、更为刻骨的矛盾,这将成为人类与自然交锋史上的永恒灾难。从而,这场审美化的创伤叙事被笼罩了朦胧的色彩,而通向未知的记忆方向。"失忆"是更长的时间中的记忆空白,而空白记忆孕育着下一次的灾难创伤。但自然与人的裂隙会进一步加大,导致更可怕的结局。在《绿珍珠》中,汤汤以唯美的笔调,书写了一个人与非人世界互相为对方制造灾难、又在创伤后互相疗愈的故事。在互为"施害者"和"受害者"的阶段,双方由于创伤后的应激反应诱发仇恨,并互相攻击;而之后,在进一步的心理调适阶段,个体向群体求助,达成和解,疗愈创伤;而最终,人类

---

① 汤汤.念念不忘[M]//徐鲁,翌平.2017 冰心奖获奖作家年度优秀作品选.北京:北京联合出版公司,2018:141.

失去了这段记忆,而让自然物种拥有一个纯洁美好的生存空间。作者通过审美化的灾难描写,引领读者步入异境,感知人类与自然界的命运共同体,在创伤记忆与心理调适的对话中达到平衡。那么"失忆"就像一个省略号,让故事末尾充满了未知的悬念。

"失忆"在其他文本中也被视为一种情节转折的利器。《红点点和绿点点》中,"所有的蝴蝶都会忘记自己曾是毛毛虫"[①]成为故事的核心,但是相互陪伴的爱情成为超越遗忘的永恒。"汤汤的童话耐人寻味,但所取的姿态又常常是从容恬淡的。幻想依偎着怡人的人间烟火气"[②],在实践的洗涤之下,记忆被筛选,被再现,让人去析出自身最重要的东西,在汤汤笔下,这种最重要的东西便是爱与善良。

短篇童话《我们五个》探讨的便是人的遗忘与存留,而汤汤以她细腻的文笔,深入那些被遗忘的角落,去探讨人生中每一点小小的价值,见微知著,充满了哲学意味。

汤汤用记忆的穿插,编织起一个童话的世界,坚守着自我的身份认知,印刻着成长中的波纹,而遗忘清除了儿童脑海里的某些信息,保护他们,走进崭新的未知。汤汤是一个描写记忆的魔术师,她塑造的每一个人物都珍藏着独有的记忆,充满奇幻的色彩,充满错觉的记忆,形成了作品纯美动人的张力。

15.2 课后阅读

① 汤汤.红点点绿点点[M]//金华市作家协会.浙江省五年文学作品选(金华卷 2013—2017).杭州:浙江人民出版社,2018:15.

② 崔昕平.当代儿童文学短篇创作得失论——以 2019 年为例[J].当代作家评论,2020(3):32-38.

参考文献

一、国内专著

[1]《儿童文学研究》编辑部.儿童文学研究(第18辑)[M].上海:少年儿童出版社,1985.

[2]《儿童文学研究》编辑部.儿童文学研究(第9辑)[M].上海:少年儿童出版社,1982.

[3]《浙江省出版志》编纂委员会.浙江省出版志[M].杭州:浙江人民出版社,2007.

[4]《中国现代教育家传》编委会.中国现代教育家传:第4卷[M].长沙:湖南教育出版社,1987.

[5]白庚胜,向云驹.中国民间文艺家大辞典[M].北京:中国文联出版社,2004.

[6]包蕾.包蕾文集[M].上海:少年儿童出版社,1992.

[7]北京写作学会.未名作家诗人名录[M].北京:北京广播学院出版社,1989.

[8]北京语言学院《中国文学家辞典》编委会.中国文学家辞典[M].成都:四川人民出版社,1985.

[9]本社编.浙江中青年作者儿童文学作品选[M].杭州:浙江少年儿童出版社,1988.

[10]陈坚.浙江现代文学百家[M].杭州:浙江人民出版社,1988.

[11]陈实.东北沦陷区童话研究[M].哈尔滨:北方文艺出版社,2019.

[12]陈世明.中国当代教育名人大辞典[M].西安:陕西师范大学出版社,1994.

[13]陈玉堂.中国近现代人物名号大辞典[M].杭州:浙江古籍出版社,2005.

[14]程金城.中国新时期散文研究资料[M].济南:山东文艺出版社,2006.

[15]戴叔清.文学术语辞典[M].上海:文艺书局,1931.

[16]方卫平,孙建江.1949—2009浙江儿童文学60年理论精选[M].杭州:浙江少

年儿童出版社,2009.

[17] 方卫平,孙建江.2009—2011浙江儿童文学作品精选[M].杭州:浙江少儿出版社,2012.

[18] 费正清.剑桥中华民国史[M].北京:中国社会科学出版社,1994.

[19] 丰子恺.丰子恺全集[M].北京:海豚出版社,2016.

[20] 宫承波,王大智,朱逸伦.动画概论[M].北京:中国广播影视出版社,2018.

[21] 古继堂.台港澳暨海外华文新诗大辞典[M].沈阳:沈阳出版社,1994.

[22] 贵州省写作学会.中国当代写作理论家[M].贵阳:贵州人民出版社,1989.

[23] 郭大森,高帆.中外童话大观[M].长春:东北财经大学出版社,1990.

[24] 洪汛涛.童话大师洪汛涛论童话教育:论童话作家的作品[M].上海:上海教育出版社,2014.

[25] 侯健.中国诗歌大辞典[M].北京:作家出版社,1990.

[26] 胡从经.晚清儿童文学钩沉[M].上海:少年儿童出版社,1982.

[27] 胡风.胡风全集[M].武汉:湖北人民出版社,1999.

[28] 胡小宣.中国当代著名编辑记者传集[M].成都:成都科技大学出版社,1993.

[29] 吉少甫.中国出版简史[M].上海:学林出版社,1991.

[30] 蒋风.儿童文学缀辑[M].杭州:浙江少年儿童出版社,2015.

[31] 蒋风.世界儿童文学事典[M].太原:希望出版社,1992.

[32] 蒋风.中国儿童文学发展史[M].上海:少年儿童出版社,2007.

[33] 蒋风.中国现代儿童文学史[M].石家庄:河北少年儿童出版社,1987.

[34] 蒋往,庹纯双.中国文艺家传集[M].成都:四川辞书出版社,1993.

[35] 蒋义海.漫画知识辞典[M].南京:南京大学出版社,1989.

[36] 金江.金江文集[M].北京:中国戏剧出版社,2002.

[37] 金近.金近文集[M].上海:少年儿童出版社,2004.

[38] 金燕玉.茅盾的童心[M].南京:南京出版社,1990.

[39] 金燕玉.中国童话史[M].南京:江苏少年儿童出版社,1992.

[40] 柯玉生.童话新作:1985年作品选[M].合肥:安徽少年儿童出版社,1987.

[41] 李盛平.中国近现代人名大辞典[M].北京:中国国际广播出版社,1989.

[42] 刘勇,李怡.中国现代文学编年史[M].北京:文化艺术出版社,2017.

[43] 刘振元.上海高级专家名录[M].上海:上海科学技术出版社,1994.

[44] 鲁兵.教育儿童的文学[M].上海:少年儿童出版社,1992.

[45] 鲁克.科学童话选[M].北京:科学普及出版社,1981.

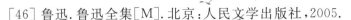

[46] 鲁迅.鲁迅全集[M].北京:人民文学出版社,2005.

[47] 鲁野,宁昶英.中国当代满族作家小传[M].沈阳:辽宁民族出版社,1993.

[48] 茅盾.茅盾和儿童文学[M].上海:少年儿童出版社,1990.

[49] 茅盾.茅盾全集[M].北京:人民文学出版社,1993.

[50] 茅盾.茅盾全集[M].合肥:黄山书社,2014.

[51] 茅盾.神话杂论[M].上海:世界书局,1929.

[52] 茅盾.我走过的道路(上)[M].北京:人民文学出版社,1981.

[53] 聂爱萍.儿童幻想小说叙事研究[M].上海:少年儿童出版社,2020.

[54] 宁波市人民政府地方志办公室.宁波年鉴(2016)[M].宁波:宁波出版社,2016.

[55] 凝溪.中国寓言文学史[M].昆明:云南人民出版社,1992.

[56] 潘亚暾,汪义生.香港文学史[M].厦门:鹭江出版社,1997.

[57] 浦漫汀.中国儿童文学大系·童话[M].太原:希望出版社,2009.

[58] 全国少年儿童文化艺术委员会,等.儿童文学评论(第2辑)[M].重庆:重庆出版社,1987.

[59] 全国新闻职称改革工作领导小组办公室编辑组.高级记者、高级编辑名录:1983—1992[M].北京:工商出版社,1994.

[60] 任秀蕾.中国近现代音乐鉴赏[M].北京:对外经济贸易大学出版社,2013.

[61] 沈德鸿.中国寓言初编[M].北平:商务印书馆,1917.

[62] 圣野.圣野诗论[M].重庆:重庆出版社,2009.

[63] 圣野.诗缘:圣野回忆录[M].上海:少年儿童出版社,2011.

[64] 圣野.台湾儿童诗精品选评[M].上海:上海辞书出版社,1997.

[65] 束沛德.为儿童文学鼓与呼[M].南昌:二十一世纪出版社,2009.

[66] 孙士庆,等.中国少儿科普作家传略[M].太原:希望出版社,1988.

[67] 庹纯双,蒋往.中国当代文学艺术新闻人才传集[M].成都:四川民族出版社,1990.

[68] 汪习麟.鲁兵评传[M].太原:希望出版社,2001.

[69] 汪习麟.浙江籍儿童文学作家作品评论集[M].杭州:浙江少年儿童出版社,1990.

[70] 王亨良.圣野儿童诗创作理念与实践研究[M].杭州:浙江大学出版社,2014.

[71] 王嘉良.浙江文学史[M].杭州:杭州出版社,2008.

[72] 王晋民.台湾文学家辞典[M].南宁:广西教育出版社,1991.

[73] 王泉根. 中国现代儿童文学文论选[M]. 南宁:广西人民出版社,1989.

[74] 王泉根. 现代中国儿童文学主潮[M]. 重庆:重庆出版社,2000.

[75] 温州市政协文史资料委员会. 温州文史资料(第 6 辑)[M]. 杭州:浙江省新闻出版局,1990.

[76] 吴光松. 着意耕耘育新苗:浙江儿童文学创作三十年回顾[M]. 北京:大众文艺出版社,2009.

[77] 吴其南. 20 世纪中国儿童文学的文化阐释[M]. 北京:中国社会科学出版社,2012.

[78] 吴小鸥. 启蒙之光:浙江知识分子与中国近现代教科书发展[M]. 杭州:浙江工商大学出版,2016.

[79] 吴秀明. 浙江新时期文学三十年[M]. 杭州:浙江文艺出版社,2011.

[80] 吴永贵. 民国出版史[M]. 福州:福建人民出版社,2011.

[81] 锡金. 儿童文学论文选(1949—1979)[M]. 北京:中国少年儿童出版社,1981.

[82] 夏征农,陈至立. 大辞海[M]. 上海:上海辞书出版社,2015.

[83] 徐兰君,琼斯. 儿童的发现:现代中国文学及文化中的儿童问题[M]. 北京:北京大学出版社,2011.

[84] 徐毅鹏,等. 当代中青年社会科学家辞典[M]. 长春:长春出版社,1992.

[85] 徐州师范学院《中国现代作家传略》编辑组. 中国现代作家传略[M]. 成都:四川人民出版社,1983.

[86] 玄珠(茅盾). 中国神话研究 ABC[M]. 上海:上海商务印书馆,1929.

[87] 杨和平. 浙江音乐史[M]. 上海:上海音乐出版社,2014.

[88] 杨念群. 再造"病人":中西医冲突下的空间政治(1832—1985)[M]. 北京:中国人民大学出版社,2013.

[89] 姚义贤,王卫英. 百年中国科幻小说精品赏析[M]. 北京:科学普及出版社,2017.

[90] 叶圣陶,叶君健,等. 童话(第二辑)[M]. 天津:新蕾出版社,1981.

[91] 尹恺德. 当代中国社会科学人物[M]. 成都:四川教育出版社,1992.

[92] 尹世霖. 海峡两岸儿歌百家[M]. 济南:明天出版社,1992.

[93] 尤静波. 中国儿童歌曲百年经典[M]. 上海:上海音乐出版社,2018.

[94] 郁青. 金近评传[M]. 太原:希望出版社,2001.

[95] 袁良骏. 香港小说流派史[M]. 福州:福建人民出版社,2008.

[96] 张健. 中国当代文学编年史[M]. 济南:山东文艺出版社,2012.

[97] 张锦贻.包蕾评传[M].太原:希望出版社,2005.

[98] 张泽贤.文学研究会与现代文学丛书[M].上海:上海远东出版社,2019.

[99] 张之伟.中国现代儿童文学史稿[M].上海:华东师范大学出版社,1993.

[100] 赵景深.《儿童文学小论》参考书[M].上海:儿童书局,1933.

[101] 浙江少年儿童出版社.浙江老作家儿童文学佳作选[M].杭州:浙江少年儿童出版社,1988.

[102] 中国人民政治协商会议浙江省海宁市委员会文史资料委员会.当代海宁人[M].海宁:海宁县政协文史资料工作委员会,1988.

[103] 中国作家协会浙江分会.新时期浙江儿童文学选[M].杭州:中国作家协会浙江分会,1989.

[104] 周冰冰.1917—2017 百年浙江寓言精选[M].杭州:浙江少年儿童出版社,2017.

[105] 周川.中国近现代高等教育人物辞典[M].福州:福建教育出版社,2018.

[106] 庄汉新,郭居园.中国古今名人大辞典[M].北京:警官教育出版社,1991.

[107] 卓如,鲁湘元.二十世纪中国文学编年[M].石家庄:河北教育出版社,2013.

[108] 宗介华.中国儿童文学 50 年精品库[M].北京:农村读物出版社,1999.

二、译著

[109] 波伏娃.第二性[M].陶铁柱,译.北京:中国书籍出版社,1998.

[110] 弗洛伊德.精神分析引论[M].高觉敷,译.北京:商务印书馆,2009.

[111] 弗洛伊德.一种幻想的未来 文明及其不满[M].严志军,张沫,译.石家庄:河北教育出版社,2003.

[112] 福柯.权力的眼睛[M].严锋,译.上海:上海人民出版社,1997.

[113] 伽达默尔.真理与方法:哲学诠释学的基本特征(上卷)[M].洪汉鼎,译.上海:上海译文出版社,1992.

[114] 霍布斯鲍姆,兰杰.传统的发明[M].顾杭,庞冠群,译.南京:译林出版社,2020.

[115] 卡西尔.人论[M].甘阳,译.上海:上海译文出版社,1985.

[116] 尼采.历史对于人生的利弊[M],姚可昆,译.北京:商务印书馆,2000.

[117] 诺德曼,雷默.儿童文学的乐趣[M].陈中美,译.上海:少年儿童出版社,2008.

[118] 英格尔斯.人的现代化[M].殷陆军,译.成都:四川人民出版社,1985.

三、报纸、期刊

[119] 包蕾.儿童旅行演剧队[J].好孩子周刊:儿童读物,1939,2(4).

[120] 包蕾.儿童戏剧在儿童教育上的价值[J].今日的教师,1948年两周年纪念特刊.

[121] 包蕾.希望各方面的专家多为儿童写作[J].读书杂志,1955(4).

[122] 曹炳建.世俗化的喜剧形象与国民的隐显人格(下)——《西游记》猪八戒形象新论[J].淮海工学院学报(社会科学版),2007(2):27-30.

[123] 曹国洪.剪纸动画文化意蕴探微[J].电影文学,2010(24):60-61.

[124] 陈曦,曹文英.冰波童话:诗意天空中的上下求索[J].时代文学(双月版),2017(3):36-37.

[125] 程光炜."想象"鲁迅——当代的鲁迅研究及其他[J].南方文坛,2003(4):20-28.

[126] 持光.儿童研究导言[N].绍兴县教育会月刊第3号,1913-12-15.

[127] 蠢才(胡愈之).童话与神异故事[J].文学旬刊,1921-6,第6号.

[128] 崔昕平.当代儿童文学短篇创作得失论——以2019年为例[J].当代作家评论,2020(3):32-38.

[129] 杜传坤.转变立场还是思维方式?——再论儿童文学中的"儿童本位论"[J].山东师范大学学报(人文社会科学版),2018,63(1):36-43.

[130] 丰华瞻.春风催桃李——记李叔同对我父亲丰子恺的教导[J].教育与进修,1984(1):6-17.

[131] 冯飞.童话与空想[J].妇女杂志,1922(8).

[132] 高尔基.儿童文学的"主题"论[J].沈起予,译.文学,1936,7(1).

[133] 韩进.金近童话观评述[J].浙江师范大学学报(社会科学版),1990(4):95-99.

[134] 韩松.时间旅行中的乌托邦与反乌托邦[J].中国比较文学,2013(4):133-141.

[135] 黄江苏.论汤汤童话中的现实关怀精神及其历史意义[J].文艺争鸣,2016(9):133-138.

[136] 金燕玉.茅盾的儿童文学翻译[J].苏州大学学报(哲学社会科学版),1986(1).

[137] 李传新.话说《神笔马良》及其版本[J].出版史料,2011(4):72-73.

[138] 李广益.史料学视野中的中国科幻研究[J].清华大学学报(哲学社会科学版),2015,30(4):131-141.

[139] 李静.制造"未来":论历史转折中的《小灵通漫游未来》[J].文艺理论与批评,2018(6):46-62.

[140] 李学斌.原型结构及其文学意义——洪汛涛经典童话《神笔马良》的当代解读[J].兰州学刊,2011(2):204-206.

[141] 李怡."地方路径"如何通达"现代中国"——代主持人语[J].当代文坛,2020(1):66-69.

[142] 李怡.从地方文学、区域文学到地方路径——对"地方路径"研究若干质疑的回应[J].探索与争鸣,2022(1):63-69.

[143] 李音.再造"病人"——19世纪与20世纪之交中国文界"疾病隐喻"的发生[J].文艺争鸣,2012(9):59-65.

[144] 李永东.中国现代文学研究的地方路径[J].当代文坛,2020(3):120-126.

[145] 李贞.亦幻亦真,别一世界——试论《阿笨猫全传》的当代意识[J].台州学院学报,2004(4):27-31.

[146] 刘杰.中国动画成人化创作趋向与受众认同——以市场定位为切入[J].电影文学,2021(5):60-62.

[147] 刘绪源.鲁兵论——一个作家与一个艺术难题[J].浙江师大学报(社会科学版),1994(6):66-70.

[148] 刘亚秋.从集体记忆到个体记忆——对社会记忆研究的一个反思[J].社会,2010,30(5):217-242.

[149] 刘彦婷.浅谈国产动画片中的戏曲元素[J].中国电视,2015(11):63-67.

[150] 刘毓忱,杨志杰.试论猪八戒的形象塑造.南开大学学报,1979(4).

[151] 马硕,张栋.神话思维的叙事转化机制探究[J].中央民族大学学报(哲学社会科学),2020(2):169-176.

[152] 潘涌,郭雅莲."白马湖作家群"国文教学的历史影像和现实启迪[J].浙江师范大学学报(社会科学版),2016,41(1):119-124.

[153] 启明.儿童问题之初解[N].天觉报第16号,1912-11-16.

[154] 秦兰珺.游戏+时尚:虚拟时尚何以成立[J].文艺研究,2020(3):96-108.

[155] 琼斯.儿童如何变成历史的主题:论民国时期发展话语的建构[J].王敦,郑怡人,译.东亚观念史集刊,2013(5).

[156] 石诗瑶.生命的启示——论冰波探索性童话中关于红色的隐喻[J].昆明学院学报,2012,34(1):17-19,29.

[157] 适.我的儿子[N].每周评论第33号,1919-8.

[158] 苏青.科学文艺一线牵创作出版结良缘——叶永烈与科普出版社两代编辑的情缘[J].今日科苑,2020(5):87-88.

[159] 孙国平.统编语文教材阅读拓展版块的认知与实践[J].教学与管理,2020(4):43-46.

[160] 孙雪晴,孙建江."儿童性"视域中的儿童文学创作和出版探微[J].出版广角,2021(17):21-24.

[161] 孙尧天."幼者本位""善种学"及其困境——论"五四"前后鲁迅对父子伦理关系的改造[J].文艺研究,2020(7):70-81.

[162] 唐兵.《十万个为什么》经典是怎样炼成的[J].编辑学刊,2008(6):40-46.

[163] 王洁.中国科幻文学的发展历程及三大走向[J].江西社会科学,2018(7):99-105.

[164] 王泉根,王蕾.佛心·童心·诗心——丰子恺现代散文新论[J].中国现代文学研究丛刊,2001(10):47-60.

[165] 王泉根.百年中国儿童文学的三次转型与五代作家[J].长江文艺评论,2016(3),72-85.

[166] 王瑶.从"小太阳"到"中国太阳"——当代中国科幻中的乌托邦时空体[J].中国现代文学研究丛刊,2017(4):20-34.

[167] 王宜青.丰子恺儿童观探微[J].浙江师范大学学报(社会科学版),1999(4):58-62.

[168] 王悦朱.叶永烈对我国现阶段科技传播的影响研究[J].大众标准化,2020(23):100-101.

[169] 魏崇新.猪八戒形象新解——《西游记》新论之一[J].徐州师范学院学报,1990(1).

[170] 吴秋林.20世纪的中国寓言文学[J].枣庄师专学报,1999(1):38-47.

[171] 吴翔宇.边界、跨域与融通——中国儿童文学与现代文学"一体化"的发生学考察[J].文学评论,2020(1):139-147.

[172] 吴翔宇.思想资源与中国儿童文学的学术化建构[J].西南大学学报(社会科学版),2020,46(3):127-135.

[173] 徐璐.神话言说的定式与演变——对国产神话动画片叙事的考察[J].南京师范大学文学院学报,2020(3):162-168.

[174] 徐燕.论儿童动画电影创作的叙事伦理建构[J].电影新作,2020(1):54-57.

[175] 严家炎.区域文化:研究二十世纪中国文学的重要视角[J].中国文化研究,

1994(4):26-29.

[176] 颜健富. 发现孩童与失去孩童——论鲁迅对孩童属性的建构[J]. 汉学研究，2002(2).

[177] 杨晨. "未来"想象的嬗变——《小灵通漫游未来》与《三体》中未来想象的比较[J]. 语文教学通讯，2020(32):86-88.

[178] 杨鹏. 转型期童话的游戏品格[J]. 文学评论，1998(3):37-43.

[179] 杨晓芳. "冰波童话"：中国文化结缘童年[N]. 中国新闻出版报. 2009 -4 -24(10).

[180] 余连祥. 绝缘·苦闷·情趣——丰子恺美学思想的特征[J]. 文学评论，2006(4),190-194.

[181] 郁喆隽. 未来焦虑与历史意识[J]. 书城，2020(2).

[182] 袁敏. 去南极,听一听深海里的忧伤[J]. 中学生天地（A 版），2017(6):42-45.

[183] 张德明. 多元文化杂交时代的民族文化记忆问题[J]. 外国文学评论，2001(3):11-16.

[184] 张泰旗,李广益. "现代化"的憧憬与焦虑："黄金时代"中国科幻想象的展开[J]. 文艺理论与批评，2018(6):63-79.

[185] 郑健儿. 拥抱危难感受真情——从童话《花背小乌龟》说起[J]. 浙江万里学院学报，2002,15(2):58-60.

[186] 郑振铎. 儿童文学的教授法[N]. 时事公报，1922-8-10.

[187] 周海燕. 媒介与集体记忆研究:检讨与反思[J]. 新闻与传播研究，2014(9):39-50.

[188] 子严. 国荣与国耻[N]. 晨报，1921-7-23.

四、外文论文

[189] DeMeester K. Trauma and Recovery in Virginia Woolf's Mrs. Dalloway [J]. Modern Fiction Studies,1998(44):649-673 .

[190] Xie Youguang. Trauma Theory Today: An Interview with Cathy Caruth [J]. 外国文学研究,2016,38(2):1-6.

浙江儿童文学作家及理论家[①]

姓名	生卒年	籍贯	主要文学活动和代表作
刘大白 原名金庆棪，后改姓刘，名靖裔，别号白屋，字大白	1880—1932	绍兴	晚清贡生。根据民间童话改编过一首童话诗《"龙哥哥，还还我!"》，主要描写公鸡报晓的民间传说，是我国现代最早的童话诗之一
李叔同 学名广侯，字息霜，别号漱筒，又名李息霜、李岸、李良，谱名文涛，幼名成蹊。中年出家后法名演音，号弘一上人，世称弘一法师	1880—1942	平湖	编辑出版《国学唱歌集初编》，其中有由他填词的《祖国歌》
鲁迅 原名周樟寿，后改名周树人，字豫山，后改字豫才	1881—1936	绍兴	鲁迅在儿童文学理论、创作和译介方面都有过开拓性的贡献。 新文化运动之初，鲁迅最早发出了"救救孩子"的呼吁，并就儿童问题发表了一系列杂文。 在创作方面，鲁迅在《故乡》和《社戏》两篇小说中塑造了闰土、双喜、阿发等一批朝气蓬勃的少年儿童形象，成为中国现代儿童文学人物画廊中第一批出色的艺术形象。 在翻译方面，鲁迅译介了凡尔纳的科幻小说《月界旅行》和《地底旅行》，并在《月界旅行·辩言》中表明了他以振

---

① 本书附录部分放入了较有代表性的浙江儿童文学作家及理论家，其他对浙江儿童文学发展有贡献的浙江儿童文学作家及理论家见表后的二维码。

姓名	生卒年	籍贯	主要文学活动和代表作
			兴祖国、昌明中华为念而提倡科幻小说的宗旨。五四时期,鲁迅译介了《爱罗先珂童话集》和爱罗先珂的三幕童话剧《桃色的云》(1932)。还译介了荷兰作家望·蔼覃的童话《小约翰》(1928)、匈牙利作家志尔·妙伦的童话《小彼得》(1929)、苏联作家高尔基的《俄罗斯童话》和班台莱耶夫的儿童小说《表》
夏丏尊 名铸,字勉旃,1912年后改字丏尊,号冈庵	1886—1946	上虞	长期从事教育工作与编辑工作。担任过开明书店编译所长、《新少年》杂志社社长,主编《中学生》。1936年,被文艺界推为中国文艺家协会主席。1939年发起组织中国语言教育学会。主要著作有《平屋杂文》《文心》《文章讲话》等。夏丏尊十分重视和热心于儿童文学事业。他不仅主办了《新少年》和《中学生》等杂志,还翻译了《爱的教育》和《续爱的教育》等世界儿童文学名著,为促进中国现代儿童文学的发展做出了独特的贡献。他有许多散文是合适少儿阅读欣赏的,如《白马湖之冬》等
陆费逵 字伯鸿,号少沧,幼名沧生,笔名有飞、冥飞、白等	1886—1941	祖籍桐乡,生于陕西	中华书局创始人之一。1919—1921年,在其主持下,中华书局陆续创办《解放与改造》《中华英文周报》和《中华书商月报》;出版《新中华教科书》;编印《新文化丛书》等。1922—1926年又创刊了《心理》《学衡》《国语》《少年中国》和《小朋友》等杂志;刊印了《少年中国学会丛书》及《儿童文学丛书》
茅盾 原名沈德鸿,字雁冰	1896—1981	桐乡	与孙毓修一起编辑《童话》和《少年丛书》,译介了一些外国少儿科普读物,童话作品有《大槐园》
徐志摩 笔名诗哲、南湖	1896—1931	海宁	诗人。童话作品有《雀儿》《小赌婆儿的大话》《吹胰子泡》"香水"
丰子恺 原名丰润	1898—1975	桐乡	1927年出版《子恺漫画》。1928年任开明书店编辑。他的主要作品有:《谷河生活》(1929)、《学生漫画》(1930)、《儿童漫画》(1931)、《缘缘堂随笔》(1931)、《西洋名画巡礼》(1931)、《西洋美术史》(1935)、《缘缘堂再笔》(1937)、《子恺近作漫画集》(1941)、《人生漫画》(1944)、《子恺漫画全集》(六册)(1948)、《率真集》(1946)等
郑振铎 字西谛,笔名有郭源新、落雪等	1898—1958	生于永嘉,福建长乐人	郑振铎是我国现代儿童文学的开拓者之一,1921年他进入商务印书馆便接替茅盾编辑《童话》第三集。他深感儿童读物的匮乏,就着手创办中国现代最早的儿童文学刊物《儿童世界》周刊,1922年1月7日正式创刊。他联络了当时许多著名的作家、学者为该刊写稿,他自己也因此写下了不少童话,如《八十一王子》《竹公主》《两个生瘤的老人》《小老人梦游记》《兔子的故事》等40余篇。

续　表

姓名	生卒年	籍贯	主要文学活动和代表作
			此外,他还翻译了不少短篇童话、两部寓言(《莱特寓言》《印度寓言》)以及《希腊罗马神话传说》《高加索民间故事》《列那狐的历史》等。他还写过不少儿童诗歌,如《海边》《春之消息》《云与燕子》《春之歌》等。他的儿童诗具有活泼、清新、俊逸的风格,既有儿童情趣,也歌颂了大自然的美丽。1923年1月,郑振铎接编《小说月报》,针对当时儿童报刊缺少具有时代特色的儿童文学作品,从1924年第15卷1期起开辟了"儿童文学"专栏,将新时代的新作品介绍给教师和儿童们,先后刊登过许多中外著名作家的儿童文学作品。还连载了顾均正编辑的《世界童话名著介绍》,出过两期"安徒生专号"。如此重视儿童文学,这在我国现代最具权威的成人文学杂志上尚属先例。 郑振铎还发表过不少有关儿童文学的理论文章,重要的有:《儿童世界宣言》《〈稻草人〉序》《儿童读物问题》《中国儿童读物的分析》等,这些理论文章分析透彻,见解独到深刻,对我国现代儿童文学的理论建设颇有影响
朱自清 原名自华,号实秋,后改名自清,字佩弦	1898—1948	原籍浙江绍兴,生于江苏省东海县	朱自清的散文集在现代文学史上有着极高的评价,他的许多散文名作为青少年读者所喜爱,如《背影》《绿》《荷塘月色》《匆匆》《桨声灯影里的秦淮河》等被收入中小学语文课本和儿童文学集中,那美的意境、美的情感和美的文字,契合了少儿的视读经验
应修人 原名应麟德,字修士,后更名修人	1900—1933	慈溪	写有儿童诗《小小儿的请求》,抒发了一个孩子对远居家乡的母亲纯真的爱。创作有童话《旗子的故事》《金宝塔银宝塔》
俞平伯 原名俞铭衡,字平伯	1900—1990	湖州德清	出版于1925年的新诗集《忆》是作者青年时期回忆童年时代生活的抒情短诗集,也是中国第一部描写儿童生活的诗集
魏金枝 笔名凤兮、莫干等	1900—1972	嵊县	1940年在上海《少年世界》上发表新寓言《狮子的尾巴》,之后又陆续发表了一些新寓言及儿童小说。1949年后出版的作品有:小说《越早越好》《中国寓言》(共五册)和《中国古代寓言选》。其中《中国古代寓言选》还由北京外文出版社译为英文出版
柔石 本名赵平复	1901—1931	宁海	作品有《血在沸——纪念一个人在南京被杀的湖南小同志的死》《人间杂记》,其中部分篇目适合儿童阅读
贾祖璋	1901—1988	海宁	科普作家与编辑家。曾编译出版少年科普读物《鸟类研究》《普通鸟类》等。贾祖璋从20世纪30年代起就开始从事科学文艺读物的创作,出版有科学小品集《鸟与文学》(1931)、《生物素描》(1936)、《碧血丹心》《生命的韧性》等。此外还著有许多科普读物,如《世界禽鸟物语》《动物珍话》《达尔文》《生物的进化》《劳动创造了人类》等。新中国成立后仍进行科学小品的创作,出版有科学散文《花儿为什么这样红》等

姓名	生卒年	籍贯	主要文学活动和代表作
鲁彦 原名王衡臣,又名王衡、王鲁彦、返我	1901—1944	宁海	出版有短篇集《柚子》(1926)、《黄金》(1928)、《童年的悲哀及其他》(1931)、《野火》(1937)、《小小的心》(1933)、《伤病医院》《追踪琐记》《桥上》《惠泽公公》《我们的喇叭》《鲁彦散文集》《鲁彦选集》《鲁彦散文选集》《屋顶下》《驴子和骡子》《婴儿日记》《雀鼠集》《乡土》《鲁彦短篇小说集》《河边》《旅人的心》等。译有《给海蓝的童话》等
徐调孚 学名名骥,笔名蒲梢	1901—1981	平湖	发表与顾均正合作的《安徒生年谱》(1925),介绍安徒生的《"哥哥,安徒生是谁"》(1927)、《安徒生的处女作》等论文。主要译作有:《蝴蝶》(与顾均正合译)、《木偶奇遇记》《雏菊》《母亲的故事》《顽童》等
顾均正 笔名振之	1902—1980	嘉兴	译作有:法国保罗·缪塞的著名童话《风先生和雨太太》(1927)、北欧童话集《三公主》(1928)、安徒生童话集《夜莺》(1929)、《小杉树》(1930)、萨克莱的《玫瑰与指环》(1930)、史蒂文森的《宝岛》(1931)、印度故事集《公平与裁判》、法布尔的《化学奇谈》(1933)、盖尔的《物理世界的漫游》(1935)、布拉克的《任何人之科学》(1946)等。儿童文学理论研究主要有:《童话的起源》《童话与想象》《童话与短篇小说——就小说的观点论童话》《托尔斯泰童话论》《译了〈三公主〉以后——相同故事的转变与各自发生说》等,1929年他又出版了《安徒生传》,这是我国第一部研究安徒生及其作品的专著。 1935年以后,顾均正转入了科学文艺的创作、编辑和翻译。他用文艺的笔法为陈望道所编的《太白》月刊撰写自然科学文章,创造了一种科学文化的散文形式,即科学小品,向广大青少年介绍科学文化知识。出版有科学小说集《科学趣味》(1936)、《科学之惊异》(1936)、《电子姑娘》(1937)、《从原子时代到海洋时代》(1948)、《不怕逆风》(1963)等。顾均正还是我国现代科幻小说的开拓者,1939年他创作的第一部科幻小说《和平之梦》就取得了很大的成功,接着又写了《在北极底下》(1939)、《伦敦奇疫》(1940)和《性变》(1940),1940年由上海文化生活出版社结集为《和平之梦》出版
赵景深 曾名旭初,曾用笔名有卜朦胧、冷眼、陶志明、露明女士等	1902—1985	丽水	少年时期就翻译了包尔温的《国王与蜘蛛》,刊登在《少年杂志》上。之后,他又陆续翻译了安徒生的童话《火绒盒》《皇帝的新衣》《白鸽》(即《野天鹅》)《小松树》等,收入郑振铎主编的《童话》第二集。此外,又和赵光章合编了《中国童话集》四册,翻译格林童话两篇。先后写有《诗的游历》《纸花》《一片槐叶》《小全的朋友》《花仙》《小著作家》等童话和儿童小说。其中一些被收入1930年北新书局出版的《小朋友童话》。他根据安徒生童话《野天鹅》改编的儿童歌剧《天鹅》,曾在江、浙、陕、云等地小学上演,颇受好评。

续　表

姓名	生卒年	籍贯	主要文学活动和代表作
			赵景深对中国现代儿童文学的突出贡献主要还在于他的童话理论研究和编写上。他曾先后翻译了英国哈特兰德的《神话与民间故事》《童话的科学》以及麦苟劳克的《小说的童年》。发表了五篇关于童话意见的信。此后又搜集编著了《童话评论》(1934年新文化书社出版),其中包括张闻天、夏丏尊等人的童话论文30篇。这是中国第一本童话评论集。1925年他应郑振铎之荐去上海大学教授童话,撰写了讲义七章,后修订为专著《童话概要》,1927年7月由北新书局出版。这是我国最早在大学开设的童话课。同年9月,开明书店出版了他的《童话论集》,其中收录了他1922年以来研究童话的主要论文。1929年,编著《童话学ABC》,由世界书局出版
冯雪峰 原名福春,笔名雪峰、画室、洛阳等	1903—1976	义乌	著有《雪峰童话》
顾仲彝 名德隆,以字行	1903—1965	祖籍余姚,生于嘉兴	1926年曾在《小说月报》上发表两部独幕儿童剧《讲道》和《用功》,在《文学周报》上也发过类似的儿童剧作。1956年翻译出版了少儿读物《国王打喷嚏》
巴金 本名李尧棠,笔名除巴金外,还有王文慧、欧阳镜蓉等	1904—2005	祖籍嘉兴,生于成都	出版有童话集《长生塔》
陈学昭 笔名野渠	1906—1991	海宁	出版长篇小说《工作者是美丽的》(三卷)、《春茶》(上、下集)、《南风的梦》,诗集《纪念的日子》,散文集《倦旅》《寸草心》《野花与蔓草》《难忘的年月》,文学回忆录《天涯归客》《如水年华》,译著中篇小说《阿细雅》,剧本《伏德昂》,童话《鲶鱼奥斯加历险记》《嘀拍及其他故事》等
钱君匋 名玉堂、锦堂,字君陶,号豫堂、禹堂、年斋	1907—1998	祖籍海宁,生于桐乡	出版歌曲集《金梦》《夜曲》《小朋友的歌》《小学生歌曲集》《进行曲选》等。创作童话和寓言,如《牛的不平》《我愿》等。组织出版儿童歌曲《白鹅诗人》《春去了》《麻雀在电线杆上》等,儿童舞剧《三只熊》等
冯铿 又名占春、岭梅,原名冯梅岭	1907—1931	祖籍绍兴,生于潮州	著有《小阿强》等革命题材儿童文学作品
叶刚 笔名一叶	1908—1930	青田	著有《红叶童话集》,内收《红叶》《字样和白纸》《青鸟》《优美的琴声》等

姓名	生卒年	籍贯	主要文学活动和代表作
陆蠡 学名陆圣泉,字圣泉,笔名陆敏、六角等	1908—1942	天台	出版有散文集《海星》《竹刀》《囚缘记》等。译作有《鲁滨逊漂流记》《希腊神话》《拉封丹寓言诗》等。此外他还写有《檐溜》《尘》等少年科学散文
柯灵 原名高季琳、朱梵、宋约	1909—2000	绍兴	20世纪30年代初在编辑《中国儿童时报》的同时,在每一期报纸的文艺栏内给小读者写作诗歌一首。主要儿童文学作品有诗歌《月亮姑娘》、童话《蝴蝶的故事》等
张乐平	1910—1992	海盐	被誉为"三毛之父"。1935年,在他的儿童趣味画中,第一次出现了"三毛"的形象。1937年在上海参加"抗日漫画宣传队",任宣传队副队长,并主持出版《抗日漫画》《漫画旬刊》《星期漫画》等刊物。1942年出版画集《万象集》。他最有影响力的作品是关于"三毛"的系列儿童漫画。1946年发表《三毛从军记》(连载于《申报》);1947年开始发表《三毛流浪记》(连载于《大公报》副刊《现代儿童》),内容均是反映穷苦儿童生活的,呼吁关心儿童。他的作品具有一定的社会批判意义,以讽刺和幽默为基调,在读者中有着广泛的影响。《三毛流浪记》还曾被改编为同名电影,由上海昆仑影业公司拍摄。1949年以后,张乐平继续创作以三毛新生活为题材的连环漫画,在《小朋友》杂志上连载。粉碎"四人帮"后,又出版了《三毛爱体育》《三毛学雷锋》等连载漫画
艾青 原名蒋海澄	1910—1996	金华金东区	诗人。有儿童诗《春姑娘》等
吕漠野 笔名吕梦周、吕侠哥	1912—1999	嵊县	1931年12月21日在《小朋友》第496期上发表民间故事《三洞桥》。他的作品短小精悍,构思奇妙,风格清新自然,具有鲜明的时代特色和积极向上的主题。他最重要的作品是发表在1936—1937年《小朋友》上的连载童话《一只小公鸡的故事》。1939—1940年,吕漠野在《战时中学生》杂志上又发表了《一只小公鸡的故事》的续篇,他让小公鸡复活,参加了抗议活动,并最后与大家一起打败了入侵的敌人。这部长篇连载的童话十分鲜明地体现了吕漠野的创作风格和主题思想。除创作外,吕漠野还翻译过不少世界名著,如表现角斗士命运的《血和沙》等。从世界语翻译了许多单篇文学作品,1949年后出版《妖怪莫尔加娜》《血与沙》《地窖里的孩子们》等世界语译作。与他人合译的著作有《盲鸟》;编著有《吕漠野儿童文学作品选》《鲁迅与李大钊》
唐弢 原名唐端毅 笔名风子、晦庵	1913—1992	镇海	著有儿童文学《鲁迅先生的故事》《擂台会》等

浙江儿童文学史

续　表

姓名	生卒年	籍贯	主要文学活动和代表作
毛翼虎 字觉人	1914—2004	奉化	著有儿童读物《给新少年的信》《罗斯奇遇记》《国话的花圈》
仇重 原名刘显启，又名刘重，笔名柳一青	1914—1968	黄岩	著有中篇童话《苹儿的梦》(1934)、《歼魔记》(1936)，长篇童话《有尾巴的人》(1949)，根据苏联影片《雾海孤帆》改写的小说《海滨的小战士》(1944)，短篇小说集《春风这样说》《稻田里的小故事》(1947)，以及《儿童神仙故事》等
华君武 别名华潮	1915—2010	杭州	漫画家。在各报纸杂志上共发表了700多幅漫画作品，出版了26部漫画集和儿童文学、讽刺诗的插图集
金近 原名金知温	1915—1989	上虞	1936年在《小朋友》杂志上发表了第一篇童话《老鹰鹞的升沉》。抗战全面爆发后，出版了童话集《红鬼脸壳》，儿童诗集《小毛的生活》，此外还为生活书店创作了童话集《顽皮的轮子》，儿童诗集《小河唱歌》。1949年8月到东北电影制片厂参加美术片编剧工作，同时着重写儿童诗和童话。这时期出版有幼儿童话《小鸭子学游泳》《新年的前夜》；儿童诗集《冬天的玫瑰》《小队长的苦恼》《在我们村子里》《我真想入队》《社里处处是金山》《中队的鼓手》等；散文集《迎接春天》；短篇小说集《小牛黑眼儿》《逃学》等。其中《谢谢小花猫》《小猫钓鱼》《小鲤鱼跳龙门》《布谷鸟叫错了》《狐狸打猎人》等脍炙人口的童话均被改编成美术片，深受儿童喜欢。1959年出版《春姑娘和雪爷爷》。1963年回京筹办《儿童文学》月刊。后又创作了童话《一篇没有烂的童话》《小白杨要接班》《他叫"东郭先生"》《想过冬的苍蝇》《一出好险的戏》《爱听童话的仙鹤》《小青蛙抓蛇记》等，并出版了童话选集《春天吹来的童话》《金近童话集》。1980年被授予全国第二次少儿文艺创作评奖荣誉奖
马骅 笔名莫洛	1916—2011	温州	著有寓言《鹰和鹅》《蜜蜂和乌龟》
刘继卣	1918—1983	祖籍绍兴，生于天津	连环画《鸡毛信》曾荣获1955年中国保卫儿童委员会儿童题材作品一等奖
包蕾 原名倪庆秩	1918—1989	镇海	早年作品有儿童剧《谁插的旗子》《小同志》《一条线》等，均以反映儿童抗日活动为主题，1939年结集为《祖国的儿女》一书出版。同年冬天创作的儿童多幕剧《雪夜梦》，反映因国难而家破人亡的流浪儿童的悲惨遭遇，演出获得了巨大成功，该剧成为他的成名作。1946—1948年，包蕾在上海参加党领导的儿童戏剧活动，在中国少年剧团担任编剧，创作了《胡子和驼子》《巨人的花园》《瓶里的魔鬼》《寒衣曲》《玻璃门》等童话剧和话剧，以及电影文学剧本《三人行》《青山翠谷》《平步青云》(均曾拍摄上映)。这时期他还发表过《石头人的故事》《富人和厨子》《愚笨的裁缝》等童话作品。新中国成立后，他觉得写童话的人较少，便专心致力于创作，写下大量出色的

202

姓名	生卒年	籍贯	主要文学活动和代表作
			作品,如《猪八戒新传》(1962)、《老狼拔牙》(1981)、《布娃娃长大了》《小熊请客》(1981)、《小山羊历险记》等,其中以《猪八戒新传》最为出名。这部童话新作以《西游记》人物为蓝本,包括《猪八戒吃西瓜》《猪八戒学本领》《猪八戒探山》等四个短篇童话,深受小读者的喜爱。《猪八戒吃西瓜》还被改编成美术片上映。此外,他还改编了剪纸片《金色的海螺》,改编动画片《像不像》《三个和尚》等剧本,他的美术片剧本曾多次在国内外电影评奖中获奖。粉碎"四人帮"以后,他又出版了《火萤与金鱼》(1979)、《包蕾童话近作选》(1983)等多部童话集
李俍民 又名李星	1919—1991	镇海	代表作儿童剧《儿童团大打东洋兵》。翻译了美国女作家罗林斯的长篇小说《一岁的小鹿》。新中国成立后先后在少年儿童出版社、上海译文出版社工作。主要翻译作品有《牛虻》(1953)、《斯巴达克斯》(1954)、《学校》(1955)、《孔雀石箱》(1955)、《白奴》(1961)等
嵇鸿	1920—2017	祖籍无锡,生于杭州	著有《雪孩子》《神秘的小坦克》等
钱玉如 笔名郁茹	1921—	原籍诸暨,生于杭州	儿童文学作品有《曾大思和周小荔》(1956)、《一只眼睛的风波》(1957)、《好朋友》(1957)和自传体小说《西湖,你可记得我?》(1983)等。《一只眼睛的风波》在第二届全国少年儿童文艺评奖中获三等奖,长篇传记文学《西湖,你可记得我?》获浙江省全国儿童文学优秀作品奖
何琼崖 笔名琼子、琼崖、王京、云天、韩琼	1921—2020	乐清	著有《琼崖儿童文学集》
圣野 原名周大鹿,现名周大康	1922—	东阳	1947年7月开始为《中国儿童时报》业余编写《自己的岗位》,并创作儿童诗,出版过《啄木鸟》《小灯笼》《列车》等诗集。 主要儿童文学作品有:《啄木鸟》(1947)、《小灯笼》(1948)、《欢迎小雨点》(1955)、《小哨兵》(与吴少山合作,1959)、《布娃娃过桥》(1960)、《奶奶故事多》(1962)、《和太阳比一比》(1962)、《春娃娃》(1979)、《鸡冠花》(1979)、《神奇的窗子》(1980)、《竹林奇遇》(1980)、《爱唱歌的鸟》(1980)、《诗的散步》(1983)、《瓜果谣》(1980)、《写在早晨的诗》(1985)、《雷公公和啄木鸟》(1986)、《犁犁的故事》(1987)、《银亮的大树》(1988)。他主编过选集《黎明的呼唤》(1982)、《台湾儿童诗精品选评》(1997)、《中华儿童散文诗丛》(1999)等十余部。其中低幼儿童诗《春娃娃》获第二次全国少年儿童文艺创作评奖二等奖,《瓜果谣》获全国儿童读物评奖优秀读物奖,《诗的散步》获全国首届儿童读物评奖优秀评论奖,《银亮的大树》获全国儿童读物评奖创作三等奖。2009年,他被授予"陈伯吹儿童文学奖杰出贡献奖"

续 表

姓名	生卒年	籍贯	主要文学活动和代表作
贺友直	1922—2016	宁波北仑	连环画家,绘画作品有儿童图画书《胖嫂》,为《蟋蟀》等多部儿童读物绘制插图
何振业 笔名何为、晓芒、夏侯宠等	1922—2011	定海	主要儿童文学作品有《前进吧,上海》等
朱为先	1922—2016	德清	发表《幼小的灵魂》等多部童话
任明耀 笔名任斐然	1922—	杭州	第一部童话《狐狸和灰狼》出版后连续两年再版,深受小读者欢迎。童话《奇怪的帽子》荣获小天使铜像奖。多年来创作了百余篇猪八戒的故事。1997 年由海燕出版社出版了长篇童话《猪八戒新传》。2000 年根据《猪八戒新传》中的"猪八戒为啥叫猪八戒"创作了动漫片文学剧本《猪八戒轶事》
姚易非 原名姚亦菲	1922—2007	青田	曾获全国儿童文学优秀作品奖,全国优秀剧本创作奖,儿童文学优秀作品奖。著有儿童文学作品《飞吧,咱们的小银燕》《兔子的故事》等
任溶溶 原名任根鎏,又名任一七、任以奇,曾用笔名托华、易蓝、赵康强、容照强	1923—2022	祖籍浙江金华,广东鹤山人,生于上海	20 世纪 60 年代开始,任溶溶在从事翻译工作的同时,创作儿童诗歌、小说、童话,以儿童诗为主。 任溶溶翻译的外国儿童文学作品中具有影响力的是苏联的《铁木儿和他的队伍》《古丽雅的道路》《马雅可夫斯基儿童诗集》,意大利的《木偶奇遇记》《洋葱头历险记》,瑞典的《长袜子皮皮》《小飞人三部曲》,丹麦的《安徒生童话全集》,英国的《小飞侠彼得·潘》的续作《重返梦幻岛》(2006)。他创作的儿童文学作品主要有童话《没头脑和不高兴》《天才杂技演员》,小说《我是个美国黑人的孩子》《变戏法的人》,儿童诗集《小孩子懂大事情》《给巨人的书》,散文《在冬天里过夏天》,系列故事《丁丁探案记》等。1983 年还在广东人民出版社出版了《任溶溶作品选》。在他的创作作品中,小说《我是个美国黑人的孩子》选入教材,并收入《上海十年儿童文学选》;童话《没头脑和不高兴》和《一个天才的杂技演员》被改编并拍摄成美术电影;儿童诗《你们说我爸爸是干什么的》获第二次全国少年儿童文艺创作评奖一等奖;幼儿系列故事《丁丁探案记》于 1983 年获第二届儿童文学园丁奖、上海 1980—1982 年优秀作品奖。2012 年 12 月 6 日,他被中国翻译协会授予"翻译文化终身成就奖"荣誉称号

姓名	生卒年	籍贯	主要文学活动和代表作
金江 原名金振汉	1923—2014	温州	1947年出版诗集《生命的画册》。新中国成立后，转向儿童文学创作，专写寓言和童话。结集出版的有：《老驴推磨》(1981)、《寓言百篇》(1981)、《鸭子开会》(1983)、《猫的画像》(1984)、《猴子吹哨子》(1984)、《老鼠"理论家"》(1986)、《蜗牛登塔》(1991)、《小鹰试飞》(1956)、《乌鸦兄弟》(1956)、《白头翁的故事》(1956)、《狐狸的"真理"》(1979)、《鸭子开会》(1983)、《老虎伤风》(1999)、《水鳄鱼》(1999)、《木老虎》(1999)、《牛角尖中的老鼠》(1999)等。此外还编辑出版了《中国现代寓言集》(1982)、《外国寓言选》(1986)、《中国古代寓言精选（白话本）》(1988)和《世界寓言精品500篇》(1989)、《金江寓言选》(1991)、《世界寓言名篇精选》(1992)、《中国儿童文学作家成名作·寓言卷》(1995)、《动物寓言150篇》(1996)、《中国当代儿童文学精品·寓言卷》(1996)、《金江寓言选》（英文本，1997)、《金江寓言选》（法文本，1998)等书。其中《乌鸦兄弟》(寓言)获1980年全国第二次少年儿童文艺创作评奖三等奖，并被选作中等师范学校语文课本的教材。《寓言百篇》获全国1980—1981年优秀儿童读物奖。1993年《世界寓言精品500篇》获全国第二届优秀少年儿童读物三等奖
吴少山	1923—2015	遂昌	写有儿童诗《谁说我家穷》，儿童诗集《小哨兵》。全国第十一届陈伯吹儿童文学奖获得者
邱建民 又名邱耀年，笔名鲁克、洛菲、L.K、萧彦等	1924—	宁波	出版有诗集《夜航》，科幻小说集《奇妙的刀》《魔鬼海》《失去的小人国》，童话集《小黑鳗游大海》《谁丢了尾巴》《骄傲的小刺猬》《山鼠"敢死队"》《有一只猫，它只有三条腿》《魔术师的绝招》《鲁克作品精选》，长篇童话《最后的一个梦》《海豚3号》
鲁兵 原名严光化	1924—2016	金华	创作的主要儿童文学作品有：童话选集《桥的故事》(1948)、童话散文集《泥巴孩子》(1951)、儿歌集《唱的是山歌》(1957)、儿歌诗集《大力士》(1959)、美术电影剧本《画廊一夜》（与人合作，1978)、儿童诗歌集《不知道和小问号》(1979，创作评奖二等奖)、《老虎外婆》(1981，获全国儿童读物优秀奖)、《好乖乖》(1982，获首届全国幼儿读物评奖著作一等奖)、《小猪奴尼》(1983，获第三届儿童文学园丁奖、上海1983年优秀作品奖)。还创作有《老虎的弟弟——鲁兵幼儿文学作品选》(1989)、《找妈妈——鲁兵儿歌精选》(1989)、《鲁兵童话》(1994)。他主编的《365夜儿歌》(1989)、《365夜故事》(1997)等产生了广泛的影响，他还节编了古典文学作品《水浒》《西游记》《说岳全传》，改写了《包公赶驴》(1985)、《小西游记》(1986)等

续 表

姓名	生卒年	籍贯	主要文学活动和代表作
任大星	1925—2016	萧山	著有《吕小钢和他的妹妹》(1954)、《姐姐的礼物》(1956)、《野妹子》(1964)、《刚满十四岁》(1979)、《大钉靴传奇》(1980)、《湘湖龙王庙》(1983)、《小小男子汉》(1984)、《任大星作品选》(1990)、《我的童年女友》(1992)、《我的第一个先生》(1997)等。其作品曾获全国第二次少年儿童文艺创作评奖一等奖,1982—1988年全国优秀儿童读物奖、中华儿童文学创作奖、陈伯吹儿童文学奖及其他多种奖项。部分作品被译成英、俄、日等多国文字在国外发表或出版
杜风 原名生荣,曾用笔名舜莹	1925—?	上虞	出版儿童故事集《和好》(1953)、《我和爸爸养蜂》(1955)、幼儿故事《兔子搬家》(1955)、童话《两个偷鸡贼》、儿童小说集《放假的日子》(1957)、儿童诗集《迎春花》等。《螳螂》《杜风作品选》曾获全国儿童文学奖
蒋风 笔名江枫、江冷、天流、蒋山青、叶云	1925—	金华	1984—1988年任浙江师范大学校长。1994年离休后,自费创办中国儿童文学研究中心,编撰《儿童文学信息报》,免费招收非学历儿童文学研究生,坚持至今。 多年来致力于儿童文学创作、教学与研究,编著有《中国儿童文学讲话》(1959)、《儿童文学概论》(1982)、《中国现代儿童文学史》(1987)、《世界著名童话鉴赏辞典》(1990)、《世界儿童文学事典》(1992)、《玩具论》(1992)、《未圆的梦》(1999)、《儿童文学史论》(2002)、《蒋风儿童文学论文选》(2005)、《中国儿童文学发展史》(2005)、《悠悠文缘》(2010)、《中国儿童文学史》(2019)等50余种。 积极推广儿童文学阅读及儿童诗教学,开办儿童文学教师进修班,1982年6月受邀参加文化部讲师团,前往东北、华北、西南、西北、广东、广西、湖南等地讲学。 为促进对外交流,1986年起参加各类儿童文学国际会议,赴外交流演讲报告及高校讲学,先后多次赴韩国、日本、美国、新加坡、马来西亚等国,以及中国的香港、澳门、台湾地区作交流。1987年成为国际儿童文学学会的第一位中国籍会员,1993年担任日本国际儿童文学馆专家级研究员。 曾荣获"浙江省优秀少儿工作者"称号(1981);曾获第三届冰心优秀儿童图书奖、亚洲儿童文学学会副会长拥戴奖(1997)、宋庆龄儿童文学特殊贡献奖、全国关心下一代先进工作者(2005)、第三届世界儿童文学大会儿童文学理论奖、第八届亚洲儿童文学大会儿童文学交流贡献奖(2005)、亚洲儿童文学学会共同会长拥戴奖(2006)、《金华日报》60年60人——金华媒体人眼中最具有影响力人物之一(2009)。《玩具论》(修订本)获得第三届中国出版政府奖(图书)。获第十三届国际格林奖,成为获此殊荣的第一个中国人(2011)、陈伯吹国际儿童文学特殊贡献奖(2015)。2019年入选中宣部首批德艺双馨哲学社会科学家30人之一,事迹被中央电视台拍成纪录片在科教频道、中国教育频道多次播出,《光明日报》中国知识分子党员风采录登载照片和简介。相关事迹被《世界名人录》(伦敦剑桥世界传记中心)、《中国文学家》《中国当代文学家名人录》等数十种辞典名人录收录

姓名	生卒年	籍贯	主要文学活动和代表作
彭文席	1925—2009	瑞安	代表作寓言《小马过河》
吕倩如 又名吕觉先、吕支	1926—	新昌	出版有《少年读报组》《刘莲英》《妈妈讲故事》《娃娃爱听的故事》等8种单行本
田地 吴南薰,又名吴圣薰	1927—2008	杭州	1947年出版由臧克家作序的第一本诗集《告别》,从此长期坚持儿童文学创作,主要是儿童诗的创作,截至1990年已出版儿童诗集11本:《南瓜花》(1951)、《我们是真正有志气的人》(1952)、《明天》(1953)、《轮船就要开了》(1953)、《他在阳光下走》(1954)、《小树叶》(1957)、《冰花》(1982)、《动物园》(1983)、《快乐的中队》(1985)、《田地儿童诗选》(1986)、《我爱我的祖国》(1987)。先后有《沿河》《祖国的春天》《要为祖国添光彩》《主人》《母亲的眼泪》《我爱我的祖国》《在东方,中国巨龙又飞腾起来了》《快乐的小精灵》《升起来呵,母亲的旗》《十四岁的男子汉》《春游》《雷锋、拿破仑和我——矮脚虎》等12个作品获省市级以上的儿童文学奖,其中有两个作品曾获全国奖,另有两个作品获"儿童文学园丁奖"
吴友三 字叔寒	1927—	富阳	20世纪50年代开始从事儿童文学创作,作品有:儿童歌曲《牵牛花儿像喇叭》、儿歌《爸爸赶集回家啦》、儿歌《树种姐姐出嫁啦》、新故事《灵蛇洞传奇》《鬼话大王传奇》、少儿故事《抢皮包》、小说《铃声》等
徐强华 原名徐象烈,笔名花强	1927—	永嘉	著有《徐强华作品选集》(两卷),寓言集《黄莺和鹦鹉》《菩萨出汗》,系列寓言《床下钓鱼》《谈狗色变》《童话寓言》,童话集《泥人王》《会钓鱼的鱼》,编选《中国科学寓言选》《中国科学寓言》(增订本),合著《猜谜语》《班主任工作手册》。作品获全国、省级奖十余次。《中国科学寓言选》列为"少年文库"必读书目。部分作品译介至国外
苏叔迁 又名苏玉孚	1927—2007	文成	主要从事儿童文学研究和评论工作,著有《陈伯吹传》(未来出版社,1987)。发表的评论文章主要有《评冰心〈三寄小读者〉》《评包蕾的童话集〈火萤和金鱼〉》等
洪汛涛 笔名田野、田多野、了的、吕榆	1928—2001	浦江	童话作品有《神笔马良》(1956)、《狼毫笔的来历》《十兄弟》(1957)、《小花兔找食物》(1957)、《望夫石》(1959)、《不灭的灯》(1960)、《夜明珠》《鱼宝贝》(1979)、《半半的半个童话》(1981)、《一张考卷》(1974)、《花圈雨》《向左左左转先生》《白头翁办报》(1982)、《慢慢来》《夹竹桃》《棕猪比比》《小鼯鼠学本领》(1982)、《小芝麻奇历记》《"亡羊补牢"的故事》《乌牛英雄》(1988)、《苍蝇的诀窍》《破缸记》《天鸟的孩子们》(1983)、《鸟语花香》《神笔牛良》(1987)、《洪汛涛童话全集:树洞里的孩子》(2012)等。小说有《蛇医传》(1959)、《一张考卷》(1974)、《不平的舞台》(1983)等,散文有《和平的乡村》《不灭的灯》(1960)等,电影剧本有《神笔》《大奖章》(1980)等,低幼文学有《灯花》(1980)、《快乐的鸟》(1984)等,理论作品有《儿童·文学·作家》《童话学》(1986)、《童话艺术思考》(1988)等

续 表

姓名	生卒年	籍贯	主要文学活动和代表作
郑成义	1928—	淳安	儿童文学作品有《党诞生的地方》《南昌——八一起义的英雄城》等
施雁冰 笔名燕平、冰冰	1928—	镇海	著有儿童小说故事集《小组长》,科学童话集《不要脚的朋友》《外国蜡烛和镀金戒指》,儿童长篇小说《初夏奏鸣曲》
沈理阳 曾用名沈燮昌、李阳	1929—2004	定海	1946年在上海地下党创办的新少年报社工作。1949年以后在共青团上海市委少年部任秘书、副科长。1957年调回《新少年报》社,任时事、生活、文艺等组组长。1959年先后被团中央机关和中直机关评为社会主义建设积极分子。1960年以后任《中国少年报》生活指导组组长、编委,1964年任副总编辑。"四人帮"被粉碎后,任《中国少年报》领导小组组长,主持复刊工作。1984年主持《新少年报》(后改名为《中国儿童报》)的复刊工作。与人合写了《周恩来》《革命领袖故事》《革命先烈故事》《万恶的地主阶级》等儿童读物,主持编辑《快乐的队活动》《比比勤和巧》等书
任大霖	1929—1995	萧山	读初中时就有作品发表在《开明中学》和《中学生》上。1974年考入杭州师范学校,写出第一篇童话《百支光和五支光》,很快成为《小朋友》的主要作者。1950年重新开始创作儿童文学。1953年10月调往上海少年儿童出版社工作,先后担任过文学编辑室和《少年文艺》编辑部的主编。主要儿童文学作品有:《红泥岭的故事》(散文集,1951)、《我们都爱毛主席》(小说,1954)、《我们的田庄》(小说,1954)、《秧田发绿的时候》(短篇小说集,1956)、《桃子熟了》(儿童剧,1956)、《他们在创造奇迹》(报告文学,1958)、《童年时代的朋友》(散文集,1958)、《山岗上的星》(散文集,1962)、《蟋蟀》(作品选集,1979)、《少先队员的心灵》(小说,1983)、《喀戎在挣扎》(小说,1984)等。此外,著有儿童文学理论著作:《儿童小说的构思和人物形象》(1962)、《儿童小说创作论》(1987)。《蟋蟀》获第二届中国少年儿童文学艺术奖一等奖;《儿童小说创作论》获中国优秀少儿图书奖和中国儿童文学理论奖
余鹤仙 笔名鹤仙、岳轩	1929—	宁波	1953年参加工作,历任上海人民美术出版社连环画编辑室文学编辑,少年儿童出版社文学编辑及文艺编辑室副主任、社长助理,《故事大王》编辑部主任、主编,副编审。1962年开始发表作品。著有儿童版小说《水浒》,中篇历史故事《赵王李文霸》《逼上梁山》《民间传说·故事》《单枪赵子龙》《封神榜人物故事》等

续　表

姓名	生卒年	籍贯	主要文学活动和代表作
叶宗轼 笔名叶红、小岛	1930—2017	舟山	作品有儿童散文集《海洋上捕鱼人》《好玩的海滩》等
白忠懋	1930—	镇海	先后从事过儿童文学创作及动物科普创作，著有《寓言马戏班》《"迷你鸡"风波》《大猩猩在行动》《动物奇闻录》《动物世界奇谈》及《宠物杂谈》等，系中国科普作家协会会员
朱良仪 笔名梁怡	1931—	宁波	著有短篇小说集《海猎》《小炮手》《海娃当巡逻兵》等。报告文学《英雄安业民》获全国优秀儿童读物征文奖
赖云青 笔名束加页	1931—	宁海	1960 年开始发表作品。著有儿童文学《小刀会大闹孔子庙》等
陆扬烈 笔名陆舟、天涯子	1931—	平湖	1955 年开始发表作品。"文化大革命"期间，主要从事儿童文学创作，在上海《红小兵》报上发表小小说、小故事十余篇，出版儿童读物《祖国的蓝天》等四册、连环画《水流清清》等四册。"文化大革命"结束后，出版小说《雾都报童》（少年儿童出版社）。著有长篇小说《九龙玉佩》《墨尔本没有眼泪》等，中英文对照儿童文学《献给母亲的花》，儿童读物《卓玛》（1962 年，少年儿童出版社）、游记集《人在旅途》等。作品曾译成英、朝、藏文，并多次获国内奖项及国际华侨总会年度文学佳作奖
屠再华 笔名杜鹃花	1932—	杭州	20 世纪 50 年代在《上海文学》发表处女作，随即被聘为《萌芽》月刊特邀作者。著有儿童文学集《小魔伞》（浙江少儿出版社）、《娃娃闹海》（四川少儿出版社）、《清明狗》（中国少儿出版社）、《嘟嘟糖与小雪灯》（上海教育出版社）、《卖花小鹿》（文联出版社）、《竹叶青青》（贵州人民出版社）等 10 余部。与此同时，中央电视台翻拍过他的散文片和人偶剧。曾获蒲公英奖银奖和优秀作品奖，浙江"五个一"工程奖，优秀作品奖
蒋应武	1932—	杭州	代表作儿童诗《小熊过桥》
叶玉林 笔名林予一、叶曦	1932—	遂昌	主要作品有长篇儿童小说《飞瀑》（1979 年）、《神猎》（1985 年）等
解普定	1933—2012	台州	著有儿童寓言《乌龟爬天梯》等
陈乃祥	1932—2014	诸暨	著有儿童寓言《喜鹊嘲笑牡丹》等

续　表

姓名	生卒年	籍贯	主要文学活动和代表作
杨明火	1932—	宁海	著作有儿童诗集《跌不碎的歌》,长篇儿童小说《特派员的儿子》,十四行儿童诗集《长颈鹿的故事》,童话集《小马找撇》,寓言集《满月梦》等。 于东海舰队防空兵司令部工作时发表第一篇儿童小说《红色小英豪》,上海人民美术出版社出版了同名连环画,从此走上了创作儿童文学的道路。于浙江宁海龙宫中学任教时,发表了成名作童话《雾炼珠》。2013—2015年,他多次在《文艺报》上发表小说、散文、汉字寓言等,引起儿童文学界的关注。2016年3月,封笔之作《四行体儿歌千首》,由中国言实出版社出版
沈虎根 笔名季夫根,陈季男	1933—2022	杭州	1954年发表第一篇小说。先后出版过短篇小说集、散文集等,主要有《金枝玉叶》(1963)、《我这一家人》(1983)等。其中短篇小说《小师弟》在1980年第二次全国少年儿童文艺创作评奖中获二等奖;《我和甸甸》获浙江省1983—1984年优秀儿童文学作品奖。此外有几篇小说被改编为电视剧。著有文论集《儿童文学使我快乐》等。作品获全国第二次儿童文学作品评奖二等奖、1992年冰心优秀图书奖、全国第三次八部委举办的优秀少儿读物评奖三等奖
倪树根 笔名小夫、杨浦、阿炎	1933—2015	富阳	1955年开始从事儿童文学创作,已出版10余部小说和童话集,又有400余篇小说、童话,散发于全国各报刊。主要有《铁轮子》(1959)、《守鱼篓》(1962)、《照鱼》(1966)、《阿坤和他的伙伴》(1973)、《甜葡萄王国里发生的怪事》(1989)、《月亮上荡秋千》(1991)等。童话《笋芽儿》,小说《守鱼篓》《三十八双布鞋》等选入小学语文课本;童话《鱼鹰和渔夫》选入《中国新文学大系·儿童文学卷》;故事集《铁轮子》曾参加莱比锡国际图书展览;《照鱼》《一个不愿当大王的傻瓜》《换梦》等15篇(本)儿童小说和童话先后获省级以上儿童文学优秀作品
沈碧娟 笔名沈逸	1933—	余姚	1964年开始发表作品。著有《少年创造之路》《十四岁》《少女的风采》《纯真童年——亲情和爱的笔记》《生活着是美丽的》《第二个春天》《岁月留痕》等,合作翻译日本中篇小说《初恋和零式飞机》,另有200多个短篇发表在各地报刊上。责编的有《100位作家的回信》《百位校长谈人生》《台湾少年小说选》《台湾儿童小说选》。《少女的风采》获1995年上海市教委颁发的优秀课外读物二等奖,短篇报告文学《妈妈在她身边》获京沪宁穗邕联合报告文学大奖赛优秀作品奖,《我的绿色梦》获江西《小学生之友》2003年度一等奖

姓名	生卒年	籍贯	主要文学活动和代表作
水飞 原名章大鸿	1933—	椒江	1956 年起历任《儿童时代》编辑、编辑部副主任,《少先队活动》主编,《大江南北》副总编辑、党支部书记,上海作协儿童诗歌组组长,上海民协常务理事兼民歌专委会主任,1983 年参与发起并主持上海十月儿童诗会。1948 年开始发表作品。著有《小铁匠》《假如我是匕首》等诗文,诗集《谁喜欢》《我们的队》等,合编诗文集《全国获奖儿歌集》《火红的青春》《报童之歌》等。曾获上海作协儿童文学委员会和上海民协颁发的耕耘奖、园丁奖、诗歌创作 50 年纪念奖
邵燕祥 笔名颜香	1933—2020	祖籍萧山,生于北京	著有多部儿童诗集,《毛主席开的甜水井》曾获第一届全国少年儿童文艺创作奖
阿浓 原名朱溥生,笔名浓浓	1934—	祖籍江苏泰兴,生于湖州	代表作《铁嘴鸡》(1984)、《比蜜糖还甜》(1984)、《卡乐 D 上学》(1985)、《汉堡包和叉烧包》(1985)等
石永昌	1934—	宁波	1951 年参加工作,曾任儿童刊物《小鼓手》《江苏青年报》记者、编辑,江苏少年儿童出版社知识读物编辑室主任。著有科学童话《森林—草原王国》《孙悟空探秘小人国》,主编《中国科学童话选》,另著有游记《中华国宝·风景名胜》《儿童图解字典》(两册)《益智趣味故事》等,《森林—草原王国》曾获江苏省优秀科普读物奖,《中华国宝·风景名胜》曾获全国第一届优秀少儿读物一等奖、"五个一工程"奖
韦苇 原名韦光洪	1934—	东阳	儿童文学史家,诗家,译家。国际儿童文学研究会会员,中国儿童文学研究会理事。 著有《世界儿童文学史》(1986 浙江少儿版及 1988 年修订版,2007 上海少儿社版,2015 安徽教育出版社版及 2019 修订版)、《世界童话史》(1995 台北版,2002 福建教育社版,2015 复旦大学版)、《外国童话史》(1990 江苏少儿版,2003 河北少儿版,2013 清华大学版)、《俄罗斯儿童文学论谭》(1994,2015 湖南少儿社版)、《西方儿童文学史》《动物文学概论》(复旦大学版)、《韦苇与儿童文学》(2000,论文集,附生平)等理论著作 11 部。参著中国儿童文学史,论类著作多部,参著《中外童话鉴赏辞典》《世界著名童话鉴赏辞典》,参编《儿童文学辞典》(受托审编全部外国儿童文学条目,四川少儿社 1989 年版),原创作品《听梦——韦苇童诗精选》《一个胡桃落下来》《萦绕在美丽中》等。译、编类著作有《藏梦——世界童诗精选》《世界童诗精选》《世界金典儿童诗集》《幻想家》《米夏煮粥》《马列耶夫在学校和在家里》《达·芬奇哲思故事集》《恰佩克童话》《达尼尔在行动》《日哈儿童小说选》《大山猫传奇》《小老鼠皮克历险记》《狐狸传奇》《聪明小狗索尼亚》《马霞家的恐龙娃》《谢尔盖家的秘密》《金表》《安徒生》《世界经典童话全集》(20 卷,获国家出版奖)等多部、多集丛、多系列

续　表

姓名	生卒年	籍贯	主要文学活动和代表作
谷斯涌	1934—2022	上虞	1958 年到中国少年报任编辑、记者。1977 年到中国少年儿童出版社工作,后任该社文学编辑室主任。系中国儿童文学研究会理事、宋庆龄基金会(四届)理事。1949 年开始发表作品。著有故事集《第十四生产队》《星条旗下》,人物传记《革命老爷爷徐特立》《一部金色的童话:金近传》,散文集《从东半球到西半球》《美的召唤》《往事写真》,诗集《第一个队礼》《海外情》《共和国领袖和孩子们》,编著《世界文学名著故事》,译著童话《苹果和黎明》等。童话《古怪老头》获 1980 年《少年文艺》好作品奖,相声《我愿意做条狗》获 1985 年《儿童时代》好作品奖,评论《童话家的童话》获全国首届儿童文学优秀论文奖
张效 笔名张微、张敏、英子、石英等	1935—?	杭州	著有短篇小说集《采树种》《红宝石》《请你永远忘记他》,中篇传记文学《天堂小五义》,短篇小说《小街上》《下课以后》《第一次竞赛》《我发誓》,小说"哈勒菩萨"哭鼻子》《疯子画家》《夜走龙门岭》《奇怪不奇怪》《大书先生》等。小说《他保卫了什么》获上海《儿童时代》建国三十周年小说征文一等奖;《起点》《哈勒哭鼻子》获浙江省文联作协优秀作品奖;短篇小说《红宝石》获 1980—1981 年全国优秀儿童读物一等奖;长篇儿童小说《雾锁桃李》获杭州市委、市府一等奖,并改编为六集电视连续剧《寒窗少女》。此外他还有多种小说被改编成电视剧、连环画等。浙江省人民政府曾因他在这方面的贡献,授予他"优秀少年儿童工作者"称号
李燕昌	1935—	余姚	著有《春姑娘的工作》《李燕昌儿童文学作品选》等
张锦贻 笔名锦贴、张浙	1935—	祖籍嘉善,生于杭州	着力于少数民族儿童文学理论研究和创作。论著论文近 400 万字。论著方面,关于民族儿童文学的,主要有《民族儿童文学新论》《发展中的内蒙古儿童文学》《中国少数民族儿童文学》《少数民族儿童文学新论》等;关于当代儿童文学的,主要有《冰心评传》《张天翼评传》《包蕾评传》《前进中的中国儿童文学》等;关于基础理论的,主要有《儿童文学的体裁及其特征》《儿童文学新探索》等。合著有《儿童文学原理》《幼儿文学概论》《玩具论》《育人先读》等。论文方面,主要有《儿童文学民族特点的主要体现》《当代儿童文学民族化的实现》《中国少数民族儿童文学:与现代化同步》《改革开放三十年的中国儿童文学》《民族儿童文学的主题嬗变与创作衍变》《民族文化·现代意识·儿童情愫》《民族性地域性的独特书写》等。 此外,曾参与策划并主持《世界儿童文学事典》"第一分编"的工作,参与《中华文学通史》(十卷本)的撰写。选编、出版《中国北方少数民族故事精选》《中国蒙古族民间童话》。主编《中国少数民族儿童小说选》《中国少数民族儿童文学新作选》《中国当代少数民族儿童文学原创书系》等。论著、论文等在自治区及全国多次获奖。已出版散文集《边边的边疆上》《草原,一个童话世界》《张锦贻儿童散文选》等,童诗集《远远的远山冈》、儿歌集《黄黄的黄河旁》《张锦贻儿歌一百首》以及中篇童话《小气球奇遇记》、纪实文学《童年时的抗日行动》《冰心的青少年时代》《叶圣陶的青少年时代》《郑振铎的青少年时代》等。有 20 首儿歌入选《中国儿歌大系》

姓名	生卒年	籍贯	主要文学活动和代表作
卢济遥	1936—	临海	创作儿童文学、科普作品、智力作品及连环画脚本等。作品有《彬彬有礼》《鸟儿也爱梳妆打扮》等
冯之约	1936—2008	浦江	研究儿童文学成果较丰,参编儿童文学学术著作《儿童文学引论》等10多部,撰写出版的著作《之约集》在第十届(2005年)全国师范院校儿童文学研究会上获儿童文学作品一等奖
陈永镇	1936—	温州	1954年毕业于中央美术学院华东分院,早年在北京从事漫画工作,1958年起专门从事儿童画创作和儿童美术读物的编辑工作。为《小猫钓鱼》《小马过河》等绘制插图
陈必铮	1937—	玉环	著有寓言集《真理的父亲》《真理赶路》等。作品收入《中外寓言鉴赏辞典》等40多种书籍
盛巽昌	1937—	镇海	1978年开始从事儿童文学史料的搜集和研究工作,并陆续在《儿童文学研究》等报刊发表《郑振铎与童话》《孙毓修和早期儿童文学》《〈我和儿童文学〉补正》等数十篇文章。与人合编有《郑振铎与儿童文学》《中国现代儿童文学选》(分小说、散文、诗歌诗剧三册)。另编著有《史林拾得》《历代聪明小孩一百个》等
张彦 原名张修彦,笔名宿焱、章炎	1937—	绍兴	20世纪80年代初开始发表作品。著有长篇小说《僵尸岛》《好球》《猴娃》《通天彻地大班长》《稳住他》《铜豌豆》等,短篇小说集《天皇皇地皇皇》,故事集《勇敢者的故事》《历史的鉴戒》,低幼儿童文学集《山湖妈妈的孩子》等,译著儿童文学集《毒蜘蛛》《"不利号"环球记》《北方的童话》,寓言集《外国寓言故事》《世界科幻故事精华》(合作)等。作品曾获1992年海峡两岸少年小说、童话征文佳作奖,浙江省首届少儿电视剧本有奖征文二等奖,浙江省第三届少年儿童文学优秀奖,冰心儿童文学新作奖等奖项
朱庆坪	1939—2002	义乌	1964年起历任《新民晚报》文艺记者、上海古籍出版社编辑、上海少年儿童出版社编辑。著有多种低幼儿童文学作品,代表作有《大灰郎娶新娘》《挠痒痒》
郑开慧 笔名龙子、华铭等	1939—	黄岩	著有中篇小说集《横祸飞来》,短篇小说集《旋转的城堡》,中篇小说《船长的儿子》,童话小说《神鸟和魔笛》
瞿光辉 笔名凡夫	1939—	温州	合著寓言集《老驴推磨》,译著有《木偶奇遇记》《伊索寓言》
章云行	1939—	新昌	1958年开始发表文艺作品,1981年起侧重于儿童文学创作,其中《梦见妈妈》获第五届冰心儿童图书新作奖
郑钦南 笔名郑重	1939—	黄岩	著有寓言集《天有多大》等多部文学作品

续　表

姓名	生卒年	籍贯	主要文学活动和代表作
黄云生 笔名云涛、柯南	1939—2005	浦江	1980 年调入浙江师范大学中文系,后任儿童文学研究所所长、教授。 他在儿童文学领域研究、教学和创作三者皆可兼得。创作始于 1972 年,主要写小说、散文。处女作《考试》曾被改编为儿童剧《临时收购站》在中国福利会儿童艺术剧院上演。儿童文学作品有《大地作业》《流星》《彩色的柏叶》《咳嗽》《木桩上的小灯笼》《给女儿的知心话》等。重要论著有《幼儿文学原理》《黄云生儿童文学论稿》《人之初文学解析》《中国现代儿童文学史》(合作)《1976 年—1986 年中国儿童文学理论目录索引》(合作),主编《儿童文学精读选本》《儿童文学教程》,编辑《世界儿童文学事典》(合编)《世界长篇童话精品文库》(第一辑,主编)等。儿童小说《补课》《惩罚》《迷路》均获浙江省作家协会优秀儿童文学奖,《中国现代儿童文学史》获全国首届儿童文学理论评奖优秀著作奖、浙江省教委优秀科研成果二等奖
张鹤鸣 笔名双羽	1939—	乐清	著作有寓言剧选集《喉蛙公主》《海国公主》《老狼跳崖》等20 多种;主编《兔子的千古奇冤》等儿童文学专著 20 多种。曾有 20 多篇作品入选小学校本教材。根据安徒生《海的女儿》改编的大型童话剧《海国公主》曾经在浙江省第二届戏剧节上获 18 项大奖,并被推荐进中南海献演。2008 年,中国寓言文学研究会设立了"张鹤鸣戏剧寓言奖"。寓言体小品《一媳三婆》《喉蛙公主》和《邻家妹子》先后获曹禺戏剧文学奖(小品小戏奖)。1987 年获全国优秀文艺工作者称号和全国"五一"劳动奖章
程逸汝 笔名田宽、段唯佳	1939—2020	宁波	1961 年开始发表作品。发表诗歌、童话、散文、评论千余篇。儿童歌曲《走在上学的路上》获第二届全国少年儿童文艺创作评奖三等奖,童话《小野花洗脸》获陈伯吹儿童文学优秀作品奖,童话《黑眼睛》获海峡两岸少年童话佳作奖
詹国强 笔名柏泉、航舟	1940—	杭州	著有长篇小说《京都四小天鹅》,参与编著《写给少先队小干部》《红领巾之歌》等
叶永烈 笔名萧勇、久远、叶杨、叶艇	1940—2020	温州	以儿童文学、科幻、科普文学及纪实文学为主要创作内容。自 11 岁起发表诗作,1957 年开始发表科学小品;1959 年,在上海少年儿童出版社出版第一部科学小品集《碳的一家》;1960 年成为《十万个为什么》主要编写作者,同年秋完成《小灵通漫游未来》。之后从事科普创作。1979 年 3 月,被文化部和中国科协联合授予"全国先进科普工作者"称号。1976 年春,任上海电影制片厂编剧的叶永烈发表了科幻小说《石油蛋白》。1981 年,叶永烈任导演的电影《红绿灯下》获第三届电影百花奖最佳科教片奖。1983 年之后,开始由科普和科幻作品创作转向纪实文学的创作。1984 年,出版《小灵通再游未来》,之后又出版了《小灵通三游未来》

姓名	生卒年	籍贯	主要文学活动和代表作
李建树 原名李安芳,曾用笔名国勋、公心、开悟、李剑	1940—2021	宁波	1982年发表短篇儿童小说《"梁山好汉"们》,获青海省建国35周年文艺评奖优秀短篇小说奖,自此开始儿童文学创作。1984年发表《蓝军越过防线》,获当年《儿童文学》优秀作品奖,并被选入多种作品选集。此后发表的儿童小说有:《走向审判庭》《心中的绿洲》《五美图》等,1988年收入《李建树作品选集·走向审判庭》。该集在"读好书"大奖赛中被评为全国少年读者"我最喜欢读的一本书",并获宁波市1987—1988年度文艺评奖优秀作品奖。此外还出版了中篇小说《旺堆的世界》(1990),长篇校园小说《外面的世界》《校园明星孙天达》《金十字架》(1991)、《斜眼达达》(1991)和中短篇小说集《青春大梦》(1991)、《快乐大院的故事》等,童话《丁丁系列童话》,评论《一种独特的审美享受》《呼唤新写实》,散文《牛背上的童年》等。出版有儿童文学作品集《走向审判庭》《李建树儿童文学作品选》
楼飞甫	1941—1994	浦江	已出版的著作有中篇小说《放牛》,低幼知识童话集《钻进屋里的竹笋》,专著《幼儿文学作品选讲》,译著《美国童话精选》《世界故事大王(第一辑)》《海盗王的女儿》《三个小矮人》《绿太阳王国》等;曾发表短篇小说30余篇,散文近百篇,寓言百余则,诗歌百余,童话20余篇,文学评论和论文30余篇。其中《美国童话精选》获全国第二届新星杯优秀图书奖,《世界故事大王(第一辑)》获甘肃省第二届优秀图书奖,另外还曾获省级以上的优秀作品奖13次,作品、论文等曾被收入多种重要的选本和文集中
张绍军	1941—	临海	曾在师范学校执教儿童文学课,笔耕也随之专注于此,迄今已发表儿童文学作品600余篇,以散文和散文诗居多,外加童话、童诗,结集成书4册。作品获第7届、第8届冰心儿童图书新作奖,少年儿童出版社征文一等奖等奖项16个。作品被收入《儿童文学选刊》《中国幼儿文学集成(1919—1989)》等书刊60种,另有4篇文稿入编小学、幼儿园及幼儿师范学校的语文(文学)课本
诸志祥	1941—2015	绍兴	曾任上海《少年报》编辑,《作家与企业家报》负责人。1968年开始发表作品。著有中篇童话《八戒回乡》《挂领带的牛》《猴医生治病》《黑猫警长》《黑猫警长与外星人》等十部。《黑猫警长》获全国第一届优秀儿童文学奖等多项奖,《新黑猫警长系列画册》获1989年优秀少儿文艺读物二等奖

215

续 表

姓名	生卒年	籍贯	主要文学活动和代表作
杨冶军 笔名野军	1941—	余姚	1978年开始儿童文学创作。发表和出版了数百万字的幼儿童话,作品被收入多种儿童文学选刊和选本、小学语文教材。主要作品有童话故事集《红房子搬家》《小熊布布和他的邻居》《长鼻子和短鼻子》《月亮上的小白兔》《大脚鸭嘎嘎》《会逮鱼的靴子》《小恐龙彩彩》《月亮鸟》《糖房子》《绿色魔鞋》《冰湖怪兽》《一百只蜗牛去旅行》《野军知识童话精选》,散文诗集《花的乐队》等。幽默童话集《长鼻子和短鼻子》获中国作家协会第四届全国优秀儿童文学奖、童话《牛奶将军》《小鼹鼠挖地道》和童话集《月亮上的小白兔》获陈伯吹儿童文学奖、动画剧本《小公鸡彩朵》和《森林里的气功师》同时获1996年"珠达杯"全国影视、动画剧本征集二等奖和三等奖
姚承秀	1941—	杭州	发表中篇小说《那大海,闪烁着熠熠金光》《蔷薇W度花》
余通化	1942—	宁波	著有儿童文学集《聪明的人》《两个特殊身份的学生》《新同学和他的爸爸》《我看这朵云》《北仑的第一代功臣》《漫漫海天路》《澄江静静流》等。短篇小说《勇气》获首届儿童文学园丁奖,并选入《中国新文艺大系·儿童文学卷》。《同学》和《失群的雁》获少年文艺好作品奖,《爱》获第二届《东方少年》文学奖,短篇小说《品德评语》《两个体育委员》《十大功劳一笔勾销》《变》《路遥遥,道条条》《小巷孩子》分获浙江省儿童文学评奖第二、三、四、五、六、七届优秀作品奖,《余通化儿童文学作品选》获浙江省1993—1996年优秀文学奖等
叶文玲	1942—	台州玉环	著有儿童文学作品《我的长生果》
方雪花	1942—	建德	主要儿童文学作品有《小花打针》《蓝蓝的天空》
叶梅珂 笔名叶梅、谢紫	1942—	丽水	著有儿童文学作品《童话爷爷与他的童话》
龚泽华	1943—2021	义乌	著有长篇小说《八旗子弟》《金城公主》,中短篇小说集《虎暴》《龚泽华儿童文学作品选》,科幻小说集《海底人》,小说集《蒲公英》《孩子与麻雀》《小福子破案》《古花瓶失踪之谜》等。《闯漩涡》获浙江省优秀作品奖,《蒲公英》《最后的晚餐》等八篇(本)著作蝉联省儿童文学奖
邱国鹰 笔名蔚明	1944—	洞头	中国民间文艺家协会会员,中国寓言文学研究会理事。曾担任过浙江省民间文艺家协会副主席,温州市民间文艺家协会主席。获温州市"文艺事业贡献奖"。

姓名	生卒年	籍贯	主要文学活动和代表作
			长期在业余从事儿童文学创作和海洋民族文化的研究和写作,创作的系列寓言、搜集整理的海洋民间童话故事等较有特色。发表各类文学作品 200 余万字,著有《邱国鹰文集(四卷本)》以及寓言集、童话故事集、散文集 27 部(其中在新加坡出版寓言书 3 部)。先后获得过蒲公英奖、陈伯吹儿童文学优秀作品奖、全国寓言"金骆驼奖"、金江寓言文学奖、全国首届优秀民间文学作品奖、全国海洋文艺散文奖等全国奖 12 次,省级奖 20 余次。以他为主搜集整理的"洞头海洋动物故事",被评为浙江省民间文艺"映山红奖"的一等奖,列入国家级非物质文化遗产名录
洪敬业	1944—	杭州	1963 年在上海龙华路小学任教员,1964 年任上海少年儿童出版社编辑,1967 年后任上海少年报社记者、编辑部主任、文学副刊责编。20 世纪 80 年代开始从事儿童文学创作。著有寓言集《笼中虎》《小猴造屋》,散文集《远去的白鸽》,故事集《多了一个妹妹》《风景里的故事》《古代少年美德故事》,名人故事集《艺术家的飞来灵感》等。作品获省一级文学奖 15 次,多次被转载或入选各类选集
杨明明	1944—	诸暨	主要作品有《秋天是什么颜色的》《观察日记》《一个女教师的世界》《燕子过海》《晚霞淡淡》
胡兆铮 笔名古金	1944—	温州	著有儿童小说《跑道》《杜鹃啼血唤春归》
喻丽清	1945—2017	祖籍杭州, 生于金华	著有《土拨鼠的春天》等儿童文学作品,曾获儿童文学小太阳奖等
吴其南	1945—	安吉	1983 年开始发表作品。曾在全国各地报刊发表了不少有分量的儿童文学学术论文。其中主要有《中国文化和中国文学的发展》《一个故乡世界的童话——新时期文学中的童年情结》《近年少儿文学中的隐含读者》《近年少儿文学中的审美意识》《他们开辟了少儿文学的新边疆——探索性少儿文学之探索》等。《写给春天的文学——试谈儿童文学的美学特征》一文曾获"首届全国儿童文学理论评奖优秀论文奖";一些论文被收入《中国儿童文学大系·理论卷》《中国儿童文学理论年鉴(1983)》等重要的理论选本中。著有《中国童话史》《代际冲突与文化选择》《德国儿童文学纵横》《转型期少儿文学思潮史》《童话的诗学》《〈围城〉修辞论》《守望明天——20 世纪中国少儿作家作品研究》等,另有论文数十篇。专著《转型期少儿文学思潮史》和论文《20 世纪中国文学中的儿童形象》分获 2001、2004 年浙江省社科二等奖

续　表

姓名	生卒年	籍贯	主要文学活动和代表作
赵蘅 笔名小采	1945—	祖籍温州, 生于重庆	1978年开始发表作品,涉猎诗歌、童话、小说、剧本、散文。著有《八哥》《洋画片》《401的朋友们》《上澡堂》《断蓬白发亦平安》《出门没带伞》《从密室到集中营》《假如我有翅膀》等,及自编自绘童话读物《花孩子的时间表》等多本,画传《塞尚》,少年读本《呼啸山庄》(合作),长篇纪实《拾回的欧洲画页》,长篇纪实图文书《下一班火车几点开》。童话广播剧《小乌贼找亲戚》获全国第二届优秀科普作品二等奖,散文《百岁少年的歌》(外二首)获第三届冰心儿童图书新作佳作奖,系列散文《重见玛丽》获第八届冰心儿童图书新作奖
钟高渊 曾用笔名白丁、晨钟、石竹、竹吟、任然、肖晨	1946—	祖籍广东, 生于杭州	出版儿童诗集《西湖孩子的歌》(1984)。主要作品有儿童诗《在泥塑〈收租院〉里》《老师的白发》《这样的孩子,一定很少》《灵隐弥勒佛》《西湖像什么》《看韩美林叔叔的动物画》《采茶谣》《迎春花》《看花朵》《爱》《月亮、星星》《碑》等
程乃珊	1946—2013	祖籍桐乡, 生于上海	1979年开始发表小说,《欢乐女神的故事》获首届上海儿童文学优秀作品奖
姚业涌 笔名水勇	1946—	绍兴	20世纪70年代初期开始从事儿童文学创作,至今已出版儿童诗集《彩色的春鸟》《黎明的星》《校园朗诵诗》《妈妈教我学儿歌》《儿歌三百首》等。儿童诗集《当我十四岁的时候》被收入《中国新文艺大系·儿童文学卷》。《最初的辉煌》获第三届东北文学奖二等奖,《当我十四岁的时候》获上海少年文艺好作品奖,《海星星》获吉林省第七届长白山文艺奖作品奖
海飞 笔名西羽、金伦	1946—	义乌	中国少年儿童报刊工作者协会会长,中国出版工作者协会少儿读物工作委员会主任,国际儿童读物联盟中国分会会长,中国电视艺术家协会会员。曾获第五届全国百佳出版工作者称号。2001年获联合国儿童基金会中国地区杰出成就奖。1972年开始发表作品。著有文学作品集《黑戈壁》《孔雀石》《海飞小说选》等,专著《童书海论》《童媒观察》等。短篇小说《孔雀石》及散文《黑戈壁》等获省级文学奖,《童书海论》获中国图书奖
王小鹰	1947—	宁波	早年创作儿童文学作品。著有儿童中篇小说《相思鸟》,中篇传记故事《黄山十一小英雄》等
詹岱尔 原名詹黛尔,笔名吴娜、天航、卜余等	1947—	祖籍岱山, 生于宁海	1985年底筹办《儿童小说》双月刊,1987年初正式创刊。著有中篇小说《石底的小草》(1980)、《胡同里的小棚子》(1982)、《初秋》(1985)、《盛夏》(1986)、《早春》(1989);短篇小说集:《石蛋、泉妮与大灰狼》(1983);中篇小说集:《六年级学生》(1988)、《"男子汉"虎虎》(1989);电视剧本:《小棚屋》(1984)、《六年级学生》(1991)。童话《风的故事》获儿童文学园丁奖,中篇小说《"男子汉"虎虎》获天津市优秀作品奖
金志强	1947—	杭州	代表作《怕痒痒的恐龙》《咕噜咕噜摇啊摇》

姓名	生卒年	籍贯	主要文学活动和代表作
谢华 原名谢媛媛,笔名然然	1948—	衢州	有低幼作品专集《星星信》,短篇小说集《大合唱》,中篇童话《墙上的鱼》《谁在那里唱歌》,中篇小说集《情感问题》,低幼故事《桃花船》,校园侦探小说《红蜘蛛》和校园文学作品集《郁的太阳》
洪善新 笔名凡清	1948—	瑞安	合著《银河晨星》。著有《猪八戒买镜》
王晓明	1948—	宁波	曾任浙江少年儿童出版社社长。代表作《花生米样的云》
王泉根	1949—	上虞	儿童文学理论家。1977年6月发表处女作(小说),主要从事中国现当代文学与中国文化研究、中国现当代文学与儿童文学研究。已公开出版的儿童文学著作有:《现代儿童文学的先驱》《儿童文学的审美指令》《新时期儿童文学研究》《中国儿童文学现象研究》《王泉根论儿童文学》《中国现代儿童文学文论选》《中国当代儿童文学文论选》《儿童文学的精气神》《担当与建构:王泉根文论集》《现代中国儿童文学主潮》《新世纪中国儿童文学新观察》《中国儿童文学60年》《儿童文学教程》《儿童文学名著导读》等;主编的儿童文学丛书有《20世纪中国儿童文学经典》《中国儿童文学60周年典藏》《红宝石世界文学名著经典丛书》《世界华文优秀儿童文学精选》《童话故事大世界丛书》等;与人合著有《中国现代作家文学史》《儿童文学与中小学语文教学》等。其著作曾获首届全国儿童文学理论评奖优秀专著奖,两次获四川省哲学社会科学优秀研究成果奖,台湾杨唤儿童文学图书贡献奖等
竹林 原名王祖玲	1949—	吴兴	1968年高中毕业后赴安徽农村插队,返城后从事儿童文学编辑工作,并开始儿童文学创作。她先后在少年儿童出版社、《上海文学》编辑部任编辑。1974年开始发表儿童文学作品,著有儿童散文集《老水牛的眼镜》,儿童小说集《心花》,儿童小说《夜明珠》《晨露》《流血的太阳》《脆弱的蓝色》《今日出门昨夜归》《灵魂有影子》等。作品获全国第二次少年儿童文艺创作评奖三等奖、全国第二届少儿文学奖、湖南少年儿童出版社优秀作品奖
鲍正衷 笔名忻昀	1949—	鄞县	著有《人与动物比本领》等
邱来根	1950—	黄岩	寓言作家。著有《小偷撞上大法官》《不会发光的金子》《走出沙漠的小猴》《小花猫照镜子》
刘绪源	1951—2018	宁波	主要学术兴趣在儿童文学理论、中国现代文学及中国思想史;创作以散文随笔为主,早年亦有小说面世。已出版儿童文学理论专著《儿童文学的三大母题》及评论集《文心雕虎》《儿童文学思辨录》《中国儿童文学史略(1916—1977)》《美与幼童——从婴幼儿看审美发生》等,并编有《少年人文读本》。2014年获首届蒋风儿童文学理论贡献奖

附录

续　表

姓名	生卒年	籍贯	主要文学活动和代表作
庄大伟	1951—	镇海	1972 年开始发表作品。著有《庄大伟童话精选》《庄大伟幽默系列》《校园林荫道》等 80 多本,编有儿童电视剧、卡通片剧本《蚁王火柴头》《猩猩探长》等数十集,主编《少年自修自策》《少男少女美文随笔》等多套丛书。作品曾获国家图书奖、陈伯吹儿童文学奖等各类少儿文学创作奖 80 多项
陈苗海 笔名森海、淼海	1951—	宁波	1981 年开始发表作品。著有长篇童话《小咕噜漫游记》《千里大追捕》,童话集《无敌神豹》《大妖怪和小跳人》《小小钢琴家》《失踪的月亮》《喊救命的小鸟》《不怕冷的大衣》,出版文学作品十余部,美术电影剧本一部。童话《不怕冷的大衣》改编为美术片后获中国广播电视部优秀电影奖,童话集《大妖怪和小跳人》获第五届冰心儿童图书奖,童话《大海里有一条小海豚》获第十届陈伯吹儿童文学园丁奖
梁临芳	1952—	黄岩	1974 年开始诗歌、歌词、寓言创作,同年 10 月开始在《浙江日报》等报刊发表诗歌等作品。作词的歌曲获第七届中国少年儿童歌曲卡拉 OK 电视大赛银奖等,《绣花女》出国到日本、德国等地演出。在全国各地报刊发表了 3800 多篇(首)文艺作品,其中 400 多篇作品入选幼儿园课本和小学语文课外读本及《中国儿歌大系》等各种书籍,180 多篇作品在全国各地举办的征文或比赛中获奖。曾获全国第二、四届优秀童谣评选二等奖;第三、五届中国寓言文学"金骆驼奖";第五、第十届金江寓言文学奖;著有儿歌集《小河马学拼音》《快乐的小蘑菇》《梁临芳童谣作品集》;寓言集《驴子送礼》《小白兔画骆驼》;微型寓言集《凤毛麟角集》等
沈石溪 原名沈一鸣	1952—	慈溪	主要作品有《沈石溪动物小说文集》(10 卷本)等。《第七条猎狗》《一只猎雕的遭遇》《红奶羊》等获中国作协儿童文学优秀作品奖
周晓波	1953—	东阳	儿童文学创作始于大学时代,陆续发表过儿童诗、童话、儿童故事、散文等作品,作品被选入《中国当代儿童诗歌选》《中国儿童文学大系》《儿童散文诗选》《365 夜新故事》等多种选集中,曾获得过一些省级儿童刊物的优秀作品奖。出版专著《当代儿童文学面面观》(1999)、《现代童话美学》(2001);主编《当代儿童文学与素质教育研究》(2004)、《青少年朗诵诗选》(2000)、《青少年朗诵文选》(2000)等;还与人合出作品集《三代人的梦》(2000)。此外,还与人合著出版了十多部理论著作,主要有:《中国现代儿童文学史》(1987)、《世界儿童文学名著大典》(1991)、《事典》《世界儿童文学事典》(1992)、《儿童文学教程》(1993)、《儿童文学原理》(1998)等。其中《中国现代儿童文学史》(合著)获 1989 年浙江省哲学社科学二等奖;《世界儿童文学名著大典》(合著)获全国第二届冰心图书奖;《世界儿童文学事典》(合著)获全国第三届冰心图书奖;《现代童话美学》获浙江省作家协会 2000—2002 年度优秀文学作品奖

姓名	生卒年	籍贯	主要文学活动和代表作
王瑞祥	1954—	嵊州	长期从事语言文学和儿童文学教学。2004 年 9 月至 2005 年 6 月，在北京师范大学访学，师从王泉根教授。出版诗歌集《清泉》，论著《儿童文学创作论》《童谣与儿童发展》，2015 年出版集著《浙江童谣全集》(中国社会科学出版社)。为《少年儿童文学》(周晓波教授主编，高等教育出版社，2008 年)和《幼儿文学》(蒋风教授主编，郑州大学出版社，2013 年)的撰稿人之一
金逸铭	1955—	绍兴	曾任上海少年儿童出版社编辑。1978 年开始发表作品。著有童话集《冠军米米松》《恐龙丑八怪》《飞碟带来的童话》，小说集《少年传奇》等
孙建江 笔名雨雨、伊元纹、莫闻、会泽、东陆、以礼河	1956—	温岭	出版有《童话艺术空间论》《二十世纪中国儿童文学导论》《飞翔的灵魂——解读安徒生的童话世界》等学术著作 10 余种。出版有《美食家狩猎》《试金石》《春风轻轻走过》等作品集 30 种。有论著和作品翻译成英、日、韩等文字。论著《二十世纪中国儿童文学导论》(江苏少年儿童出版社，1995 年)被国内多所高校的儿童文学研究专业列为参考书，被台湾有关部门列为"少年文学研究班"指定教材。获国家图书奖、全国优秀儿童文学奖、中国影响力图书特别推荐奖、冰心奖等国家和全国性奖 30 余次
戎国强	1956—	杭州	儿童文学作品有《旗杆，是一棵树》《村边的小河》，曾获冰心儿童文学新作奖
戴臻	1956—	定海	著有中短篇童话集《小咕噜大闹香香甜甜山》《南极来的小企鹅》《狗熊跳舞我拉琴》，长篇童话《都市奇遇》《陪着阔太太去旅行》等。作品入选《中国新文学大系》《现代语文读本》《中外童话鉴赏辞典》等文学选本。作品曾获全国优秀儿童动画片本创作二等奖、1987 年陈伯吹儿童文学奖、上海《少年文艺》作品奖等多项儿童文学奖
张一成	1956—	丽水	著有《爱叽喳的小精灵》《掉在地上的星星》《会唱歌的橡皮擦》《沙丁鱼巴新》等。《勇斗大黄蜂》获全国第三届戏剧寓言佳作奖
王铨美	1956—	义乌	童话集《钓上来的乖乖龙》。幼儿童话《可爱的家》荣获 1997 年度陈伯吹儿童文学奖
袁丽娟	1956—	余姚	儿童文学作品有《清凉的九曲溪》等
施亮	1956—	祖籍宁波，生于北京	主要儿童文学作品有《无影人》《小铁哥们儿》等
任哥舒	1956—	萧山	历任少年儿童出版社编辑，《少年文艺》编辑部主任，副编审、编审。1979 年开始发表作品。著有少儿长篇小说《帅哥传奇》《敬个礼呀笑嘻嘻》《结拜祖孙》，少儿中篇小说《阳刚之美》，散文集《父子碰碰车》，童话集《红地毯杂技团》《跳跳草过马路》等

续表

姓名	生卒年	籍贯	主要文学活动和代表作
冰波 本名赵冰波	1957—	杭州	自幼喜爱文学，1979年开始业余创作儿童文学。主要作品有：童话集《窗下的树皮小屋》《毒蜘蛛之死》《冰波童话》《爱的故事》《蛤蟆小姐减肥》，中篇童话《怪蜗牛奇遇记》《长颈鹿拉拉》《红蜻蜓，红蜻蜓》，长篇童话《怪蛋之谜》《狼蝙蝠》，短篇童话《五角星镜子》《白色的蛋》《冰淇淋太阳》，长篇小说《发明家金哥·阿笨猫全传》《元空大师·阿笨猫全传》等。另外，冰波还撰写有动画片剧本。作品有中央电视台制作的26集动画片《阿笨猫》和104集动画《小神仙和小仙女》。他的作品曾多次获全国优秀儿童文学奖、精神文明建设"五个一"工程奖、儿童文学园丁奖、国家图书奖、宋庆龄儿童文学奖、冰心儿童文学新作奖
张婴音	1957—	杭州	1980年开始儿童文学创作，发表儿童诗、童话、散文、短篇小说、中篇小说数百篇，计200多万字。出版的单行本有长篇儿童小说《天天都有麻烦事》，儿童小说集《快乐妈妈和快乐女儿》，青春散文集《我是女孩》，冰心奖大奖书系《少年川川的故乡》，儿童故事画本《魔法》等六本，《中国最美音乐童话绘本》(一套五册)。 曾多次获省内外各种奖项，其中儿童短篇小说《我不明白……》获第三届冰心儿童图书新作奖，小说《留守父女》获第十五届陈伯吹儿童文学奖和《少年文艺》"好作品奖"，小说《葱灯》获全国儿童文学大奖赛二等奖。其中青春散文集《我是女孩》获浙江省2000—2002年度优秀文学作品奖，儿童小说集《快乐妈妈和快乐女儿》获浙江省2003—2005年度优秀文学作品奖，长篇儿童小说《天天都有麻烦事》获浙江省2006年—2010年度优秀文学作品奖
简平 本名胡建平	1958—	奉化	当过工人、教师、文书、宣传干事。著有长篇小说《一路风行》，中篇小说集《五天半的战争》，系列儿童故事集《海贝贝的故事》，短篇小说《回归》等。作品曾获冰心儿童图书奖大奖、陈伯吹儿童文学奖、巨人中长篇儿童文学奖、全国优秀少儿图书二等奖、上海市中小学生优秀读物一等奖等
郑春华	1959—	淳安	少年儿童出版社文艺室编辑。1978年开始发表作品。著有诗集《甜甜的托儿所》《圆圆和圈圈》《小豆芽芽》《郑春华诗歌》《郑春华儿歌》，故事集《大头儿子和小头爸爸》《贝加的樱桃班》，童话集《郑春华童话》《宝宝开心果》等。《圆圆和圈圈》获上海市第一届儿童文学园丁奖大奖，《贝加的樱桃班》获亚洲地区首届小松鼠奖，《紫罗兰幼儿园》获首届全国优秀儿童文学奖，《大头儿子和小头爸爸》获第三届全国优秀儿童文学奖，《大头儿子和隔壁大大叔》获第四届全国优秀儿童文学奖

姓名	生卒年	籍贯	主要文学活动和代表作
方卫平	1961—	温州	1981年开始发表第一篇学术论文《浅论艺术个性》，1993年出版第一部个人专著《中国儿童文学理论批评史》，陆续出版有《流浪与梦寻——方卫平儿童文学文论》《儿童文学接受之维》《儿童文学的当代思考》《法国儿童文学导论》《逃逸与守望——论九十年代儿童文学及其他》《方卫平儿童文学理论文集》《儿童文学的审美走向》《中国儿童文学理论发展史》，编有《中华幽默儿童文学作品精粹》《中国幽默儿童文学文库》《最佳儿童文学读本》。另与人合作主编有《新语文读本·小学卷》（共12册），《新课标语文学本》（共8册），《儿童文学教程》，与人合著有《中国当代儿童文学史》《教育新概念：青少年美育》《儿童文学教程》《中国儿童文学五人谈》。在国内外报刊发表学术论文、评论文章200余篇
谢丙其 笔名冰子	1966—	瑞安	著有寓言童话集《捉弄人的金狐狸》《无花果的选择》
李想	1968—	杭州	1994年起历任杭州《小学生时代》杂志、浙江教育报社《幼儿教育》杂志编辑。1990年开始儿童文学创作。出版有童话集《大信箱》《婴幼儿故事钻石版》《汪汪狗的电话》《戴在最高处的眼镜》，故事集《蓝兔子》《奶奶的新孙女》，故事单行本《花木兰》（台湾版）等。曾获1992年浙江省青年文学艺术新星奖，1992年全国短篇童话创作大赛优秀奖，浙江省作协儿童文学优秀作品奖
金强芸	1969—	杭州	代表作《爷爷的幼儿园》《正气宝宝》
张洁	1969—	东阳	历任上海少年儿童出版社编辑。1992年开始发表作品。著有长篇小说《敲门的女孩子》《秘密领地》，散文集《永远的白鸽》《月光之舞》《红舞鞋》，中篇小说集《亲亲我的木栅栏》《麻瓜赫敏》，低幼图书《小太阳丛书》（合作），论文《美与爱的呼唤》，译著《米奇的奇妙世界》《上海中国画院近作选》等。《敲门的女孩子》获第八届冰心儿童图书奖大奖，散文《叫我一声乖女》获1998年《少年文艺》好作品奖，短篇小说《晚茶花香》获第七届冰心儿童图书新作奖。 幼儿文学作品《穿着绿披风的吉莉》（湖北少年儿童出版社2011年版）获中国作家协会第九届（2010—2012年）全国优秀儿童文学奖
毛芦芦 原名毛芳美	1969—	衢州	1990年开始发表作品。著有短篇小说集《芦花小旗》《暖雨》，长篇小说《福官》等。作品曾获冰心儿童文学新作奖、中日友好儿童文学奖优胜奖等
李生卫	1970—	金华	发表小说《羊绳的九种解法》等，曾获冰心儿童文学新作奖

续　表

姓名	生卒年	籍贯	主要文学活动和代表作
许萍萍	1971—	杭州	2006年开始写儿童文学,至今发表作品500余篇。有童话集《月光洒在花床上》《该吃谁呢》《大啊呜》《两片叶子不孤单》
袁晓君	1971—	镇海	著有《十五岁的星空》《星星的孩子》等儿童文学长篇小说
卢江良 原名卢钢粮,笔名陈旭	1972—	绍兴	1995年开始发表作品。著有小说集《狗小的自行车》,散文集《最后一场马戏》,长篇小说《城市蚂蚁》。主编《21世纪中国新锐少年作家作品选》。短篇小说《在街上奔走喊冤》获第三届全球网络原创文学作品大赛优秀短篇小说奖,《狗小的自行车》获2003—2005年度浙江省优秀文学作品奖并登上中国小说学会"2004年度中国小说排行榜"。有三部小说被拍成电影,其中《狗小的自行车》获第八届数字电影百合奖优秀儿童片奖等三项大奖
鹤矾 原名张巧燕	1972—	苍南县	著有短篇童话集《窗口飘来个肥皂泡》《了不得的鼠小七》等5部,长篇童话《阳光娃娃小晴天》《神行精灵卡布丁》等9部,另有随笔集《诗画两从容》,儿童小说《托尼·艾米历险记》等
王黎君	1972—	上虞	主要关注儿童视角和图画书的研究。《中国现代文学中的儿童视角》《20世纪中国儿童视角小说的演变》等系列文章分别刊登于《文学评论》《学术月刊》等杂志,主要阐释了儿童视角给现代文学带来的文本特征及其独特意义,并梳理出了儿童视角小说在20世纪中国文学中的推演。专著有《儿童的发现与中国现代文学》
王路	1973—	宁波	记者。主要儿童文学作品有《奔跑吧,少年》《衣柜里的田螺姑娘》
金旸 笔名金阳、鑫儿	1974—	杭州	1991年开始儿童文学创作。出版有童话集《魔法师的果酱》,童话《爱逗能的威威虎》,生活故事《好孩子的故事》《在家里》等十余部作品。童话《红松鼠·白狐狸》《坏了的邮筒》分获1996年、2006年全国冰心儿童文学新作奖,童话专著《爱逗能的威威虎》获浙江省2003—2005年度优秀文学作品奖
熊亮	1975—	嘉兴	绘本作家。著有图画书《小石狮》《兔儿爷》等
郑春霞	1976—	三门	著有儿童文学《中国妈妈的亲子课》《中国妈妈的唐诗课》《中国妈妈的国学课》《中国妈妈的文学课》,儿童散文集《卡通老妈》《爱上学的小快快》《你几岁,我就几岁》等
汤汤 原名汤红英	1977—	武义	2003年底开始儿童文学创作,2007年起专注童话,作品曾获冰心儿童文学奖、陈伯吹儿童文学奖、金近儿童文学奖、《儿童文学》十大青年金作家奖等,并三度获得全国优秀儿童文学奖。代表作有《到你心里躲一躲》《别去五厘米之外》《喜地的牙》《水妖喀喀莎》等。2015年获得陈伯吹国际儿童文学奖

姓名	生卒年	籍贯	主要文学活动和代表作
钱淑英	1977—	金华	儿童文学研究者。著有《雅努斯的面孔:魔幻与儿童文学》
赵海虹	1977—	杭州	大学一年级(1996年)开始发表作品,已在《科幻世界》《新科幻》《少年文艺》等杂志上发表中短篇小说30余篇,出版长篇小说1部,小说集4部,译著4部。 主要创作门类为科幻小说,小说多次被选入各类科幻小说年选集和儿童小说年选,部分作品属于专门为少年儿童创作的儿童文学作品。6次获得《科幻世界》杂志举办的科幻"银河奖"(1997—2002年)。2003年,《桦树的眼睛》(小说集)获第六届宋庆龄儿童文学奖"新人奖";2004年,《追日》获中国作家协会"第六届全国优秀儿童文学奖(青年作者短篇佳作奖)";长篇小说《水晶的天空》获浙江省作协"2009—2011年度优秀文学作品奖"、《罗布泊的梦》《爸爸的眼睛》分获第一届、第二届"周庄杯"全国儿童文学短篇大赛三等奖
王晶	1979—	宁海	著有《经典化与迪斯尼化:跨媒介视域中的〈宝葫芦的秘密〉》等。承担多项校级研究课题,参加浙江省社联重大课题"浙产动画电影长篇现状剖析与前景展望"。参与多本儿童文学教材与儿童文学选本的编写工作,是《中国儿童文学大系》散文报告文学卷的执行主编。在《电影文学》《中国图书评论》《中国儿童文化》等杂志上发表论文多篇,目前主要的研究方向为儿童文学的跨媒介研究
王悦微	1980—	宁波	著有《一个很好很好的小孩》《孩子,我完全相信》《我们1班的作文课》《我们的天真填满整个宇宙》
赵霞	1981—	上虞	出版有学术著作《童年精神与文化救赎——当代童年文化消费现象的审美研究》《思想的旅程——当代英语儿童文学理论观察与研究》
熊磊	1981—	嘉兴	主要作品有《蜗牛快递》《最后一个灵魂》《月光下溶解的大象》《长鼻象和短鼻猪》等。2002年获冰心儿童文学小说奖
孙昱	1982—	舟山	曾担任杭州"小书房"等多项公益童书项目志愿者,读研究生期间组织儿童文学专业研究生到金华第一民工子弟小学进行阅读推广活动。曾担任《少年作家》杂志编辑,目前为自由作家,从事儿童文学创作。 代表作有:长篇小说《绿房子》《野鸟之歌》;中篇小说《蓝月亮红月亮》《神秘岛》《月亮女孩》;低幼图画书《送小星星回家》《魔法百味酱》《三个"怪物"和笨龙》;短篇小说《山山的十三岁》《暮色中的小矮人》。 曾获奖项有:《神秘岛》获第十五届台湾九歌现代少儿文学奖评审大奖;《蓝月亮红月亮》获第十六届台湾九歌现代少儿文学奖荣誉奖;《彩虹森林》获2007年冰心儿童文学新作奖大奖;《寻找丢失的午觉》获2010年冰心儿童文学新作奖佳作奖;《月亮女孩》获2011年冰心儿童图书奖;《绿房子》获首届上海国际童书展"金风车"最佳童书奖

续　表

姓名	生卒年	籍贯	主要文学活动和代表作
齐童巍	1984—	诸暨	儿童文学研究者。参与编写《中国儿童文学发展史》等，参与编选二十一世纪新语文读本等；完成上海市教委上海地方高校大文科研究生学术新人培育计划项目一项、浙江省教育厅浙江省研究生创新科研项目一项；曾获《中国儿童文学》编辑部举办的"全国高校学生儿童文学理论批评征文"一等奖、浙江师范大学"思想猫"儿童文学研究优秀成果奖一等奖等奖项
闻婷 笔名闻闻	1985—	衢江	2012年起致力于儿童文学创作，作品有《梧桐祖殿里的少年》等
吴新星	1986—	宁波	代表作《门板上的夏天》《玉簟寒》
吴洲星	1988—	宁波	2009年开始儿童文学的创作，出版长篇小说《沪上春歌》《红舞鞋》《大院里的夏天》《幸福的眼泪》《秘密如花》。曾获九歌现代少儿文学荣誉奖、台湾牧笛奖佳作奖、冰心儿童文学新作奖、浙江省年度优秀作品奖、《上海文学》短篇小说新人大赛奖
范泽木	1988—	磐安	已出版长篇儿童小说《我不是坏小孩》，散文集《似水年华与泥土芬芳》《总有一天，你会对时光微笑》《我愿流浪在小镇》等

浙江儿童文学作家及理论家

后 记

　　儿童发展事关国家和民族的未来。习近平总书记指出："当代中国少年儿童既是实现第一个百年奋斗目标的经历者、见证者，更是实现第二个百年奋斗目标、全面建成社会主义现代化强国的生力军。"①用优秀的文学作品滋养儿童的心田、培育儿童精神生命的健康成长是新时代文化建设工程的重要内容，它关系到中华民族未来一代健全的人性基础、文化心理、国民素质等重要发展议题。

　　浙江的文学源远流长，种类繁多且成果丰硕。浙江的新文学更是独领风骚，涌现了世界知名的作家和作品。自然，浙江的儿童文学也不可小觑。在百年中国儿童文学的整体格局中，浙江的儿童文学应有一席之地。遗憾的是，到目前为止，学界尚无一本浙江儿童文学的著述出现。属于浙江儿童文学的作家和作品主要混杂于各类中国儿童文学史中，浙江儿童文学的独特价值并未予以足够的重视。

　　作为一种地域文学的类型，浙江儿童文学有其自身生长的渊源和发展规律，如果不能分门别类地予以观照，就容易弱化其在中国儿童文学史上的独特贡献。近年来，"地方路径"的研究是学界的热点，人们越来越意识到地方知识与整体文学的辩证关联。重视地方文学或地域文学不在于割裂整体文学的多元性，而在于要整合地方与中心的关系。循此逻辑，编撰《浙江儿童文学史》可谓正当时。在编撰这本教材时，我们发现很多浙江儿童文学作家是兼事成人文学与儿童文学的，要区隔其"两套笔墨"并非易事。好在，此前的中国儿童文学史著对很多浙江儿童文学作家有相关的介绍，这为我们

---

　　① 林亦辰. 让祖国的花朵茁壮成长［EB/OL］.（2020-06-01）［2022-08-16］. http://opinion. people. com. cn/n1/2020/0601/c1003-31730164. html.

的编撰提供了便利。即便如此,以往的中国儿童文学史著中,并没有完整的浙江儿童文学史的流脉,某些作家作品也限于只言片语,没有用"整体"的思考来系统考察,这留给我们诸多可进一步研究的空间。

这本《浙江儿童文学史》是我与周莹瑶合编的。周莹瑶是我的博士生,她对浙江的文化和文学颇有兴趣。当我提出这个选题时,她表示很有兴趣来做这个课题。在本书的结构安排方面,我们的想法是用单个作家来透析整个浙江儿童文学史,遵循的是以个案来反映社会结构的学理逻辑。我们基本依循时间的线索,以史为纲来统筹相关章节的撰写。对于单个作家而言,不用担心因史的分期而衍生的条块分割,我们尽量做到鲁迅所谓的"整个人"的研究。但是,由于浙江儿童文学作家太多,不可能对每一个作家都做论述。因而,我们在最后做了一个"附录",叙录了浙江的儿童文学作家及代表性的作品,以供研究者参照。当然,如果以后出现了以时间分期来统领作家作品的浙江儿童文学,那是我们所乐见的。这种体例和逻辑与我们这本小书共读,构成互文性的浙江儿童文学史。

最后要感谢浙江大学出版社的大力支持,感谢蒋风老师为我们的小书写序,也感谢浙江师范大学给了我们儿童文学研究的广阔天地,更要感谢这个伟大的时代!

是为后记。

吴翔宇

2022 年 10 月 6 日记于浙江师范大学红楼